Barbara Chase-Riboud
Das Echo des Löwen

SERIE PIPER

Zu diesem Buch

Eine dramatische Episode aus der amerikanischen Geschichte bildet den Stoff, aus dem Barbara Chase-Riboud diesen ergreifenden historischen Roman gemacht hat: Am 22. August 1839 trieb ein scheinbar herrenloses Schiff vor der Küste von Long Island, die Segel zerfetzt und bemannt mit 53 halbverdursteten Schwarzen. Ihr Name »Amistad« wirft Licht auf ein dunkles Kapitel der Neuen Welt: Er steht für den einzigen erfolgreichen Sklavenaufstand in Amerika. Angeführt von Joseph Cinque hatten die Männer den Kapitän des Sklaventransporters getötet und wollten nach Afrika zurücksegeln. Doch da sie von Navigation nichts verstanden, landeten sie im Herrschaftsgebiet der USA am Vorabend des Bürgerkriegs, wo Sklavenhalter und Sklavengegner in erbittertem Widerstreit lagen...

Barbara Chase-Riboud, geboren im amerikanischen Süden, lebt mit ihrem Mann und ihren beiden Söhnen in Paris und Rom. Sie studierte Kunst an der Yale University und arbeitete als vielbeachtete Bildhauerin. Mit ihrem ersten Roman »Die Frau aus Virginia« etablierte sie sich als Schriftstellerin, die mehrfach ausgezeichnet wurde. Zuletzt erschien auf deutsch »Frei, vogelfrei« (1996).

Barbara Chase-Riboud

Das Echo des Löwen

Roman

Aus dem Amerikanischen von
Christel Wiemken

Piper München Zürich

Ungekürzte Taschenbuchausgabe
Piper Verlag GmbH, München
Juni 1997

Titel der amerikanischen Originalausgabe:
»Echo of Lions«, William Morrow and
Company, Inc., New York 1989

Umschlag: Büro Hamburg
Simone Leitenberger, Susanne Schmitt, Andrea Lühr
Umschlagabbildung: Nach einer Zeichnung von E. Buffetti
Foto Umschlagrückseite: Marc Riboud
Satz: Fotosatz Otto Gutfreund, Darmstadt
Druck und Bindung: Clausen & Bosse, Leck
Printed in Germany ISBN 3-492-22441-5

Dieses Buch ist dem Andenken der elf Millionen
Menschen gewidmet, die zwischen 1444 und 1870
im *Triangular Trade* verschleppt wurden.

Inhalt

Erstes Buch

Januar 1839 bis Januar 1840

Erstes Kapitel

Mendeland

Sengbe-Pieh glitt leise von dem Ehebett aus dunklem Holz, das er aus einem einzigen Baumstamm geschnitzt hatte und dessen Einschnitte und Kerben, Arabesken und geometrischen Formen, poliert und geölt, im Halbdunkel schimmerten. Noch jetzt schmerzten seine Finger vom Ausarbeiten all dieser Linien, Kreise und Rundungen. Das Bett war für ihn Barke und Wurzel, und das geglättete Holz war so fest mit dem gestampften Lehmboden seiner Hütte verbunden wie er selbst mit den dahinterliegenden Reisfeldern. Sengbe-Pieh zog sein Schlafhemd aus. Bayeh-Bias Hände, geschwärzt vom Stoffärben, das zu den Vorrechten ihrer hochstehenden Familie gehörte, ruhten auf ihrem Leib. Sie war wieder eingeschlafen. Sengbe-Pieh deckte seine Frau zu, dann ging er hinaus und blieb vor dem Eingang seiner Hütte stehen. Das schwindende Mondlicht, durch den Schattenbaum gefiltert, umriß eine Silhouette, die groß, massig und kraftvoll war, mit breiten Schultern, schmaler Taille und hohen Hüften. Das sich im Mondlicht abzeichnende Profil Sengbe-Piehs war von strenger Reinheit. Sogar die gebrochene Nase, die Folge eines Unfalls bei einem Ringkampf in seiner Jugend, trug zu seiner Kraft bei, weil sie die fast weibliche Schönheit seiner hohen, reinen Stirn, der tiefen, klaren, weit auseinanderstehenden Augen und der dicken Wimpern abmilderte. Sein langes Gesicht endete in einem runden, gespaltenen Kinn, und sein wohlgeformter Mund war gewöhnlich von einer unerschütterlichen Ernsthaftigkeit geprägt, die Frauen und Kinder wünschen ließ, daß er lachte. Dennoch war er ein heiterer Mann, und wenn es jemandem gelang, ihn zum Lachen zu bringen, dann war sein Lachen übermütig und ansteckend. Unter seiner Haut zeichneten sich Muster aus gebrannter Siena ab. Sein Kopf saß auf einem stämmigen Hals und war bedeckt mit dichten Locken, die kurz geschnitten waren und unvermittelt in eine kurze Flechte übergingen. Sowohl Männer als auch Frauen fühlten sich, aus unterschiedlichen Gründen, von dieser Kombination aus Kraft und Verletzlichkeit stark angezogen. Seine Zurückhaltung machte ihn unzugänglich und gebot Ehrfurcht. So stand er eine ganze Weile da, reglos, und das Mondlicht umhüllte die Vollkommenheit seiner Gestalt mit silbrigen Kügelchen. Er blickte zu den Sternen empor und flüsterte den Namen seines Sohnes. Er fühlte sich über die Maßen glücklich und sicher. Gleich hinter seinem Anwesen floß das Wasser des Flusses vorbei auf seinem Weg zum Gallinas, der sich Hunderte von Meilen entfernt ins Meer ergoß. Man spürte ihn eher, als daß man ihn hörte – ein verwirrend langer Seufzer, eine auf den Steinen tanzende Klage. Sengbe-Pieh war dem Fluß nie bis zu dem Strom gefolgt, in den er mündete. Er hatte nie das Verlangen danach gespürt, und den Leuten vom Strom war er nur einmal begegnet. Er hatte gut geheiratet; er und sein Schwager besaßen eine große Reisplantage. Ursprünglich hatte er nicht Reispflanzer werden wollen, aber das lag jetzt hinter ihm, und er tat, was in seinen Kräften stand. Er war hartnäckig, von sich selbst eingenommen und zu größten Entbehrungen imstande. Er konnte jagen, laufen oder kämpfen, bis er umfiel. Kompromisse lagen außerhalb seiner Vorstellungskraft. Sein Leben war so eng umgrenzt wie die flache Krone der Akazie über ihm. Für Sengbe-Pieh hatte sie die Größe der Welt. Jenseits des flachen Tisches der Erde lag die Unterwelt, das Unbekannte, das eine Art schwer faßbare Gleichgültigkeit heraufbeschwor. Er lebte in jeder Beziehung innerhalb der Grenzen überlieferter Solidität; alles andere war Chaos. Ein Mann wie er brauchte Jahrhunderte, um sich fünfhundert Meter weit nach rechts oder links zu bewegen.

Es war seit der Geburt seines Sohnes das erste Mal, daß er wieder bei seiner Frau gelegen hatte. Bayeh-Bia war aus der Hütte ihrer Eltern zurückgekehrt, in der sie fast zwei Jahre gelebt und ihren einzigen Sohn gestillt hatte. In dieser Zeit war es einer Frau nicht erlaubt, mit ihrem Mann zusammenzuleben. Die Paarung mit einer stillenden Frau war absolut tabu. Die Gesundheit, der Charakter, ja sogar das Leben des Kindes standen auf dem Spiel. Aber endlich war seine Frau mit Gewo zurückgekehrt, der jetzt in seiner über ihrem Bett angebrachten Hängematte schlief, ein rundliches, kolafarbenes Püppchen, so unglaublich schön, daß Sengbe-Pieh Stunden damit verbrachte, den Jungen anzuschauen. Gewo hatte seinen Namen vier Tage nach seiner Geburt erhalten. Er hatte ihn früh am Morgen, bei Sonnenaufgang, hinausgetragen und, nach Osten blickend, dem Kind ins Gesicht gespuckt und gesagt: »Werde Ihm ähnlich in all Seiner Weise und Seinen Taten, denn du bist nach Ihm genannt!« Dann hatte er gelacht. Er hatte ihn Gewo, Gott, genannt. Welch guter Name für einen Mann! Jetzt erwartete die zweite Frau, die er genommen hatte, als Bayeh-Bia ihn verließ, und die jetzt in einer eigenen Hütte schlief, ein Kind und würde sich bald zu ihren Eltern begeben. Tau trug bereits ihren Lappa und das an ihrer Kleidung befestigte Glöckchen zur Abwehr böser Geister. Sie hatte ständig ein Messer bei sich, denn während ihrer Schwangerschaft galt sie als Krieger, und wenn sei bei der Geburt starb, war es dasselbe, als wäre sie im Kampf gefallen.

Natürlich hatte sein Onkel recht gehabt, dachte Sengbe-Pieh; sein Schnitzwerkzeug war jetzt säuberlich in Rinde eingehüllt und weggepackt. »Krieger benutzen ihre Hände nur zum Töten oder zum Essen«, hatte er gesagt. »Zum

Schnitzen haben wir Nganga. Jeder in diesem Dorf kann schnitzen. Ein schönes Bett für dich zu schnitzen ist eine Sache; Zauber ist etwas anderes. Wurdest du unter dem richtigen Zeichen für einen Schnitzer geboren? Hat irgendein Mori-Mann zu dir vom Schnitzen gesprochen? Hat Gott zu dir vom Schnitzen gesprochen?« Nein, dachte Sengbe-Pieh, weder ein Mori-Mann noch Gott hatten ihm gesagt, daß er ein Nganga wäre ... Die Sache war erledigt. In der Verwandtschaft war die Autorität des Onkels größer als der Gehorsam, den man dem eigenen Vater schuldete.

Sengbe-Piehs Sippe war Teil des Kuwui in der etwa zehn Meilen entfernten Stadt, in der der Gerichtstag abgehalten werden sollte. Einhundertvier Personen gehörten zur Sippe; davon waren dreißig Sengbe-Piehs Verwandte väterlicherseits, zehn Verwandte mütterlicherseits, und zweiunddreißig waren auf andere Weise mit ihm verbunden.

Heute ist der Gerichtstag. Die Trommeln hatten bereits begonnen, ihm diese Worte ins Bewußtsein zu hämmern; davon war er aufgewacht.

Das Echo des Löwengebrülls rumpelte über die kalten Bukkelberge, und am schwarzen Himmel leuchteten Sterne, die sich glitzernd in dem kleinen Fluß spiegelten, der an dem Anwesen vorbeifloß. Der hellste Stern war Konunqui, der im Osten schimmerte, und der unerschütterliche Ndeloi und der strahlende Sokolequli funkelten wie feurige Altäre unmittelbar über dem Rund der Welt.

Bayeh-Bia war neben ihn getreten. Sie trug eine drapierte, über die rechte Schulter geschlungene Baumwolldecke. Sie hatte seine Decke mitgebracht, die er sich nun von vorn über die linke Schulter warf; das andere Ende schlang er um seinen Körper, zog es unter dem rechten Arm hindurch und von hinten auf die gleiche Schulter. Die rechte Schulter und der rechte Arm blieben unbedeckt. Bayeh-Bia war ebenso verfahren, aber so, daß bei ihr der linke Arm und die linke Schulter frei blieben. Das war, von den verschiedenen Sippenfarben abgesehen, in ihrer Kleidung der einzige Unterschied. Das vielfältige Netzwerk zarter Narben auf ihrem Rücken und ihrer Schulter schimmerte. Gerade erst, dachte er, hatte er es mit seinen eifrigen, liebenden Fingern betastet, und das Gefühl hatte Wogen der Erregung von den Fingerspitzen bis in den Kern seines Wesens fluten lassen. Die Erinnerung an die Berührung dieses wundervollen Reliefs war noch ganz frisch.

»Ich werde froh sein, wenn es vorbei ist«, sagte Bayeh-Bia.

»Die Gerichtsverhandlung, meinst du?«

»Ja.«

»In drei Tagen wird der Streit beigelegt sein. Und in vier Tagen bin ich zurück.«

»Ich komme mit.«

»Gut.«

»Daß die Sache bis vor den Obersten Häuptling gebracht wurde, hat entschieden zuviel Aufsehen erregt. Zu viele Leute reden darüber. Meine Leute sind immer zurückhaltend gewesen. Wir mögen es nicht, wenn man über uns redet«, beklagte sich Bayeh-Bia.

Sie war noch immer verärgert über den Streit, den Sengbe-Pieh wegen seiner Schnitzerei mit seinem Onkel gehabt hatte, und ebenso über Sengbe-Piehs hartnäckige Entschlossenheit, in der Klage die Partei seines Cousins zu ergreifen, obwohl es eine Angelegenheit *ihrer* Familie war. In Bayeh-Bias festumrissener, geordneter Welt fehlte es ihrem Mann an Zurückhaltung, Takt, sogar einer gewissen Weltgewandtheit. Seine Dickköpfigkeit war ungehörig, fast vulgär. Sein ständiges Argumentieren, die Tatsache, daß er die Autorität ihrer Eltern über ihren Haushalt in Frage stellte, sein absonderlicher Name für ihr einziges Kind – all das erfüllte ihr gelassenes Wesen mit einem Gefühl des Unbehagens. Weshalb fühlte sich ihr Mann für alles und für jedermann in der Welt persönlich verantwortlich? Bei diesem Gerichtsverfahren zum Beispiel ging es überhaupt

nicht um seine Familie. Sie seufzte. Sengbe-Pieh war anders als alle Männer, die sie kannte, und das gefiel ihr nicht. Dennoch war es gerade dieses Anderssein gewesen, in das sie sich verliebt hatte. Bayeh-Bia gefiel es nicht, daß Sengbe-Pieh ihren ersten und einzigen Sohn Gewo genannt hatte. Für sie war es eine Art Gotteslästerung, und sie fürchtete, daß das Kind Gewo auf irgendeine Art für die Arroganz seines Vaters würde büßen müssen. Was war, wenn Gott bereits eine Bestrafung plante? Aber sie wußte genau, wenn sie das Sengbe-Pieh gegenüber aussprach, würde er nur lachen – dieses unwiderstehliche Lachen, das jedermann im Dorf kannte. So sicher war er, daß nichts, weder Tod noch Schande, ihm und den Seinen etwas anhaben konnte.
Aber für Sengbe-Pieh war Gerechtigkeit mehr als nur eine Frage von Falsch oder Richtig. Sie war das Ritual, der Prüfstein, die Seele der Geschichte des *nge gbembi* seit Anbeginn der Zeit. In den Dörfern wimmelte es von Sprechern, Anwälten, Richtern und Priestern. Die Nagana waren da, die Prozesse aus früheren Jahrhunderten zitieren konnten, und Medizinmänner, die die Auswirkungen eines Eides aufheben oder wegen Meineids zum Tode verurteilen konnten. Meineid war ein Verbrechen, das mit dem Tode bestraft wurde. Geschichte erhielt ihre Form durch die ungezählten Urteile, Prozesse, Verhandlungen und anschließenden Berufungsverfahren, die von einer Instanz zur nächsten weiterwanderten, bis sie schließlich vor der allerhöchsten, dem Obersten Häuptling, angekommen waren. Sämtliche Verfahren, jede Berufung, vom anfänglichen Dorfpalaver bis zu den Distrikts- und Bezirksgerichten, waren dramatische Ereignisse mit speziellen Ritualen, endlosen Zeugenaussagen und Kreuzverhören, die sich über Monate oder sogar Jahre hinziehen konnten, von denen man jahrzehntelang sprach und die von den Gerichtshistorikern wortwörtlich zitiert wurden. Alle an der Rechtsprechung beteiligten Personen, vom Sprecher bis zum Gerichtsdiener, nahmen wichtige

Positionen ein, die ein rituell genau festgelegtes Verhalten erforderten. Der Anwalt stand im Rang gleich hinter den Adligen und Priestern. Wie in allen etablierten Gesellschaften hatte er die Aufgabe, stillschweigende Vorrechte zu schützen, für Kontinuität zu sorgen und den Status quo zu verteidigen. Beweglichkeit war gleichbedeutend mit Wandel, und Wandel konnte von den Vorfahren als Mißachtung ausgelegt werden, da alle Urteile vorherbestimmt waren und die Parteien nur die Rollen spielten, die sie sich ausgesucht hatten. Nur wenn übernatürliche Kräfte in ein Verfahren eingriffen, hatten die Menschen eine Chance, die Geschichte zu verändern. Aber Sengbe-Pieh war überzeugt, daß die Menschen von der Vergangenheit korrumpiert waren: je mehr sie von dem wußten, was geschehen war, desto weniger konnten sie absehen, was sich in der Zukunft ereignen würde. Der Mensch glich einer Figur in einer Legende, vom Schicksal dazu bestimmt, Gut oder Böse, Glück oder Unglück Geltung zu verschaffen, wie es gerade kam. Nur Gerechtigkeit lieferte einen exakten Maßstab. Er war sich bewußt, daß dies der Dreh- und Angelpunkt seines Lebens war, und er klammerte sich daran und war überzeugt, daß Gerechtigkeit das Geschick des Menschen bestimmte.

Sie hatten ankommen müssen, bevor die Sonne zu hoch stand. Der Prozeß schleppte sich schon seit Monaten hin, denn er war zweimal in die Berufung gegangen, bis er jetzt dem Obersten Häuptling vorlag. Die Angelegenheit, keine Kleinigkeit, hatte einfach genug begonnen. Der Kläger, ein lärmender, dickköpfiger Mann, hatte seine Beschwerde dem Vizekönig vorgetragen und ihm ein *famalui* gegeben, die zur Eröffnung eines Verfahrens erforderliche Bürgschaft. Der Beklagte, sein Cousin, war vor Gericht zitiert und über die Klage unterrichtet worden.

Mba bdoe lu hwei lo? »Erhebst du Einspruch gegen die

Anklage?« Sein Cousin hatte sich natürlich für nicht schuldig erklärt und mit einem *famalui* in gleicher Höhe Einspruch gegen die Anklage erhoben. Der Prozeß war eröffnet worden, und beide Männer hatten ihren Fall vorgetragen. Dann hatte Lumaka, sein Cousin, seine Standpunkte dargelegt und vor sich einen Stab aufgepflanzt, was bedeutete, daß er von diesen Standpunkten nicht abweichen würde. Sein Gegner hatte dasselbe getan. Ein Gerichtsdiener hatte sich darangemacht, zwischen den beiden Stäben eine symbolische Brücke aus Bambus und Seilen zu bauen. Der zweite Verhandlungstag begann damit, daß die Brücke festgebunden wurde. Die beiden Kontrahenten hatten sich ins Kreuzverhör genommen. Einander gegenüberstehend, hatten sie sich gegenseitig befragt, und jeder hatte versucht, den anderen zu bewegen, in dem einen oder anderen Punkt nachzugeben und einen Schritt auf die Mitte der Brücke hin zu tun. Es war eine stürmische Sitzung mit viel Geschrei und vielen Ordnungsrufen gewesen. Die gegenseitigen langatmigen und aufgebrachten Beschuldigungen hatten bei beiden Sippen zu totalem, kaum noch kontrollierbarem Chaos geführt. Dann waren die Zeugen aufgerufen und vereidigt worden, jeder auf die jeweiligen Reliquien. Es war das erstemal gewesen, daß Sengbe-Pieh einen Eid auf die Reliquie seiner Sippe abgelegt hatte, die Schädel und Knochen der Väter des Stammes enthielt – ein schwerwiegender Vorgang, da Meineid ebenso wie Verrat ein Kapitalverbrechen war. Dann hatte der Vizekönig die Zeugen und die beiden Prozeßgegner in Gegenwart der Ältesten vernommen; danach war die Verhandlung unter Ausschluß der Öffentlichkeit fortgesetzt worden, wobei der Richter einen Zeugen nach dem anderen allein vernommen hatte. Schließlich waren die Zeugen aufgefordert worden, sich zurückzuziehen und sich zu beraten. Trotz Sengbe-Piehs Beredsamkeit und Entschlossenheit waren sie nicht imstande gewesen, zu dem erforderlichen einstimmigen Beschluß zu gelangen, und der ganze Fall war vom Vizekönig auf die beiden Stammeshäuptlinge und von den beiden Stammeshäuptlingen auf den Obersten Häuptling übergegangen. Dieser hatte einen Rat aus neun Häuptlingen gebildet, die den Fall in letzter Instanz entscheiden sollten. Die Kosten, dachte Sengbe-Pieh, waren immens, da vor jedem Gericht neue Gebühren bezahlt werden mußten.

Sengbe-Pieh und sein Schwager Kabba-Sei hatten als Gewähr bereits die geforderte Entschädigung deponiert: fünfundfünfzig feine Tücher, sechzehn Ziegen und zwei Diener.

A-wa-o, A-wa-o . . . »Kommt alle, kommt alle. Die Verhandlung beginnt.« Lumaka und der Kläger hatten bereits ihre Stäbe an den Enden der Brücke aufgepflanzt. Sie begannen, dem Häuptlingsrat, der auf einer breiten, schattigen Veranda saß, ihren Fall vorzutragen. Die ganze Stadt war auf den Beinen, und Sengbe-Pieh, Bayeh-Bia und Kabba-Sei fanden ihre Angehörigen und Sengbe-Piehs Großmutter, bei der sie die Nacht verbringen wollten. Sie stellten sich zu ihrem *ndehun-bla.* Aber Sengbe-Pieh wurde erst am nächsten Nachmittag als Zeuge aufgerufen. Er war der letzte. Sengbe-Pieh hatte eindringlich argumentiert, aber die Gesichter der Häuptlinge waren ausdruckslos geblieben.

»Ich, Sengbe-Pieh aus dem Dorf Balorem im Distrikt Darkambo, Sohn des Kalia-Pieh, Sohn des Kolombo, Sprecher meines *nge gbembi,* schwöre und erkläre, daß ich der Cousin von Lumaka bin, der hier der Beklagte ist, Sohn des Kolombo, Bruder meines Vaters, Sohn meines Großvaters Kolombo der Ältere, der der Sohn von Kolombo dem Großen war, erster Häuptling der Preh-Sippe, der die großen Kolombo-Reisfelder bepflanzte, für die eine Entschädigung verlangt wird von Tangnaka, dem Kläger und natürlichen Sohn meines Onkels. Außerdem schwöre ich auf die Gebeine meiner Vorfahren und erkläre, daß diese Felder immer vom Vater auf den ältesten Sohn übergegangen sind, und zwar zusammen mit dem Häuptlingstitel und mit diesem

Titel und dem Symbol seiner Autorität untrennbar verbunden. Weder ich noch mein Vater, noch der Bruder meines Cousins haben auf diese Felder Anspruch erhoben. Mit welchem Recht tut dies Tangnaka? Obwohl er älter ist als mein Cousin, gehört Tangnaka einer anderen Sippe an und kann von Rechts wegen keinen Anspruch als ältester Sohn auf den Besitz einer anderen Sippe erheben. Die Reisfelder sind Sinnbilder der Macht des Häuptlings, und indem er sie als sein Eigentum beansprucht, ist er nicht ein natürlicher Sohn, der sein Erbe fordert, sondern jemand, der sich eine ihm nicht zustehende Macht anmaßt. Wenn er ein Recht auf den Besitz hat, dann hat er auch ein Recht auf den Häuptlingstitel. Es ist wahr, daß er von dessen Bewohnern aus dem Dorf vertrieben wurde, als er behauptete, ein Teil der Reisfelder gehörte ihm, und möglicherweise wurde er durch fliegende Steine verletzt. Aber er wurde verletzt als potentieller Dieb des Besitzes des *nge gbembi,* weil niemand sein Recht auf diesen Besitz anerkannte. Entweder ist er ein Häuptling und bekommt alles, oder er ist keiner und erhält nichts. Alles oder nichts. Wenn er das Land beansprucht, dann ist das ein Beweis für seine Unehrlichkeit, weil er damit im Grunde gleichzeitig den Titel beansprucht und deshalb ein Usurpator ist, und als solcher sollte er vor Gericht gestellt und verurteilt werden. Wenn er im Recht ist, dann geht es bei dieser Verhandlung nicht um Besitz, sondern um Nachfolge, und dann wäre dies keine Zivil-, sondern eine Strafsache. Wenn wir den Besitz in zwei teilen würden, dann hätten wir auch zwei Häuptlinge. Ist dies eine Verhandlung über Macht oder eine Verhandlung über Habgier? Ich behaupte, diese Verhandlung geht am eigentlichen Problem vorbei. Wenn Tangnaka glaubt, ein Recht auf den Besitz zu haben, dann soll er den Häuptlingstitel einklagen – wenn er sich getraut. Soll er sich der Anschuldigung, ein Usurpator zu sein, vor einem Strafgericht stellen. Er ist entweder ein Häuptling oder ein Dieb!«

Wieder berieten sich die Zeugen, und die beiden Parteien legten ein letztes Mal ihre Standpunkte dar. Die Häuptlinge zogen sich zurück, und die Stadt richtete sich aufs Warten ein. Es dauerte fast einen halben Tag, bis das Gericht zu seinem Urteil gelangt war. Es lautete, wie es lauten mußte. Die konservativen Häuptlinge waren von Sengbe-Piehs Rede und seinen so brillant vorgetragenen Anschuldigungen ebenso entsetzt wie Tangnaka selbst. Sengbe-Pieh hatte aus einem zivilrechtlichen Fall einen politischen gemacht und aus einer Klage um Besitztum eine Anklage wegen Verrats. Tangnaka hatte seine Klage schon zurückgezogen, noch bevor das Gericht sein Urteil auf Abweisung der Klage verkündet hatte.

Alle sprachen von nichts anderem als von Sengbe-Piehs leichtem, fast überheblichem Sieg.

In der Morgendämmerung des dritten Tages bewegte sich eine kleine Kolonne von Sippenangehörigen rasch vorwärts, um eine möglichst große Strecke hinter sich zu bringen, bevor es zu heiß wurde. Sie rannten die Straße entlang, wobei ihre Füße leicht über die staubige Oberfläche dahinglitten und sich kaum von ihr lösten. Die Kolonne bewegte sich mit schnellen kleinen Schritten, ohne die Knie zu beugen, die Köpfe hoch erhoben, mit starren Schultern und fast ohne Armbewegungen, wortlos. Dies war die einzige Art, die größtmögliche Entfernung zurückzulegen, ein ökonomisches und vernünftiges Rennen gegen die Mittagssonne. Als sie endlich anhielten und eine Pause einlegten, sagte Kabba-Sei: »Schlechte Verlierer.«

»Ich bin froh, daß es vorbei ist«, erklärte Sengbe-Pieh lachend. »Wenn Lumaka verloren hätte, hätte mir Bayeh-Bia nie verziehen – und mein Onkel auch nicht.«

»Nun, wir können ihnen berichten, daß alles erstaunlich gut gegangen ist«, sagte Bayeh-Bia. Gewo würde schlafen, dachte sie, aber sie würden ihn aufwecken. Sie waren beide -

beladen mit Geschenken vom *nge gbembi* und mit den Botschaften ihrer Großmutter, die sie an die Sippe weitergeben sollten. Die alte Dame hatte sie stundenlang festgehalten mit ihrer langen Liste von Botschaften, Ermahnungen und Klatsch. Der ehrwürdige weiße Kopf hatte sich von einer Seite zur anderen bewegt, während sich die boshafte Zunge genüßlich über sämtliche Torheiten, Beleidigungen, Geburten, Heiraten und politischen Intrigen der letzten sechs Monate ausgelassen hatte.

Sie machten sich wieder auf den Weg. Ungefähr eine Meile von ihrem Dorf entfernt zweigte links ein kleiner Fußpfad ab, der zum Fluß führte. Als sie sich diesem Pfad näherten, sah Sengbe-Pieh, wie ein großer Baum umkippte, auf die Straße stürzte und ihnen den Weg versperrte. Instinktiv griff Sengbe-Pieh nach Bayeh-Bia und drängte sie in Richtung Fluß.

»Lauf! Am anderen Flußufer bist du in Sicherheit. Warte dort auf mich.«

Bayeh-Bia sprang in das hohe Gras, und Sengbe-Pieh hatte noch Zeit zu sehen, daß sie und ihre Frauen den Fluß erreichten und sich in Sicherheit brachten. Die geordnete Kolonne war in alle Richtungen in den Busch auseinandergestoben. Sengbe-Pieh und Kabba-Sei hatten vor, die Flucht der Familie zu decken.

Kabba-Sei sank zu Boden, mit Blut aus einer Kopfwunde bespritzt. Sengbe-Pieh schwang seinen kraftvollen Körper gerade noch rechtzeitig herum, um mit zwei oder drei Männern ins Handgemenge zu geraten. Er war nicht bewaffnet, sondern hatte nur den Prozeßstab bei sich, den er seinem Onkel als Andenken hatte schenken wollen. Er kämpfte wie ein Wilder, ahnte die Gegenwart eines Vierten, spürte, wie die Spitze des schweren Stabes sich in Fleisch bohrte, hörte ein Schmerzensgeheul. Ein seltsamer, widerwärtiger Gestank, den er noch nie gerochen hatte, drang ihm in die Nase. Er würgte, als ein Stiefel seinen Magen

traf. Eine Keule landete auf seinem linken Auge. Er ging zu Boden.
»Bayeh-Bia«, rief er. »O Gewo!«

Bevor er das Bewußtsein verlor, hatte Sengbe-Pieh eine grauenhafte Vision, die Vision eines kindlichen Alptraums. Ein blindes, zahnloses Monster, weiß wie der Teufel, mit Löchern anstelle von Augen, durch die der Himmel hindurchschien, und blutroten Schlangen und Schnecken, die aus seinem Schädel und dem unteren Teil seines Gesichts herauswuchsen. Ein ranziger Gestank, den er nicht als den eines ungewaschenen europäischen Leibes erkennen konnte, brachte ihn zum Würgen. Aus der Wunde über seinem Auge sickerte Blut, nahm ihm die Sicht. Mit letzter Kraft sammelte er den Speichel des Terrors und spie dem Ungeheuer ins Gesicht.
»Verdammterschwarzerniggerbastard«, schnatterte es.
Er wurde ohnmächtig. Als er wieder zu sich kam, lag er auf der Erde, und es war Morgen. Er versuchte, sich zu bewegen, mußte aber feststellen, daß er von Ketten am Boden gehalten wurde. Um seinen Hals lag ein Eisenband, und an ihm waren Ketten befestigt, die seine Handgelenke und Knöchel banden. Er war ein Stück geschleift worden; sein Rücken war aufgescheuert, sein Hinterkopf brannte, seine Kehle war trocken, und seine Augen waren fast zugeschwollen. Er war an einen anderen Mann gekettet. Sie lagen beide auf der Seite, im Genick miteinander verbunden, nicht imstande, sich auf den Rücken zu drehen oder sich aufzusetzen.
»Mende?« flüsterte Sengbe-Pieh dem Fremden zu.
»Mende, in der Gnade Allahs.«
Damit wußte Sengbe-Pieh, daß der Mann Moslem war. Alles, was er von ihm sehen konnte, waren der glatte Rücken und der Ansatz eines kleinen, runden Kopfes.
»Ich bin Grabeau.«

»Ich bin Sengbe-Pieh. Sind wir tot?«
»Nein«, sagte Grabeau. »Wenn Allah uns gnädig gesinnt gewesen wäre, dann wären wir es. Wir sind gestohlen worden – auf der *kaweli*.«
Sengbe-Pieh wagte nicht zu fragen, ob Bayeh-Bia auch hier war, aber seine Augen suchten verzweifelt. Offenbar war er der einzige aus seiner Sippe.
»Dann – sind diese Geschöpfe also weiße Männer?«
»Ja.«
»Woher weißt du das so genau?« fragte Sengbe-Pieh argwöhnisch.
»Hast du schon einmal etwas gesehen, das so aussieht?«
»Nein.«
»Nun, so sehen sie eben aus. Genau wie wir.«
»Nein!«
»Ich versichere dir, sie haben keine Schwänze. Sie gehen aufrecht auf zwei Beinen. Das, was auf ihrem Kopf wächst, ist Haar, das aussieht wie feine Baumwolle. Sie sprechen ein Kauderwelsch, von dem ich ein paar Worte verstehe. Sie riechen so widerlich, weil sie sich nicht waschen. Ein Zauber steckt nicht dahinter.«
»Woher weißt du das alles?«
»Ich bin nicht zum ersten Mal gefangen worden. Beim vorigen Mal konnte ich flüchten – und ich werde es wieder tun.«
»Was geschieht nun?« fragte Sengbe-Pieh. Seine größte Sorge war immer gewesen, daß er auf der *kaweli*, der Kriegsstraße, gefangengenommen und als Geisel in einem anderen Dorf festgehalten werden könnte, bis Lösegeld für ihn gezahlt worden war. Aber sein Dorf lag mit keinem anderem im Krieg. Er hatte das Kriegszeichen der Mende, ein verbranntes Palmblatt, nicht gesehen. Als er Grabeau das erklärte, lachte dieser.
»Du meinst, sie wären auf Lösegeld aus? Und dein Vater würde kommen und dich holen? Du meinst, diese weißen

Männer hätten Respekt vor deinem Rang, würden mit deinem Dorf und deiner Sippe verhandeln? Dich gegen Sklaven austauschen? Sie würden sie gleichfalls mitnehmen! Du meinst, diese Männer würden dich töten oder fressen? Nein, sie werden dich als Sklaven im Weißenland verkaufen, weit weg, jenseits des großen Wassers ...«

»Des großen Wassers!« rief Sengbe-Pieh; den Rest von Grabeaus Worten hörte er kaum. »Du meinst dort, wo die Geister leben? Sind wir unterwegs zur Unterwelt?«

»Mehr oder weniger.« Er versuchte, den anderen Mann zu berühren, aber trotz seiner gewaltigen Kräfte konnte er die Ketten nicht weit genug hochziehen. Der Mann neben ihm war jung, dachte Grabeau, und von hohem Rang. Wenn sie entkommen wollten, mußte er ihn aus seiner Angst herausreißen. Aber vielleicht hatte sein Glück ihn verlassen, dachte er. Diesmal würde es vielleicht kein Entkommen geben. Früher war er nie angekettet gewesen. Jetzt würde es keinen schnellen Satz in den Busch geben, keine kraftvolle Hand würde sich um eine weiße Kehle legen, die aufhörte zu atmen, nicht anders als eine schwarze, wenn er nur den Gestank lange genug ertrug.

»Nein«, wiederholte Grabeau. »Sie sind keine übernatürlichen Wesen. Sie haben Knochen, die brechen, und Zähne, die man ausschlagen kann, Fleisch, das brennt, Blut, das so rot ist wie unseres und leicht fließt. Sie haben Lungen, die Luft enthalten, Bäuche, in denen Eingeweide stecken, und zwischen den Beinen dasselbe Ding wie wir, zum gleichen Zweck. Du mußt aufhören, Angst vor ihnen zu haben. Angst mußt du nur vor ihrer entsetzlichen Grausamkeit und Gewissenlosigkeit haben. Darin sind sie tatsächlich Ungeheuer. Als ich zum ersten Mal gefangen wurde, konnte ich erst entkommen, nachdem wir das große Wasser erreicht hatten. Ich habe das Meer gesehen. Es erstreckt sich bis ans Ende der Welt. Ich habe weiße Männer gesehen, die fast so dunkel waren wie du. Ihre Augen sind nicht blind, sondern von einer blassen Farbe wie Himmel und Wasser, aber manche haben auch Augen, die so dunkel sind wie unsere. An uns scheint ihnen mehr gelegen zu sein als an Elfenbein oder Gold oder sonst irgend etwas. Und ihre Grausamkeit, sowohl gegen uns als auch gegeneinander, kennt keine Grenzen. Und sie sind unwissend; dennoch handeln unsere Nationen mit ihnen, führen Krieg, um für sie Gefangene zu machen. Früher hätten wir sie von der Küste wegfegen können, aber jetzt sind sie zu stark geworden. Ein Stück weiter die Küste hinunter haben die weißen Männer sogar Festungen am Meer, riesige Steinhäuser, so groß wie ihre riesigen Kanus.«

Sengbe-Pieh hörte aufmerksam zu, ohne Grabeau zu unterbrechen. Ihm wurde bewußt, daß in seinem Leben eine einschneidendere Veränderung eingetreten war, als er sich je hätte träumen lassen.

»Wenn wir nicht flüchten«, wiederholte Grabeau, »wirst du dein Dorf nie wiedersehen.«

Sengbe-Pieh spürte den Seufzer tief in seiner Brust. Zum erstenmal in seinem Leben hatte er Angst. Man würde sie auf das grundlose Wasser bringen und ins Geisterland, wo sie sterben würden. Er urinierte auf den Boden. Beschämt, mit dem Gestank seines eigenen Harns in der Nase, entschuldigte er sich.

»Eines ist sicher – sobald du einen getötet und gesehen hast, wie sein Blut fließt, wirst du nie mehr Angst haben«, sagte Grabeau.

»Mein Schwager war bei mir.«

»Ein paar Männer wurden fortgeschafft, als sie dich brachten.«

»Keine Frauen?«

»Keine Frauen.«

Bayeh-Bia war in Sicherheit.

»Wie bist du gefangen worden?«

Grabeau zögerte einen Moment und sagte dann: »Ich wurde

auf der Straße gefangengenommen, die nach Taurang im Bandiland führt, wo ich Kleider kaufen wollte. Mein Onkel hatte in Bandi zwie Sklaven gekauft und mit ihnen eine Schuld beglichen; einer von ihnen rannte weg, und ich wurde an seiner Stelle genommen. Ich weiß nicht, was aus meiner Frau geworden ist. Ich danke Gott, daß ich keine Kinder habe«, sagte er leise. »O Gott, wie froh ich bin, daß ich keine Kinder habe.«

In der Nacht trafen weitere Gruppen angeketteter Männer ein. Bei Anbruch des zweiten Tages wurden die Ketten abgenommen, die die Halseisen miteinander verbanden, und die Männer konnten sich umdrehen. Endlich konnten Sengbe-Pieh und Grabeau einander ansehen. Ein paar Sekunden lang blickten sie einander in die Augen, schätzten sich gegenseitig ab, dann machten ihre angeketteten Hände das Geheimzeichen des Poro. Ihre Schmerzen ignorierend, sahen sie sich um. Da waren an die hundert Männer in Ketten. Alles Mende. Sengbe-Pieh zählte die Wachen. Er sah drei Patrouillen von jeweils sieben Mann. Einundzwanzig Bewaffnete, dachte er, gegen hundert angekettete und unbewaffnete Krieger. Frauen sah er keine. Um so besser. Von einer Sekunde zur anderen war die Dämmerung hellem Sonnenschein gewichen. Jetzt konnte Sengbe-Pieh ein Dutzend weißer Männer genauer betrachten. Grabeau hatte ihn nicht überzeugt, daß sie Menschen waren, obwohl sie menschliche Gestalt hatten. Aber was war mit ihrer Farbe? Gewo hatte alle Menschen geschaffen. Davon, daß sie verschiedene Farben hatten, war nie die Rede gewesen. Und warum weiß? Die Farbe des Teufels. Und warum mit Schwänzen, die aus ihrem Genick herauswuchsen? Und warum dieser Geruch (obwohl er selbst auch nicht sonderlich gut roch)? Sengbe-Pieh kämpfte gegen die Panik an, die in ihm aufstieg. Es war die Farbe, die ihn so sehr ängstigte – wenn sie nur eine andere Farbe gehabt hätten ... Wenn sie entkommen wollten, würde er einen von ihnen berühren

müssen. War er dazu imstande? Konnte er etwas so Widerwärtiges tatsächlich berühren? Er erinnerte sich daran, wie er zum erstenmal gezwungen gewesen war, eine Schlange zu berühren . . .
Sengbe-Pieh begann, seine Bewacher zu mustern. Ganz bewußt verlangsamte er seinen rasenden Herzschlag und starrte dann einen nach dem anderen an, bis er seinen Abscheu überwunden hatte. Er entdeckte einen jungen Mann, der ungefähr in seinem Alter war. Er hatte schöne Zähne, und wenn er nicht gerade hustete, sprach und lachte er viel. Lachen und Husten waren die ersten menschlichen Geräusche, die Sengbe-Pieh erkannte.

Einige der Bewacher trugen eine Art Rüstung aus blauer Baumwolle mit auf die Vorderseite aufgenähten goldenen Kugeln. Obwohl sie ihm anfangs alle gleich vorgekommen waren, brachte er es jetzt fertig, sie voneinander zu unterscheiden. Wieviel Schmerzen sie bereiten konnten, hatte er bereits festgestellt. Einer der Weißen hatte einen Mann zu Tode geprügelt, indem er mit seiner Peitsche aus keinem für Sengbe-Pieh ersichtlichen Grund immer wieder auf ihn eingeschlagen hatte. Er mußte darauf gefaßt sein, sehr viel Schmerz ertragen zu müssen. Sengbe-Pieh kniff die Augen zu, hoffte, daß dies alles nur ein Alptraum war. Als er sie wieder öffnete, stand ein weißer Mann ganz dicht vor ihm.
»Hier, iß das«, sagte er und schob Sengbe-Pieh eine Schale unter die Nase. Sie enthielt Reisbrei.
»Iß das«, wiederholte der Mann. Sengbe-Pieh verstand nichts. Die Hand des Mannes fuhr hoch und versetzte Sengbe-Pieh einen Schlag auf die Schläfe. Wenn er den Mund nicht aufgemacht hätte, dann hätte ihm die eiserne Schale die Schneidezähne abgebrochen. Er schluckte wieder und wieder, bis der Mann zufrieden war. Dann kam ein anderer mit einer Schale Wasser. Sengbe-Pieh begriff, daß er trinken sollte.

»Trink das.« Sengbe-Pieh gehorchte.
Am folgenden Tag wurden die Gefangenen wieder zusammengekettet, und die Karawane zog los und marschierte, wie Grabeau behauptete, in Richtung Meer.
»Die Frauen und Kinder sind in einer anderen Gruppe«, erklärte Grabeau.
»Frauen und Kinder!« rief Sengbe-Pieh.
»Natürlich. Dachtest du etwa, sie fingen nur Männer? Glaubst du etwa«, fragte er brutal, »sie hätten keine Verwendung für unsere Frauen?«
»Für Arbeit?« fragte Sengbe-Pieh.
»Für Arbeit, natürlich, aber auch für anderes.«
»Sie paaren sich mit ihren eigenen Sklaven?«
Beide wußten, daß das *simongama*, Inzest, war.

Tag um Tag bewegte sich die Karawane auf die Küste zu, und Tag um Tag schlossen sich neue Gefangene dem endlosen Tausendfüßer an. Nur selten passierten die Gefangenen ein Dorf, aber wenn es geschah, begegneten sie keinem Menschen. Das Dorf selbst lag entweder in Trümmern und seine Bewohner waren bereits weggeschleppt worden oder versteckten sich im Hinterland, oder ein noch bewohntes Dorf präsentierte ihnen hinter verschlossenen Türen und verlassenen Plätzen eine blinde Fassade. Von den verlassenen Dörfern hatten bereits wilde Tiere oder die Aasfresser Besitz ergriffen: Hunde, Hyänen, Geier, der Rest war Schweigen.
Die Zahl der in Ketten gelegten Gefangenen war auf fast sechshundert angeschwollen. Ein Regiment. Nachts entfuhren den Männern Seufzer und Schreie. Die Namen von Frauen, jammervolle *»Mamoke!«*-Rufe erfüllten die Nacht. Von Zeit zu Zeit ertönte ein Aufschrei des Entsetzens, der die Wachen herbeieilen ließ. Die frühen Morgenstunden, kurz vor Tagesanbruch, waren die Zeit, in der die Kranken rasch aus dem Schlaf in den Tod hinüberglitten, die Zeit, in

der ihr Schreien und Rufen und Kreischen aufhörten. Im plötzlichen Licht des Morgens fanden die Wachen sie steif und bereits kalt vor und nahmen ihnen fluchend die kostbaren Ketten ab. Die Leichen wurden entweder in den Busch geworfen oder, wenn ein Fluß in der Nähe war, ins Wasser; oft ließen sie sie auch einfach für die Geier liegen, die der Kolonne folgten.

Sengbe-Pieh sprach immer das Totengebet für diejenigen, die in der Nacht gestorben waren, ohne Rücksicht darauf, ob es Mende gewesen waren. Er begann, sich für jeden Tod verantwortlich zu fühlen.

Er prägte sich den Sonnenstand ein und machte die Richtung aus, in der sie sich bewegten; er merkte sich Landmarken und die Entfernungen zwischen ihnen, die Länge der Tagesmärsche, die Pausen, die Zahl der Tage und Nächte, die Veränderungen in der Vegetation und die niedrigeren Temperaturen, wo Flüsse und Ströme ihren Weg kreuzten. Irgendwann würde er den Weg nach Hause wiederfinden müssen. Alle Männer hatten von den Ketten Wunden und entzündete, eiternde Geschwüre. Die Wachen gossen Palmöl zwischen die Haut und die Halseisen und Fußfesseln und streuten dann einen gelblichweißen Puder auf das Öl, so daß eine Art Paste entstand. Aber häufig breitete sich die Infektion aus, und der Mann starb unter entsetzlichen Qualen. Zu seiner Überraschung waren es die größten, kräftigsten und scheinbar gesündesten Männer, die auf dem Marsch zuerst starben, während die kleineren, drahtigen, untersetzten Burschen jeden Morgen wieder auf die Beine kamen, schwach, krank, aber noch am Leben.

Auch Grabeau entging nicht, daß wertvolle Kämpfer zu Dutzenden verlorengingen. Ein Mann versuchte zu entkommen, indem er nach dem Bowiemesser griff, das einer der Bewacher an sein Bein geschnallt hatte. Der Bewacher stieß es ihm in die Kehle, und er brauchte sechs Stunden, um zu sterben, an zwei andere Männer angekettet marschierend, das rasiermesserscharfe, dreischneidige Messer nach wie vor in der Kehle. Auch Sengbe-Pieh begann, an Selbstmord zu denken.

Die weißen Männer brüllten und hieben mit ihren Peitschen um sich, aber sie konnten die Sklavenkarawane nicht dazu bringen, sich schneller zu bewegen. Am Ende des elften Tages, als sie das Meer riechen konnten und die Küste unmittelbar hinter dem Horizont lag, waren von den ursprünglichen sechshundert Sklaven noch fünfhundert übriggeblieben, und von den Frauen und Kindern, die ihnen folgten, nur sechzig. Insgesamt bestand die Karawane aus mehr als sechshundert Männern. Sie trugen dreitausend Felle mit sich, neunzehn Stoßzähne von Elefanten, Säcke mit Goldstaub, neunhundert Pfund Bienenwachs und fünfzehn Tonnen Reis. Die einzige Ware, die sich selbst trug, waren die Sklaven. Als ihre Spitze den Horizont erreichte, lag der Atlantische Ozean vor ihnen. Die meisten der Männer, Sengbe-Pieh eingeschlossen, hatten das Meer noch nie gesehen und glaubten, am Ende der Welt angekommen zu sein. Dahinter erstreckte sich das Reich der Geister, die Unterwelt, die beängstigende Ewigkeit. Den erschöpften Afrikanern entrang sich ein entsetztes und protestierendes Stöhnen, während ein Freudenschrei die Lungen der Weißen erfüllte. Jetzt trieben sie den langsamen Zug mit Schlägen und Peitschenhieben an. Je früher die Karawane in Pedro Blancos Sklavenbaracken ankam, desto früher waren sie befreit von der Angst vor Aufständen, Erschöpfung und Fieber.

Sengbe-Pieh hörte, wie sie die wie die Geier meterhoch in der Luft auf Plattformen hockenden Ausgucke anriefen.

»Pedroblancosollkommendamitwirverschwindenkönnen!«

»Jefrüherwirdieseniggerloswerdendestobesser.«

»Dietecoraliegtbereitundkanninvierzehntagensegeln.«

»Hurrahurrahurra!«

Jetzt wußte Sengbe-Pieh, daß er seine Heimat nie wiedersehen würde. Sie waren nicht entkommen. Sengbe-Pieh spürte, wie seine Brust sich verkrampfte, als die saubere Meeresbrise ihn abkühlte. Zum erstenmal in seinem Leben schmeckte er vom Wind herbeigetragenes Salz, aber er wußte nicht, ob das Salz aus der Luft kam oder aus den Tränen, die er vergoß.

Im Ästuar des Gallinas, auf dem von düsteren Mangrovenwäldern umgebenen Labyrinth aus sumpfigen Inseln, saßen Ausgucke auf Pfosten, die viele Meter hoch waren, und suchten unablässig mit starken Fernrohren den Horizont ab. Auf diese Weise konnten sie die Annäherung jedes Schiffes, ob britische Kriegsbrigg oder Sklaventransporter, rechtzeitig melden. Die Sklavenbaracken selbst bestanden aus rohen Stämmen, die gut einen Meter tief in die Erde gerammt und mit Doppelreihen von Eisenstangen miteinander verklammert worden waren. Die Dächer waren mit langem, drahtigem Gras gedeckt. An jeder Ecke stand ein Wachtturm, besetzt mit schwarzen Wächtern mit geladenen Musketen. Jede Baracke faßte fünfhundert Sklaven, für die eine Gruppe von Spaniern oder Portugiesen zuständig war, die lebten oder starben, je nachdem, welche Krankheit – Malaria, Lepra, Wassersucht oder Gelbfieber – sie befiel oder verschonte. Einige von ihnen hatten Pedro Blanco, den Mann, für den sie arbeiteten, nie zu Gesicht bekommen.
Don Pedro Blancos Sklavenhandlung war in der gesamten Neuen Welt berühmt. Man nannte ihn den »Rothschild der Sklaverei«, dessen Wechsel auf Banken in England, Frankreich und den Vereinigten Staaten so gut wie Gold waren, und er hatte den größten Teil seines Lebens in dem mörderischen Klima zwischen den Pestsümpfen verbracht, Menschen verschachert, Kriege angezettelt, Eingeborenenhäuptlinge bestochen und korrumpiert, und das alles ohne Amüsement, gesellschaftlichen Umgang oder Abwechslung. Man vermutete (was den Tatsachen entsprach), daß

Don Pedro ein ehemaliger Schiffsoffizier aus Malaga war, der als Kapitän eines Sklavenschiffes, der *Conquistador*, nach Afrika gekommen war. Nachdem es ihm nicht gelungen war, seinen Laderaum voll zu bekommen, hatte er das Schiff zu seinen Eignern zurückgeschickt, war mit seinem Anteil an der Fracht an der Küste geblieben und hatte begonnen, mit den Eingeborenen und den Kapitänen der Sklavenschiffe Handel zu treiben. Das lag jetzt ein Vierteljahrhundert zurück. In dieser ganzen Zeit hatte er die Barriere des Flusses nie überschritten, sondern mit einer Schwester, die nie jemand zu Gesicht bekam, auf einer der Inseln gelebt und auf einer anderen einen Harem aus Favoritinnen unterhalten, von denen einige weiß waren. Er war schlank und dunkelhaarig, für seine Zeit sehr hochgewachsen und immer auf die Art eines kubanischen Kolonialherrn in makelloses Weiß gekleidet, und an der linken Hand trug er den Wappenring eines Granden. Niemand kannte Pedro Blancos richtigen Namen, aber niemand glaubte, daß er Pedro Blanco lautete. Er war berühmt für ein bemerkenswertes Gedächtnis und schrankenlose Grausamkeit; er hatte einmal einen Mann getötet, weil dieser ihn um Erlaubnis gebeten hatte, eine Zigarre an seiner anzünden zu dürfen. Sein Gesicht hatte die sublime Reinheit eines Heiligen, ohne eine Spur von Furcht oder Gier. Wenn er die Sklavenbaracken aufsuchte, wie er es an diesem Tag tat, trug er gewöhnlich die Uniform eines portugiesischen Schiffsoffiziers. So begrüßte er die Sklavenkarawane, die sich jetzt der Baracke auf Man Rock näherte, unmittelbar südlich des Hauptpferchs gelegen, in dem bereits eine volle Fracht darauf wartete, auf die im Ästuar vor Anker liegende *Tecora* verladen zu werden. Mit einer leichten Bewegung der Finger seiner linken Hand begrüßte er das Wachpersonal und sah dann leidenschaftslos zu, wie sich die Kolonne in die Baracke bewegte. Ebensogut hätte er einen Bekannten in einem Café in Barcelona begrüßen oder einen Gruß im

Opernhaus von Madrid erwidern können. Als die letzten Gefangenen eingezogen waren, gab er das Zeichen, die Baracke zu schließen und den Leuten die Ketten abzunehmen. Dann kehrte er, ohne ein Wort zu sprechen, in sein Haus zurück, ein Phantom in Weiß, der Herr der Menschenhändler.

Die Sklavenbaracke war das größte und solideste Bauwerk, das Sengbe-Pieh je gesehen hatte. Es erhob sich mehrere Stockwerke hoch über ihm, und die massive Palisadenfestung kam ihm so undurchdringlich und so unüberwindbar vor wie die Schlösser an den Gewehren der Wachtposten. Kein Weg führte durch diese Wände oder unter ihnen hindurch, dachte er, und Grabeau war ungewöhnlich schweigsam, als sie an diesem Abend dicht neben dem Tor der Festung saßen und den gekochten Reis aßen, den ihnen die schwarzen Wächter gebracht hatten. Vielleicht hatte Grabeau einen Plan, aber er würde den Bruder seiner Frau mit einbeziehen müssen. Er würde ihn niemals zurücklassen – sofern er noch am Leben war.

»Finde ihn«, sagte Grabeau. »Morgen.« Dann holte er einen kleinen Goldklumpen aus seinem Ohr. »Das wird das Tor der Baracke öffnen. Alles andere liegt bei Allah.«

»Aber warum hast du nicht einen der Wächter bestochen, dich unterwegs laufen zu lassen, anstatt bis jetzt zu warten?« rief Sengbe-Pieh.

»Und wie hätte ich das tun sollen? In welcher Sprache? Es war niemand da, der Mende sprach. Mit einem weißen Mann verhandeln, der mein Gold nehmen und mich dann erschießen oder einfach wieder einfangen würde? Und dann waren da die Ketten. Wie hätte ich mit Ketten beladen entkommen können? Jetzt sind wir zumindest die Ketten los und frei, davonzulaufen, uns zu verstecken und notfalls zu kämpfen ...«

Sengbe-Pieh ließ den Blick über die schwachen, elenden

Männer rings um sich herum schweifen. Kämpfen? Wie sollten diese Männer kämpfen können? Freiheit. Würde Gott ihn retten? Er wendete sich Grabeau zu, mehr um Trost zu finden als aus irgendeinem anderen Grund. Aber Grabeau sprach seine Gebete.

Sengbe-Pieh war steif von den Ketten und den Schlägen und schrie gequält auf, als die Wachen ihn hochrissen; Grabeau wurde mitgezerrt. Noch bevor die ganze Baracke aufgewacht war, wurden die beiden Männer in Richtung See in Marsch gesetzt. Sengbe-Pieh hatte das Meer noch nie gesehen, und es löste in ihm das größte Entsetzen aus, das er je empfunden hatte. Er kniff die Augen zu. Nie würde er es überqueren. Für ihn und Grabeau war alles zu Ende. Er dachte an Bayeh-Bia mit ihren tausend Flechten und festen Brüsten, ihren offenen Armen, ihren üppigen Flanken und ihrem herrlichen Rücken. Die Erinnerung an ihre letzte gemeinsame Nacht veranlaßte ihn, schwer zu schlucken und die Augen noch fester zusammenzukneifen. Bayeh-Bias Atem, ihre sanfte Stimme flüsterte ihm zu *ndoma nyahanga, ndoma nyahanga*. Ich liebe dich, ich liebe dich. »Vater Siaffa, möge es zu dir dringen.« Er flüsterte das Poro-Gebet. »Möge Gewo entscheiden.« »Ich liebe dich, Bayeh-Bia«, flüsterte er. Er war vierundzwanzig Jahre alt, und er wollte nicht sterben. Vor ihnen lag das große Haus auf dem Wasser, es schwamm mit seinen Bäumen in der Form von Kreuzen. Sie würden ihn ertränken! Sie würden ihn hinabschicken in die Geisterwelt auf dem Grunde des Meeres. Lieber würde er verbrennen, dachte er. Die beiden Männer wurden in ein Beiboot der *Tecora* gesetzt, zum Schiff hinübergerudert und an Bord befördert. Sie blickten auf und sahen einen Wald aus Masten, höher als hundertjährige Palmen, sogar noch höher als die Pfosten der Ausgucke, die sich in den Himmel zu bohren schienen, alle mit weißem, festgezurrtem Stoff drapiert. Sengbe-Pieh und Grabeau wurden über das Deck geführt. Sein Magen drehte sich um, als er drei riesige Kochkessel entdeckte und, an Deck aufgehäuft, Halseisen, Hand- und Fußfesseln, wie sie sie bereits auf dem Marsch getragen hatten, und an schwarzen Eisenkugeln befestigte Ketten. Sie wurden an zwei Matrosen weitergereicht, die sie ins Sklavendeck hinunterbrachten, wo sie im Halbdunkel Reihe um Reihe hölzerne Planken ausmachen konnten, in zwei Lagen, mit Zwischenräumen, die nicht größer waren als die Spanne der ausgestreckten Hände eines Mannes, und die sich bis ins Unendliche zu erstrecken schienen wie eine riesige, von einem merkwürdigen Gestank erfüllte Bienenwabe. Die Decke aus Eichenbalken war so niedrig, daß ein Mann nicht aufrecht stehen konnte, kaum vier Spannen hoch. Sie waren die ersten, die an die Planken gekettet wurden, in halb hockender Position auf der Seite liegend. Ihre Wächter brachten sie auf den ersten beiden von siebenhundert Plätzen unter, einen über dem anderen, neben der Falltür und dem ersten Bullauge. Diese Nähe zu Licht und frischer Luft sollte ihnen das Leben retten, aber das konnten sie nicht wissen. Sengbe-Pieh zweifelte nicht daran, daß Kabba-Sei unter Qualen gestorben und von seinen Peinigern verspeist worden war. Er war machtlos gegen die heißen Tränen der Wut und Scham, die ihm übers Gesicht strömten. Und seine Ketten rasselten in dem höhlenartigen Verlies wie ein gespenstischer Gesang.

Zweites Kapitel

Die *Tecora*

Am 27. Januar 1839 lichtete ein spanisches Achthundert-Tonnen-Schiff mit achtzehn Kanonen an Deck und mit einer Konzession des Hauses Martinez die Anker und nahm Kurs auf die afrikanische Westküste, nachdem der Kapitän in den Gefängnissen und Preßspelunken von Havanna eine sechzigköpfige Mannschaft zusammengebracht und einen Arzt und drei Offiziere angeheuert hatte. Der Kapitän, Joshua Strangeways aus Rio de Janeiro, besaß eine Quittung über zweitausendvierhundert Dollar, die er bei Martinez als Sicherheit für die zu transportierende Sklavenware hinterlegt hatte.

Joshua Strangeways hatte bereits in holländischen, englischen, portugiesischen und brasilianischen Diensten gestanden, obwohl er Amerikaner war, mehrere amerikanische Schiffe befehligt hatte und seine letzten Lebensjahre in den Vereinigten Staaten verbringen wollte. Er war gerissen, verbindlich, ehrgeizig, skrupellos und nachtragend. Er hatte keine Religion, viele Laster, nur wenige Schwächen und, von außergewöhnlicher Tapferkeit abgesehen, keine ausgleichenden Tugenden. Seine zumeist unterdrückten Gefühle brachen sich in entsetzlichen Wutanfällen Bahn. Er war ein einsamer Mann, das jüngste von sechs Kindern, und er war bis zum Alter von fast zwölf Jahren in die Schule geschickt worden, um Geographie, Mathematik und Sprachen zu lernen. Damit war er, für seine Zeit und seine Profession, recht gebildet. Kurz nach seinem zwölften Geburtstag hatte er als Schiffsjunge auf einem amerikanischen Sklavenschiff, der *Galatea* aus Boston, angeheuert. Er hatte die See und seinen ersten Neger fast gleichzeitig zu Gesicht bekommen. Und er war zwanzig Jahre beim Sklavenhandel geblieben, hatte ihm seine Jugend und seine Gesundheit geopfert. Trotz seiner robusten Erscheinung hatte er sich mit Syphilis infiziert. Und wenn er auch noch immer behaupten konnte, in der Blüte des Lebens zu stehen – eines Lebens, das er tagtäglich aufs Spiel setzte –, so lebte er doch nur für das Vermögen, das der Transport schwarzen Fleisches einbrachte.

Sein Schiff war ein relativ kleiner Schoner, der trotzdem eine Fracht von 747 Negern aufnehmen konnte, sofern Pedro Blanco sie bereithielt. Und der Kapitän rechnete mit der keineswegs ungewöhnlichen Sterblichkeitsrate von fünfundzwanzig Prozent. Die Sklaven würden wie aneinandergereihte Löffel auf der Seite liegen, die gebeugten Knie in den Kniekehlen des Nachbarn. Auf manchen Schiffen konnten sie sich nicht einmal hinlegen und verbrachten die Reise einander praktisch auf dem Schoß sitzend. Der Kapitän empfand gegenüber Schwarzen weder Haß noch Furcht – auch nicht gegenüber denen, die seine Fracht ausmachten. Dennoch unternahm er nichts, um ihre Leiden zu mildern oder gegen seine eigene Kaltblütigkeit anzugehen. Wie jeder Weiße an der afrikanischen Westküste wußte er, daß ein Mann, der es zuließ, daß sich Menschlichkeit in sein Herz, seine Natur, seine Berechnungen einschlich, nicht nur ein armer, sondern ein toter Mann war. Doch wenn er die Wahl gehabt hätte, wäre Strangeways ebensogern Kapitän eines der britischen Kriegsschiffe gewesen, die den Handel bekämpften und Piraten an die Rah knüpften.

Im Frachtraum lagen Baumwollstoffe aus Manchester, Musketen aus Birmingham, Bestecke aus Sheffield, Stoffe aus Rouen, Brandy aus Marseille, Taft aus Nantes und Spiegel aus Hamburg. Außerdem befanden sich achthundert Beinfesseln an Bord, fünfhundert Halseisen, Handschellen, Ketten mit Kugeln und vierhundert Holzlöffel. Dazu vierzig Winchesterbüchsen, siebzig Sack Pferdebohnen, Chinarinde, Kanonenkugeln, Schießpulver und Rum. Vorhanden waren außerdem hundertsechsundzwanzig Wasserfässer, von denen jedes hundertfünfzig Gallonen faßte, hundertzwanzig Pfund Faranneh für das Sklavenessen und ein für seine Fracht bereites Sklavendeck.

Die *Tecora*, so hieß dieses Schiff, war ein illegaler Sklaventransporter mit falschen Papieren, falschen Kennzeichen und mehreren Flaggen, die sämtlich falsche Nationalitäten angaben. Sie war unter vielen Falschnamen gesegelt: sie war das spanische Schiff *Madrid* gewesen, dann die *Alerta* und die *de Souza*, und jetzt, bereits recht betagt, verkündete sie mit großen Buchstaben, daß sie die *Tecora* war. Sie war ein breit gebautes Schiff mit einem hoch aufragenden Hauptmast, ein auf Geschwindigkeit getrimmter Schoner. Aber ihr bestes Stück war die gewaltige Kanone hinter dem Fockmast, die, auf eine eiserne Plattform montiert, um hundertachtzig Grad geschwenkt werden konnte und den Schoner in die Lage versetzte, zum Piratenschiff zu werden, wenn mit dem Sklaventransport etwas schiefging. Die *Tecora* war schneller als jedes andere Schiff, und für den Fall, daß ihr das Entkommen trotzdem nicht gelang, verfügte sie über die Möglichkeit, die angekettete Sklavenfracht, die als Beweis dienen konnte, über Bord zu befördern. Denn der Kapitän wußte: wenn er von einem britischen Kriegsschiff auf hoher See aufgebracht wurde, war die Strafe Hängen wegen Piraterie. Doch selbst mit der ganzen Ausrüstung für den Sklavenhandel konnte kein Schiff aufgebracht werden, solange nicht tatsächlich Neger an Bord vorgefunden wurden. Das hatte zur Entwicklung einer bewundernswert einfachen Methode geführt, mit der man das Aufgebrachtwerden vermied; schon viele hatten sich dieser Methode bedient, aber keiner auf grandiosere Art als Kapitän Homans von der *Brillante*. Eines Spätnachmittags war Kapitän Homans von vier Kriegsschiffen umringt gewesen, die aus verschiedenen Richtungen auf ihn zusteuerten, ohne Aussicht auf Entkommen. Im Schutz der Dunkelheit und nachdem die leichte Brise abgeflaut war, hatte er das erste britische Schiff daran gehindert, auf Schußweite heranzukommen, und seinen großen Anker zum Auswerfen klarmachen lassen. Dann ließ er seine sechshundert Sklaven an Deck bringen, alle mit den Knöcheln an eine lange Kette gefesselt. Wenig später kamen die Beiboote der vier Schiffe.

Über der stillen See knirschten Dollen, die Blätter der Riemen peitschten ins Wasser. Homans ließ den Anker fieren. Ein verworrenes Getöse von Kettengliedern und Entsetzensschreien hatte die Nacht erfüllt, als die Kette mit ihrer Last aus menschlichen Leibern auf den Grund des Meeres hinabsank. Als die Briten das Schiff enterten, lag der Kochdunst noch in der Luft, die Essenskessel waren voll, aber an Bord war kein einziger Sklave, der als Beweis dienen konnte. Kapitän Homans war freigesprochen worden.

Im Laufe der Zeit war das System verbessert worden, dachte der Kapitän der *Tecora*, die Sklaven brauchten jetzt nicht einmal mehr aus dem Laderaum herausgeholt zu werden. Das Sklavendeck war geneigt, und am Heck befand sich eine Falltür. Sämtliche Sklaven waren an die gleiche Kette gefesselt, die sich an beiden Seiten über die gesamte Länge des Decks hinzog und an der eine schwere Eisenkugel befestigt war. Die Falltür konnte geöffnet werden, und wenn die Eisenkugel ins Meer fiel, riß sie die gesamte an der Kette hängende Menschenfracht mit sich.

Die Überfahrt der *Tecora* war ohne Zwischenfälle verlaufen. Nach neunundfünfzig Tagen auf See lagen vor ihr die weiße Linie der Brandung, die gelbe Linie des Strandes und die grüne Linie des Dschungels, die typisch waren für die Guineaküste. Wenig später kamen die jadegrünen Buckel der Berge von Sierra Leone in Sicht, und sie erreichte das

Labyrinth von Lagunen, in dem ihre Fracht auf sie wartete. Die *Tecora* ankerte in der Mündung des Gallinas, in der fünfzehn weitere Schiffe lagen, englische, französische, amerikanische, sämtlich mit falschen Papieren und falschen Kennzeichen, die darauf warteten, daß Pedro Blanco sechzig Kanus, mit schwarzem Fleisch beladen, durch die Brandungszone schickte. Die Besatzung starrte mit großen Augen auf den auf einer Sandbank angelegten Friedhof, voll von weißen Kreuzen, die an Matrosen erinnerten, die an dieser Küste an Skorbut, Durchfall, Malaria, Gelbfieber, Typhus und Cholera gestorben waren. Die Luft war von Moskitos fast zum Schneiden dick, in den Gewässern um die sumpfigen Bananen-Inseln herum schwammen Krokodile und Seekühe, und die Leichen von Sklaven wurden von den Gezeiten hin und her gespült. Der Kapitän der *Tecora* hatte oft behauptet, daß die Frauen immer mit dem Gesicht nach unten im Wasser trieben, die Männer dagegen immer himmelwärts starrend auf dem Rücken.

Diese Nacht und etliche weitere Nächte verbrachte der Kapitän der *Tecora* im Haus von Pedro Blanco. Er mußte warten, bis sein Schiff beladen war. Pedro Blanco war ein einsamer Mann, der sich auf die Besuche der Schiffskapitäne und die Unterhaltung mit ihnen freute. Blanco selbst sprach fast jede Sprache – Spanisch, Portugiesisch, Französisch, Deutsch, Niederländisch und Englisch – gut genug, um seine zahlreichen Gäste zu unterhalten.

Pedro Blanco und Kapitän Strangeways blickten nachdenklich in die afrikanische Nacht hinaus, in die der Rauch ihrer Havanna-Zigarillos emporstieg. Der Handel wucherte um sie herum wie die Mangroven. Alles schien sein Wachstum zu fördern: der unersättliche Bedarf der Neuen Welt an Sklaven, die grenzenlose Macht der Kapitäne, die grenzenlose Ohnmacht der Afrikaner, das erbärmliche Leben der Besatzungen, ihre Angst vor Fieber und Gefangennahme.

Pedro Blanco konnte in aller Gelassenheit auf die Probleme des Kapitäns der *Tecora* eingehen. Er war ein reicher Mann, im Begriff, Sierra Leone mit zwei Millionen Dollar in harter Münze für immer zu verlassen.

»Mir ergeht es nicht anders, mein lieber Kapitän. Ich habe oft gedacht, wie leicht einer von uns auf der richtigen Seite stehen könnte. Aber so ist das menschliche Herz nun einmal, und so sind die Wege von Habgier und Macht.«

»Das ist es nicht allein, Señor. Der Durst nach dem Unbekannten kommt hinzu, Kampf, Gefahr, Krankheiten, fremde Länder, Frauen, lange Überfahrten, Geschichten von tapferen Leuten, Neid und noch etwas anderes – ein Blick in die Hölle. Ich behandle meine Sklaven immer noch besser als unsere ehrlichen Kapitäne die irischen oder deutschen Einwanderer, deren Leben für niemanden außer sie selbst irgendeinen Wert hat . . .«

»Eine alte Maxime der britischen Steuerbehörden lautet, daß kein Handel unterbunden werden kann, wenn sein Profit mehr als dreißig Prozent beträgt.«

»Und der Profit einer erfolgreichen Reise liegt, wie Ihr, Don Pedro, sehr wohl wißt, zwischen zweihundert und zweihundertfünfzig Prozent.«

Don Pedro wechselte das Thema. Das ungeschriebene Gesetz seines eleganten und kostbar eingerichteten Hauses lautete: je weniger Gerede über Geschäfte, desto besser.

»Ich habe gehört, das neue Opernhaus in Havanna soll sehr schön sein.«

»Wirklich prachtvoll. Es wurde mit *Wilhelm Tell*, der neuen Oper von Rossini, eröffnet. Fraglos das bisher schönste und hinreißendste Werk des großen Maestro!«

»Wie sehr ich mich danach sehne, einmal wieder richtige Musik zu hören! Ich lasse mir all seine Opern schicken, sobald sie veröffentlicht werden. Und die von Maestro Donizetti – sie leisten mir Gesellschaft . . .«

Don Pedro brach ab. Er hatte zu lange an dieser Küste

gelebt. Es war an der Zeit, sie zu verlassen. Die Fracht für die *Tecora* würde eine der letzten sein – vielleicht die allerletzte.

»Die Luft ist rein.« Die Nachricht wurde von einem Wachtposten an der Küste zum nächsten weitergegeben. Joshua Strangeways eilte an den Strand. Nur noch vier Stunden Tageslicht, um siebenhundert Sklaven durch die tückische Brandung zu bringen. Der Kapitän begann mit den Frauen, die zu verladen am schwierigsten war. Siebzig erreichten sicher das Schiff. Dann kamen die Männer; doch mittlerweile war ein steifer Südwest aufgekommen, und die Dünung brachte fast jedes zweite Kanu zum Kentern. Neger um Neger mußte aus der Brandung gefischt werden. Die Sonne ging rasch unter, und erst zwei Drittel der Sklaven waren an Bord. Als die Nacht hereinbrach, nahm die Windstärke zu. Mit backgeholten Marssegeln signalisierte die *Tecora* ungeduldig, daß sie schleunigst ablegen müßte. Der Kapitän bestach Pedro Blancos Männer, indem er ihnen für jeden an Bord gebrachten Sklaven eine Korallenkette gab, und die Mütter, Schwestern und Frauen der Bootsbesatzungen legten mit Hand an, überredeten, befahlen und drohten. Bevor die Sonne endgültig hinter dem Horizont versunken war, hatten ein paar Ketten aus unechten Korallen weitere hundert Afrikaner in spanische Sklaverei befördert. Dennoch fielen drei Sklaven unrettbar in das von Haien wimmelnde Wasser. Die *Tecora* ergriff im Schutze der Dunkelheit die Flucht, ohne die restlichen hundertzwanzig Sklaven an Bord zu nehmen. Im Laderaum befanden sich 670 Männer, Frauen und Kinder. Strangeways hatte zweitausendsiebenhundertfünfzig Pfund Sterling in der Brandung eingebüßt.

Ein Sklave sprang über Bord. Ein anderer brach sich in der Nacht mit seinen Ketten das Genick. Zwei Selbstmorde in vierundzwanzig Stunden flößten Joshua Strangeways ein unbehagliches Gefühl ein. Dies war eine Ladung, die zum Meutern neigte. Meutereien, das wußte er, kamen zu Beginn oder am Ende einer Reise vor. Schon sehr bald würde das Meer, der beste Verbündete des Menschen, Gleichgültigkeit, Einsamkeit und eine derartige Angst unter den Sklaven verbreiten, daß sie sich unterwarfen – gründlicher als durch Peitschenhiebe, Folter oder Essensentzug. Er hatte seine eigenen Methoden; er hatte immer einen Matrosen an Bord, der die Schwarzen gut genug kannte, um Angehörige des gleichen Stammes voneinander zu trennen. Und Afrika mit seiner babylonischen Vielfalt von Sprachen und Dialekten machte das sehr einfach. Die wirkliche Gefahr war die Lüsternheit der Matrosen. Sie stachelte die schwarzen Männer zu Revolten an, und die Disziplin an Bord geriet ins Wanken. Aber auch dafür hatte er seine eigenen Methoden. Er hatte immer ein paar junge Frauen an Bord, die er vom Rest der Ladung fernhielt und die den Matrosen zur Verfügung standen. Und wenn sie bei der Ankunft schwanger waren, konnte es ihm nur recht sein.

Sengbe-Pieh und Grabeau beobachteten den endlosen Vorbeizug der Männer, von denen sie viele wiedererkannten. Sengbe-Pieh schrie auf und hätte sich fast an seinen Ketten erwürgt. Kabba-Sei lebte. Er war gerade vorbeigekommen.

Sengbe-Pieh erwachte mit einem Schrei. Endlich, dachte er, hatte er geschrien. Aber der Schrei war aus dem hintersten Winkel eines abgrundtiefen Alptraums gekommen, nicht aus seiner ausgedörrten Kehle. Er konnte weder den Kopf nach rechts oder links drehen, noch konnte er sich aufsetzen. Er konnte auch seine Beine nicht bewegen, und einen Augenblick lang glaubte er, ihre Bewegungsfähigkeit wäre ebenso verlorengegangen wie der Überblick über die Zahl der bereits vergangenen Sonnen. Das Rechteck aus Helligkeit über seinem Kopf reichte nicht aus, Licht auf die Menge zu werfen, die um ihn herum, unter ihm, neben ihm lag. Wie jeden Tag dachte er an die unergründliche Tiefe unter den knarrenden Planken des Schiffes, an die Welt der Geister, die dort unten drifteten und herumwirbelten, grauenvoll und ewig. »Bayeh-Bia«, stöhnte er, wie er es jeden Tag tat, aber sein Stöhnen ging unter im Schluchzen Hunderter von Männern, die sich nach ihren Müttern, ihren Frauen, ihren Vätern sehnten. Männern, die trotz aller Bemühungen an ihrem eigenen Erbrochenen erstickten oder die immer wieder in Ohnmacht fielen, weil sie keine frische Luft bekamen oder den Gestank nicht ertrugen, der von den Leibern aufstieg, die so eng zusammengepreßt waren, daß nicht einmal eine Handbreit Raum zwischen ihnen war. Er blickte nach links und sah, wie sich geduckte Gestalten, groteske, lange Schatten werfend, zwischen den Männern bewegten. Sie trugen Öllampen bei sich, die sich in der sauerstoffarmen Luft quälten und drohten, jeden Moment zu verlöschen und die Matrosen im Dunkeln stehenzulassen.

Plötzlich spürte Sengbe-Pieh einen Blutandrang in der Brust, als hätte sein Herz ausgesetzt, aber er brach sich in einem langen, hilflosen, qualvollen Schluchzen Bahn, bei dem er die stinkende Luft einsog. »*Gewo! Warum? Warum? Warum ich?*« Er war jetzt nur noch eine körperlose Seele, die in die Welt der Geister unter dem Wasser eingehen würde. Aber wieso besaß er dann noch seinen Körper, der Schmerzen fühlte, blutete, stank? Er versuchte, sich aufzusetzen, aber die Kette war zu kurz, wenn der Fremde links neben ihm, an den er gekettet war, sich nicht gleichfalls aufsetzte. Mit seiner ganzen Kraft riß er den Mann neben sich hoch.

Der Mann schrie schmerzgepeinigt auf, als ihm die Ketten in Hals und Knöchel schnitten. »Gnade«, stöhnte er. »Wer bist du?« flüsterte er.

»Ein Mende wie du«, sagte Sengbe-Pieh, »der am Leben

bleiben will, und da wir aneinandergekettet sind, mußt du auch am Leben bleiben.«
Einer der Matrosen, der den Schrei gehört hatte, kam mit seiner Laterne und hielt sie über sie. Ein übelriechender Kerl bückte sich und besprenkelte ihn mit einem weißen Pulver. Das mußte das Zeichen des Todes sein, dachte Sengbe-Pieh. »*Elonga koe hui! Elonga koe hui!*« rief er, und dann wurde er ohnmächtig.

Dies war die fünfte Reise des Schiffsarztes Doktor Raphael Jesus auf einem Sklaventransporter, und inzwischen wußte er, was er auf dem unteren Deck zu tun hatte. Die Grundmaßnahmen einer erfolgreichen medizinischen Betreuung waren Aderlässe und Essig für alle Sklaven und Matrosen gleichermaßen, Zwangsernährung, Desinfektion, Quarantäne und die sofortige Entfernung von Leichen. Er verfügte nur über wenige Behandlungsmethoden und Medikamente: Jodtinktur, Chinarinde, Opium, Morphium, Laudanum, Quecksilbersalbe, Terpentin, Rum, Kampfer, Blei, Nikotin, Arsen, Kamille, Vanille und Chinin; Amputation bei Wundbrand und Infektionen; Aderlaß, Schröpfen, Kauterisieren.
Das Sklavendeck der *Tecora* war auf die im neunzehnten Jahrhundert bei Sklavenschiffen übliche Art konstruiert, die zwei Jahrhunderte zuvor von den Briten entwickelt worden war. Zwischen die beiden hölzernen Decks war eine Reihe schmaler Bretter eingefügt worden, die den Raum von einem Meter und fünfundzwanzig Zentimetern zwischen dem unteren Sklavendeck und den Planken auf weniger als einen Meter verringerten. Jedem Mann standen ein Meter und sechzig Zentineter in der Länge und vierzig Zentimeter in der Breite zur Verfügung, auf denen er liegen oder sich aufsetzen konnte. Sechzehn oder siebzehn von vierundzwanzig Stunden sah kein Sklave Tageslicht. Bei gutem Wetter wurde die Fracht losgekettet und, paarweise mit

Handschellen aneinandergefesselt, auf das Hauptdeck gebracht. Doktor Jesus bestand nachdrücklich auf soviel frischer Luft wie möglich. Alle erhielten eine Mahlzeit am Tag: eine Schale gekochtes Maismehl mit Palmöl und Yams oder schwarzen Bohnen, die »carotas negras« genannt wurden, und natürlich eine Dosis Bromid zur Unterdrückung sexueller Gelüste. Die Männer, mittlerweile in einem Zustand völliger Benommenheit, bewegten sich gefügig, kauten langsam, ließen die Meeresbrise über offene Wunden streichen oder die heiße Sonne auf Schädel scheinen, in denen das Denken nicht mehr funktionierte. Sie ertrugen die Peitschenhiebe der Besatzung, die scheinbar grundlos auf diesen oder jenen niederfuhren, bis die Peitschen schließlich auf Männer trafen, die nicht einmal mehr zusammenzuckten.

Doktor Raphael Jesus beobachtete die Sklaven vom Achterdeck aus und versuchte, mögliche Anführer einer Revolte herauszufinden. Seine Augen verweilten auf Sengbe-Pieh und Grabeau. Die Schiffsoffiziere hatten den Kapitän oft gedrängt, dem Beispiel vieler Sklavenschiff-Kapitäne zu folgen und den aufsässigsten Sklaven Arme und Beine abzuschneiden, um die übrigen in Angst und Schrecken zu versetzen, aber er hatte es abgelehnt, diesen Gedanken auch nur in Erwägung zu ziehen, geschweige denn, eine derartige Grausamkeit an armen Wesen zu verüben, die, obwohl keine Christen und Anhänger des wahren Glaubens (was eher ihr Pech als ihr Fehler war), trotzdem Geschöpfe Gottes waren und ihm fraglos ebenso teuer wie sie selbst. Und wenn er auf diese zusammengedrängte Masse herniederschaute, konnte er sich im Grunde auch nicht vorstellen, daß man sie ihrer Hautfarbe wegen verachten sollte, denn schließlich waren sie etwas, wofür sie nichts konnten und wozu das Klima, das Gott ihnen zugewiesen hatte, sie gemacht hatte. Er selbst glaubte nicht, daß einer Hautfarbe mehr Wert zugemessen werden sollte als der anderen oder daß Weiß besser war als Schwarz. »Wir neigen ebenso dazu, zu unseren Gunsten zu urteilen«, pflegte er zu sagen, »wie die Schwarzen über *unsere* Hautfarbe urteilen, die für sie die Farbe des Teufels ist.« Und hier sind wir, dachte er, tun die Arbeit des Teufels und beweisen ihnen, daß sie recht haben!

Sengbe-Pieh wußte, daß er den unaussprechlichen Abscheu vor *pumui*, weißer Haut, loswerden mußte. Er wußte, daß weiße Männer alt wurden, erkrankten und starben, nicht anders als schwarze Männer, aber er fragte sich, ob auch ihr Blut die gleiche Farbe hatte. War es ein helleres oder ein dunkleres Rot? Bedeuteten die vielen Haare auf ihren Körpern, daß sie mehr Ähnlichkeit mit den Tieren hatten, deren Blut schließlich ebenso rot war wie das der Menschen? Waren sie überhaupt Menschen? An diesem Tag, als man sie auf das Hauptdeck hinaufgelassen hatte, war hinter ihm plötzlich Unruhe ausgebrochen, und noch bevor er aufstehen konnte, waren zwei aneinandergefesselte Männer plötzlich über Bord gesprungen. Ein Paar nach dem anderen war ihrem Beispiel gefolgt. Die Matrosen hatten versucht, sie mit Piken herauszufischen, aber sie hatten keinen Versuch unternommen, sich zu retten. Die Besatzung hatte mehrere Salven über die Köpfe der aufgeregten Menge hinweg abgegeben, und Doktor Jesus hatte seine Totenliste entsprechend ergänzt. Mit mehreren oder sogar Massenselbstmorden mußte immer gerechnet werden. Sengbe-Pieh und Grabeau wechselten einen Blick. Was wäre gewesen, wenn man sie beide aneinandergefesselt hätte? Hätten sie sich gleichfalls für die wogenden, schattigen Tiefen der See entschieden?

Nach zwanzig Tagen begegnete die *Tecora* dem Sklaventransporter *Si*. Sie grüßten einander und beglückwünschten sich gegenseitig dazu, daß sie den britischen Patrouillen

entkommen waren. Zu früh, denn keinen halben Tag später kam ein Offizier in die Kabine des Kapitäns und meldete, daß im Nordwesten ein Segel in Sicht gekommen war. Der Kapitän eilte an Deck, und die Sklaven wurden mit Peitschen schleunigst nach unten getrieben. Der Kapitän justierte sein Fernrohr und sah den großen Zweimaster, der sie verfolgte.
Er lavierte, als gefiele ihm das Aussehen der *Tecora* nicht, und hielt vor dem Wind. Sein Rumpf war deutlich zu erkennen. Es war die *Buzzard*, der berühmte englische Sklavenschiff-Jäger. Die *Tecora* änderte ständig den Kurs, um ihrem Verfolger zu entkommen. Fünf Salven wurden abgefeuert, und die *Tecora* hißte die amerikanische Flagge, aber ohne Erfolg. Der Kapitän lehnte an der Reling und ließ das Schiff nicht aus den Augen, nur hin und wieder reichte er das Fernrohr dem einen oder anderen seiner Offiziere. Als der Morgen heraufdämmerte, war die *Buzzard* noch immer am Horizont zu sehen, genau nördlich von ihnen. Der Wind frischte auf, und abermals kam das britische Kriegsschiff näher heran. Die *Tecora* setzte mehr Segel, um der *Buzzard* zu entkommen. Gegen Mittag war die *Buzzard* bis auf Schußweite an die *Tecora* herangekommen und feuerte eine ihrer großen Bugkanonen ab. Die Kugel schlug neben der *Tecora* ins Wasser. Strangeways zögerte. Der Steuermann begann zu fluchen. Nach anderthalbtägiger Flucht, während der sie dreihundert Seemeilen zurückgelegt hatte, lief die *Tecora* Gefahr, geentert zu werden.
Der Kapitän befahl, alle Feuer zu löschen, die Back zuzunageln und die Gitter vor den Luken zu schließen. Dann ließ er Handfeuerwaffen und Munition an Deck schaffen und zudecken. Die Geschütze wurden ausgewischt und geladen. Die portugiesische Flagge wurde gehißt. Der Schoner rollte langsam in der schwachen Dünung. Die *Buzzard* kam nicht näher, die *Tecora* segelte nicht davon.
Eine halbe Stunde lang wanderte der Kapitän auf dem Deck

hin und her, immer wieder einen Blick durch das Fernrohr werfend. Schließlich enterte er in die Takelage und sah ein weiteres Schiff in voller Fahrt mit gehißter Flagge. Es war die *Si*.

Die *Si* und die *Tecora* waren von der *Buzzard* ungefähr gleich weit entfernt, das eine Schiff an Steuerbord, das andere an Backbord. Strangeways beobachtete, wie die *Buzzard* zu zögern schien, wie sie auf einem schimmernden Wogenkamm stand, schön und gesetzestreu. Dann sah der Kapitän der *Tecora*, daß die *Buzzard* lavierte und sich anschickte, die *Si*, das langsamere der beiden Schiffe, zu verfolgen. Strangeways war fast enttäuscht. Er hätte der *Buzzard* ohne weiteres davonsegeln können. Der Kapitän der *Tecora* ließ sein Fernrohr sinken, als das britische Schiff hinter dem Horizont verschwand.

Drittes Kapitel

Die *Buzzard*

Der schwarze Kanonier blickte hinter den geblähten Segeln der mit zehn Kanonen bestückten britischen Kriegsbrigg *HMS Buzzard* auf das Vierhundertdreißig-Tonnen-Schiff herunter. Er lauschte dem schwachen Donner, der in den fernen Bergen widerhallte. Vor ihm lag die Halbinsel Sierra Leone; diesen Namen hatten die Portugiesen dem Land gegeben, weil auf seinen Bergen ständig der Donner grollte und die Löwen brüllten, die diese Berge durchstreiften. Wie ein Garten erhob sich das Land aus dem Meer. Seine zahllosen Gipfel, aufeinandergetürmt wie ein von Menschen geschaffenes Monument, waren abwechselnd in Licht und Schatten getaucht. Die heiße Luft hatte den beißenden Metallgeruch der gelben Goldmünzen, die die Royal African Company ursprünglich für den Sklavenhandel geprägt hatte. Die flache, grün gesäumte Küstenlinie lag unter einem leichten Dunst, aus dem schwarze Sümpfe, Mangroven und schilfbewachsene Inseln herausragten. Der Kanonier richtete seinen Blick immer auf die Stelle, die er zuerst gesehen hatte, als das gekaperte Sklavenschiff *Henrietta* zur Küste zurückgeschleppt wurde. Die Stelle, die er als Junge gesehen hatte, war die Spitze einer Landzunge, dort, wo sich der schlammige Fluß in die saubere See ergoß. Auf der Landzunge erhob sich eine schwarze Felsformation; teils Pyramide, teils Fläche einer riesigen Hand, teils Leuchtturm, hinderte sie Meer und Schiffe, Zeit und Geschichte am Eindringen – mit der abweisenden, wütenden

Geste eines Herrschers. Wenn sie eingestürzt wäre, hatte er, damals ein ausgemergelter, hohläugiger Junge, gedacht, so hätte sie die Welt mit sich gerissen.

»He, James. Mach, daß du herunterkommst. Der Kapitän will dein hübsches schwarzes Gesicht sehen!«

Die Sonne ließ James Coveys Profil vor den weißen Rundungen, Kuppeln und Halbmonden der Segel noch schwärzer erscheinen. Die scharfgeschnittenen Züge, die hohe Stirn und der gutgeformte Kopf, mit dichten schwarzen Locken bedeckt, die bis auf einen langen, dicken, im Genick von einem schwarzen Band zusammengehaltenen Zopf kurzgeschnitten waren, flimmerten in der tropischen Hitze wie geschmolzener Teer. Seine Augen waren so groß und so schwarz, daß in ihnen überhaupt kein Weißes zu sein schien, obwohl man bei genauerem Hinsehen erkennen konnte, daß das Weiße porzellanblau war wie bei einem Neugeborenen; sein Blick hatte deshalb etwas unvermutet Kindhaftes. Die breite Nase war gerade, die Lippen voll und purpurrot. Er war fünfundzwanzig Jahre alt und hatte noch nie ein Rasiermesser gebraucht – eine Tatsache, die die Besatzung der *Buzzard* belustigte. Er hatte einen untersetzten, kräftigen Körper, in dem trotz des grazilen Knochenbaues viel Kraft steckte; er war praktisch unzerstörbar und unermüdlich. Er verfügte über eine höchst ungewöhnliche Begabung: er konnte im Dunkeln sehen. Selbst in der schwärzesten Finsternis war er imstande, bewegliche oder unbewegliche Objekte zu erkennen; er übernahm immer die Nachtwache, weil alle wußten, daß er der einzige war, der nach Einbruch der Dunkelheit ein unbeleuchtetes Schiff ausmachen konnte. Die Besatzung verließ sich auf sein außergewöhnliches Sehvermögen, das sie für fast übernatürlich hielt.

James Covey war nicht sein wirklicher Name. In Mende war sein Name Kaweli, Kriegsstraße, was bedeutete, *die Straße, auf der man fürchten muß, gefangengenommen zu werden*. Er mußte immer lächeln, wenn er an die bittere Ironie seines Namens dachte.

Die Guineaküste bestand aus einem luvwärts und einem leewärts gelegenen Teil. Der erstere reichte von Senegal bis Kap Palmas, der letztere so weit nach Osten, wie die weißen Sklavenhändler bisher vorgedrungen waren. Von Kap Palmas bis Kap Three Points wurde sie die Elfenbeinküste genannt; an sie schloß sich, hundertachtzig Meilen entfernt, die Goldküste an. Überall an dieser Küste mündeten große Flüsse ins Meer, Flüsse, die sich in großen Schleifen und Windungen durch das Innere von Guinea zogen und sich in Nebenflüssen und Bächen verzweigten, die wie Kanäle miteinander in Verbindung standen. Im Landesinnern drängten sich Urwälder bis an die Ufer der Flüsse, ihre üppige Vegetation bot Schatten und Schutz vor der fürchterlichen Sonnenhitze. Und über allem lag eine ehrfurchtgebietende Stille, dachte James, weil die Menschen dort so rar waren. Noch heute war das ganze Innere Afrikas so schwarz und still wie vor dreihundert Jahren, als die ersten Sklaven exportiert worden waren, und das war auch der Grund dafür, daß kein Weißer jemals dieses Land für sich beansprucht hatte. Das unwegsame Terrain, das ungewohnte Klima, die mörderischen Fieber und die schwarzen Bewohner versperrten nach wie vor den Weg der Weißen ins Landesinnere. Weshalb hätten die Europäer auch das Risiko eines Vordringens ins Landesinnere eingehen sollen? Sie hatten alles getan, was erforderlich war, um in der relativen Sicherheit der Häfen an der Küste das einzige in die Hände zu bekommen, was sie von Afrika wollten: seine Söhne.
Im voraufgegangenen grausamen Jahrhundert waren zehn Millionen Sklaven in die Neue Welt verschifft worden, und obwohl auch die Portugiesen, die Niederländer, die Dänen und die Franzosen ihren Anteil daran gehabt hatten, hatte doch England, die unbestritten größte See- und Wirtschafts-

macht der Erde, den Handel beherrscht. Mehr als die Hälfte der aus Afrika verschleppten Sklaven war auf seinen Schiffen in seine eigenen Kolonien transportiert worden. Sklaverei war das Grundprinzip und das Fundament des Empire gewesen, die Hauptfeder des Uhrwerkes, das alle Räder in Bewegung setzte. Und vielleicht war England gerade deswegen, weil es einst beim Sklavenhandel die Hauptrolle gespielt hatte, nun zu der Nation geworden, die den Sklavenhandel am heftigsten bekämpfte, dachte Covey, genauso, wie die größten Sünder, einmal bekehrt, oft zu den inbrünstigsten Heiligen wurden. Der Handel mit Sklaven und die völlige Unkenntnis des afrikanischen Hinterlandes waren anfangs ein Paradox gewesen und dann, in diesem großartigen neuen Jahrhundert, in dem alle zivilisierten christlichen Nationen den Sklavenhandel für ungesetzlich erklärt hatten, ein Affront. Dänemark hatte den Anfang gemacht, gefolgt von Großbritannien und den Vereinigten Staaten und dem restlichen Europa. Schließlich, vor drei Jahren, hatte sich nach langem Widerstreben sogar Portugal angeschlossen. Covey wußte, daß diese Gesetze den Sklavenhandel nicht unterbunden und die Zahl der verschifften Sklaven nicht verringert hatten. Im Gegenteil, ihre Lage hatte sich auf kleineren, schnelleren und brutaleren Schiffen eher noch verschlechtert. Das Geschwader von Kriegsschiffen, zu dem er gehörte und das vor der afrikanischen und der amerikanischen Küste Wache hielt, vermochte nicht viel auszurichten gegen die Piraten, die stets bereit waren, ihre Blockade zu durchbrechen, solange die Männer Afrikas ihnen bare Münze einbrachten.

Von allen Ländern, die zu Guinea gehörten, war Mendeland das schönste, dachte James. Dort gab es die größten schattenspendenden Bäume. Große, offene Savannen streckten sich bis zu den in Wolken gehüllten Berggipfeln hinauf, auf denen langes, grobes, vom Wind bewegtes Gras wuchs. In seinen Knochen konnte James den gewundenen Fluß Mitouba spüren, der Mendeland durchquerte und sich dort ins Meer ergoß, wo die ständig in Nebel und Donner gehüllten Berge von Sierra Leone begannen. James dachte an alles, was er inzwischen über Afrika wußte: sechshunderttausend Quadratmeilen Regenwald, in dem niemals die Sonne schien, die ebenso endlose Wüste, deren alter arabischer Name das letzte Keuchen eines Mannes nach Wasser imitierte: Sahara. In Afrika gab es unerforschte Gebirge, Hochebenen, Seen und Wasserfälle und vor allem die großen Ströme, die das Land durchzogen wie die Venen und Arterien ein göttliches Tier – Flüsse, die bereits Namen trugen wie der Nil, der Niger, der Kongo und der Gallinas, aber auch Flüsse, die noch unbenannt waren, zumindest auf den Karten der Weißen. Was sein eigenes Schicksal betraf, so tat er genau das, wovon er geträumt hatte, seit er im Alter von neun Jahren ein befreiter Sklave gewesen war: die Hoheitsgewässer an der zweitausend Meilen langen Guineaküste befahren, illegale Sklaventransporter jagen und aufbringen und ihre Fracht befreien. Also weshalb machte er noch immer Jagd auf Sklavenhändler? Warum hatte der Handel sogar noch zugenommen? James wußte auch, daß Freetown kaum mehr war als ein Rekrutierungsort für Arbeitskräfte, die in Westindien, in den britischen Kolonien Trinidad, Jamaika und Barbados gebraucht wurden. Die Schwarzen, die er und sein Kapitän befreiten, wurden zur Auswanderung zu Bedingungen überredet, die kaum besser waren als die der Sklaven. Die Franzosen, die Portugiesen und die Spanier, die sämtlich am illegalen Sklavenhandel beteiligt waren, beschuldigten die Briten der Heuchelei. Gott weiß, dachte James, daß es die Engländer waren, die die Heuchelei überhaupt erst erfunden hatten. Obwohl Großbritannien nicht das erste Land gewesen war, das den Sklavenhandel verboten hatte, so war es doch das einzige, dessen Marine wirksame Anstrengungen unternahm, dem illegalen Sklavenhandel Einhalt zu gebieten, so bescheiden die Resultate auch waren. Kriegsschiffe mit einigen tausend Mann Besatzung bildeten die Afrika-Patrouille Ihrer Majestät, der Königin Viktoria. Es war nicht sonderlich schwierig, auf See zu patrouillieren, aber die Sümpfe, Buchten, Verzweigungen und Insellabyrinthe an den Mündungen der westafrikanischen Flüsse zu durchsuchen war fast unmöglich.

In diesem Jahre des Herrn 1839, dem zweiten Regierungsjahr der Königin Viktoria, würden achtzigtausend Sklaven illegal in die Neue Welt transportiert werden. Nur ein Zehntel von ihnen würde durch patrouillierende Schiffe befreit werden. Und von den anderen würde nur die Hälfte das Land auf der anderen Seite des Ozeans lebendig erreichen, und nur ein Drittel von dieser Hälfte würde die ersten drei Jahre der Gefangenschaft in der Neuen Welt überleben. Nach drei Jahren waren also, wie Covey von seinem Kapitän erfahren hatte, von jeweils hundert Sklaven nur noch dreißig am Leben.

»Die Geschichte des Sklavenhandels«, hatte Kapitän Fitzgerald gesagt, »ist die Geschichte eines Krieges, der seit mehr als zwei Jahrhunderten andauert, eines Krieges gegen die menschliche Natur, der nicht von halbverhungerten Massen gegen eine mit den Künsten des Lebens gesegnete, vom Luxus verweichlichte Rasse geführt wird, sondern der eine zum Himmel schreiende Schande ist, eine Schande für die besten Nationen der Christenheit, die, ohne dazu provoziert zu sein, nichtsahnenden, hilflosen Mitmenschen auf eine Weise Gewalt antun, die aus den besten Menschen die schlechtesten macht ...«

Hier hatte Fitzgerald innegehalten; sein wettergegerbtes Gesicht war vor Empörung gerötet gewesen. Kapitän Fitzgerald füllte seine Position so vollkommen aus, daß man sagte, er wäre schon im Mutterleib für die See bestimmt gewesen. Er hatte die richtige Größe, das richtige Gewicht, die stetigste Hand und das tapferste (und grausamste)

Herz. Seine Stimme übertönte das Tosen jedes Sturms, und ein ruhiges Wort genügte, einen ausgewachsenen Mann zittern zu lassen. Der Kapitän konnte Entfernungen auf eine Hundertstelmeile und die Zeit auf die Sekunde genau abschätzen, mit seinem Geruchssinn konnte er Land wittern, das noch unsichtbar und Meilen entfernt war, seine Ohren hörten es, wenn Haie unter dem Kiel waren, oder das Knarren eines flüchtenden, noch nicht in Sichtweite befindlichen Schiffes. Für James, der ihn vom ersten Tag an geliebt hatte, war er vollkommen. Und weshalb auch nicht? Fitzgerald war der Sohn und Enkel von Seefahrern und ihren Töchtern. Die ersten Jahre seiner Laufbahn hatte er unter Commander Denner gedient, einem Mann, der im Afrika-Geschwader zu einer Legende geworden war. Bei der Verfolgung von Sklavenschiffen war Denner wie besessen und skrupellos gewesen, von einer fast mystischen Inbrunst, und hatte sie unerbittlich der Gerechtigkeit ausgeliefert. Den Grund dafür kannte jeder. Als junger Leutnant hatte Denner vor der Küste Brasiliens auf einem Schiff der britischen Marine Dienst getan und das erste Sklavenschiff gekapert, das je vor der Küste Südamerikas aufgebracht worden war. Er erhielt den Befehl, seine Prise mit ihrer Fracht von fünfhundertfünfzig Afrikanern über den Atlantik nach Sierra Leone zurückzubringen und die Besatzung wegen Piraterie vor Gericht zu stellen. Die sechsundvierzig Tage dieser fürchterlichen Middle Passage in umgekehrter Richtung hatten Denner so gründlich gezeichnet, als wäre er mit einem heißen Eisen gebrandmarkt worden. In Freetown war es ihm nicht gelungen, eine Verurteilung der Sklavenhändler zu erreichen, weil das Schiff südlich des Äquators aufgebracht worden war, und deshalb hatten die Sklaven die Reise ein drittes Mal machen und nach Brasilien zurückkehren müssen. Obwohl nahe daran, den Verstand zu verlieren, hatte Denner den Befehl befolgt und ein Zehntel der ursprünglichen Fracht von Männern und Frauen auf den Docks von Rio de Janeiro an Land gesetzt. Von da an hatte er Sklavenschiffe wie ein Erzengel gejagt und gekapert, auf hoher See gelauert, bis ein verdächtiges Schiff auftauchte, und es dann erbarmungslos verfolgt. Und das tat er auf seinem Schiff *The Wonderer* nach wie vor. Das britische Geschwader hatte dreihundertdreiunddreißig Sklavenschiffe aufgebracht und fast fünfundsechzigtausend Afrikaner befreit. Und er, James Covey, gehörte zu diesem Geschwader.

Der niederländische Schoner *Henrietta* hatte dreihundert Sklaven, darunter ihn, an Bord gehabt und war am 3. Oktober des Jahres 1825 von der *HMS Aden* aufgebracht worden. Er glaubte, daß ihn nur seine Jugend vor dem Tod im Sklavendeck bewahrt hatte, auf dem er sechsundzwanzig Tage überlebt hatte, die letzten beiden angekettet an einen Toten auf der einen und einen tobenden Irren auf der anderen Seite.

Dann waren eines Tages die Luken geschlossen und alle Afrikaner an Deck gescheucht worden, und das Schiff war schlingernd und rollend über die Wellen geflogen. In der Ferne hatte er ein weiteres Schiff gesehen, das sie verfolgte und näher kam. Die *Henrietta* erbebte, als sie das Feuer auf den Verfolger eröffnete, und fast unmittelbar darauf wurde die *Henrietta* von einer Kugel getroffen; sie neigte sich auf die Seite, und die Matrosen flüchteten in die Takelage. Einige der von ihren Ketten befreiten Afrikaner sprangen über Bord. Die Kranken oder Sterbenden wurden ebenso wie die Papiere und das Logbuch des Schiffes über Bord geworfen, aber zu spät – die *HMS Aden* war zu schnell an die *Henrietta* herangekommen. Dann wimmelte es auf dem Deck von anderen Weißen, die die *Henrietta* mit Pistolen und Musketen geentert hatten, sich zwischen die Weißen an Bord und die Afrikaner drängten, lächelten, nickten und brüllten. Er hatte begriffen, daß diese Weißen die Feinde der

anderen waren, und hatte den Grund erkannt, noch bevor er bei den Neuankömmlingen das dunkle Gesicht gesehen hatte. Der Schwarze, gekleidet wie ein Weißer, hatte in Mende gesprochen. *Im Namen des Königs von England, ihr seid frei.* Er hatte ihn hochgehoben und ihm Wasser aus seiner eigenen Flasche eingeflößt. Ganz offensichtlich waren viele der Afrikaner immer noch zu entsetzt oder zu schwach, um zu wissen, was vor sich ging, als die *Henrietta* nach Sierra Leone zurückgeschleppt wurde. Von den ursprünglich dreihundert Afrikanern war ein Viertel tot. Die restlichen, benommen und ausgemergelt, hockten an Bord des Schoners, bis ein Beamter vom *Liberated African Department* an Bord kam. Mit ihm kamen weitere Dolmetscher, die den Afrikanern endlich begreiflich machen konnten, daß sie frei waren. Mißtrauen, Unglaube, dann kamen Freude, Erleichterung und Jubel, schwächlicher Gesang und Tanz. Menschen umarmten diejenigen, die zu benommen waren, um zu begreifen, was ihnen widerfahren war. Die Überlebenden hatten neue Namen erhalten: John England, William Spanien, James Scotland, Wilkes Wales. Einige erhielten Namen aus der Geschichte: August Napoleon, Wilbur Hannibal, John Cesar, Leslie Nelson, Freddy Drake, James Spartacus, John Regent, Wellington Sharp, und andere ganz willkürliche: Ajax, Alabaster, Try John, Afric Charter, Miller Brend. Ihn hatte eine Missionarsfamilie adoptiert und ihm ihren Namen Covey gegeben. James Covey. Aber daß ihn seine Eltern Kaweli genannt hatten, vergaß er niemals.
»Du gehörst zu denen, die Glück gehabt haben, Junge«, hatte Fitzgerald gesagt und ihn verblüfft angeschaut, als er darum gebeten hatte, auf der *Buzzard* anmustern zu dürfen. Und für Fitzgerald und seine Leute war Covey zum Talisman geworden. Ein lebendes, atmendes Symbol für ihre Mission, denn *er war dort gewesen und zurückgekommen.*

Als Covey zur Kajüte des Kapitäns eilte, erbebte das Schiff unter ihm. Sie lichteten den Anker. Die *Si*, die sie verfolgten, mußte sich außerhalb der Hoheitsgewässer befinden. Er hörte die Kommandos und Rufe, die ein segelndes Schiff begleiten. Er war glücklich, daß sie wieder unterwegs waren. Er hatte den Atlantik viermal überquert, und viermal war die *Buzzard* mit einer Prise zurückgekehrt. Die *Si* beförderte, wie jedermann wußte, sieben- oder achthundert Sklaven. Kapitän Fitzgerald war entschlossen, sie nicht entkommen zu lassen. Coveys Herz schlug schneller als gewöhnlich, als er anklopfte.
»Komm herein, James.«
Kapitän Fitzgerald schaute nicht vom Logbuch auf, als Covey eintrat.
»Ich weiß, wie dir zumute ist, James, aber ich möchte nicht, daß wieder dasselbe passiert wie bei unserer letzten Prise.«
»Sir?«
»Du weißt genau, was ich meine. Jemand hat gesehen, wie du einen Matrosen der *Rita* über Bord gestoßen hast. Und jemand anders hat gesehen, wie du auf die Besatzung gefeuert hast.«
»Sie hatten gerade einen Sklaven und das Logbuch des Schiffes über Bord geworfen.«
»James, du hast dich an *Gefangenen* vergriffen. Das kann ich nicht zulassen. Nicht bei einem britischen Seemann in der Marine Ihrer Majestät. Wir sind hinter der *Si* her, und ich wünsche keine Zwischenfälle. Ich will die ganze Besatzung dieses Schiffes lebendig haben.«
»Ich bin nicht der einzige . . .«
»Ob du der einzige bist oder nicht, spielt keine Rolle! Mir geht es um *dich* und dein Verhalten, deine Langmut . . .«
»Weshalb sollte ich langmütiger sein als ein weißer Seemann, Sir?«
Fitzgerald sah auf, überrascht von der Bitterkeit in Coveys Stimme.

»Weil du kein Mörder bist, nicht einmal ein Mörder von Mördern. Dafür gibt es Gerichte.«
»Wann ist der letzte Kapitän eines Sklavenschiffs als Pirat gehängt worden?«
Fitzgerald hatte Söhne zu Hause und eine schöne Frau, aber Covey war für ihn eine Art jüngerer Bruder, und er liebte ihn wie einen solchen.
»Ich wollte damit nicht sagen, daß du keine – Gefühle zeigen darfst.«
Covey verzichtete auf eine Erwiderung. Geduld, dachte er. Geduld. Er hatte sein Herz gegenüber allem verhärtet, das es angreifen konnte: Schmerz, Reue, Mitleid, Zuneigung, Liebe und Erinnerung. Covey wendete den wohlgeformten Kopf, und die schwarzen Augen musterten den Kapitän. Mit sechzehn hatte er seine Adoptiveltern gebeten, zur See gehen zu dürfen. Nach zwei Jahren, in denen er in Freetown zur Schule gegangen war, hatten sie nachgegeben, und er hatte bei der britischen Marine angemustert. Als er nach seiner zehnten Fahrt nach Freetown zurückgekehrt war, waren seine Adoptiveltern an einer der Krankheiten gestorben, die Afrika für seine weißen Wohltäter bereithielt. Jetzt stand er ganz allein da, und vielleicht war es besser so.

Drei Wochen lang verfolgte die *Buzzard* die *Si*. Am siebenundzwanzigsten Tag meldete der Ausguck »Schiff in Sicht«. Fitzgerald griff zu seinem Fernrohr, um festzustellen, um was für ein Schiff es sich handelte.
Es war nicht die *Si*, sondern die *Tecora*, höchstwahrscheinlich ein weiterer Sklaventransporter. Er beschloß, die neue Prise zu verfolgen, als James' außergewöhnliche Augen am Rande des östlichen Horizonts die dunkle Wolke entdeckten, nicht größer als die Hand eines Mannes.
In rascher Folge kamen schwache Blitze und ferner Donner. Noch bevor die Sturmglocke geläutet hatte, schoben sich die Wolken heran, wurden so dicht und schwarz und massig,

daß es aussah, als stolperten sie übereinander wie Männer in einem plötzlich zum Halten gekommenen Zug der Infanterie. Die Besatzung beeilte sich, alles zu sichern, was sich bewegen konnte. Die Männer zurrten die Segel fest an die Masten und schlossen sämtliche Luken. Die *Tecora* war vorerst vergessen. Der Donner kam allmählich näher und wurde ständig lauter. Der größte Teil des Himmels war stahlgrau, ausgenommen ein in ein gespenstisches Licht getauchtes Stück im Westen. Covey wußte, daß unmittelbar vor Ausbruch des Sturms von Westen her eine leichte, kaum wahrnehmbare Brise aufkommen und die Temperatur im Verlauf von zwei bis drei Minuten um acht oder sogar zehn Grad sinken würde. Dann würde die See auf sie zustürzen wie ein wildes Tier. James konnte nach wie vor den flüchtenden Sklaventransporter erkennen; er war nur noch ein winziger Fleck am Horizont. Jetzt hatte die See ihre Glätte eingebüßt; sie türmte sich zu berghohen Wogen, und heftiger Gegenwind umwirbelte sie. Dies war ein weißer Tornado. Er wurde nicht von Regen begleitet, was ihn um so heftiger machte, wie einen frauenlosen Mann. Covey spürte, wie das Schiff erbebte und dann angehoben wurde und in die Tiefe stürzte, als die ersten Böen es trafen. Er eilte auf seinen Posten. Die *Buzzard* war bereit. Die Welt, sogar die Welt der Sklaverei, war vergessen. Dieser Krieg der Elemente brachte Covey immer zum Staunen und erfüllte ihn mit Ehrfurcht. Wenn Sklaverei eine Fortsetzung des Krieges war, dachte er, dann war der Sturm eine Fortsetzung der Schöpfung, und beide erinnerten den Menschen daran, wie gefährdet seine Existenz und sein Glück waren. Und wenn ein paar Wiederholungen die Angst vor plötzlichem Tod verringert hatten, dachte James Covey, dann konnte man dieses Naturschauspiel vielleicht sogar mit Vergnügen betrachten.

Die Besatzung zurrte sich an Deck fest. Der Bug der *Buzzard* tauchte in schwindelerregende Tiefen, und ein brüllender, atemberaubender Wind jagte, von Donnergetöse begleitet, baumhohe Wellen über das Deck. Schwere Böen von achtern trieben das Schiff unter wirbelnden Wassertürmen voran. Der Sturm dauerte nur ungefähr zwanzig Minuten, aber den Männern auf der *Buzzard* kamen sie vor wie eine Ewigkeit. Niemand sprach, denn niemand konnte das Heulen des Sturms übertönen. Alle hatten von alten Schiffen gehört, die im Gefolge eines weißen Tornados auseinandergebrochen oder gekentert waren, unfähig, den zehn Tonnen schweren Wellen zu widerstehen und Winden, die eine Geschwindigkeit von hundert Knoten erreichten. Mit dem unerschütterlichen Optimismus der Seeleute war jedermann auf das Schlimmste gefaßt und hoffte das Beste.

Dann war plötzlich alles vorbei. Die Schwärze schob sich westwärts und wurde immer kleiner, bis sie nur noch die Größe eines ausgestreckten, anklagenden Fingers hatte.

Ein Leichnam tauchte im Wasser auf, dann ein weiterer. Bald war die *Buzzard* von Dutzenden treibender Leichen schwarzer Männer umgeben, die offensichtlich über Bord geworfen worden waren. Der Sklaventransporter hinterließ eine Leichenspur, der sie folgen konnten. Kapitän Fitzgerald befahl, alle Segel zu setzen, und die *Buzzard* schoß vorwärts wie ein ungezielter Schlag. Dann stabilisierte sie sich und gewann an Geschwindigkeit. Der Rudergänger brachte das Schiff herum, soweit die Takelung es erlaubte, und es wendete elegant und ruhte zitternd und scheinbar gewichtslos auf dem Kamm einer Woge. Die Erschöpfung des Sturms, den es hatte ertragen müssen, war vergessen. Es erhob sich so leicht wie Luft, dachte Fitzgerald, als lägen nicht zwanzig Jahre auf seinen Masten und tausend Faden kalten Wassers unter seinem Rumpf. Jetzt lag die *Buzzard* vor dem Wind. Die Segel flappten, wurden prall, die Spieren quietschten, die *Buzzard* richtete sich auf. Erfreut stellten sie fest, daß sie der *Si* schon sehr nahe gekommen waren.

Jetzt konnte Covey sehen, daß der Sklaventransporter immer noch Menschen über Bord warf. Offenbar versuchte er, seine gesamte Fracht ins Meer zu werfen. Außerdem sah Covey, daß die *Si* ihr Focksegel einholte, um in den Wind drehen zu können.

»Die Bande schnappen wir uns«, sagte Fitzgerald in sein Megaphon, »und wenn wir sie bis nach Brasilien verfolgen müssen!«

Der Rudergänger hielt auf Luv, und die *Buzzard* machte einen großen Satz vorwärts. Sie jagte über die Wellen wie ein wütender Racheengel, nutzte die volle Kraft des Windes. Die *Buzzard* kam der *Si* immer näher und lag dann dicht hinter ihr.

»Klar zum Entern«, rief der Zweite Offizier. Fitzgerald schwang das Ruder herum, und das Schiff beschrieb einen Halbkreis. Die Rahen quietschten, die Falleinen heulten und waren bis zum Zerreißen gespannt, als die *Buzzard* versuchte, sich neben die *Si* zu legen. Sobald sie das geschafft hatte, dröhnten ihre Kanonen. Sie rissen ein Leck ins Heck der *Si*; eine weitere Kugel traf einen der Masten, der auf das Deck herabstürzte. Jeder der Matrosen hatte die treibenden schwarzen Leichen vor Augen, die den Weg zur *Si* gekennzeichnet hatten. Dann waren sie an Bord, man hörte Rufe, Aufschreie, einzelne Schüsse, aber die Besatzung der *Si* wußte, daß sie erledigt war. Eine Zeitlang hielten Musketen, Bajonette, Pistolen und Säbel die Engländer in Schach, doch aus den ausgesetzten Booten ergossen sich wie eine Brandungswelle immer mehr Soldaten über das Vorderdeck des Sklaventransporters, die ihre Entermesser schwangen und alles vor sich herfegten. »Gebt keinen Pardon!« hörte Covey sich rufen. Die Besatzung der *Si* wehrte sich mit dem Mut der Verzweiflung. Inmitten des Kampfgetümmels an Deck wurde der Befehl erteilt, die Gitter zu zerhauen und die Sklaven zu befreien. Die Männer von der *Buzzard* hatten die *Si* nach Rache dürstend geentert,

und jeder, der sich ihnen entgegenstellte, wurde niedergemacht. Dann war alles vorbei. Auf dem blutüberströmten Deck standen, keuchend und erschöpft, Sieger und Besiegte, und Covey wußte, daß sich unter seinen Füßen Hunderte von hilflosen, verwirrten, leidenden Sklaven befanden. Die *Si* hatte wegen des Lecks in ihrem Heck leichte Schlagseite, ließ sich aber noch schleppen. Aber das Schlimmste, das wußte Covey, würde noch kommen. Was war im Innern des Schiffes passiert, als die *Si* in den Tornado geraten war? Die Männer von der *Buzzard* wußten, daß sie auf zermalmte Körper, gebrochene Knochen, Gehirnerschütterungen und unter der Last anderer Körper Erstickte gefaßt sein mußten. Auch die Ketten würden ihr Werk getan haben: aufgerissenes, schwärendes Fleisch, verrenkte Hände und Füße, gebrochene Arme, abgerissene Köpfe und gebrochene Genicke. Die *Si* hatte an der afrikanischen Küste fünfhundertzweiundsechzig Sklaven geladen und war siebenundzwanzig Tage auf See gewesen.
Als die Falltüren geöffnet worden waren, war der Gestank, dick und ekelerregend, in die frische Seeluft gedrungen. Das Sklavendeck war so mit Blut, Erbrochenem und Exkrementen bedeckt, daß es aussah wie ein Schlachthaus. Ratten sprangen über Männer, flüchteten aus dem Licht. Das Deck war so niedrig, daß jeder Sklave zwischen den Beinen des nächsten sitzen mußte, und sie waren so eng aneinandergepreßt, daß sie sich weder bei Tag noch bei Nacht niederlegen oder ihre Stellung verändern konnten.
Mit essiggetränkten Taschentüchern vor dem Mund, würgend und gegen Brechreiz ankämpfend, trugen die Männer von der *Buzzard* die bewußtlosen Sklaven an Deck, ein Dutzend dem Tode nahe, alle nackt. Dann wurde die Besatzung der *Si* mit vorgehaltenen Pistolen gezwungen, den Rest der Fracht, tot oder lebend, heraufzubringen und an Deck zu legen. Hundertzweiundachtzig Männer und vier Kinder waren noch am Leben. Die Frauen waren alle tot.

Covey wußte: wenn die *Si* nach Sierra Leone zurückgeschleppt worden war, würde ein weiteres Drittel der jetzt noch Lebenden gleichfalls tot sein. Dann hörte er eine leise Stimme neben sich.

»Sieh mal.« Covey drehte sich um. Ein Kanonier streckte ihm ein Neugeborenes entgegen, als könnte er, Covey, mit ihm reden. Die Mutter mußte bei der Geburt gestorben sein. Das Kind war noch blutig. Es weinte. James öffnete sein Hemd und legte es an seine Brust; dann band er die Hemdschöße fest um seine Taille und machte damit eine Art Hängematte für das Kind. Er war entschlossen, dieses Kind am Leben zu erhalten. Jetzt mußte er einen Mann finden, der Mende sprach, und ihm erklären, daß die Gefangenen frei waren. Dann würde sich ganz allmählich die Nachricht unter denen verbreiten, die noch bei Sinnen waren. Aber die meisten würden es erst glauben, wenn sie wieder Land sahen. Der größte Teil von ihnen war zu krank oder zu mitgenommen, um irgend etwas begreifen zu können. Er begann ins Megaphon zu sprechen, ganz langsam, und sprach die Worte: »*Mu li tei hu ba hua* – ihr seid frei!«

Er wiederholte sie immer wieder, bis leises, erstauntes Gemurmel die Stille zu durchbrechen begann. Er holte das weinende Kind aus seinem Hemd und hielt es hoch, so daß die ganze Versammlung ehemaliger Sklaven das Wunder sehen konnte. Dieses Sklavenkind war seine gesamte Familie. Und seine Tränen waren keine Tränen, dachte er, sondern die Flüsse, Seen, Sümpfe, Wasserfälle und Quellen Afrikas.

Die *Tecora*, der andere Sklaventransporter, war während des Tornados an der *Buzzard* vorbeigesegelt. Sie war mit ihrer Fracht von sechshundertsiebzig Afrikanern unterwegs zur spanischen Kolonie Kuba. Einer der auf ihrem Sklavendeck angeketteten Männer hieß Sengbe-Pieh.

Die *Tecora* war dreißig Tage auf See gewesen, als der Erste

Offizier meldete, daß einer der Sklaven an Pocken erkrankt war. Das war das gefürchtetste, am wenigsten vorhersehbare und am schwersten in den Griff zu bekommende Unheil, das auf einem Sklavenschiff eintreten konnte. Der Kapitän starrte den Ersten Offizier an, als könnte er es nicht glauben, dann rief er sämtliche Offiziere zu sich. Die Leiche wurde stillschweigend über Bord geworfen und der Besatzung der Todesfall verheimlicht. Aber als der Kapitän der *Tecora* am gleichen Tag selbst das Sklavendeck aufsuchte, entdeckte er im schwach flackernden Licht seiner Laterne neun infizierte Sklaven. Strangeways hatte vorgehabt, das Schiff von den Kranken zu befreien, indem er sie mit Laudanum vergiften ließ, aber bei neun Kranken war es dazu schon zu spät. Auf dem Vorderdeck wurde ein Hospital eingerichtet, in dem Angehörige der Besatzung arbeiteten, die geimpft waren oder die Pocken bereits gehabt hatten. Trotzdem stieg die Zahl der Erkrankten rasch auf dreißig. Zwölf Matrosen bekamen die Pocken, fünfzehn Leichen wurden ins Meer geworfen, und täglich kamen neue hinzu. Als der Kapitän endlich den Befehl gab, die Gitter von den Luken zu entfernen, war fast die Hälfte der Sklaven tot oder lag im Sterben. Die Matrosen bedeckten ihre Gesichter mit Lumpen und ihre Hände mit geteerten Handschuhen, zerrten die Toten heraus und warfen die stinkenden, verwesenden Leichen ins Meer. So ging es Tag um Tag, bis der Tod zufrieden war. Von den sechshundertsiebzig Lebewesen, die Afrika verlassen hatten, waren dreihundertsiebenundneunzig nur noch Skelette.

Als die *Tecora* den Äquator erreichte, wurde der Rest der Fracht von seinen Ketten befreit; der Tod hatte für mehr Platz, Essen und Wasser gesorgt. Die Überlebenden begannen, ihre Kräfte zurückzugewinnen, aber um ihre geistige Gesundheit war es schlechter bestellt. Etliche der Männer, die Sengbe-Pieh sehen konnte, erholten sich zwar körperlich, aber ihre Nerven waren völlig zerrüttet, und was Fieber und Delirium nicht geschafft hatten, das schaffte der Wahnsinn.

Endlich war Strangeways in den Bereich der Passatwinde gelangt, die eine glücklose Reise schnell beenden würden. Vom Deck bis zur Oberbramstenge, vom Außenklüver bis zum Marssegel wurde jedes verfügbare Stück Leinwand gesetzt. Täglich kamen mehr Schiffe in Sicht. Sie näherten sich bereits Kuba, als ein weiteres britisches Kriegsschiff auftauchte. Der Kapitän wies den Rudergänger an, Kurs zu halten. Dann entrollte er die Flaggen von Spanien, Dänemark und Portugal, jede mit ihren eigenen Papieren, und entschied sich schließlich für die dänische. Als er an Deck kam, sah er, daß das Kriegsschiff schneller war als die *Tecora* und immer näher kam. Der Kapitän behielt seinen Kurs bei und ließ die dänische Flagge hissen. Vier Stunden später war das britische Schiff bis auf Schußweite an die *Tecora* herangekommen. Sein Kapitän sprang auf eine Kanone und rief: »Beidrehen, sonst schießen wir!«

Kapitän Strangeways antwortete mit einem »*no entiendo* – ich verstehe Sie nicht«. Inzwischen war das Kriegsschiff vorgeschossen, sicher, daß ihm seine Beute nicht mehr entgehen konnte. Aber Strangeways ließ die große Kanone herumschwenken, gab einen Schuß nach achtern ab und landete einen Treffer, der den Fockmast und das Bugspriet des Engländers wegfegte. Der Kapitän des englischen Schiffes war so überrascht, daß weder eine Kanone noch eine Muskete abgefeuert wurden, bevor es zu spät war. Stolz segelte die *Tecora* dem beschädigten Schiff davon.

Einige Tage später wurde die Fracht der *Tecora* neun Meilen östlich von Havanna an Land gebracht, während die *Tecora* in der Bucht auf Grund gesetzt und in Brand gesteckt wurde.

Die Männer, schwarze wie weiße, die das überlebt hatten,

was man seit mehr als zweihundert Jahren die »Middle Passage« nannte, sahen zu, wie die *Tecora* niederbrannte. Das Haus Martinez hatte entschieden, daß das Schiff seine letzte Fahrt gemacht hatte, und befohlen, es zu vernichten, da es weder in den Hafen von Havanna einlaufen noch wieder in See stechen konnte, ohne vom britischen Afrika-Geschwader aufgebracht zu werden. Die *Tecora*, vom vollen Mond beschienen und mit brennenden Segeln, ließ die fernen Sternbilder am Himmel verblassen. Sie versank in der Bucht mitsamt ihren grauenhaften Gespenstern. Sengbe-Pieh bildete sich ein, ihren letzten Seufzer hören zu können:

»Elonga koe hui.«

Viertes Kapitel

Havanna, Kuba

Doktor Robert Madden trat aus dem Konsulat der Vereinigten Staaten in die grelle Sonne Kubas. Ein breitkrempiger Strohhut beschattete sein gerötetes Gesicht. Havanna war eine der Hauptstädte der spanischen Kolonien, die von der Epidemie der Unabhängigkeitskriege verschont geblieben waren. Es war das wirtschaftliche Zentrum des westindischen Sklavenhandels, in dessen Abschaffung Robert Madden sein Lebensziel sah. Der rothaarige, hitzige Ire hatte den größten Teil seines Lebens nicht als Arzt praktiziert, sondern war, getrieben von seiner Leidenschaft, die Welt von der Sklaverei zu befreien, im Nahen Osten, in Westafrika, der Karibik und Amerika herumgereist. Madden gab eine lange Reihe wütender Flüche von sich, die gegen den amerikanischen Konsul gerichtet waren, dann fühlte er seinen eigenen Puls. Er war in bestürzendem Maße beschleunigt. Kuba war nicht gerade die gesündeste Gegend für einen weißen Mann. Ebensowenig wie irgendeine andere der Westindischen Inseln. Als Friedensrichter in Jamaika war er nur knapp dem Schicksal seiner vier Kollegen entgangen, die in der Blüte ihrer Jahre an Gelbfieber gestorben waren. Man nahm es als gegeben hin, daß dieses Klima für die europäische Konstitution tödlich war, aber darüber hinaus war er zweimal verprügelt worden, weil er seinen richterlichen Pflichten im Hochkommissariat für die Unterdrückung der Sklaverei in Jamaika nachgekommen war. In seinem einsamen Kampf um die Abschaffung der

Sklaverei war er nur einmal der Resignation und der Verzweiflung erlegen und von seinem Posten mit einem Schreiben zurückgetreten, das folgendermaßen endete: »Ich mußte leider feststellen, daß der Schutz des Lebens der Neger unvereinbar ist mit dem Schutz meines eigenen Lebens.«

Aber jetzt war er wieder da, und wenn frühere Bedrohungen und Gefahren ihm nicht Einhalt geboten und Malaria, Typhus und Gelbfieber ihn nicht niedergestreckt hatten, hatte er jetzt auch nicht die Absicht, einem Schlaganfall zu erliegen – nur wegen eines ungehobelten, anmaßenden, betrügerischen, drittklassigen Schürzenjägers wie Nicholas Trist, Konsul der Vereinigten Staaten in Havanna. Der Mann war eine Schande für das diplomatische Korps, ein eitler, arroganter, bigotter Südstaatler aus Virginia.

Trist stand in engen Beziehungen zur republikanischen Aristokratie Amerikas. Er war mit Virginia Randolph verheiratet, der Enkelin von Thomas Jefferson, und um diesen illustren Mann hatte sich in Havanna eine kleine Kolonie geschart; und da die amerikanischen Staatsbürger für Qualitäten wie Abstammung oder Geld alles andere als unempfänglich waren, konnte Trist tun und sagen, was ihm beliebte.

Es war ausgeschlossen, daß der Konsul über die himmelschreiend illegale Ankunft der *Tecora* nicht informiert war, zumal das Schiff unter amerikanischer Flagge von Havanna nach Sierra Leone abgesegelt war. Madden hatte der *Tecora* einen Besuch abgestattet, bevor sie den Hafen verlassen hatte, und war überzeugt gewesen, daß ihre Papiere einem anderen, für den Sklavenhandel zu alten Schiff gehörten. Der Doktor hatte den Konsul aufgesucht mit der Absicht, die Intervention des Kriegsschiffes *Boston* zu verlangen, das gerade im Hafen lag. Aber Mr. Trist hatte die Dinge in einem völlig anderen Licht gesehen.

»Nach Artikel zehn der Brüsseler Antisklavereiakte sind Sie

verpflichtet, die Abschaffung des Sklavenhandels mit allen Ihnen zu Gebote stehenden Mitteln zu fördern«, hatte Madden zu Trist gesagt, »und zwar auf eine Weise, die dem Respekt entspricht, den die diplomatischen Vertreter jedes Landes denen anderer Länder entgegenzubringen pflegen... Der Geist, der dem Engagement Ihrer Regierung zugrunde liegt, besagt, daß Sie den Vertretern anderer Regierungen die Informationen zukommen lassen müssen, die diesen anderen Regierungen helfen, das gemeinsame Ziel zu erreichen.«

»Wir haben kein gemeinsames Ziel, Sie Heuchler«, hatte Trist gesagt. »Ich bin für die Sklaverei, ich unterstütze und fördere sie. Und was ist mit den Leuten, die in Großbritannien Waren *speziell* für den Sklavenhandel herstellen? Versorgen Ihre Hersteller Sie mit Listen ihrer Kunden? Ich habe selbst gesehen, wie Kisten mit Handschellen hier den Zoll passierten, ohne mehr Aufsehen zu erregen als Kisten mit Käse! Lassen die sich nicht bis nach Birmingham oder Liverpool zurückverfolgen? Tun Sie lieber das, bevor Sie mich um Freigabepapiere belästigen.«

»Trist, Sie benutzen Ihr Ansehen und Ihr Amt dazu, eine Praxis zu decken, die nach den Gesetzen Ihres eigenen Landes Piraterie ist. Die Verweigerung des gegenseitigen Durchsuchungsrechts bedeutet, daß die Vereinigten Staaten den Schutz ihrer Flagge auf Schurken und Piraten ausdehnen!«

»Da haben Sie verdammt recht. Und das werde ich auch weiterhin tun.«

»Sie unterschreiben Blankoformulare, die von den Kapitänen dieser Schiffe nach Belieben ausgefüllt werden können. Ich warne Sie: seien Sie in Zukunft vorsichtiger, und tun Sie alles, was in Ihren Kräften steht, damit Sklaventransporter sich nicht in den Schutz der amerikanischen Flagge verkriechen können.«

»Sie wagen es, mich zu warnen! Warum wenden Sie sich

nicht an Präsident Van Buren und sehen zu, wie er auf diese freundschaftlichen Vorschläge reagiert? Und außerdem«, hatte Trist kalt hinzugesetzt, »geht es Ihnen überhaupt nicht um die Abschaffung des Sklavenhandels, sondern nur darum, Beweise dafür zusammenzutragen, daß Spanien seinen Vertrag bricht, damit England einen Vorwand hat, sich Kubas zu bemächtigen.«

»Sie sind ein Verdreher der Wahrheit, Sir«, hatte Madden gebrüllt.

»Und Sie, Sir, sind die erbärmlichste Mischung aus Bigotterie und religiösem Fanatismus, der zu begegnen ich je das Pech hatte. Hinter Ihrem Gerede von Verdammnis, Höllenfeuer und Schwefel steckt nichts als Bosheit und Neid. Und ich will verdammt sein, wenn ich zulasse, daß mich ein hysterischer Niggerfreund wie Sie belästigt oder angreift!«

Madden stieg in seine Kutsche und knallte den Schlag zu. Er sprach ein paar Worte mit dem Kutscher in einer Mischung aus Französisch, Spanisch und Kongolesisch, der *lingua franca* Kubas. Die *volante* bog in die breite Prado-Avenue ein, die am Meer entlangführte und die engen, schattigen Straßen Havannas durchschnitt. Schwarze Kinder in allen erdenklichen Arten und Stadien der Bekleidung oder Nichtbekleidung stoben zur Seite. Auf den kopfsteingepflasterten Straßen wimmelte es von anderen *volantes*, Maultieren, Damen unter Sonnenschirmen und Herren mit Zylindern, Wäscherinnen mit weiten Röcken, Köchen und Essensverkäufern. Unter weißen Markisen florierten riesige Fisch-, Gemüse- und Fleischmärkte.

Es war acht Uhr, und die Glocken von Havannas Kirchen übertönten den Straßenlärm. Madden wies seinem auf dem Deichselpferd der *volante* sitzenden Kutscher an, vor der Kathedrale zu halten. Ihn verlangte nach der Messe; der kühle, dunkle Innenraum und das tröstliche Klicken seines Rosenkranzes würden ihn beruhigen. Er würde auch beichten, dachte er, als Buße dafür, daß er bei Trist die Beherrschung verloren hatte. Vor der weißen Steinfassade mit ihren Engels- und Heiligenfiguren hatte sich eine große Menschenmenge versammelt. Wie üblich wurde vor der Messe der Sklavenverkauf des Tages angekündigt. Madden bahnte sich seinen Weg durch die Masse aus abgezehrten Emancipados, schwarzen Sklaven, Mulatten und Spaniern. Nur Weiße und Mulatten durften die Kathedrale betreten. Bald würde ein Priester erscheinen, um die zerlumpte, lärmende Menge zu segnen, die sich um das große, steinerne, in ihrer Mitte verankerte Schiff drängte. Das war zumindest das Bild, das Madden sich von seiner Kirche machte.

Madden betrat den kühlen, belebten Innenraum, kniete nieder und bekreuzigte sich. Die engen Räume zwischen den mit Säulen abgetrennten Schiffen und die hohe Decke aus Zedernholz und Blattgold verwandelten die Kathedrale in eine ätherische Galeone. Der Lichtstrahl aus der Kuppel über dem Altar schien meilenweit entfernt. In sämtlichen Schiffen funkelten die *retablos,* die geschnitzten und vergoldeten Schreine, die ein Gemälde oder irgendwelche Reliquien enthielten, wie Juwelen und kontrastierten mit der schlichten Ziegelsteinarchitektur. Ungezählte brennende Kerzen bildeten zwei flackernde, leuchtende Kanäle aus Licht, die sich vom hinteren bis zum vorderen Ende durch die Kathedrale zogen und die *retablos* erstrahlen ließen. Die Namen ihrer Heiligen waren für Madden zu einer Parodie von Sklavennamen geworden: Antonio, Simon, Lucas, José, Pedro, Martino, Julio, Andreas, Agustino, Tomas.

Madden erhob sich und wanderte, seinen Rosenkranz befingernd, durch die Kathedrale hindurch bis zu der Stelle, an der die Gebeine von Christoph Kolumbus, dem Mann, der drei Kontinente der Sklaverei geöffnet hatte, in ihrem Schrein aus falschem Gold und Glasjuwelen lagen. Der legale Sklavenhandel hatte in west-östlicher Richtung begonnen, als Kolumbus fünfhundert karibische Indianer mitgebracht hatte, um ihre Seelen zu retten und sie auf den Märkten von Sevilla zu verkaufen. Aber Bartolomé de Las Casas, Bischof von Chiapas, der Apostel der Indianer und Sohn eines Gefährten von Kolumbus, war es gewesen, der den Handel quer über den Atlantik auf dem Gewissen hatte. Überzeugt, daß die Versklavung der Indianer verbrecherisch war, war er für ihre Sache eingetreten, zuerst vor Ferdinand dem Katholischen, dann vor Karl V. Die Folge davon war, dachte Madden bitter, daß die Indianer, von denen man annahm, daß sie Seelen hätten, fast völlig ausgerottet wurden, während die Schwarzen, die keine hatten, unter den Fluch der Sklaverei geraten waren.

Maddens Blick wanderte zu einem weiteren glitzernden Heiligen, und er wünschte Monsignor Las Casas zum Teufel. Die Kirche, *seine* Kirche, hieß die Sklaverei gut als beste Methode, aus den Afrikanern Christen zu machen, tat aber nur sehr wenig, um diese Sklaven zu bekehren, abgesehen davon, daß man sie gewaltsam taufte und ihnen die Namen von Heiligen gab. Die Protestanten, dachte Madden, hielten die Taufe für gleichbedeutend mit Freiheit, und da sie wußten, daß Gott, wenn man intelligenten Gebrauch von ihm machte, subversiv sein konnte, lehnten sie es ab, Seelen zu bekehren.

Dennoch hatten die Neger, sowohl Sklaven als auch Freigelassene, wie Madden wußte, Katholizismus und afrikanische Religionen so miteinander verschmolzen, daß bei Prozessionen von den Afrikanern die christlichen Heiligen ebenso angebetet wurden wie ihre eigenen Götter. Er blickte auf; vielleicht hatte das etwas zu tun mit den bemalten Christusgestalten, den vergoldeten Heiligenstatuen, dem Weihrauch, den geschnitzten Drachen und anderen Tieren, den Wundern, den geheimnisvollen Zeichen und Omen. Die Sklavenschiffe brachten nicht nur Menschen, sondern auch neue Götter.

Madden betete inbrünstig für seine eigene Seele und die seiner Frau und seines Sohnes. Er betete zu Gott, er möge ihn beschützen. Er wußte, daß man ihm nach dem Leben trachtete, und heute morgen hatte er sich einen weiteren Feind gemacht. Aber er war entschlossen, sein Werk fortzusetzen, und wenn Gott ihn abberief, während er seine Pflicht tat, würde er mit dem Gefühl sterben, ihm gut gedient zu haben.

Der Misericordia-Corral lag unmittelbar unter den Fenstern des Gouverneurspalastes. Vor seinen Toren drängten sich Kaufleute, Plantagenbesitzer und eine Menge anderer Leute. Sie warteten auf den »Schlußverkauf«, bei dem für alle Sklaven, ganz gleich, welchen Alters oder Geschlechts, der gleiche Preis galt und der Käufer jeden Neger, jede Negerin und jedes Kind erwerben konnte, auf das er Hand zu legen vermochte. Auf diese Weise wurden die »Sklaven zweiter Wahl« verkauft; danach machten falsche Papiere diese *bozals*, die gerade auf Piratenschiffen aus Afrika eingetroffen waren, zu *ladinos*, zu Sklaven, die auf Kuba geboren oder vor 1820 ins Land gekommen waren.
Madden würdigte die beiden Spanier, die redend und nervös gestikulierend vor dem Corral standen, kaum eines Blickes. Als Angehöriger des Hochkommissariats konnte er nur tätig werden, wenn ihm Gesetzesverstöße von einem spanischen oder britischen Kriegsschiff gemeldet wurden, das einen Sklaventransporter vor der Küste aufgebracht hatte. Seine Befugnisse erstreckten sich nicht auf Schwarze, die bereits an Land gebracht worden waren. Seine Gedanken wanderten wieder zu Trist. Dem Mann stand eine Menge Ärger bevor, dachte Madden bissig. Eine Gruppe von Amerikanern, die auf Kuba lebten, hatte den Kongreß angerufen und seine Abberufung gefordert. Trist würde nach Washington zurückkehren und zu den gegen ihn vorgebrachten Vorwürfen Stellung nehmen müssen.

Die beiden Spanier Don Ruiz und Don Montez ignorierten Madden ebenso, wie er sie ignoriert hatte. Don José Ruiz war ein sehr schlanker, hochgewachsener, gutaussehender Mann mit einer Fülle blauschwarzen Haars, das in dichten Wellen sein scharfgeschnittenes, entschlossenes Gesicht umgab. Er war nicht, wie sein Begleiter, in Weiß gekleidet, sondern trug eine blaue Jacke, Pantalons und locker sitzende Lederstiefel mit großen silbernen Sporen. Auf seinem Kopf saß ein Zylinder mit einem geflochtenen Band, und wenn man seine Augen hätte erkennen können, hätte man gesehen, daß sie so braun waren wie seine Haut. Aus einem Grund, den nicht einmal Don Montez, der andere Spanier, kannte, war er mit einer langen Rindlederpeitsche ausgerüstet, deren Schnur aufgewickelt war und die er wie einen Kommandostab unter den Arm geklemmt hatte.

Über die Kolonial-Aristokratie hatte Don Ruiz seine eigenen Vorstellungen. Ein *criollo* war ein Mann, der sich seiner Position bewußt war, der dafür sorgte, daß Dienstboten, also Sklaven und Ausländer, und Leute von niederer Geburt gebührenden Abstand hielten. Gleichzeitig sah er darauf, daß Vermögen, Abstammung und Autorität voll zur Geltung kamen. Don Ruiz war ein Meisterschütze, ein hervorragender Pferdezüchter, ein guter Segler und ein annehmbarer Billardspieler. Charakterlich war er der typische Kolonialspanier, aufbrausend, körperlich tapfer und seelisch und moralisch an die starren Bräuche seiner Kaste gebunden. Fluchen, das Austragen von Duellen und Trinken waren für ihn die Kennzeichen eines Edelmanns. Er hatte einen Teil seiner Schulzeit in Connecticut verbracht und sprach perfekt englisch mit nordamerikanischem Akzent. Er war glücklich. Die letzte Woche hatte er damit verbracht, Karten zu spielen, Freunde zu besuchen, Kleider und Stiefel in Auftrag zu geben, mit Pferden zu handeln und drei Hahnenkämpfen zuzusehen. Außerdem hatte er sieben Nächte hintereinander in einem Bordell verbracht.

Nach Ruiz' Ansicht gehörte auch das zu den Kennzeichen eines Edelmanns. Aber Don Ruiz war auch ein Mann, der sich an Sklaven maß. Er besaß mehr als hundertfünfzig.
Ruiz und Montez hatten vor, so rasch wie möglich auf ihre Plantagen in Puerto Principe zurückzukehren, zur See dreihundert Meilen von Havanna entfernt.
In der Menge befanden sich auch zahlreiche kubanische Damen, die Sklaven kaufen wollten. Sie trugen Weiß wie Montez, dazu weiße Sonnenschirme und türkische Schals. Ihre Hauben waren mit Gazeschleiern befestigt, und Handschuhe schützten ihre Hände vor der Sonne. Die eigentlichen Sklavenhalterinnen, die neues Material für ihre Bordelle suchten, waren kühner. In schwarze Witwengewänder gekleidet und mit roten Sonnenschirmen wanderten sie im Corral herum, suchten, wählten und betasteten sowohl männliche als auch weibliche Sklaven und Kinder.

Sengbe-Pieh, Grabeau und ein Mann namens Burnah standen im Sklavenpferch und blinzelten in die helle Sonne. Schon vor etlichen Sonnen hatte die *Tecora* ihre Fracht unter dem Schutz der Nacht in einer einsamen Bucht, nicht weit von Havanna entfernt, an Land gesetzt. Erst als alle Überlebenden ausgeladen und sicher untergebracht waren, wurden ihnen die Ketten abgenommen. Als der Morgen kam, war die Besatzung der *Tecora* verschwunden; Spanier und Kubaner waren an ihre Stelle getreten. Ihre Aufgabe war es, im Verlauf von zehn Tagen die Gefangenen so aufzupäppeln, daß sie, wenn sie auf den Markt gebracht wurden, nicht mehr krank und halbverhungert aussahen.
»Ich bin Burnah«, sagte der Mann, der neben Sengbe-Pieh stand. »Ich bin Mende. Ich kenne ein paar englische Worte. Ich bin auch Reisfarmer. Ich habe eine Frau und ein Kind, einen Vater, drei Schwestern und einen Bruder. Ich wurde auf der Kriegsstraße gefangengenommen und an einen Spanier verkauft.« Burnah erwähnte nicht, daß er wegen eines

Verbrechens, das er in der kleinen Stadt, in der er lebte, begangen hatte, zur Sklaverei verurteilt worden war. Sie blieben dicht beieinander und hielten Ausschau nach einer Fluchtmöglichkeit. Aber wo sollten sie hin? Was war das für ein Land? Was für eine Sprache? Die schwarzen Wächter sprachen spanisch, aber Burnah hatte einen gefunden, der englisch sprach, und ihm gesagt, daß sie fürchteten, bei lebendigem Leibe verspeist zu werden. Der Wächter hatte sich ausgeschüttet vor Lachen.

»Ihr seid die Kannibalen, nicht wir! Ihr werdet für den Sklavenmarkt in Havanna in Form gebracht. Und in welchem Land ihr seid? In Kuba natürlich, der reichsten Kolonie Ihrer Allerkatholischsten Majestät, der Königin Isabella, die mit Sklaven ein Vermögen gemacht hat! Ihr befindet euch in den Baracken des Hauses Martinez, der größten Gesellschaft von Sklavenhändlern in der Welt. Und was Spanien ist? Eine christliche Nation weißer Männer, die die Neue Welt entdeckt haben!«

»Dann sind wir von der Erde herunter in eine andere Welt gereist?« hatte Burnah gefragt.

Der Wächter musterte ihn nachdenklich. »Si, so könnte man es ausdrücken. Was für eine Welt das ist? Eine weiße Welt. Und warum ihr hier seid? Weil ihr kräftiger, schwärzer und besser seid als die faulen Indios.«

Burnah kehrte zurück und berichtete, was der Wächter ihm erzählt hatte. Sengbe-Pieh bat ihn um weitere Informationen. Wie viele weiße Männer gab es in Kuba? Wie viele Sklaven? Wie hießen die Flüsse? Die Berge? War jemals jemand entkommen?

»Versuch es, und du bist ein toter Mann«, lächelte der Wächter und setzte Burnah die Mündung seines Gewehres an die Brust. »In den Bergen gibt es Banden von Räubern und Piraten. Aber wenn ihr euch denen anschließen wollt, müßt ihr mindestens eine vernünftige Sprache sprechen, nicht das Kauderwelsch, das man in Afrika spricht.«

»Afrika?« fragte Burnah.
»Afrika, das Land, aus dem ihr kommt. Ihr seid Afrikaner. *Afrikaner.*«
Burnah kehrte mit dieser neuen Information zurück. Sie waren in einem Land, das Kuba hieß. In einer neuen Welt, die man Amerika nannte. Die Schwarzen hier waren alle Afrikaner und alle Sklaven. Die Weißen waren alle Spanier und alle Herren. So wollten es die Gesetze des Landes.
Allmählich besserte sich der körperliche, wenn auch nicht der seelische Zustand der Männer. In den beiden Wochen nach dem Verlassen der *Tecora* waren noch viele gestorben. Als Sengbe-Pieh wieder zu Kräften kam, gingen ihm Hunderte von Fluchtplänen durch den Kopf, aber alle scheiterten an der unüberwindlichen Barriere, daß er nicht wußte, wo sie waren, nicht einmal, in welcher Welt, und daß er keine Sprache kannte, mit der er sich verständlich machen konnte. Es gab Berge, Flüsse und Bäume. Es gab Himmel, Vögel, Schlangen, Ameisen, Gras und Sträucher und andere Pflanzen. Es gab Reis und Yamswurzel, Huhn und Maismehl. Das war alles, was er wußte.

Ein paar Tage später waren alle Afrikaner aus der Sklavenbaracke im Schutz der Dunkelheit in den Misericordia-Corral gebracht worden, in dem sie jetzt standen. Nackt den Augen der Menge preisgegeben, zusammen mit Hunderten von anderen Schwarzen eingepfercht, versuchte Sengbe-Pieh, seine letzten Kraftreserven zu sammeln. Was würde jetzt passieren? Sengbe-Pieh schaute sich um. Er war umgeben von weißen Gesichtern. Zum erstenmal sah er auch weiße Frauen.
Unvermittelt wurden Sengbe-Pieh und eine Reihe weiterer Männer von den anderen getrennt und in eine Einfriedung geschoben, die ein Dach und Boxen für Tiere hatte. Weiße Männer und ein paar Frauen wanderten herum, unterhielten sich in ihrer unverständlichen Sprache und inspizierten

Sklavenfleisch. Plötzlich ertönte ein nervenzerreißendes Geschrei und Geheul; es hörte sich an, als würden alle, die sich noch außerhalb der verriegelten Tore befanden, ermordet. Auf Sengbe-Piehs Stirn brach kalter Schweiß aus. Er hörte die schrillen Entsetzensschreie von Frauen und Kindern. Mende-Worte fluteten herein, Gebete, Flehen um Hilfe, verängstigte Rufe. Sie wurden alle miteinander ermordet! O Gewo, dachte Sengbe-Pieh, warum die Kinder? Und die Frauen? Vor Wut zitternd, begann er zu schreien, verstummte aber schnell wieder, als ihm einer der Wächter einen Schlag versetzte. Draußen ging das Schreien unvermindert weiter.

Robert Madden war Zeuge des widerwärtigen Spektakels. Die Tore des äußeren Pferchs wurden geöffnet. Die Käufer stürmten hinein und begannen, alle Neger zu packen, auf die sie Hand legen konnten. Andere hatten mehrere Taschentücher zusammengeknotet und kreisten sie damit ein, manche benutzten auch ein Seil, ein Mann sogar ein Lasso. Die Angst und das Entsetzen der Neger, das wilde und hektische Durcheinander der Weißen hatten heftige Handgemenge zur Folge. Vor allem die schwarzen Frauen waren total verängstigt, klammerten sich aneinander und schrien. Aber auch die Männer schrien, als sie durch den Pferch gehetzt und wie Tiere in die Ecken getrieben oder mit Tüchern oder Seilen um Hals oder Knöchel zu Fall gebracht wurden. Weiße Frauen lachten, weiße Männer stießen Freudenschreie aus. Kabba-Sei, der nicht mit den anderen in die Einfriedung gebracht worden war, konnte aus dem Corral entkommen und flüchtete, völlig nackt, nachdem ihm in dem Getümmel die Hose heruntergerissen worden war, in eines der schmalen, vom Misericordia-Corral fortführenden Gäßchen. Sofort waren die Verfolger hinter ihm her. Kabba-Seis Arme und Beine flogen, die Augen traten ihm aus dem Kopf, seine Lungen keuchten nach Luft in seinem abgezehrten Körper. Schließlich stellte ihm jemand ein Bein, und er stürzte zu Boden. Noch bevor er aufstehen konnte, war Don Ruiz über ihm, und Kabba-Sei wurde zurückgebracht. Noch ein letzter, langer Aufschrei, dann wurde es still. Der »Ausverkauf« war beendet.

In dem langen Tunnel der inneren Einfriedung fiel Licht durch Löcher in der hohen, auf Balken ruhenden Decke. Das Licht bildete winzige Inseln; der Rest des Raumes lag im Halbdunkel. Die Männer stöhnten und seufzten, und es dauerte nicht lange, bis ein leises Geräusch die Halle erfüllte, das sich anhörte, als würde es nicht von Menschen, sondern von Vieh hervorgebracht. Sie wurden umschwärmt von den Weißen in ihrer merkwürdigen, im Halbdunkel leuchtenden Kleidung, die sich unaufhörlich unterhielten und lachten. Die von den vielen Leibern ausstrahlende Wärme ließ die Temperatur unter dem von der Sonne bestrahlten Holzdach auf Dschungelhitze steigen. Sengbe-Pieh hatte das Gefühl, als würde ihm bei jedem Atemzug etwas Festes in den Mund gestopft. Die Hitze bewirkte, daß die Menge vor ihm zu tanzen begann und er sich einbildete, es wären die *zogbe*, die Wassergeister der Mende. Von einem Ende der Einfriedung zum anderen streckte sich ein Trog mit Wasser, breit genug, um darauf ein Kanu schwimmen zu lassen. Das war das erste Gewässer, das er überqueren mußte, dachte er. Zu fünft oder zu sechst in die Boxen eingesperrt, standen die Afrikaner, unter ihnen die von der *Tecora*, verängstigt da und lauschten den Rufen der weißen Männer, die hier die Herren zu sein schienen. Gefolgt von Gruppen von Weißen, wanderten sie mit Listen herum, deuteten auf eine Gruppe nach der anderen und riefen.

»Washabenwirhier? Prächtigermendedirektausafrikanichtälteralssechzehn. Höreichdreihundertdollar? Jadreihundertfünfzighöreichvier? Ichhörevierfünfzigfünfsechshundertundfünfzig zumerstenundzumzweitenundzumdritten. Verkauft. Fürsechshundertundfünfzigdollar.«

Die fremdartige, gottähnliche Stimme dröhnte in der dikken, gelben Luft. Sie füllte den ganzen gruftähnlichen Raum; in einem anderen Teil der Einfriedung überschnitt sich eine andere mit ihr und begann die ganze Litanei von vorn. Das Licht schien von nirgendwoher zu kommen und wie im Takt der widerhallenden Stimmen wild zu tanzen. Sengbe-Pieh stand nackt in dem Wassertrog, und eine der Stimmen dröhnte dicht neben ihm. Er hatte Angst davor, den Kopf zu wenden. Er leckte sich Salz von den Lippen. Gleichzeitig war er seltsam erleichtert. Das war das Ende der Welt. Es war so anders als alles, was er sich vorgestellt hatte; er war nicht einmal überrascht, als die Stimme sogar noch näher kam und er sah, daß sie einem merkwürdigen weißen Geschöpf mit Nacht in einem und Tag in dem anderen Auge gehörte. Er war nicht einmal entsetzt. Wer wußte denn schon, ob die Geister wirklich so aussahen, wie die Nganga sie in ihren Masken und Statuen darstellten?
Männer zerrten an ihm. Eine Frau berührte ihn. Jedenfalls glaubte er, daß es eine Frau war. Nun wurde er auf einen hohen Holzblock befördert. Die Welt wurde dunkler. Die Beschwörungen begannen. Sengbe-Pieh wäre nicht überrascht gewesen, wenn er erlebt hätte, daß sich seine Füße von dem Block lösten und sein Körper zu den Deckenbalken hinaufschwebte.
»Washabenwirhierundwasbekommeichfürdiesenprächtigenjungenausafrika? Eindeutigvomstammdermendeberühmtfürdiequalitätunddiekraftseinermänner. Höreichvierhundertdollar? Vierhundertfünfzigmadame? Fünfhunderthöreichsechs? Sechsfünfzigsieben? Letztegelegenheitachthundertdollar. Verkauftfürachthundertdollarichgratuliere.«
Ein junger Mann mit einem hohen Hut, der ihn über die Menge herausragen ließ, trat zielstrebig vor. Er will mich haben, dachte Sengbe-Pieh, und er wäre nicht einmal überrascht gewesen, wenn der Mann einfach in seinen Körper hineingetreten wäre. Der junge Mann war Don José Ruiz.

Ruiz und Montez ließen sich bei der Auswahl ihrer Ware viel Zeit. Insgesamt kauften sie dreiundfünfzig Personen, darunter Sengbe-Pieh und seine Gefährten. Sie untersuchten sie alle sehr gründlich, rammten ihnen Finger in Kehle und After, suchten nach Anzeichen für Geschlechtskrankheiten und prüften Hoden, ließen Männer rennen und springen, fuhren mit ihren Fingern durch krauses Haar, über Narben und mit Öl getarnte Geschwüre.

Sie wurden in Gruppen von jeweils zehn zusammengekettet und von den anderen getrennt, die sie ihre *carabelas*, ihre Reisegefährten, nannten. Männer und Frauen weinten, klammerten sich aneinander. Ruiz war gerührt. Die Gefühle, die diese Afrikaner an den Tag legten, erstaunten ihn immer wieder. Er ging, um die vierundzwanzigtausendundfünfzig Golddollar zu erlegen, die er dem Haus Martinez schuldete.

Als er zurückkehrte, sagte er zu dem älteren Mann: »Sehen wir zu, daß wir die Leute an Bord bringen, bevor es dunkel wird.«

Sengbe-Pieh entschloß sich zum Reden. Im Tonfall der Gerichtsverhandlung, listig, elegant, gefühlsbetont, eindringlich, wendete er sich an die Gesichter, die er aus Pedro Blancos Sklavenbaracke oder von der *Tecora* wiedererkannte – beruhigend, mahnend, überzeugend. Die Mende hörten ihm atemlos zu, und die anderen, die nicht Mende sprachen, lauschten wie gebannt dem Ton seiner Stimme. Ruiz sah sich betreten um. Andere Weiße starrten auf sie, als hätte ein Hund zu sprechen begonnen. Die leisen Mende-Worte rollten so glatt von Sengbe-Piehs Zunge wie die Schweißperlen von seiner Stirn. Dieses Land würde *Amerika* genannt, sagte er. Aber sie alle hätten ein Heim in der wirklichen Welt: es hieß *Afrika* und war von Gewo für alle schwarzen Menschen erschaffen worden, ganz gleich, welcher Nation sie angehörten. Jetzt seien sie nur noch eine Nation, deren Los Qual und Sklaverei war. Aber nicht für

immer. Afrika wartete auf sie. Eines Tages würden sie heimkehren – ihre Lieben, ihre Familien, ihre Ahnen wiedersehen. Dies war nicht das Ende der Welt.
Ruiz fuhr hoch, als er aus dem ihm unverständlichen Wortschwall die Worte *Amerika* und *Afrika* heraushörte. Wie war es möglich, daß dieser *bozal*, der erst zwei Wochen im Lande war, die Bedeutung dieser Worte kannte?
»Sorgt dafür, daß dieser Mann Tag und Nacht in Eisen gelegt ist«, sagte er zu Don Montez. Aber dieser, von Sengbe-Piehs Ansprache und der durch sie ausgelösten Verwirrung abgelenkt, hörte nicht, was Don Ruiz sagte.

Don Ruiz und Don Montez führten ihre neuerworbenen Sklaven durch die Straßen Havannas zum Hafen, wo die *Amistad*, das Schiff, das Ruiz gechartert hatte, vor Anker lag. Als die Männer und Kinder vorbeimarschierten, lag die Sonne des späten Nachmittags auf den hohen weißen Türmen der Kathedrale. Sengbe-Pieh blickte an dem ersten Steingebäude hoch, das er zu Gesicht bekam. Seine Größe ließ ihn staunen. Die Türme schienen sich in den Himmel zu bohren; fünfzig Männer mit ausgestreckten Armen hätten seine Fassade nicht umfassen können. Er betrachtete die in Stein gehauenen Figuren, wunderte sich über ihr bizarres Aussehen. Es war fast, als hätten die Nganga, nicht imstande, Abbilder aus der Welt der Geister zu schaffen, sich damit begnügt, steinerne Abbildungen wirklicher Menschen als Wächter an die Wände und auf das Dach zu stellen. Dennoch waren sie irgendwie schön, dachte er; wenn sie auch keinerlei Emotionen in ihm auslösten, so doch zumindest Respekt. Er senkte den Kopf, und die kräftigen Muskeln in Hals und Schultern zuckten im blauen Schatten der Kathedrale.

Ein entsetztes und protestierendes Stöhnen entrang sich den Männern, als sie begriffen, daß sie wieder auf ein Schiff gebracht werden sollten. Einige brachen in lautes Schluchzen aus, aber Sengbe-Pieh ließ sich seine Angst und Verzweiflung nicht anmerken. Einige der Männer berührten ihn flehend. Das Schiff, ein schlanker, in Baltimore gebauter Schoner mit schwarzem Rumpf, schlingerte sanft auf dem Wasser des Hafens. Ursprünglich hatte es *Friendship* geheißen, und der Kapitän hatte den Namen einfach ins Spanische übersetzt, und deshalb hieß es nun *Amistad*. Sengbe-Piehs Herz tat einen Sprung, als er an Bord einen riesigen Kupferkessel mit kochendem Wasser entdeckte.

An Bord waren vier Mann Besatzung, dazu José Ferrer, der spanische Kapitän, ein unerschütterlicher, stämmiger, schwarzbärtiger Veteran des Sklavenhandels zwischen Havanna und Santiago de Cuba. Er hatte sogar schon Sklaven nach Florida und bis nach North Carolina geschmuggelt. Die gesamte Mannschaft befand sich an Deck: Antonio Ferrer, der Steward, ein Mulatte; der Koch Celestino Ferrer, ein Weißer mit einem Schuß Negerblut; Rojo, ein junger Matrose, der eigentlich Jacinto Verdagne hieß, jedoch wegen der Farbe seines Haars und seines Gesichts den Spitznamen »der Rote« trug. Dann war da noch ein älterer Matrose, Manuel Pagilla, so dunkelhäutig, daß er ein Afrikaner hätte sein können. Ruiz und Montez waren wütend. Ferrer hatte ihnen eine größere Besatzung versprochen. Doch der Kapitän versicherte ihnen, wenn sie in Ketten gelegt würden, wären nicht mehr als zwei bewaffnete Männer erforderlich, um die dreiundfünfzig Sklaven zu überwachen. Schließlich dauerte die Fahrt nach Puerto Principe nur zwei Tage.

»Also gut, dann legt sie in Ketten«, erwiderte Montez nervös.

»Wir haben alles Erforderliche an Bord und können noch heute abend in See stechen«, sagte Ferrer.

Nur eines war noch zu erledigen, dachte Ruiz. Er mußte die *ladino*-Pässe kaufen.

Am Castillo del Morro wurde die *Amistad* von einem Zollboot gestoppt. Für zehn Dollar pro Kopf wurden für Don Ruiz' neue Sklaven Pässe ausgestellt. Der Zollbeamte begann mit der Verlesung der fiktiven Namen: »Joseph!« Ruiz blickte auf Sengbe-Pieh. »Joseph Cinque!« rief er; und dann folgte eine lange Litanei von Heiligennamen. »Antonio, Simon, Lucas, José, Pedro, Martino, Andreas.« Ruiz schaute sich um. »Agustino Grabeau!« sagte er. »Evaristo! Casimiro!« Der Beamte ging seine Liste durch und kam schließlich zu den Namen der Kinder, die Montez gekauft hatte. Ein Junge namens Kale wurde zu Gabriel. Ein kleines Mädchen namens Teme wurde zu Juana, ein weiteres, Kagne, wurde Josepha, und aus dem dritten Mädchen, Margru, wurde Francisca. Alle wurden mit dem Namen von Heiligen benannt; wie hätte man sie sonst auseinanderhalten sollen?

»Noch eine Reise auf dem Kanu des weißen Mannes überlebe ich nicht«, stöhnte Grabeau.

»Es ist der weiße Mann«, sagte Sengbe-Pieh, »der die Reise nicht überleben wird. Wir werden *los españoles* töten, alle miteinander.«

Als Don Ruiz die spanischen Worte hörte, musterte er rasch die Sklaven. Natürlich, dachte er, der da zu sprechen gewagt hatte, war der Mann, der jetzt den Namen Joseph Cinque trug.

Fünftes Kapitel

Die *Amistad*

Die *Amistad* war für leichte Fracht und schnelle Fahrt gebaut. Sie war etwa sechs Jahre alt, ein Vierhundert-Tonnen-Schiff von zweifelhafter Schönheit. Das Sklavendeck war eng und so niedrig, daß die Männer zusammengekauert dasitzen mußten, einer auf dem Schoß des anderen. Nachdem sie alle auf den Planken untergebracht waren, zogen die beiden Matrosen eine lange Kette durch sämtliche Halseisen und fesselten damit alle Sklaven an einen großen Bolzen im Bug des Schiffes. Die Kettenglieder knirschten gegen die Halseisen, das Gewicht belastete das Rückgrat der Männer bis in ihre Lenden, und das Geräusch hämmerte auf ihre Schädel wie ununterbrochene Schläge. Einige stöhnten und schrien. Joseph Cinque schaute auf und sah an der Luke das kleine braune Gesicht von Antonio.

»Seidstillsonstkommtihralleindenkochtopfvoncelestinoihrkannibalen!« rief er und lachte vergnügt.

»Kannibalenkannibalenkannibalen.«

Jetzt begannen alle zu reden, als wäre ein Bann gebrochen. Jeder Mann griff verzweifelt nach seinem Nachbarn.

»Ich bin Kaba Kpekalay.«

»Ich bin Grabeau.«

»Ich bin Kabba-Sei.«

»Ich bin Kimbo«, sagte der an Joseph Cinques anderer Seite angekettete Mann. »Ich wurde in Maw-ko-ba geboren und bin der Sohn eines Edlen. Als mein Vater starb, wurde ich von meinem König als Sklave genommen und seinem Sohn Bagna gegeben.«

»Ich bin Fuliwa. Ich lebte bei meinen Eltern. Ich habe fünf Brüder. Meine Stadt wurde von Soldaten umzingelt und niedergebrannt. Ich wurde zusammen mit meinen Brüdern gefangengenommen.« Er drehte den Kopf von einer Seite zur anderen und ließ die Ketten rasseln. »Und Gott ist mein Zeuge, daß ich lieber sterben würde, als noch eine Reise ertragen ...«
Andere begannen zu sprechen.
»Ich bin Sessi. Ich habe eine Frau und drei Kinder. Ich bin ein Nganga. Ich wurde von Soldaten gefangengenommen und zweimal verkauft, bevor ich ans Meer kam.«
»Ich bin Fooni. Ich habe eine Frau und Eltern und vier Brüder und Schwestern. Ich wurde von zwei Männern gepackt, Fremden, als ich Reis pflanzte.«
»Ich bin Fabanna. Ich bin ein Prinz. Ich bin in Dzopoabu geboren. Ich habe eine Frau und zwei Kinder. Ich wurde im Busch von zwei schwarzen Männern mit Gewehren gefangen.«
»Ich bin Bartu.«
»Ich bin Bau.«
»Ich bin Burnah.«
Ein Mann nach dem anderen nannte seinen Namen, den Ort seiner Herkunft, die Namen seiner Frauen, Geschwister und Kinder, erzählte die Geschichte seiner Gefangennahme. Unter dem Sklavendeck hob und senkte sich die See, wie sich die Stimmen der Männer hoben und senkten.
Schließlich sagte eine Stimme in der Dunkelheit: »Ich gehöre zur Bruderschaft der Poro.«
»Poro! Poro! Poro!« hallten die Antworten in körperlosen Stimmen und vielfältigen Dialekten. Dann trat Stille ein, während die *Amistad* in ein Wellental glitt und die kräftige Brise ihre großen Segel mit voller Kraft traf. Instinktiv warteten alle darauf, daß ein Mann das Wort ergriff: Joseph Cinque.
»Ich bin Sengbe-Pieh. Wo ich geboren wurde und wann,

wie viele Kinder oder Frauen ich habe, wie viele Brüder oder wer meine Eltern sind, wie reich oder arm ich war, wie glücklich oder wie niedergeschlagen, hat nichts mehr zu bedeuten, weder für euch noch für mich. Denn wir sind alle unter die Unbeschnittenen gefallen, alle gleich in unserem Elend, aber – alle Poro.«

Das war ein Aufruf zum Handeln. Er bewirkte, daß jeder der angeketteten Männer daran dachte, daß er, um Poro zu werden, als Kind seiner Mutter gestorben und nach Monaten der Initiation wiedergeboren worden war in die Erwachsenenwelt der Krieger, nachdem er mit der Beschneidung die letzten weiblichen Eigenschaften abgelegt hatte.

Rasch wurde in den geheimen Formeln der Eingeweihten, der Poro, ein Pakt zur Rebellion geschlossen, ein Pakt, der die Männer auf Leben und Tod miteinander verband. Wortlos wurde Joseph Cinque zu ihrem Anführer gewählt. Er benannte seine Stellvertreter: Grabeau, Kimbo, Bau, Shule. Er benannte Fuliwa zu seinem Leibwächter. Die Nachhut bildeten Fabanna, Kinna und Fooni. Sessi, der einzige, der je am Ruder eines Kanus gesessen hatte, wurde zum Lotsen bestimmt. Jeder Mann schwor Treue und küßte den, der neben ihm angekettet war.

Oberhalb des Sklavendecks hielt das trockene Wetter an; der Wind wehte nur ganz schwach und wechselte dauernd die Richtung, so daß die Besatzung ständig die Segel reffen und wieder aufziehen mußte. Die Reise würde länger dauern, als Kapitän Ferrer angenommen hatte. Er beschloß, nicht anzulegen, um frischen Proviant zu besorgen; was er an Bord hatte, wurde streng rationiert: eine Banane, zwei Kartoffeln und ein Becher Wasser pro Tag. Am dritten Tag versuchte Burnah, sich mehr Wasser als die ihm zustehende Ration zu nehmen. Der Kapitän ließ ihn von Jacinto auspeitschen. Die Männer schauten schweigend zu, wie Burnah an den Mast gebunden wurde. Er ertrug die dreißig Hiebe in der Stille, die nur durch seine im Rhythmus der Hiebe ausgestoßenen Schreie durchbrochen wurde. Die Männer an Deck gaben keinen Ton von sich. Sogar Jacinto sah sich unsicher um. Die Männer rührten und regten sich nicht.

»He, Celestino, sag den Bozals, daß wir sie auffressen werden. Vielleicht wachen sie dann auf.«

Der Koch deutete auf die in der Kombüse stehenden Fässer mit Rindfleisch, sprang auf und nieder und machte pantomimisch vor, wie er Burnah tötete, einsalzte und aß. Währenddessen fand Fabanna auf dem Deck einen Nagel und versteckte ihn unter dem Arm. Als sie wieder unten waren, wurde er von Mann zu Mann weitergereicht, bis er den letzten in der Reihe der angeketteten Männer erreicht hatte, den Schmied Sessi. Sessi öffnete damit das Schloß, mit dem die Kette an dem Bolzen befestigt war, aber die nun von der Kette befreiten Männer warteten bis lange nach Einbruch der Dunkelheit, bevor sie sich von der Stelle rührten. Als der Mond aufgegangen war, wurde er von einem plötzlich aufgezogenen Gewitter verdunkelt, und tropische Regenfluten brachen aus den schweren Wolken. Das Gewitter übertönte die Bewegungen der Männer; sie schlichen einer nach dem anderen aus dem Sklavendeck zur Back, wo sie sechs Kisten mit Zuckerrohrmacheten fanden, gut zwei Zentimeter dicke Stahlstangen mit halbmeterlangen Klingen, die rasiermesserscharf und an der Spitze fast acht Zentimeter breit waren. Diese Macheten waren die tödlichsten Waffen, die die Afrikaner je gesehen hatten. Sie bewegten sich leise zur Kombüse. Celestino starb als erster, von Joseph Cinque mit der Machete niedergehauen. Das Geräusch weckte Kapitän Ferrer, der neben dem Rudergänger an Deck geschlafen hatte. Jetzt rannten er und Antonio auf die Kombüse zu, blieben jedoch beim Anblick der meuternden Sklaven wie angewurzelt stehen. »Wirf ihnen Brot zu«, schrie Ferrer. Kabba-Sei hob seine Machete, um ihn niederzuschlagen. Aber Ferrer war bewaffnet, er durchbohrte

Kabba-Sei mit seinem Entersäbel und parierte einen weiteren Hieb von Grabeau. Doch Joseph Cinque, der gesehen hatte, wie sein Schwager zu Boden stürzte, warf sich auf den Kapitän, schleuderte ihn mit einem kraftvollen Hieb auf das Deck und spaltete ihm den Kopf. Seine Hände krampften sich um den Hals des Kapitäns, als ihm bewußt wurde, daß er bereits tot war. Dann machte er sich an die Verfolgung der beiden Matrosen, die sich ihren Weg durch die Menge der aus dem Sklavendeck auftauchenden Männer erkämpften und dann über Bord in das regengepeitschte Meer sprangen. Ruiz, von den Schreien der Matrosen aufgeweckt, erschien, einen Riemen schwingend, an Deck; doch als er die von ihren Ketten befreiten Männer sah, ließ er ihn fallen, rannte in seine Kabine zurück und schloß sich ein. Don Montez erschien, mit einer Keule und einem Messer bewaffnet, und stand Joseph Cinque und Fabanna gegenüber. Einen Hieb mit der Machete, der seinen Kopf traf, konnte er halbwegs parieren, aber ein zweiter Hieb riß ihm den Arm auf, und der Kubaner ließ seine Waffen fallen und ergriff die Flucht. In Todesangst versteckte er sich hinter Celestinos Fleischfässern und zog ein zerknittertes Segel über sich. Aber Don Ruiz hatte seine Kabinentür aufgeschlossen und ergab sich auf das Versprechen hin, sein Leben zu verschonen. Burnah erreichte Joseph Cinque gerade noch rechtzeitig, um den Hieb aufzuhalten, der Montez geköpft hätte.

»Er kann uns heimbringen. Er ist der einzige, der das kann.«

Burnahs Worte durchdrangen den Aufruhr in Joseph Cinques Denken. Er ließ sich auf das Deck sinken und fragte nur, ob noch weitere seiner Männer verletzt worden wären.

»Einer«, erwiderte Grabeau. »Er ist durchbohrt worden, als er versuchte, einen der weißen Matrosen am Überbordspringen zu hindern. Das Land ist zu weit entfernt. Sie sind auf den Grund des Meeres geschwommen.«

»Also zwei Tote.«
»Wir sind die Herren dieses Schiffes.«
Aber Joseph Cinque wußte, daß er von nichts der Herr war. Er verstand nichts von der See. Er blickte hinüber zu der Stelle, wo Ruiz und Montez saßen, mit den Gesichtern zueinander gefesselt. Neben ihnen saß Antonio, schluchzte und rieb sein verletztes Knie.
Die Wolken hatten sich geteilt, aber das Schiff rollte wie betrunken, und das Ruder drehte sich hin und her. Sessi rannte hin und ergriff es, aber er hatte keine Ahnung, was er damit tun sollte.
»Halt das Ruder fest, sonst kentern wir!« Es war Montez, der mit zitternder Stimme rief.
»Die Afrikaner sagen, ihr müßt sie nach Hause bringen«, rief Antonio, der begriffen hatte, was Burnahs Pantomime zu bedeuten hatte.
Montez sank schluchzend in sich zusammen. »Das kann ich nicht. Das bringe ich nicht fertig. Ich habe seit Jahren kein Schiff mehr geführt . . .«
»Du mußt, sonst sind wir erledigt«, sagte Ruiz.

Die erste Sonne. Ich, Sengbe-Pieh, will versuchen, diese Reise in meinem Gedächtnis festzuhalten und Zeugnis abzulegen von den Sonnen, die vor uns liegen. Ich glaubte, glücklich zu sein. Ich glaubte, frei zu sein. Ich glaubte an unseren Sieg, und wir alle glaubten, auf der Heimreise zu sein, Herren unseres Geschicks. Ich habe beschlossen, zum Gedächtnis dieser Reise zu werden, teils, weil ich die Männer in der Revolte angeführt habe, teils aber auch getrieben von Schicksal, Stolz oder Dickköpfigkeit – wer will das wissen? Jetzt wärmt uns die Sonne, das Salz färbt unsere Haut grau, und unsere Lider schließen sich gegen das Gleißen des Lichts. Meine geschlossenen Augen sehen das Glitzern der Sonne auf dem Gallinas, der rückwärts auf mein Dorf zufließt. Über dem Schiff und über den Männern liegt eine unheimliche Beklommenheit, als hätten wir gerade einen schweren Sturm überstanden. Sowohl die Stille wie auch das Ende der Gewalttätigkeit nach so vielen Prüfungen hat die Männer eingelullt. Dennoch sind wir auf der Hut; wir wissen aus den alten Geschichten, daß uns eine weit grausamere Prüfung bevorstehen könnte, von der See oder dem Himmel oder aus den Eingeweiden dieses schwimmenden Hauses. Und so warten wir, halten den Atem an, voll von Angst und bösen Vorahnungen. Die Illusion der Stille hält nur eine Sonne lang vor, und als die Dämmerung hereinbricht, kommt ein Wind auf, der sich direkt von der Wasseroberfläche zu erheben scheint und die Segel knattern läßt; sie blähen sich wie unter einem Zauber, und die Männer kommen in Bewegung und tanzen auf höchst seltsame Art, denn das Schiff erbebt unter ihnen, wirft sie erst in die eine Richtung und dann in die andere. Wir werden schneller, und die Wogen, die unser Kurs über die dunkle Oberfläche des endlosen schwarzen Kristalls aufwirft, türmen sich um uns herum und hinter uns, und die Gischt reißt die letzten Sonnenstrahlen in die Tiefe, während das Tageslicht noch mit der hereinbrechenden Dunkelheit kämpft.

Ich habe die Leichen von Kapitän Ferrer und Celestino auf den Grund des Meeres geschickt. Dann habe ich Kabba-Sei und Malandela ihnen folgen lassen; die anderen weißen Männer sind bereits in der Tiefe versunken. Ich singe das Totengebet, und meine Stimme tönt über das Meer wie der Gesang von Sperlingen über zitterndes junges Laub. Dann haben wir das Blut vom Deck gewaschen. Die beiden weißen Männer legten wir in Eisen und brachten sie ins Sklavendeck, und ich sage: »Ihr sagt, Eisen sind gut genug für Mende-Männer, also sind sie auch gut genug für weiße Männer!« Wir geben ihnen einen Becher Wasser am Tag, und ich sage: »Ihr sagt, ein Becher Wasser ist gut genug für Mende-Männer, also ist er auch gut genug für weiße Männer.« Kinna hat den Auftrag erhalten, für die Kinder Kale, Margru, Teme und Kagne zu sorgen; er liebt Kinder.

Die zweite Sonne. Ich fange an, mir die Heimkehr vorzustellen, und ein Lächeln liegt auf meinen Lippen. Ich schaue mich um, mustere meine Männer einen nach dem anderen; das gleiche Lächeln hat ihre Züge angerührt, und ich präge mir ihre Namen und Gesichter ein. Und während ich mich an Bayeh-Bia, die Berge und das Donnergrollen erinnere, kommt mir der Gedanke, daß unsere Zukunft in diesem Moment so ungewiß und gefährlich ist wie das Herausgleiten aus dem Mutterschoß. Kabba-Seis Name fährt aus meiner Kehle wie das Bellen eines wilden Hundes. Kabba-Sei kann nicht tot sein. Ganz plötzlich überfällt mich Schwermut. Ich fürchte nicht den Tod, ich fürchte das Scheitern.

Aber wir fangen an zu lachen und zu singen. Endlich sind wir wieder frei. Das Salz in der Luft, das Blut auf unseren Lippen – beides schmeckt nach Freiheit. Der Poro-Ruf *Hooyo* schallt über das Wasser, steigt zum Himmel empor und widerhallt in dem weißen Tuch. Es gibt viel Lachen, Singen, Umarmungen und Freudensprünge. Wir sind auf dem Weg nach Hause. Wir haben unseren Krieg gegen den weißen Mann gewonnen. Wir brechen die Kisten des weißen Mannes auf und finden Kleider von jeder Farbe und jedem Muster und Perlenketten. Wir alle kleiden uns für das Fest der Heimkehr, als bemalten wir uns mit Ton. Außerdem finden wir eine Kiste mit flachen gelben Scheiben, die Antonio Dublonen nennt und die die Kaurimuscheln des weißen Mannes sind.

Die dritte Sonne. Wir steuern unser Schiff in den Sonnenaufgang. Die Sonne wandert über den Himmel, und unsere Schatten schrumpfen zu einem Punkt neben unseren Füßen und werden dann wieder länger, wenn sie über unsere Köpfe hinweggezogen ist. Ich errechne unseren Weg nach Hause anhand der vertrauten und sich verändernden Schatten an Deck, denn hier wie an Land kann man sein Ziel nur erreichen, wenn man die Sonne beobachtet. Der Himmel ist klar, doch dann kommt zuviel Wind, ein Sturm bricht aus, das Kanu schlingert und rollt, und das Tuch über uns bläht sich auf und reißt und fällt aufs Deck. Sessi kann das Kanu nicht mehr kontrollieren, und es wirbelt im Kreis herum. Taue verwirren sich ineinander, und einer unserer Männer stirbt, erwürgt von dem Tau, das er zu halten versucht und das sich ohne jede Vorwarnung um seinen Hals legt und ihn hochreißt.

Die vierte Sonne. Die Sonne geht auf. Wir lassen die weißen Männer frei, und als sie an Deck kommen, ist das erste, was ihnen in die Augen fällt, der hängende Mann. Ich habe ihn noch nicht abgeschnitten. Der alte Mann verbirgt sein Gesicht in den Armen, aber der junge starrt nur lange Zeit nach oben, die Hand über dem Mund, bis er ohnmächtig nach vorn fällt und sein Schädel auf das Deck prallt. Ich befehle dem alten Mann, das Schiff zu übernehmen und uns nach Hause zu bringen. Das Kanu segelt der Sonne entgegen, in die Richtung, aus der wir gekommen sind. Gewo möge uns Wind schicken; dann jagen wir von dem Land fort auf die Wasser, die sich in den Himmel wölben. Ich habe das Wetter vergessen. Der weiße Mann sagt, es weht eine milde Brise aus Südosten, und darin stimme ich ihm zu. Aber etwas ist merkwürdig: das Meerwasser fließt nicht wie ein Fluß immer in eine Richtung. Ich habe gesehen, wie es sich manchmal in derselben Richtung bewegt wie das Schiff, dann in der entgegengesetzten Richtung, und manchmal bewegt es sich überhaupt nicht. Ich weiß nicht, ob das Zauber ist oder ob die Wassergeister mit uns spielen. Es ist nur eines von den vielen Dingen, die ich nicht verstehe.

Ein Schwarm Vögel, eine riesige Menge, fliegt so niedrig über das Schiff, daß wir, indem wir unsere Ketten über unseren Köpfen kreisen lassen, Hunderte von ihnen treffen. Sie prallen gegen die Segel, werden in der Luft von

Eisen getroffen, und ihre schrillen Schreie vermischen sich mit dem Knirschen der Ketten. Das Flügelschlagen, die Ketten, die Schreie der Vögel widerhallen über uns wie ein geheimnisvolles Echo, ein Geschenk Gewos für unsere Heimkehr.

Die sechste Sonne. Jeden Morgen geht Mutter Sonne mit brennendem, rundem, völlig gleichmütigem Blick wieder auf. Sonne folgt auf Sonne wie eine Kette aus Kupfer, Sonnenuntergänge schimmern golden auf den weißen Kräuseln des schwarzen Wassers. In den Nächten träumen die Männer von Mendeland, alle, nur ich nicht. Ich wandere schlaflos auf dem Deck herum oder stehe stumm und wachsam da und lasse Montez nie aus den Augen.

Die siebte Sonne. Wir scheinen das Land nie außer Sicht zu verlieren. Ich schicke ein kleines Kanu zur Küste, um frisches Wasser zu bekommen. Burnah, Kimbo und Fabanna werden verfolgt und müssen flüchten. Unser Vorrat ist fast aufgebraucht. Ich fürchte, daß der weiße Mann die Reise verzögert, weil er hofft, von irgend jemandem gerettet zu werden. Wir passieren eine lange Insel, ankern in sicherem Abstand, und die Männer fahren wieder los, um frisches Wasser zu holen.

Die vierzehnte Sonne. Die Sonne scheint, der Wind weht leicht, das Schiff macht Fahrt. Wir sehen mehrere Schiffe, aber sie bemerken uns nicht.

Die fünfzehnte Sonne. Ich beginne, dieses Schiff zu lieben. Ich stehe oft am Bug und betrachte es, wie ein Mann eine fremde Frau betrachtet, von der er glaubt, daß sie sein Leben verändern könnte, wenn er sie nur kennen würde. Ich fange sogar an, an das Kanu wie an eine Frau zu denken, die ihre weiße Schleppe aus Gischt hinter sich herzieht, ihre schwarzen Röcke über das Wasser gleiten läßt, ihre weißen Leinenhauben spreizt und gegen den Wind drückt.

Die fünfundzwanzigste Sonne. Die Männer klagen über die

Langsamkeit der Heimreise. Immer ist Land in Sicht. Aber nach meiner Berechnung liegen immer noch siebenundzwanzig Sonnen vor uns, bis wir daheim angekommen sind. Lange Sonnenstrahlen zwingen uns, zu blinzeln und die Augen zuzukneifen. Wir sind noch immer nicht an die Sonne auf dem Wasser gewöhnt. Sie sticht uns in die Augen, bedeckt unsere Haut mit großen Blasen und treibt scharfe Klingen in unsere Schädel. Gewalttätigkeit liegt in der Luft. Kimbo, Bartu und Fabanna leiden noch mehr als alle anderen. Ihre Lippen schwellen an und reißen auf, sie haben ihre Rationen den Kindern gegeben. Ich teile allen außer den weißen Männern Essen und Wasser zu und halte meine verzweifelnden Männer unerbittlich in Schach. Die funkelnde Sonne versinkt langsam, und die Wellenkämme plätschern gegen den Rand unseres unheimlichen Kreises.

Die siebenundzwanzigste Sonne. Der Himmel ist bedeckt, der Wind hat aufgefrischt, und ein weiterer Sturm naht. Ein Mann ist krank geworden und gestorben. Sechzehnmal haben wir den Anker ausgeworfen. Wir haben kaum noch etwas zu essen, und die Hälfte der Segel und Taue ist verrottet und auf das Deck heruntergefallen. Nur mein Wille und meine geflochtene Peitsche halten die Männer bei der Stange. Ich habe Fooni bestraft, weil er versuchte, Wasser zu stehlen. Wir fürchten uns, an Land zu gehen, obwohl es immer nahe ist. Einmal fällt ein Albatros auf das Deck, und wir haben Fleisch. Die weißen Männer weigern sich seltsamerweise, es zu essen, als ob es Gift oder tabu wäre, aber ich zwinge den Spanier, der das Kanu steuert, es zu essen, weil ich ihn am Leben halten muß. Zahllose fliegende Fische sind auf das Deck gefallen, und oft fischen wir vom Schiff aus, um nicht verhungern zu müssen. Aber die Männer sind verzweifelt, und ich weiß nicht, ob meine Kraft, sie anzuführen, noch ausreicht. Immer öfter wandere ich allein oder mit Grabeau an meiner Seite auf dem Deck herum. Mein Gesicht ist eingefallen und abgehärmt, und in

meinen Augen liegt ein Ausdruck, als wollte ich das Schiff mit bloßen Händen nach Hause schieben.
Die achtundzwanzigste Sonne. Wie ein vom Fischgeist Besessener springe ich ins Wasser, tauche immer wieder unter und schlage dann auf das Wasser ein wie bei einem Kampf auf Leben und Tod. An einem auf dem Deck festgemachten Seil schwimme ich wieder und wieder und wieder um das Schiff herum. Aber immer ist Land in der Nähe. Auf der Hinfahrt war kein Land zu sehen. Das Schiff ist von einem bösen weißen Geist besessen. Aber ich bewache den alten Mann wie ein Habicht. Die Männer, die in der Gefangenschaft so voller Kraft und Leben steckten, sind jetzt in der Freiheit unsicher und trübsinnig. Ich starre die Instrumente des Kanus verständnislos an, als könnte ich sie dazu zwingen, in Mende zu mir zu sprechen. Ich weiß, daß der junge weiße Mann ein böser Zauber ist, aber trotzdem bin ich freundlich zu ihm und gebe ihm volle Rationen. Nie richte ich meinen Zorn auf ihn, denn er ist der Talisman, von dem wir uns nicht trennen können.
Die dreißigste Sonne. Drei Männer sind an Schwermut gestorben. Der Himmel ist schwarz. Die Wolken türmen sich, und der Wind heult. Blitze zucken über das dunkle Wasser, dröhnender Donner erfüllt die Luft. Das Schiff taumelt durch berghohe Wellen. Wir drängen uns an Deck zusammen. Jeder Moment kann unser letzter sein. Niemand rechnet mit einem weiteren. Das Schiff stampft und schlingert, und es ist so dunkel wie in der Nacht, obwohl es Tag ist.
Die dreiunddreißigste Sonne. Wir sind noch am Leben. Es weht noch ein kräftiger Wind, aber der Himmel ist klar, und es ist wieder warm geworden. Ich starre in das endlose Blau, als wollte ich Mendeland zwingen, vor uns aufzutauchen. Grabeau, Burnah und ich schlafen nicht, sondern behalten den alten Mann im Auge, der das Schiff steuert. Wir wandern rastlos auf dem Deck herum, das unter unseren Füßen verrottet. Ständig trage ich meine Peitsche bei

mir. Burnah hat sich ein kleines Stück Blech um den Hals gehängt. Ich glaube, er ist fast so verrückt wie ich. Wenn Grabeau während des Tages schläft, stöhnt er oder schreit im Schlaf. Je länger ich die weißen Männer beobachte, desto sicherer bin ich, daß sie uns betrügen. Aber wie? Jeden Tag zeigt der Bug des Schiffes in Richtung Heimat. Der Sonne entgegen. Jeden Tag segelt das Schiff in die Richtung, aus der wir gekommen sind. Burnah fragt mich, wie viele Sonnen bereits vergangen sind. Dreiunddreißig. Von Mendeland in die Neue Welt habe ich fünfundvierzig Sonnen gezählt. Noch zwölf Sonnen bis Mendeland. Sechs weitere Männer sind gestorben. Statt dreiundfünfzig sind wir jetzt nur noch zweiundvierzig.

Die vierzigste Sonne. Shuma, Konnoma, Ngahonni und Gnakwoi haben sich zu einer eigenen Gruppe zusammengeschlossen und sich am Heck des Schiffes verbarrikadiert. Sie fordern den Tod der weißen Männer. Aber wer außer ihnen kann das Schiff segeln? Große Wolken ziehen über den Himmel und werfen Schatten auf die Gesichter der Männer. Meine Stimme übertönt das Geräusch der Wellen, die sich, wie Schlangen zischend, am Schiff brechen.

Die sechsundvierzigste Sonne. Der Himmel ist klar. Der Tag ist sonnig. Der Wind hat sich gelegt. Die Sonne scheint heiß. Wir sind alle an Deck, einige liegen, andere sitzen. Wir sehen ein anderes Schiff. Ein großes Kanu mit vier Masten, an denen viele Segel und Bänder hängen. Es ist leuchtend weiß mit goldenen Lettern, und an Deck sind viele Männer. Wir versuchen zu entkommen, können aber keine Geschwindigkeit herausholen, weil die Segel zerfetzt und die Männer erschöpft sind. Das fremde Schiff ist fast neben uns.

»Hiersprichtderkapitändeshandelsschiffeslafayetteausnewyork. Ichwerdeeuchzuhilfekommen.«

Kinna, Burnah und Fooni antworten mit Musketenfeuer. Endlich ist die Zeit zum Kämpfen gekommen. Die Schüsse lösen Verwirrung aus. Das Schiff dreht ab und verschwindet hinter dem Horizont. Aber wir sind sicher, daß es zurückkommen wird. Jetzt besteht kein Zweifel mehr. Ich bin vom Weg nach Mendeland abgekommen und habe mich in etwas verwandelt, in dem mehr von einem weißen Teufel steckt als in den weißen Teufeln, vor denen wir flüchten. Jetzt weiß ich, daß der alte Mann es irgendwie geschafft hat, uns in irgendeine andere neue Welt zu segeln. Wir müßten jetzt der Küste von Mendeland nahe sein. Was für ein Jammer! Was für eine Schande! Plötzlich reiße ich den alten Mann vom Ruder. Ich schlage ihn. Tränen laufen ihm über das Gesicht, das eine grauenhafte Maske der Wut und der Angst ist. Er weiß, daß er so gut wie tot ist. Aber das sind wir alle. Denn wo sind wir? Das Schiff dreht sich wie ein großer, schwarzer Fisch. Es steht zitternd, scheinbar gewichtslos auf dem Kamm einer Woge, deren Gischt so leicht wie Luft zu sein scheint, aber wir alle wissen, daß darunter die endlose Tiefe der kalten, schwarzen Unterwelt liegt. Ich übernehme das Ruder, bringe das Schiff wieder auf Kurs, die zerfetzten Segel flattern im Wind, die Spieren knarren, das Schiff nimmt wieder Fahrt auf. Ich habe gelernt, das große Rad zu halten, seine Geheimnisse und Launen zu respektieren und die Zeichen, die der Wind ihm gibt.

Die einundfünfzigste Sonne. Wir können an nichts anderes mehr denken als daran, daß wir leben wollen, und nur das Wollen hält uns noch am Leben. Wir haben Wasser, aber nichts zu essen. Nachts wandern die Sterne am schwarzen Himmel langsam über uns hinweg, und wir hocken darunter, eng aneinandergedrängt, ertragen die Qual des Daseins, wie wir die Qual der Sklaverei ertragen haben. Nachts sehen wir Sonnenschein und heulen. Bei Tage sehen wir Dunkelheit und verstummen. Einige hören Stimmen aus der Tiefe, andere lachen stundenlang wie die Wahnsinnigen oder wandern endlos zwischen dem verrottenden Tauwerk herum. Andere sind blind geworden und bilden sich ein, die Aufschreie von Menschen auf der *Tecora* zu hören, behaupten, sie wären uns gefolgt – aber ich erkläre ihnen, wenn wir die gleichen Gewässer überquerten, müßten wir den Geistern von denen wiederbegegnen, die in der Tiefe versunken sind.

Die zweiundfünfzigste Sonne. Die zerfetzten Segel und die Splitter der abgebrochenen Masten flattern im Wind wie Strohwische. Das Schiff jagt blindlings durch den sengenden Sonnenschein, den blitzenden schwarzen Aufruhr, als hinge sein Leben davon ab. Wir reden alle gleichzeitig, aber nicht miteinander wie Menschen, sondern eher wie Tiere. Wir haben das Aussehen von Kranken, die Gesten von Wahnsinnigen. Wir sind alle nackt. Unsere Augen liegen tief in den Höhlen, und der Hunger scheint unsere Gesichter mit Lehm bestäubt zu haben.

Die dreiundfünfzigste Sonne. Gewo sei uns gnädig. Es ist dunstig, kein Wind. In der Luft liegt Feuchtigkeit. Es riecht nach Land. Weitere Kanus kreuzen unseren Pfad, aber wir segeln weiter. Eines von ihnen nähert sich uns. Wieder hallt unverständliches Kauderwelsch über das Wasser.

Shuma, Konnoma und Fabanna eröffnen das Feuer. Das Schiff verschwindet. Aber wir alle wissen, daß unsere Zeit abgelaufen ist.

Die sechsundfünfzigste Sonne. Wir fahren im Kreis herum, bleiben in Sichtweite des Landes, treiben mit den Gezeiten. Wir trinken Salzwasser. Ein weiterer Mann stirbt. Wir haben nichts zu essen. Dennoch kämpfe ich weiter. Ich berufe ein Palaver ein. Die beiden weißen Männer werden wegen Verrats zum Tode verurteilt. Sie hätten uns nach Mendeland zurückbringen können, aber sie haben es nicht getan. Sie haben versucht, uns alle zu ermorden. Und in Mendeland wird Mord mit dem Tod bestraft. Die Hinrichtung wird auf den Abend festgesetzt. Die weißen Männer weinen nicht und flehen nicht um Gnade. Ich bezweifle, ob sie noch wissen, wer sie sind oder wo wir uns befinden. Wir wissen es auch nicht. Das Land, das so dicht vor uns liegt, kann nicht Mendeland sein. Aber als derjenige, der diese Reise im Gedächtnis bewahrt hat, sollte ich sagen, daß ich viel später erfahren habe, daß diese Küste Sag Harbor genannt wird und auf einer langen Insel liegt, die New York heißt.

Sechstes Kapitel

Sag Harbor, Long Island

25. August 1839

Das war nicht, das konnte nicht das Land sein, das er seinen Männern versprochen hatte. Joseph Cinque stand leicht vorgebeugt auf der Brücke. Vor ihm lag eine sanfte, grüne Landschaft, die das tiefe, launische Wasser der Bucht umfaßte. Konnte es sein, daß es hier Menschen gab, Menschen wie sie? »Gallinas, Gallinas«, murmelte Joseph Cinque leise, als könnte er damit das Unmögliche wahr machen. Eine ganze Weile waren sie an dieser verlassenen Küste entlanggedriftet, die manchmal vor ihnen gelegen hatte und dann wieder tagelang im Dunst verschwunden war. Scharen von großen, schwarzen Ungeheuern waren ihnen gefolgt, die hohe, heulende Töne von sich gaben und das Meer mit ihren Tränen besprühten.

Die *Amistad* war kein Schiff mehr, sondern nur noch ein Gefängnis; die Reise war keine Überfahrt, sondern nur noch eine schwere Prüfung. Nur das Verlangen nach Wasser verband sie mit der Realität: der Durst ließ sie begreifen, daß sie noch am Leben waren.

Mit einem fauligen Geschmack im Mund und vor Fieber zitternd starrte Joseph Cinque auf die menschenleere, grüne und weiße Küste. Er hatte keine Wahl. Er mußte an Land gehen. Wohin hatte er seine Männer geführt? In welches Verhängnis? Das ramponierte Schiff mit seinen zerfetzten Segeln und seinem verschmutzten, verzogenen Deck hatte sich ruderlos in großen Kreisen gedreht. Jetzt sah er, daß an einer Stelle des unschuldig aussehenden Landes weiße

Stöcke und kleine Hütten aufragten, die so ähnlich aussahen wie die im Land von Ruiz. Dort war ihm die Landschaft halbwegs vertraut gewesen, denn sie unterschied sich nicht so sehr von der Afrikas. Aber diese neue Welt war völlig anders: lieblicher, sanfter, grüner, mit bläulichem Dunst, mit ihren seltsam geformten Bäumen sogar ein wenig bedrohlich. Aber wie immer dieses neue Land beschaffen sein mochte, er würde es betreten müssen. Sie hatten kein Wasser mehr. Die Männer lagen teilnahmslos an Deck.

Joseph Cinque gab Anweisung, ein Beiboot zu Wasser zu lassen. Grabeau erbot sich, mit den beiden kräftigsten Männern und den Wasserfässern an Land zu rudern. Wenn er Süßwasser fand und nicht auf feindselige Menschen stieß, sollte er ein Zeichen geben; dann würde ihm Joseph Cinque mit einem weiteren Dutzend Männern folgen. Grabeau und Cinque schauten einander an. Sie waren so weit zusammen gereist, und jetzt waren sie wahrscheinlich alle dem Tode nahe. Daß sie sich in Sicherheit befanden, war unvorstellbar; dennoch hegten beide im Hintergrund ihres Bewußtseins noch die leise Hoffnung, daß hier vielleicht Menschen lebten, die so waren wie sie.

»Wir können immer noch heimfinden«, sagte Grabeau. »Vielleicht sind wir unserer Heimat näher, als wir wissen. Die weißen Männer auf den anderen Schiffen haben nichts zu besagen. Und auch die Geschöpfe aus der Unterwelt haben nichts zu besagen ...« Doch noch während er diese Worte sprach, fragten sich beide Männer, als wie falsch sie sich erweisen würden. Cinque gab Grabeau eine der Golddublonen, und Grabeau umkrampfte sie wie eine Waffe. Er kannte den Wert des Geldes. Es war ihre Möglichkeit, sich zu verteidigen, ihre einzige Sprache, und trotzdem zugleich ihr Todfeind, denn Geld war es, woran sich ihr Wert messen ließ.

Joseph Cinque sah zu, wie Grabeau, Burnah und Antonio in das Beiboot stiegen. Vielleicht gab es hier Leute, die Antonios Sprache redeten. Mit geschwollenen, rotgeränderten Augen ließ er seinen Blick abermals über den Horizont schweifen. Noch immer war an Land keine Menschenseele zu sehen. Hoffnung und Furcht kämpften miteinander, während er beobachtete, wie Grabeaus Boot immer kleiner wurde. Einen Augenblick lang tauchte Bayeh-Bias Gesicht vor ihm am leeren Himmel auf. Er hatte ihr Gesicht so lange Zeit im Dunkeln bewahrt, daß es fast gespenstisch war, es jetzt im vollen Tageslicht zu sehen. Wortlos formten seine Lippen immer wieder ihren Namen, bis ihm bewußt wurde, daß er betete. Nun begann er ernstlich zu beten, flehte zu Gewo um Gnade, um Wasser, um die Sicherheit, die ihnen neunundfünfzig Sonnen lang entglitten war. Er betete um Gewißheit, daß er seine Männer nicht in den Tod geführt hatte. Sie waren alle noch jung, und sie wollten leben, genau wie er.

Als Grabeaus Boot in der weißen Gischt der Brandung verschwunden war, wiederholte er immer wieder das Gebet um den Sieg.

Fonni trat neben ihn und riß ihn aus seinen Gedanken.

»Koso ist tot«, sagte er. Ihre Blicke begegneten sich. In Foonis Augen lag eine Frage.

»Soll ich Montez töten?«

»Wir brauchen ihn nicht zu töten. Er wird von selbst sterben, wie wir auch.«

Grabeau, Burnah und Antonio betraten ängstlich das Land. Der Strand war menschenleer. Burnah kniete nieder und ließ den gelben Sand durch seine Finger rinnen. Er roch an dem glänzend grünen Laub, seine Hand erkundete die rauhe Borke der dicken Baumstämme, die an dem Pfad standen, dem sie folgten. Sie entdeckten einen kleinen Bach und begannen, ihre Wasserfässer zu füllen. Burnah, der weitergegangen war, begegnete auf der anderen Seite der Dünen einem Farmer mit zwei Hunden und einem Karren, beladen mit Kartoffeln und strohumhüllten Fässern. Der Mann war weiß und musterte ihn, wobei er eine Schaufel vor sich hielt wie einen Schild. In seinem Gesicht lagen weder Angst noch Feindseligkeit, lediglich bäurische Neugier beim Anblick eines Fremden. Offenbar war Burnahs Hautfarbe für den Mann gänzlich unwichtig. Burnah öffnete die geballte Faust und ließ die Dublone sehen. Das wirkte wie ein Zauber, und der Mann ließ seinen Schild sinken. Burnah deutete mit der offenen Hand auf alles Eßbare, die beiden Hunde, die Kartoffeln, die Fässer. Ein stummer Dialog begann; der Farmer nickte. Sein Name war Macintosh, und seine kleine Farm reichte bis an die Sanddünen heran. Er war ein zäher irischer Bauer, das Produkt von fünf Jahrhunderten Leibeigenschaft, und er hatte weder die Zeit, noch das Temperament, noch die Energie, sich über irgend etwas zu wundern. Burnah näherte sich ihm langsam, und der Farmer griff nach der Münze, die im Sonnenschein funkelte. Sie hatte einen kreisförmigen Abdruck auf Burnahs Handfläche hinterlassen. Die Männer schafften die Kartoffeln, das Wasser und den Rum in ihr Boot. Die Hunde folgten ihnen aufgeregt. Bevor der Farmer sie verließ, hob er die Hand und zeigte auf den Weg in das Dorf Sag Harbor.

»Also, ich will einen Besen fressen, wenn das nicht der Fliegende Holländer ist!« Wochenlang, dachte Kapitän Peletiah Fordham, hatten die Fischer und Walfänger von Sag Harbor von nichts anderem geredet als dem Geisterschiff vor ihrer Küste. Es war zusammen mit den Sommerwalen eingetroffen, hatte tagelang vor der Küste gedriftet und war dann wieder verschwunden. Einige der Long Islander schworen, mit seinen zerfetzten Segeln, ohne Flagge und offenbar ohne Ziel könnte es gar nichts anderes sein als das Geisterschiff. Und jetzt lag der schwarze Schoner gleich hinter Culloden Point in der Bucht und trieb offensichtlich hilflos auf dem Wasser.

Peletiah Fordham wendete sich zu dem Mann um, der neben ihm stand. »Ich glaube eher, daß wir es mit diesem verdammten Piratenschiff zu tun haben, über das die Zeitungen geschrieben haben.«
»Und mit den Piraten selbst auch«, sagte Kapitän Green, der sein Fernglas auf das näher kommende Beiboot gerichtet hatte. Er holte tief Luft. Es war das merkwürdigste Konglomerat von Menschen und Kleidungsstücken, das er je gesehen hatte.
»Da, sehen Sie sich das an!«
»Großer Gott!«
»Können Sie den Namen des Schoners erkennen?«
»Sieht aus wie – Hampsted oder Almeda oder so etwas Ähnliches.«
»Was ist denn das für ein Name für ein Schiff?«
»Und was sind das für Matrosen, die da auf uns zukommen?«
Die Kapitäne Peletiah Fordham und Henry Green liefen über die Dünen hinunter zu der Stelle, an der die schwarzen Männer, bis zu den Knien in der Brandung stehend, ihr Boot auf den Strand zogen.
Joseph Cinque war mit weiteren Männern an Land gekommen. Die beiden Hunde, die Kartoffeln und der Rum hatten nicht ausgereicht, und Cinque hatte mehr Gold bei sich.
»Ich habe gehört«, sagte Kapitän Green, vom schnellen Laufen etwas außer Atem, »daß die *Emmeline* vor ungefähr zwei Wochen versucht hat, sie in Schlepp zu nehmen, aber die Piraten waren mit Macheten bewaffnet und haben sie vertrieben. Daraufhin hat die *Emmeline* die Küstenwache informiert, und die hat das Dampfschiff *Fulton* ausgeschickt . . .«
Die beiden Kapitäne blieben fassungslos wie angewurzelt stehen. Von den acht Männern waren vier völlig nackt. Einer trug ein feines Batisthemd und sonst nichts. Ein weiterer hatte sich einen spanischen Schal um die Lenden

gebunden, und der Mann, der augenscheinlich ihr Anführer war, hatte nichts an außer der weißen Jacke und dem Hut eines Pflanzers. Über seiner Schulter hing ein Leinengürtel voller Gold.

Stumm, ihrer Sprache nicht mächtig, näherte sich Burnah den beiden Männern. In Zeichensprache erkundigten sich diese, ob er und die anderen Männer von dem Schoner draußen in der Bucht gekommen waren. Burnah drehte sich zu Antonio um. Gab es hier Spanier? Die weißen Männer schüttelten die Köpfe. Die Abwesenheit schwarzer Männer war beruhigend; anscheinend gab es hier keine schwarzen Gefangenen. Burnah beriet sich mit Joseph Cinque. Die beiden weißen Männer waren ebenso gekleidet, wie es der Kapitän der *Amistad* gewesen war. Das hieß, daß sie mit einem Schiff umgehen konnten. Burnah sagte immer wieder: »Afrika. Afrika. Afrika.« Es dauerte eine Weile, bis die beiden Kapitäne begriffen hatten, daß Burnah ihnen nicht erzählen wollte, wo sie herkamen, sondern wo sie hinwollten. Den Kapitänen war klar, daß sie Afrikaner waren. Ja, sie wußten, wie man nach Afrika kam, sie nickten, als Grabeau und Joseph Cinque auf den Schoner deuteten und dann in die Sonne.

»Das hier ist Amerika«, sagte Kapitän Green, »nicht Afrika!« Aber Grabeau schüttelte den Kopf. Amerika, no. Afrika. Afrika, si. Joseph Cinque streckte ihnen das Gold entgegen, deutete nach Osten, machte Schwimmbewegungen.

»Schwimmen?« fragte Kapitän Fordham. »Nach Afrika zurückschwimmen? Ihr meint, wir sollen mit dem Ding dort draußen nach Afrika zurücksegeln?«

Joseph Cinque, eine Hand voll Gold, schob Kapitän Green in Richtung Osten.

»Henry, ich glaube, sie versuchen, uns um etwas zu bitten. Ich glaube, sie wollen, daß wir sie auf *diesem* Schiff nach Afrika zurückbringen.«

Die beiden Kapitäne wechselten einen Blick. Das war keine schlechte Idee. Auf jeden Fall hatten die Afrikaner genügend Gold, um jemanden dafür zu bezahlen, daß er sie heimbrachte. Und sie hatten ein Schiff. Ein seetüchtiges Schiff, trotz seines ramponierten Zustandes. Wie viele Tage? überlegte Green. Dreißig bis vierzig, wenn sie vor dem Wind segeln konnten. Und wie würden sie heimkommen, wenn sie die Afrikaner abgesetzt hatten? Das Schiff. Das Schiff war ein Vermögen wert. Würden die Afrikaner zulassen, daß sie damit nach Amerika zurückkehrten? Vielleicht konnten sie sgoar ein paar Sklaven an Bord nehmen. Keiner der beiden Kapitäne hatte bisher eine so große Fahrt unternommen.
»Peletiah, sie wollen, daß wir sie nach Afrika zurückbringen.«
»Wohin?«
»Das weiß ich auch nicht. Afrika ist groß. Aber die meisten Sklaven kommen von der Guineaküste.«
Joseph Cinque hatte eine zusammengerollte Karte mitgebracht. Er reichte sie Grabeau. Kapitän Green nahm ihm die Karte ab, wischte den Sand eben, rollte sie aus und beschwerte die Ränder mit Steinchen.
»Also wohin? Wohin, ihr Nigger? Wohin wollt ihr?«
Kapitän Green begann, die Namen der Flüsse auf der Karte vorzulesen. Als er den Namen Gallinas las, lächelten Grabeau und Cinque.
»Gallinas, Gallinas«, riefen sei.
Auf den Gesichtern von Ford und Green lag ein Ausdruck unverhohlener Habgier.
Der wirkliche Lohn war dieses hübsche Schiff vor der Küste. Es war vierzig-, vielleicht sogar fünfzigtausend Dollar wert.
»Nun, ich weiß, daß Sommers drüben in Bridgehampton einmal nach Afrika gesegelt ist, auf einem Sklavenschiff ...«
Die Kapitäne machten Joseph Cinque begreiflich, daß sie an

Bord des Schoners wollten, aber das wollte er nicht zulassen. Green und Ford tauschten einen vielsagenden Blick. Nach dem Seerecht gehörte der Schoner ihnen. Und sie brauchten damit nicht einmal nach Afrika zu segeln. Es genügte, wenn sie die Nigger als Schiffbrüchige der Küstenwache übergaben.

Walfänger, Fischer und Farmer hatten sich eingefunden. Sie strömten aus den Häusern an der Straße, die vom Hafen zur Kirche führte. Macintosh war mit einem Goldstück vom Strand zurückgekehrt. Die Leute, die sich jetzt auf den Weg gemacht hatten, waren stumm, argwöhnisch, aber nicht feindselig. Jeder wollte den Eindruck erwecken, als wäre ein derartiger Anblick für ihn nichts Neues. Die Frauen der Walfänger wichen nicht von den Fenstern in den Obergeschossen ihrer Häuser, nachdem sie gehört hatten, daß nackte Männer aus Afrika am Strand herumliefen. Höchstwahrscheinlich Piraten. Aber wenn es Piraten waren, so boten sie doch ein jammervolles Bild. Sie sahen eher aus wie Schiffbrüchige.

Macintosh zeigte seine Goldmünze herum, gab sie aber nicht aus der Hand.

»John, du hast deine Hunde verkauft! Ich dachte, du hättest sie gern behabt!«

»Weißt du, was sie in Afrika mit Hunden machen? Sie essen sie. Und Leute auch. Sie sind Kannibalen!«

»Macintosh würde seine eigene Mutter verkaufen!«

»Sieht aus, als hätten sich diese Leute hierher verirrt.«

»Habe gehört, auf dem Schoner ist noch mehr Gold.«

»Jemand sollte die Küstenwache informieren.«

»Das ist schon vor zwei Wochen geschehen.«

»Die Leute, die das Schiff gesehen haben, haben gesagt, es wäre der Fliegende Holländer.«

»Aber Piraten sind hier seit über hundert Jahren nicht mehr aufgetaucht.«

»Ich werde es tun«, sagte Kapitän Green. »Ich bringe euch zum Gallinas – für das ganze Gold, das ihr auf dem Schoner habt. Und das Schiff. Dafür liefern wir den Proviant für die Reise. Einverstanden?«
Cinque, der nichts verstanden hatte außer dem Namen des Flusses, nickte. Hier gab es keinerlei Anzeichen für Sklaverei. In der Luft lag der Geruch von Fisch und ungewaschenen weißen Männern, aber kein Gestank wie in den Sklavenbaracken von Havanna. Er ließ den Blick über das Dorf wandern. Vom Hafen aus führte eine Straße zu einem großen, weißen Holzhaus mit Säulen und einem hohen Turm, das fest auf einem steinernen Fundament ruhte und zu dessen Tür zwei Stufen hinaufführten. Auf der Straße bewegten sich gemächlich in schlichtes Grau oder Schwarz gekleidete Menschen. Die hohen, schmalen Häuser waren unauffällig angestrichen, beige, grau oder weiß. Auf einem offenen Platz standen große, weit ausladende Bäume. Sogar der Sandstaub, der die klare Luft ein wenig dunstig erscheinen ließ, trug zu dem allgemeinen Eindruck von Ruhe und Frieden bei. Frauen mit Hauben und weiten, glockenförmigen Röcken, Männer mit Mützen und Kitteln hoben sich von großen, leeren Räumen ab, als regierte in diesem Land des bescheidenen Wohlstands und der Solidität nicht die Zeit, sondern der Raum.

Eine halbe Meile entfernt patrouillierte die *Washington*, eine Brigg der Küstenwache der Vereinigten Staaten, vor der Küste von Long Island. Ihr Kommandant, ein Lieutenant Gedney, hatte etwas entdeckt, das so merkwürdig war, daß er beschloß, darauf zuzuhalten, um seine Neugierde zu befriedigen. Durch sein Fernrohr konnte er eine Ansammlung von Menschen mit Karren und Pferden sehen und ungefähr eine halbe Meile vor der Küste einen unidentifizierbaren Schoner. Das waren zwei Dinge, die dem Leutnant nicht gefielen: zu viele Leute am Strand und ein

fremdes Schiff, das keine Flagge zeigte, in den Hoheitsgewässern der Vereinigten Staaten. Der Lieutenant beschloß, das Schiff zu entern.
Als die *Washington* an dem mysteriösen Schoner längsseits ging, hatten der entsetzte Lieutenant und seine Leute das Gefühl, die Barke des Fährmanns Charon vor sich zu sehen, der die Toten über den Styx ins Land des Hades brachte. Ein Haufen schwarzer Männer stand dicht aneinandergedrängt auf dem verschmutzten Deck. Einige waren nackt, andere hatten nur ein Stück Stoff um die Lenden geschlungen. Wieder andere, darunter einige Kinder, trugen verdreckte europäische Kleidungsstücke. Aber sie waren so ausgemergelt, daß sie eher aussahen wie schwarze, mit der Kleidung Lebender umhüllte Skelette. Einige starrten ins Leere, andere fielen auf das Deck. Bewaffnete Matrosen in gestärkten weißen Uniformen erschienen an Bord und trieben die Männer in eine Ecke an Steuerbord. Mehrere schienen dem Tode nahe, und auf dem Vorderdeck lag unter einer Plane ein Toter. Neben ihm hockte ein Gespenst mit abgefeilten Zähnen und dem wildesten Ausdruck, den einer von ihnen je auf einem menschlichen Antlitz gesehen hatte. Das Deck war mit Gegenständen aus dem Laderaum übersät, und das sinnlose Durcheinander und die Verwahrlosung spiegelten sich in den Augen der Männer. Nägel, Musketenkugeln und Eisenbolzen lagen zwischen Seiden- und Baumwollballen, die aufgegangen waren und im Wind flatterten. In der Stille hörten die Matrosen das leise Flappen der nicht festgemachten Segel. Offene Kisten mit Glaswaren und ein Kristallüster fingen das Sonnenlicht ein und warfen vielfarbige Reflexe auf die weißen Uniformen und die eingefallenen schwarzen Gesichter.
»Großer Gott«, flüsterte Gedney.
Jetzt veränderte sich die Beleuchtung zu einem gespenstischen Rosa. Vorüberziehende Wolken verdunkelten die Sonne und ließen nur einzelne Strahlen durch, die allen

Dingen die Farben und Schatten von Halluzinationen verliehen. Dann kam aus dem Dunkel eine weitere unheimliche Erscheinung ans Licht getaumelt, ein junger weißer Mann, bärtig und ausgezehrt, der die dünnen Arme ausstreckte und heulte: »Wir sind gerettet. Wir sind gerettet.«

Zum Entsetzen des Lieutenants tauchte noch ein weiterer weißer Mann auf, älter als der erste, der schluchzend auf spanisch die Geschichte wiederholte, die der erste auf englisch erzählte. Don Montez brach immer wieder in Tränen aus, hob den Blick zum Himmel und dankte der Jungfrau Maria. Don Ruiz, ein düsterer Schatten, machte sich daran, allen, die ihm zuhören wollten, zu erklären, daß der größte Teil der Sklaven an Bord ihm gehörte. Den Amerikanern fiel auf, daß in Don Ruiz' Augen Wahnsinn glitzerte und er sich Don Montez gegenüber recht merkwürdig verhielt. Als die beiden Männer ihre Geschichte erzählten, hörten Lieutenant Gedney und sein Erster Offizier Meade anfangs ungläubig und dann immer aufmerksamer zu, als ihnen der Wert ihrer Prise aufging. Die *Washington* war ein großes Schiff, aber zu klein für Gedneys Ambitionen. Die Fracht war nach seiner Schätzung Tausende von Dollars wert, und sie gehörte ihm als Bergungsgut. Das galt auch für das Schiff, das gleichfalls von kaum schätzbarem Wert war. Und wenn die Männer an Bord Sklaven waren, dann waren sie noch wertvoller als alles andere.

»Sir«, erinnerte ihn Meade, »wir befinden uns auf der falschen Seite des Sundes.«

Die Leute am Strand hatten beobachtet, wie sich die *Washington* dem Schoner näherte, und ihre Aufmerksamkeit hatte sich von Cinques Gold auf die an Bord kletternden Matrosen verlagert. Cinque schaute hinaus auf die See, dann rannte er, den Gürtel mit dem Gold im Laufen umschnallend, zu seinem Boot und sprang hinein. Die anderen taten dasselbe, verfolgt von den Leuten aus dem Dorf, die riefen: »Die *Washington*! Die *Washington*!« Nachdem ihnen klargeworden war, daß sie von dem Gold der schwarzen Männer nichts mehr zu sehen bekommen würden, machten sich die Fischer und Walfänger auf den Weg zu ihren eigenen Booten, während die Männer von der *Amistad* verzweifelt auf ihr Schiff zuruderten. Sie konnten sehen, wie ein weiteres Boot zu Wasser gelassen wurde, gefüllt mit bewaffneten Matrosen von der Brigg.

Gedney beobachtete das hektische Treiben am Strand und sah, wie die schwarzen Männer auf die *Amistad* zuruderten. Er befahl seinen Leuten, das Boot abzufangen und die Männer gefangenzunehmen. Er konnte die *Amistad* nicht in Schlepp nehmen, bevor er sie alle in Gewahrsam hatte, denn wenn sie auf der falschen Seite des Sundes – an der Seite, an der die Sklaverei vom Gesetz verboten war – in Freiheit blieben, konnten sie gegen ihn aussagen. Gedney sah, wie seine Leute das Boot abfingen. Er griff nach seinem Megaphon und rief, als stünde er bereits vor einem Tribunal, das über seinen Anspruch auf die Beute zu befinden hatte, und als wollte er der Aktion, die er plante, einen legaleren Anstrich geben:
»Im Namen der Vereinigten Staaten, ihr steht unter Arrest. Ich wiederhole: ihr steht unter Arrest. Ihr habt euch widerstandslos zu ergeben.«
Doch die schwarzen Männer im Boot wehrten sich verzweifelt, als sie einer nach dem anderen mit Tauen an Bord der *Washington* gehievt wurden. Als Joseph Cinque, den Gürtel mit den Dublonen um die Taille, an Bord gezerrt wurde, begann er, auf seine Männer einzureden, die sich auf den Decks der beiden Schiffe befanden.
»Wir wären heimgekehrt, aber die Sonne war gegen uns«, rief Joseph Cinque. »Ihr habt nur die Aussicht auf den Tod und keinerlei Aussichten auf Freiheit. Bringt die weißen Männer dazu, euch zu töten, indem ihr sie tötet!«

In der Erwartung, daß seine Männer ihm folgen würden, kletterte er auf die Brücke, ignorierte den Befehl, herunterzukommen, wich Kugeln aus und sprang dann ins Meer, wo er immer wieder minutenlang untertauchte. Jedesmal, wenn er wieder an die Oberfläche kam, sah er, daß seine Männer ihm nicht gefolgt waren, und er blickte zum Strand hinüber und tauchte wieder unter, als wollte er einen Weg zum Ufer erkunden.

»Nicht schießen!« rief Meade. »Er hat das Gold!«

Joseph Cinque schwamm, bis seine Lungen zu bersten drohten, vom Gewicht der Dublonen behindert. Nachdem ihn Gedneys Matrosen eine Stunde lang verfolgt hatten, wurde ihm klar, daß er nicht entkommen konnte. Er öffnete den Gürtel und ließ das Gold fallen. Das Wasser war so klar, daß er sehen konnte, wie es versank. Dann wurde er mit einem Bootshaken auf die *Washington* gezerrt, während die wütenden Matrosen lange Zeit vergeblich nach dem Gold tauchten. Mehr aus Verärgerung als aus Angst ließ ihn der aufgebrachte Lieutenant für alle sichtbar auf dem Deck der *Washington* anketten und von einem Matrosen mit schußbereiter Pistole bewachen. Seiner Ketten ungeachtet, hielt Cinque seinen Blick unverwandt auf die *Amistad* gerichtet.

Als das Dampfschiff *Fulton* in Sicht kam, gab Gedney Befehl, die *Washington* mit der *Amistad* im Schlepp quer über den Long Island Sound nach New London zu bringen und damit auf die Seite des Sundes, auf der die Sklaverei legal war. Gedney selbst ging an Bord der *Fulton*, und nachdem er mit ihrem Kapitän konferiert hatte, wurde er auf schnellstem Wege nach Connecticut befördert: er mußte seinen Anspruch auf das Bergungsgut geltend machen, bevor irgend jemand seiner Geschichte widersprechen konnte. Doch als er ankam, war Kapitän Green bereits da und erhob Anspruch auf das Gold der *Amistad*.

»Diese Männer sind Gefangene der Vereinigten Staaten«, erwiderte Gedney. »Wenn Sie glauben, irgendwelche Ansprüche zu haben, müssen Sie sich an die U.S. Navy wenden.«

Andrew T. Judson, der Distriktsrichter für Connecticut, war gezwungen, eine schnelle Entscheidung zu treffen. Der Schoner mit seiner kranken und sterbenden Besatzung konnte nicht einfach im Hafen von New London liegenbleiben. Ganz offensichtlich war ein Verbrechen begangen worden, aber von wem? Und mit welcher Strafe, wenn überhaupt einer, sollte es geahndet werden, und von welchem Gericht? Judson, ein vorsichtiger Bürokrat, war ein treuer Anhänger des Präsidenten und ein notorischer Feind aller Farbigen. In Connecticut, wo die Sklaverei zwar nicht mehr existierte, aber paradoxerweise nach wie vor legal war, wimmelte es von Abolitionisten, und er wollte diese schwarzen Aufrührer und Mörder aus seinem Bezirk heraushaben, bevor es jemandem gelang, sie zu Helden zu stempeln. Auf der *Washington* mußte unverzüglich ein Verhör stattfinden. Schon die Neger waren zwanzig- bis dreißigtausend Dollar wert, und die Fracht weitere vierzigtausend. Der Form würde Genüge getan sein, wenn man nur einen Mann hängte, und das würde Joseph Cinque sein. Die anderen, dachte Richter Judson, konnten, wertvoll, wie sie waren, ohne weitere Umstände an ihre Besitzer zurückgegeben werden. Mit dieser Art Geld wollte er ebensowenig etwas zu tun haben wie mit einem derart präzedenzlosen Rechtsfall. Zusammen mit dem Hafenarzt, Lieutenant Gedney und mehreren Reportern ließ er sich zur *Washington* und ihrer Prise hinausrudern, die in der Nähe des Forts vor Anker lagen. Dort verfaßte er einen Bericht an das State Department.

Gerichtliche Voruntersuchung

Vor Anker an Bord des US-Küstenwachschiffes Washington, *befehligt von Lieut. Gedney, New London, 29. August 1839.*

Seine Ehren Andrew T. Judson, amtierender US-Distriktsrichter, C. A. Ingersol, Esquire, Vertreter des US-Staatsanwalts. Das Verfahren wurde vom US-Marshal eröffnet.
Antonio, der Sklave des ermordeten Kapitäns, wurde vor das Gericht zitiert. Don Pedro Montez, Besitzer eines Teils der Fracht, Don José Ruiz, gleichfalls Besitzer eines Teils der Fracht, wurden verhört. Lieutenant Meade fungierte als Dolmetscher zwischen den Spaniern und dem Gericht.
Es ist niemand erschienen, der die Interessen der Afrikaner wahrnahm, und es wurde auch kein Kontakt mit ihnen aufgenommen. Vielmehr wurden die Erwachsenen, 38 an der Zahl, im Anschluß an diese Untersuchung wegen Mordes auf hoher See und Piraterie in Haft genommen. Die Verhandlung wurde auf den 17. September in Hartford angesetzt. Antonio und die vier Kinder wurden als Zeugen festgenommen. Dann wurden alle in das Gefängnis von New Haven, Connecticut, überführt.

Siebentes Kapitel

Die Neue Welt

Ganz New Haven war auf den Beinen, um die Prozession der ersten Afrikaner, die die Einwohner je zu Gesicht bekommen hatten, von der *Washington* zu der Schenke, die gleichzeitig als Gefängnis diente, zu verfolgen. Zu den Leuten in der Menge, die den von Richter Judson angeführten Zug beobachteten, gehörten ein wohlhabend aussehender Farbiger namens Henry Braithwaite, der Drukker des Ortes, und seine Tochter Vivian.

Vielleicht hätte er Vivian nicht einer derart grausamen Zurschaustellung aussetzen sollen; vielleicht brachte sie noch grausamere Erinnerungen mit sich und ließ ihre Angst vor weißen Menschenmengen wieder aufflackern. Er sah, wie Vivian den Atem einsog und sich dann auf die Lippen biß. Er durfte sich seine Befürchtungen nicht anmerken lassen. Er hatte ohnehin das Gefühl, an dem schuld zu sein, was sechs Jahre zuvor passiert war.

Vivian beobachtete den mitleiderregenden Vorbeimarsch und ertappte sich dann dabei, wie sie einen Augenblick lang in das fast ausdruckslose Gesicht des Mannes starrte, der als Anführer der Revolte galt: Joseph Cinque. Sie auf diese Weise, halb nackt, durch die Straßen marschieren zu lassen! Männer zu verhaften, die sich nur aufgelehnt hatten, um ihre von Gott gegebene Freiheit zu erlangen! Schon seine harten, unbezähmbaren Augen sagten ihr, daß er richtig gehandelt hatte. Für einen flüchtigen Moment trafen sich ihre Blicke; dann schleppte sich die Prozession weiter, und

sie sah nur noch seinen narbenbedeckten Rücken, gefolgt von bewaffneten Marshals und Deputies.
Henry Braithwaite musterte seine Tochter besorgt. Er hatte den Blick bemerkt, den sie mit dem Anführer der Gefangenen getauscht hatte. Und nun spürte er, wie sie neben ihm zitterte. Dieser Afrikaner hatte seine Tochter zu Tode erschreckt! Aber er mußte zugeben, daß es dergleichen, soweit er sich erinnern konnte, im verschlafenen New Haven noch nie gegeben hatte: schwarze Männer ohne Herren, die behaupteten, freie Afrikaner zu sein, mit einer Sprache, die niemand verstand; Leute, die Gerechtigkeit verlangten, mit einem Anführer, der sich der Verhaftung widersetzt und seine Männer zum Angriff aufgefordert hatte – ein wahrer Kriegerfürst! In Gedanken begann Henry Braithwaite, das Wort KRIEGERFÜRST in halbfetter Bodoni zu setzen. Es war eine Angewohnheit von ihm, seine Gedanken in typographische Form zu bringen, wenn er erregt oder aufgebracht war. Braithwaite war ein hochgewachsener, gutaussehender, hellhäutiger Mann, fast einsneunzig groß, mit intelligenten nußbraunen Augen und nur noch wenigen Überresten der prachtvollen Lockenmähne, die in seiner Jugend seinen Kopf geziert hatte. Zum Ausgleich hatte er sich einen üppigen Schnurr- und Backenbart zugelegt. Seine Stimme war so klangvoll, daß sie den Kristallüster in seinem Wohnzimmer klirren lassen konnte und klirren ließ. Und wenn er sprach, dann sprach er gewissermaßen in der Schriftart, die er im Augenblick bevorzugte oder die, seiner Meinung nach, der jeweiligen Situation angemessen war. Er setzte seine Reden, wie er seine Texte setzte, jeden Buchstaben, jede Silbe, jedes Wort, jeden Satz, jeden Absatz, mit knappem Yankee-Akzent, der genau den Bleilettern in seinen Setzkästen entsprach, ordentlich, präzise, fehlerlos. Da gab es Tertia, Baskerville, Old English Black, Paragon, Didot, Doppelcicero, Calson, Borgis und die von ihm besonders geliebte Bodoni. Er hatte sogar eine eigene Schrift entwor-

fen, der er bisher noch keinen Namen gegeben hatte. Braithwaite konnte sich keine Schrift der ganzen Welt vorstellen, die häßlich genug war für die Rede, die Judson als Vertreter der Anklage im Fall Prudence Crandall an die Geschworenen gehalten hatte:

»In diesem Land hat es seit jeher einen ausgeprägten Unterschied zwischen Schwarzen und Weißen gegeben. Dieser Unterschied besteht nach wie vor, und es ist unmöglich, ihn wegzuleugnen. Diejenigen, die von sich behaupten, die edlen Philanthropen unserer Tage zu sein, werden auch erklären, das wäre ein Vorurteil. Ich bin anderer Ansicht. Für eine solche Bezeichnung gibt es keinerlei Anlaß. Denn dieser Unterschied beruht auf nationalem Stolz und nationaler Ehre. Die Weißen wurden vom König unterdrückt und besteuert. Sie taten sich zusammen und erklärten diese weiße Nation *unter Einsatz ihres Lebens für frei und unabhängig. Es war eine Nation aus Weißen, die unsere Regierung geschaffen hat, und jeder Amerikaner sollte* Stolz *und* Ehre *im Herzen tragen und an seine Kinder weitergeben. Nichts anderes ist imstande, den* amerikanischen Namen *oder den* amerikanischen Charakter *zu bewahren. Wer von euch möchte erleben, daß dieser Nation ihr Ruhm entrissen und einer anderen Rasse ausgehändigt wird? ... Wir haben es mit einem hinterhältigen Plan zu tun, der darauf abzielt, das kostbare Erbe zu zerstören, das unsere Väter uns hinterlassen haben. Sein vorgebliches Ziel ist es, die Schwarzen zu bilden, aber das wahre Ziel besteht darin, die Menschen dazu zu bringen, daß sie dieser universellen Vermischung der beiden Rassen Schritt um Schritt zustimmen, und die afrikanische Rasse auf das Fundament vollkommener Gleichheit mit den Amerikanern zu erheben.*

Schwarze sind keine Bürger. Die Unabhängigkeitserklärung gilt nicht für Schwarze; sie betrifft lediglich das Verhältnis der weißen Kolonisten zu Großbritannien. Von ihrem Verhältnis zu ihren Sklaven ist darin nicht die Rede. Nicht einmal in der Verfassung wird behauptet, die Schwarzen wären den Weißen ebenbürtig.«

Braithwaite tauschte mit seiner Tochter einen resignierten

Blick. Dies war der gleiche Richter Judson gewesen, der als Staatsanwalt Vivian angeklagt und behauptet hatte, sie wäre eine *Gefahr für die Öffentlichkeit wegen Verunsicherung der Einwohner, des Besitzes und des Ansehens der Bürger von Canterbury*, einer kleinen, etwa sechzehn Meilen entfernten Stadt. Das einzige Vergehen seiner Tochter hatte darin bestanden, daß sie eines der farbigen Mädchen gewesen war, die sich in Prudence Crandalls Akademie für junge Damen angemeldet hatten, die gerade auch Negern ihre Tür geöffnet hatte. Als die Leute von Canterbury protestierten, hatte Miss Crandall ihre Schule in ein Internat *ausschließlich* für farbige Mädchen umgewandelt, nachdem ihr verboten worden war, die beiden Rassen zusammenzubringen. Und Henry Braithwaite, ein überzeugter Anhänger der Frauenbildung, hatte seine vierzehnjährige Tochter in diese Schule gebracht. Die Männer und Frauen von Canterbury hatten die Schule belagert. Die Händler hatten sich geweigert, sie zu beliefern. Männer hatten die Mädchen auf der Straße belästigt. Die Türen und die zu ihnen hinaufführenden Treppen waren mit Unrat beschmiert und der Brunnen mit Mist vollgeschüttet worden, und der Arzt des Ortes hatte sich geweigert, die Kranken zu behandeln. Ein Komitee nach dem anderen hatte Miss Crandall vorgeladen und ihr die Schule zum Vorwurf gemacht, aber nichts erreicht. Sie gehörte den Quäkern an und wich keinen Fußbreit zurück. Dann wurde eine Versammlung einberufen und der grauenhafte Tatbestand diskutiert, daß schwarze Mädchen lesen, schreiben und Geographie lernten. Zu jener Zeit hatte der alte Andrew T. Judson sein »Black Law« verkündet, das jedermann bei Gefängnisstrafe verbot, in irgendeinem Ort von Connecticut eine Schule für Farbige zu gründen, die nicht aus Connecticut stammten, oder in einem anderen Staat geborene Farbige zu unterrichten, zu beherbergen oder aufzunehmen. Wenn dieses Gesetz auch auf Yale College angewendet worden wäre, dachte Henry Braithwaite, dann hätte es seine Pforten schließen müssen. Aber die Leute von Canterbury waren hellauf begeistert gewesen. Sie hatten die Glocken geläutet, Kanonen abgefeuert und Miss Crandall ins Gefängnis gesteckt, in eine Zelle, die gerade von einem verurteilten und gehängten Mörder frei gemacht worden war. Miss Crandall hatte sich dreimal vor drei verschiedenen Gerichten verantworten müssen, aber keine Jury wollte sie verurteilen. Daraufhin hatten die Leute von Canterbury, die sich von der Rechtsprechung betrogen fühlten, die Schule in Brand gesteckt. Der Schrei »Feuer!« hatte die Mädchen geweckt, unter ihnen Vivian, und in ihren Nachthemden hatten sie versucht, den Brand zu löschen. Aber der Mob war mit Keulen und Eisenstangen über die Schule hergefallen, und die Schule wurde ein zweitesmal in Brand gesteckt, mit den Mädchen drinnen. In dieser Nacht hatten die Leute, in erster Linie die Frauen, geschrien: »Bringt die Niggermädchen um! Bringt die Niggermädchen um!« Die Schule war bis auf die Grundmauern abgebrannt. Wenn die Leute von Canterbury imstande waren, so etwas mit hilflosen Mädchen zu tun, dachte Henry Braithwaite, wie würden sie dann mit diesen jämmerlich abgezehrten Fremden verfahren, die sich gegen ihre Herren erhoben hatten?

Henry Braithwaite bahnte sich seinen Weg durch die Menge. Die Welt verhieß den Gefangenen von der *Amistad* nichts Gutes – weder in Connecticut noch sonstwo. Wo gab es Männer, die sie verteidigen wollten oder konnten, da sie doch nicht einmal eine gemeinsame Sprache besaßen? Wenn es sich um entführte Weiße gehandelt hätte, die sich gegen Piraten aufgelehnt und ihre Freiheit erkämpft hätten, dann wäre diese Prozession eine Willkommensfeier für Helden gewesen!

»Ich muß schon sagen, Braithwaite, so etwas hat es in New Haven noch nie gegeben!« Der hochgewachsene, verbindliche Mann lüftete vor Vivian den Hut. Braithwaite drehte sich um und blickte in das rosige Gesicht von Josiah Willard Gibbs, Rektor der Theologischen Fakultät am Yale College. Gibbs war nicht nur ein Freund, sondern auch ein Kunde. Braithwaite hatte für den Professor so viele Pamphlete gegen die Sklaverei gedruckt, daß er sie nicht mehr zählen konnte.

Josiah Gibbs konnte seinem Glück kaum trauen. Die Gefangenen von der *Amistad* waren ihm wie ein Geschenk des Himmels in den Schoß gefallen. Die Anti-Slavery Society war ins Wanken geraten und hielt Ausschau nach einem dramatischen Fall, der geeignet war, den Norden aus seiner Apathie herauszureißen und ein Gegengewicht zu schaffen zu den jüngsten Erfolgen und der Machtposition des Südens in Sachen Sklaverei. Die Tappans würden bestimmt bereit sein, eine Menge Tinte zu verspritzen, sobald er mit den Gefangenen gesprochen hatte. Außerdem war da noch seine Mission als Christ.

»Ich werde ins Gefängnis gehen und versuchen, mich mit den Männern zu unterhalten«, sagte Gibbs. »Wir können ihnen erst helfen, wenn wir ihre Geschichte kennen.«

»Es scheint niemanden zu geben, der ihre Sprache spricht«, sagte Henry Braithwaite. »Kein Mensch versteht, was sie sagen. Was das betrifft, könnten sie ebensogut von einem anderen Planeten stammen.«

»Gott, Mr. Braithwaite, wird uns einen Weg weisen. Wenn sie in Zungen reden, wird Gott dafür sorgen, daß ihre Botschaft Gehör findet!«

Für Josiah Willard Gibbs war die Ankunft von Joseph Cinque und seinen Männern nichts weniger als ein Akt göttlicher Vorsehung, von Ihm geplant, um die Christianisierung Afrikas zu fördern. Gibbs hatte vor, eine Gruppe von Theologiestudenten aus Yale damit zu beauftragen, die Afrikaner von der *Amistad* zu unterrichten und zu bekehren, während sie auf ihren Prozeß warteten. Er würde den Reverend Leonard Bacon, Henry Ludlow und Amos Townsand bitten, entsprechende Schritte zu unternehmen, damit diesen unwissenden Heiden geistige und religiöse Unterweisung zuteil würde, dachte er, solange sie sich in der Obhut christlicher Nächstenliebe befanden. Er hätte sich beinahe befriedigt die Lippen geleckt, als er sich mit der ruckartigen, steifbeinigen Gangart, die ihm bei seinen Studenten den Spitznamen »Storch« eingetragen hatte, auf den Weg zum Gefängnis machte.

Bei der Einlieferung ins Gefängnis war Joseph Cinque von den anderen Gefangenen getrennt worden, aber er war froh, allein sein zu können. Er fühlte sich nicht imstande, die Blicke der Männer zu ertragen, die ihm ins Verhängnis gefolgt waren. Er dachte zurück an die sinnlose Reise, die, wie er jetzt wußte, in den Tod führen würde, und fragte sich, was er sonst hätte tun können. Die Reise war vorüber, und ihr Ende war grauenhafter und fremdartiger, als er sich je hätte träumen lassen! Ein Tod ohne eine Zunge zum Sprechen, ein Ohr zum Zuhören oder eine Hand zum Halten. Ihn überkam ein Gefühl der Einsamkeit, wie er es nie für möglich gehalten hätte. Er stemmte sich gegen seine Ketten, dann lehnte er sich erschöpft zurück. Er wollte nicht sterben. Zum erstenmal überließ er sich der Verzweiflung. Er schlug die Hände vors Gesicht und weinte, und die Männer, die sich in der gleichen Zelle befanden, beobachteten ihn neugierig, zu verhärtet für Mitleid, aber menschlich genug für Verständnislosigkeit.
Ohne sich um die anderen zu kümmern, entledigte sich Joseph Cinque der fremden, engen Kleidung und drapierte die Decke, die man ihm gegeben hatte, auf Mende-Art um seinen nackten Körper. Er brachte so viel Raum wie möglich zwischen sich und die ihn anstarrenden Männer, hockte sich im Schneidersitz auf den Boden und lehnte den Kopf an die Wand. In der drückenden Hitze und Dunkelheit tauchte er in seiner Hoffnungslosigkeit unter und wieder

auf, wie er es im kalten Wasser des Long Island Sound getan hatte, blieb unten, solange sein Atem vorhielt, und kam dann hoch, nach Luft keuchend und um sich schlagend, mit brennendem Kopf und berstenden Lungen.

Als er das nächstemal aufschaute, sah er, wie sich ein großer, weißer Storch mit einem hohen Hut und einem Stock mit Elfenbeingriff über ihn beugte.

»Gibbs. Gibbs. Gibbs«, sang der Storch.

Achtes Kapitel

Hafen von New York

Der Hafen lag an der Südspitze der Stadt New York. Auf der gewundenen Uferstraße und in den engen, kopfsteingepflasterten Gassen und Gäßchen wimmelte es von einer vielfarbigen Menge, dazu von Kutschen, Schiebkarren und Handwagen. Die Pier war ein einziges Chaos aus Rollkutschern, Wagen, Warenstapeln, Karren voll Kohle, Baumwolle, Holz und Tee. Zum Broadway zu gehen war gefährlich, denn die Gehsteige gehörten den Schiebkarren, den Pyramiden aus Ziegeln und Steinen und den Sandsäcken der Baukolonnen der Manhattan Water Company. Der Broadway erstreckte sich über vier Meilen nordwärts in die Stadt hinein, und wenn sich über die Dörfer und Städte des ganzen Landes die Dunkelheit herabsenkte, erstrahlte der Broadway mit seinen schönen, festen Steinhäusern im Licht von Gaslaternen.

Wall Street, die den Broadway in der Nähe des Hafens kreuzte, war die Straße der Banken, Börsenmakler, Versicherungsagenten, Zollbehörden. Auf der Pier vermischten sich Bankiers, Kaufleute, Makler und Besucher mit den Besatzungen der im Hafen liegenden Segelschiffe und den Dockarbeitern in ihren kurzen, zweireihigen Jacken, deren Aufgabe es war, die ständig steigende Flut von Waren aus aller Welt auszuladen und auf die Pier zu packen. Geschäftsleute erschienen, um Frachtbriefe abzuholen und die neuesten Nachrichten aus Europa zu hören. An der lärmenden Pier waren, auf einer Strecke von vier Meilen, fast fünfzig

Schiffe vertäut; Briggs und Schoner, Fregatten und Schaluppen unter den Flaggen sämtlicher Nationen der Welt. Tausende von Masten ragten in den blauen Septemberhimmel und bildeten einen blattlosen Wald aus grau verwittertem Holz und weißem, gerefftem Segeltuch. Die Herbstsonne warf ihre Reflexe auf das leicht bewegte Wasser der Bucht, das in allen erdenklichen Farben schillerte – Elfenbein, Siena, Flaschengrün, Schwarz, Grau, Gelb, Marineblau und Purpur, überhaucht mit Gold und Scharlach. Lotsenboote jagten hin und her. Die schlanken, aristokratischen Segler waren unter sich; keines der unbeholfenen und gefährlichen neuen Dampfschiffe hatte im Hafen festgemacht. Auf den Decks und an den Rümpfen waren Matrosen am Werk; sie putzten, schrubbten, wischten, rieben und polierten, bis die Schiffe funkelten. Rufe und Kommandos in einer Vielzahl von Sprachen wirbelten um die Masten herum. In all diesem Lärm und Durcheinander nahm sich der hochgewachsene Dr. Gibbs höchst merkwürdig aus. Er trug die schwarze Winterkleidung des Geistlichen, aber mit einem Jackett, das nach der neuesten Mode im europäischen Stil geschnitten und kürzer war als die altmodischen, weiten, knielangen Röcke der Kaufleute und Makler. Was jedoch die Aufmerksamkeit der Passanten auf ihn lenkte und sie zum Lachen brachte, war die Tatsache, daß der Reverend Dr. Gibbs, eine würdevolle, hoch aufragende Gestalt, einen Zylinder auf dem Haupt, auf der Pier entlangwanderte und mit klangvoller Baritonstimme so laut, daß jedermann es hören konnte, ständig wiederholte:

»Eta, fili, kiauwa, noeni . . . eta, fili, kiauwa, noeni . . .«

Dr. Gibbs kümmerte sich nicht um das Gekicher und den rohen Spott der Leute, die sich am Hafen herumtrieben; er fühlte sich wie ein Märtyrer in der langen Reihe von Glaubenshelden, die das Christentum im Laufe seiner Geschichte hervorgebracht hatte. Seine täglichen Besuche bei Joseph Cinque und den anderen Gefangenen von der *Ami-*

stad hatten dazu geführt, daß er mit Hilfe von Münzen, Fingern und einem intelligenten Jungen namens Kale die Namen der ersten zehn Zahlen in ihrer Sprache herausgebracht hatte. Und nun wiederholte er diese paar armseligen Worte in der verzweifelten Suche nach einer Antwort, die das Schweigen und die Einsamkeit der Afrikaner würde durchbrechen können. Wie, fragte er sich selbst, konnte man das Wort des Herrn verbreiten, wenn es einem unbekannt war? Wie konnte er aus den Afrikanern von der *Amistad* gut Christen machen, Sendboten von Gottes Wort, wenn sie die Bibel nicht verstanden? Hatte denn nicht der Abbé de l'Epée in Paris aus dem gleichen Grund für die Taubstummen eine völlig neue Sprache erfunden, damit sie nicht den Rest ihres Lebens im Zustand der Sünde verbringen mußten? Und so räusperte er sich und fuhr lautstark fort:

»Eta, fili, kiauwa, noeni . . .«

»Noeni, loelu, weta, wufura . . .«

Der junge Mann drehte sich um und musterte den verrückten Weißen, der auf der von Menschen wimmelnden Pier New Yorks in Mende zählte. Er reagierte mit einem munteren »vier, fünf, sechs, sieben«, woraufhin beide gemeinsam *»Wayapa, tau, pu!«* riefen.

»Können Sie auch des Königs Englisch lesen und schreiben?«

»Das Englisch der Königin, Sir. Gott segne Viktoria.« Ja, diese Sprache war Mende. Ja, er konnte sie sprechen. Ja, er konnte auch englisch sprechen, lesen und schreiben. »Mein Name ist James Covey«, sagte er, und seine Augen begegneten denen von Dr. Gibbs mit jenem offenen und direkten Blick, der für Seeleute typisch ist. Sein Schiff, die britische Kriegsbrigg *Buzzard*, war gerade mit zwei Prisen im Schlepp eingetroffen und lag jetzt in Quarantäne. Dr. Gibbs hatte das Gefühl, so viel Glück zu empfinden, daß es als Sünde der Unmäßigkeit ausgelegt werden konnte. Gibbs glaubte an Wunder. Er glaubte an die Vorsehung. Er glaubte an die Bekehrung von Seelen. Und er sah in den Gefangenen von der *Amistad* ein Zeichen dafür, daß ganz Afrika wartete.

»Sie sollten wissen«, sagte Kapitän Fitzgerald, »daß ich James Covey als Mitglied meiner Familie betrachte. Ich freue mich, daß er Ihnen helfen kann, denn wir haben in den Zeitungen über den Fall gelesen. Aber ich kenne die Einstellung der Amerikaner zu Farbigen, Dr. Gibbs. Sie sind mir persönlich für seine Gesundheit und sein Wohlergehen verantwortlich. Ich werde nicht zulassen, daß er verletzt oder beleidigt wird.«

»Ich gebe Ihnen mein Ehrenwort, Sir, daß Mr. Covey nichts passieren wird«, erwiderte Dr. Gibbs. »Und möge Gott Sie dafür segnen, daß Sie uns helfen.«

»Sie werden mehr brauchen als nur Gottes Segen«, erwiderte Fitzgerald trocken.

»O nein«, sagte Dr. Gibbs. »Ich vertraue auf den Herrn.«

James Covey und Dr. Gibbs wanderten den Broadway hinauf, fort vom Hafen, seinem Chaos, Lärm und Menschengewimmel, vorbei an den eleganten roten Ziegelsteinhäusern reicher Kaufleute und Kapitäne. Ein widerwärtiger Geruch lag über dem Viertel, das über dem schlecht dränierten Collect Pond erbaut worden war. Die Reichen verließen ihre feinen Häuser, zogen weiter stadtaufwärts in die Greenwich Street und zum Washington Square und überließen die Gegend den neu angekommenen Deutschen und Iren.

»Sie brauchen also nur die Zeitungsausschnitte zu lesen, um auf dem Laufenden zu sein.« James Covey nickte.

»Drei Männer haben das Amistad Defense Committee gegründet. Sie werden sie jetzt kennenlernen. Es sind der Millionär Lewis Tappan, Joshua Leavitt und Simeon Jocelyn. Außerdem wird William Jay anwesend sein, der Sohn von Oberrichter John Jay, und Arthur Tappan, Lewis' Bruder. Die Tappans sind Großneffen von Benjamin Franklin, der die erste Abolitionisten-Vereinigung in Pennsylvania ins Leben gerufen hat«, fuhr Gibbs fort. »Arthur Tappan ist vierundfünfzig Jahre alt und Lewis zwei Jahre jünger. Beide haben als Importeure von Seide aus Europa und China ein Vermögen gemacht und emsig gearbeitet, um das Geld zu verdienen, das sie jetzt ebenso emsig wieder verschenken. Der sanfte, fromme Lewis ist entschlossen, das Evangelium zu verbreiten und die Sklaverei abzuschaffen. Arthur, der humorloser und, der Herr verzeihe mir, überaus selbstgerecht ist, hält sich für einen großen Mann, der alles dahingibt, was er besitzt. Er wird Saint Arthur genannt. Und da Geld seine Leidenschaft ist, ist das Wegschenken seine Liebesaffäre.

Lewis ist der Herausgeber einer abolitionistischen Zeitung, deren Redaktionsräume vom Mob überfallen und niedergebrannt wurden. Drohbriefe und tätliche Angriffe sind das tägliche Brot der Tappans. Arthur ist niedergestochen, verprügelt und durch die Straßen New Yorks geschleift worden. Sein Lagerhaus wurde niedergebrannt, ebenso sein Wohnhaus. Einmal hat ihm jemand das Ohr eines Negers geschickt. Leute aus dem Süden haben unzählige Male versucht, die Brüder zu kidnappen. In jedem Staat des Südens ist ein Preis auf ihren Kopf ausgesetzt, bis zu fünfzigtausend Dollar, tot oder lebendig. ›Wenn diese Summe‹, hat Arthur einmal zu mir gesagt, ›auf eine New Yorker Bank eingezahlt würde, wäre ich imstande, mich selbst auszuliefern.‹

Vor ein paar Jahren hat Arthur ein Stück Land in New Haven gekauft, um ein College für freie Neger zu gründen. Aber die Stadt entschied, daß die Errichtung eines College für Farbige unvereinbar wäre mit dem Gedeihen, wenn nicht sogar der Existenz der bereits bestehenden Institution, nämlich Yale College, an dem ich selbst tätig bin«, erklärte Josiah Gibbs. »Es ist mir nie gelungen, diese – diese tief wurzelnde Angst vor freien Schwarzen zu verstehen. Viele Amerikaner, selbst solche, die gegen die Sklaverei sind, halten die Freilassung der Sklaven nicht für die richtige Lösung. Die meisten würden die Abschiebung vorziehen.«

»Nach Liberia?« fragte Covey.

»Glauben Sie, daß man die amerikanischen Neger außer Landes schaffen könnte?«

»Nach Ansicht von Kapitän Fitzgerald«, sagte Covey, »wäre es praktisch unmöglich, selbst wenn man alle Kriegs- und Handelsschiffe der Vereinigten Staaten einsetzte, alle Neger in den Vereinigten Staaten auch nur halb so schnell bis zum nächstmöglichen Ort, zum Beispiel auf die Insel Santo Domingo, zu transportieren, wie Negerkinder zur Welt kommen. Ganz zu schweigen davon, daß diese Kinder als Amerikaner geboren werden.«

»Ja, genau das ist das Problem«, sagte Gibbs gereizt. »Manche Leute befürchten, daß unbeugsame Opposition gegen die Sklaverei ein noch größeres Übel im Gefolge haben könnte, den Zerfall der Union. Sie halten uns für Fanatiker. Für gefährliche Fanatiker.«

Dr. Gibbs' lange Gelehrtenfinger gestikulierten aufgeregt, sein spärliches braunes Haar flatterte im Wind, die glattrasierten Wangen waren bleich. Da er so groß war, daß er aus jeder Menge herausragte, hatte er sich angewöhnt, sich zu der Person, mit der er sich unterhielt, auf eine Art herunterzubeugen, die manche Leute für Herablassung hielten. Er war mehr als einen Kopf größer als Covey, und seine runden Brillengläser funkelten in der Sonne.

»Die *Amistad* ist ein Gottesgeschenk. Bisher konnten wir nichts tun, als Versammlungen abzuhalten und im Norden Mitglieder zu werben. Das alles hat Joseph Cinque geändert. Er ist zum Bannerträger einer ganz neuen Schlacht geworden.«

Neuntes Kapitel

Die Gefangenen

Eine Woche lang war Vivian Braithwaite täglich im Gefängnis gewesen. Jeden Tag war sie die erste in einer Schlange aus Tausenden von Menschen aus New Haven, Canterbury, Hartford und New York, die an seiner Zelle vorüberzogen, nachdem sie Mr. Pendleton einen New Yorker Shilling dafür bezahlt hatten, einen Blick auf die Afrikaner werfen zu dürfen. Anlaß für Vivians Besuche waren Emotionen und gefährliche Gedanken, die sie nicht einmal sich selbst zu erklären vermochte, geschweige denn ihrem Vater, vor dem sie diese Besuche geheimhielt. Sie hatte sich angewöhnt, kleine Geschenke mitzubringen: Brot, Süßigkeiten, Früchte. Ihre weiß behandschuhte Hand glitt zwischen den Gitterstäben der Zelle hindurch; sie äußerte ein paar unverständliche Worte, und in den hellbraunen Augen, mit denen sie Joseph Cinque anstarrte, lag immer eine Frage.

Schon bei ihrem ersten Besuch war sie Joseph Cinque aufgefallen. Sie war schön, aber das war es nicht, was Joseph Cinque faszinierte und erregte und ihn mit brennender Scham darüber erfüllte, daß sie ihn so gedemütigt sah. Es war die Frage in ihren Augen, auf die anscheinend nur er eine Antwort geben konnte, wenn er sie nur zu finden vermochte. Diese Frage hatte vom Augenblick ihrer ersten Begegnung an zwischen ihnen gestanden. Das Mädchen war neugierig, erregt, hatte sogar ein wenig Angst, aber nicht *vor* ihm, sondern *um* ihn. Da war etwas, das sie wissen wollte, und er war sicher, daß er es ihr sagen konnte, hätte er nur eine Sprache gefunden, die sie verstand. Er war eingehüllt in ein Schweigen völliger Verständnislosigkeit. Ihm war zumute, als wäre er in eine Löwengrube gefallen, wo er zwar aufschreien konnte, aber nicht imstande war, der endlosen Reihe weißer Gesichter, die vorüberzogen und ohne eine Spur von Zurückhaltung, Anstand oder Mitleid in seine Zelle hineinblickten, auf irgendeine andere Weise sein Entsetzen, seine Angst, seinen Abscheu kundzutun. Er und seine Männer wurden zur Schau gestellt wie wilde Tiere in einem Käfig, und selbst in Vivians Blick war etwas von Schaulust. Aber er verzieh ihr wegen dieser Frage, die immer in ihren Augen lag. Bei ihrem sechsten Besuch entdeckte Joseph Cinque, daß sie größer war als er. Er hatte sich erhoben, als ihre schlanke Gestalt in der Schlange auftauchte, und stellte plötzlich fest, daß er zu ihr aufschauen mußte. Natürlich konnte er nicht wissen, daß sie unter ihrem langen grünen Rock weiche Lederstiefel trug, deren Absätze sie fünf Zentimeter größer machten. Den Rest des Tages brütete Joseph Cinque über Vivians Größe. Es war der gleiche Tag, an dem Joseph Covey eintraf.

Ein Mr. Moulthrap hatte die Gefangenen in Panik versetzt. Mr. Moulthrap arbeitete so schnell, wie die gegebenen Umstände es erlaubten. Die Umstände waren die, daß die Afrikaner sich vor dem Wachs fürchteten, das er benutzte, um Masken von ihnen anzufertigen. Obwohl er ihnen geduldig erklärt hatte, daß es sich um eine völlig schmerzlose wissenschaftliche Operation handelte, hatten die Afrikaner natürlich kein Wort verstanden. Er hatte Mr. Pendleton, den Gefängniswärter, um Hilfe bitten müssen, dessen geldbringende Idee das Ganze gewesen war, und mehrere seiner Gehilfen hatten Mann für Mann festgehalten, bis er mit seiner Maske fertig war. Trotzdem hatte er einen Mann fast erstickt, der nicht durch den Halm atmen konnte oder wollte. Die Afrikaner hatten Angst vor dem Bambusröhrchen, das er benutzte, damit sie Luft bekamen. Ihre Schreie waren jammervoll gewesen. Aber wenn er die Wachsfiguren dieser Afrikaner überall im Land zur Schau stellen wollte, was eine Menge Geld einbringen würde, dann mußten sie es durchstehen. Mr. Pendleton und sein Partner Mr. Curtiss bezahlten ihn gut für die Anfertigung dieser Masken, und wie es schien, war die Ausstellung »Die Gefangenen von der Amistad« schon jetzt von Maine bis Missouri ausgebucht.

Vor Mr. Moulthrap war Dr. Fletcher erschienen, ein Phrenologe, der überzeugt war, daß es möglich war, geistige Fähigkeiten und Veranlagungen zu beurteilen, indem man Art und Form des Schädels betrachtete und vermaß.

»Joseph Cinque ist ungefähr sechsundzwanzig Jahre alt«, hatte er Dr. Gibbs großspurig erklärt, »und von mürrischem und hitzigem Temperament, wobei das Mürrische überwiegt. Der Umfang seines Kopfes beträgt 28 und $\frac{3}{8}$ Zoll, 15 Zoll von der Nasenwurzel bis zum Hinterhauptsbein.« Er hielt einen Augenblick inne. »Am äußeren Gehörgang mißt er 15 Zoll über den Kopf und am destruktiven Lappen durch den Kopf $5\frac{3}{4}$ Zoll. Hoch entwickelt sind bei ihm die Eigenschaften Festigkeit, Selbstachtung und Hoffnung. Über dem Normalen liegen die Eigenschaften Wohlwollen, Ehrfurcht, Gewissenhaftigkeit, Aneignungssucht, Staunen, Widersetzlichkeit, Zurückhaltung und Vergleichen. Normal entwikkelt sind Sinnlichkeit, Kinderliebe, Anhänglichkeit, Kampfbereitschaft, Verschlossenheit, Schöpferwille, Vorsicht, Sprache, Individualität, Eventualität, Kausalität und Ordnung. In seiner Persönlichkeit ist nur sehr wenig zu finden von Freßsucht, Habgier, Idealvorstellungen, Frohsinn und Nachahmung.« Dr. Fletcher war verwundert, daß er keinerlei Anzeichen für Zerstörungswut gefunden hatte. Der Kopf jedoch war bewundernswert, gut geformt, einer, an dem jeder Phrenologe seine Freude haben konnte. Die Scheitelregion war am größten, Vorder- und Hinterhaupt wohl ausgeglichen und die Basis bescheiden. »Einen solchen afrikanischen Kopf«, hatte Dr. Fletcher seine Ausführungen beschlossen, »bekommt man nur sehr selten zu Gesicht. Unter anderen Umständen würde der Mann seiner Rasse zweifellos Ehre machen.«

Dr. Fletcher analysierte die Schädel aller neununddreißig Männer. Er hatte vor, die Ergebnisse seiner Untersuchungen der britischen Königin Viktoria und ihrem Phrenologen Dr. Combes vorzulegen.

Als Doktor Gibbs und James Covey in New Haven angekommen waren, begaben sie sich sofort zum Gefängnis. Es war vier Uhr nachmittags; Pendleton bestand darauf, daß die Gefangenen ihr Abendessen bekamen, bevor er die beiden Männer zu ihnen ließ.

Der einzige Mensch, der sonst noch die Zellen betreten durfte, war der Maler John Barker, dem es gestattet worden war, Zeichnungen von den Gefangenen anzufertigen. Er beabsichtigte, ihre Porträts in Form von Silhouetten zu publizieren, einer damals sehr beliebten Technik.

»Schwarz auf Schwarz«, bemerkte der Reverend Gibbs sarkastisch. Immerhin würde es mit Coveys Hilfe möglich sein, dieser Schattengalerie die Namen der Männer zuzuordnen.

James Covey war verblüfft von der Zirkusatmosphäre, die die Männer in ihren Zellen umgab. Nach wie vor standen Hunderte von Menschen Schlange, um einen Blick auf die Gefangenen zu werfen, aber endlich war der letzte vorbeigezogen, und Gibbs und Covey wurde gestattet, die Zellen zu betreten. Als Covey die Männer begrüßte, war ihm, als befände er sich im Auge eines Sommerhurrikans auf See. Männer sprangen auf, lachten und weinten, überschütteten ihn mit Fragen, ergriffen seine Hand, klopften ihm auf die Schulter. Covey versank beinahe in dieser Freudenflut. Er stellte fest, daß drei Männer schwer krank waren und still und stumm auf ihren Matten in einer Ecke lagen. Ein paar Minuten später erschien ein hochgewachsener, in eine Decke gehüllter Mann und blieb an der Schwelle stehen. Covey wußte, daß er Joseph Cinque vor sich hatte, den Schiffsführer der *Amistad.* Joseph Cinques Gesicht verriet Überraschung und Bestürzung; es glich dem eines Blinden, der plötzlich wieder sehend geworden ist. Und fast das bedeutete es für ihn – James Covey würde ihn aus dem Gefängnis der Sprachlosigkeit befreien. Die beiden Männer näherten sich einander, streckten, wie es der Brauch der Mende verlangte, die Arme aus, ballten die Hände zu Fäusten und berührten sich mit den Knöcheln.

Joseph Cinque

»Ich bin . . .«, setzte Joseph Cinque an, aber er brachte den Satz nicht zu Ende.

»Sengbe-Pieh«, sagte James Covey. »Ich bin Kaweli«, sagte er, seinen afrikanischen Namen nennend, und lächelte. Da wußte Joseph Cinque, daß er nicht nur seine Stimme, sondern auch seine Zukunft gefunden hatte. Grabeau trat zu ihnen, Tränen in den Augen.

»Sag ihnen, was wirklich passiert ist. Sag ihnen, daß wir den Krieg gewonnen haben. Ruiz und Montez haben gelogen – sie haben alle Leute angelogen, und wir hatten keine Stimme außer diesem Jämmerling Antonio. Wenn sie erst einmal unsere Geschichte gehört haben, werden sie uns freilassen!«

»Berichte ihnen auch«, sagte Joseph Cinque, »von unseren Qualen. Von dem Schiff, das uns übers Wasser gebracht hat. Du weißt von diesen Schiffen?«

Covey nickte.

Zum erstenmal, seit er sich an diesem Ort befand, hörte sich Joseph Cinque in seiner eigenen Sprache zu einem Fremden sprechen. Er wurde von jemandem verstanden, der die weißen Männer wissen lassen konnte, was er dachte. Hier war die Antwort auf seine Gebete, dieser gutaussehende Mende in der Kleidung des weißen Mannes. Zögernd schloß Joseph Cinque James Covey in die Arme, der die Umarmung, von Gefühlen überwältigt, erwiderte.

Mit den Sklaven, die er befreit hatte, hatte James Covey nie richtigen Kontakt gehabt. Jetzt würde er diese Männer befreien, zumindest aus ihrem Gefängnis der Sprachlosigkeit. Alles weitere war Sache der Gerichte der Vereinigten Staaten.

Von den Männern umdrängt, begann Covey, sich auf einzelne Gesichter zu konzentrieren. Er oder Joseph Cinque würden diejenigen Männer auswählen müssen, die zu Symbolen für alle werden konnten. Neununddreißig Leute waren zuviel für einen wirksamen Appell; wenn die Öffentlichkeit Menschen in ihnen sehen sollte, mußten sie Namen und Gesichter haben, Persönlichkeiten sein. Sie mußten so lebendig sein, daß man sich an sie erinnerte. Covey hatte sich bereits für die Zahl entschieden, zwölf, zwölf Gerechte, denn wenn ihre Sache vor einem Geschworenengericht verhandelt werden sollte, würden zwölf weiße Männer über sie urteilen. Er würde alles über sie erfahren, indem er Joseph Cinque zuhörte.

Grabeau

»Grabeau war mein erster Stellvertreter«, sagte Joseph Cinque. »Wir haben uns fast im Augenblick meiner Gefangennahme kennengelernt und schafften es, in den Sklavenbaracken und auf der *Tecora* zusammenzubleiben. Seine Eltern sind tot. Er ist verheiratet, hat aber keine Kinder. Er wurde an die Spanier verkauft, um die Schuld eines Onkels zu begleichen. Er ist so alt wie ich.«

Covey lächelte den kurzen, untersetzten Grabeau an, als dieser vortrat.

»Ich bin Sei-mir-gnädig«, sagte Grabeau. »Cinque und ich sind wie Brüder. Er war es, der mich auf der *Tecora* am Leben erhalten hat. Wenn ich verzweifelte, lehnte er sich gegen unser Schicksal auf. Natürlich hat es in unserem Dorf Krieg gegeben, Hunger, schlimme Krankheiten, aber vorher hatte ich keine Ahnung, was Menschen anderen Menschen antun können.«

»Shule ist der Älteste von uns. Er ist neununddreißig. Auf dem Schoner stand er an vierter Stelle. Er wurde zusammen mit seiner Frau, die auf der *Tecora* starb, entführt und an die Spanier verkauft.«

Shule

Fuliwa

Kimbo

Wasserfall war sehr verschieden von Sei-mir-gnädig. Er war hellbraun, Brust und Rücken waren von Narben überzogen, und in seinen tiefliegenden braunen Augen lag Trauer. Sein Haar war bereits leicht ergraut, und er war so groß, daß er Joseph Cinque, Grabeau und James Covey überragte.

»Das ist Fuliwa. Er war auf der *Amistad* mein Leibwächter. Er hat bei seinen Eltern gelebt und hat fünf Brüder.«
»Mein Dorf wurde von Soldaten umzingelt und niedergebrannt«, berichtete Große Sonne. »Ich wurde zusammen mit meinen Brüdern gefangengenommen.«
Das Gebaren und die Intelligenz dieses schlanken, mittelgroßen, walnußbraunen Mannes beeindruckten Covey. Er berichtete von seinen Brüdern, nannte jeden bei seinem

Namen und erzählte, wie nahe sie und ihr Vater, ein Dorfältester, einander gestanden hatten. Von den Qualen, die sie auf der *Tecora* erduldet hatten, sprach er kaum – er berichtete von der Revolte und von den Tagen und Nächten ihrer Irrfahrt entlang der Atlantikküste. Er sprach auf eine Art, die viel von der Sehweise eines Matrosen an sich hatte: sehr detailliert und exakt, wobei jedes Detail geduldig in das Gewebe des Ganzen eingebettet wurde. James Covey war er sofort sympathisch.

»Mein zweiter Stellvertreter war Kimbo«, sagte Joseph Cinque. »Er ist in Maw-ko-ba geboren. Nach dem Tod seines Vaters nahm ihn sein König zum Sklaven und schenkte ihn dem Fürsten Banga, der im Bullom-Land lebt. Der Fürst verkaufte ihn an einen Bullom-Mann, der ihn an einen Spanier weiterverkaufte. Kimbo war es, der Gibbs beibrachte, in unserer Sprache zu zählen. Und wenn einer von uns dich zu uns führte, dann ist es Kimbo gewesen.«
»Ich bin Grille«, sagte Kimbo.
Grille war hochgewachsen und sehr dunkel. Er hatte einen Schnurrbart und einen kurzen Kinnbart und schien zu den Ältesten zu gehören. Covey hatte den Eindruck, als läge in seinen Augen die ganze Traurigkeit der Welt.

»Burnah war Schmied in Mendeland. Er wurde um eines geringfügigen Vergehens willen an einen Spanier verkauft. Sein Vater ist tot, und er hat mit seiner Mutter zusammengelebt. Er hat vier Schwestern und zwei Brüder.«
»Ich heiße Zwilling«, sagte Burnah. »Als mein Vater gestorben war, heiratete mein ältester Bruder, und wir lebten alle zusammen in seinem Haus. Mein anderer Bruder hatte keine Frau und ich auch nicht. Wir lebten in den Bergen, im Land der Leopar-

Burnah

den und Elefanten. Wir waren sechs Wochen unterwegs, bis wir in Lomboko angekommen waren, und dort war ich drei und einen halben Mond, bevor ich auf die *Tecora* gebracht wurde. Ich habe Sengbe-Pieh in Lomboko kennengelernt. Auf der *Amistad* war ich der einzige, der ein paar Worte spanisch sprechen konnte.«

Covey hörte sich Zwillings Geschichte aufmerksam an. Zwilling war tiefschwarz und von machtvollem Körperbau, hatte ein hübsches Gesicht, aber eines seiner Augen schielte ein wenig. Weil er mit den Spaniern am meisten Kontakt gehabt hatte, fragte ihn Covey, was für Männer sie gewesen waren.

»Nicht ganz schlecht«, sagte Burnah, »für weiße Männer, aber unfähig zu begreifen, daß wir Menschen waren wie sie auch. Ruiz ist noch sehr jung. Montez ist ein schwacher, alter Mann. Beide waren zu unmenschlicher Grausamkeit imstande.«

»Ich kenne keinen gerechteren Mann als Fooni. Er ist unser Dichter. Er schreibt unsere Lieder und lauscht unseren Klagen, errät unsere ältesten Träume. Ihm vertrauen wir unsere Geheimnisse an. Er wurde in Bumbe geboren, einer großen Stadt in Mendeland, nicht weit von meinem eigenen Dorf entfernt. Der Name seines Königs war Kabandu.«

Fooni

»Ich bin Schlange«, sagte Fooni. »Ich habe eine Familie und viele Brüder und Schwestern, von denen ich Sula immer am meisten geliebt habe. Ich wurde auf dem Weg zu den Reisfeldern von zwei Männern ergriffen, nach Benbelow im Lai-Land gebracht und an einen Spanier verkauft, der Luis hieß und mich zwei Monde behielt, bis er mich nach Lomboko brachte, das nur eine Tagesreise entfernt war.«

Schlange verstummte. Covey sah einen kleinen, gutgebauten Mann mit dichtem Haar und einem wohlgeformten Kopf, von dem der Eindruck schüchterner Sanftheit und humorvollen Wesens ausging. Er schien von allen der Ausgeglichenste zu sein.

»Sessi ist Schmied und Schnitzer. Er bringt uns selbst dann zum Lachen, wenn wir eigentlich weinen sollten. Wie es heißt, kennt er zweitausend *lustige* Geschichten, und die Zahl seiner boshaften Geschichten ist grenzenlos. Ich habe selbst einmal gehofft, ich könnte ein Schnitzer werden, aber ein wahrer Nganga wie Sessi vollbringt Zauber mit seinen Händen. Viele Nächte haben wir uns über Geister unterhalten und das Wesen des Schnitzens. Eines Tages, wenn all dies vorbei ist, wird es Sessi sein, der es in Bildern festhält.«

Sessi

»Ich bin Krokodil«, sagte Sessi. »Ich habe von meinem Bruder gelernt, wie man Äxte, Hacken und Messer macht. Was das Schnitzen betrifft, so wurde es mir von einem Nganga geweissagt. Ich habe für König Pamasa gearbeitet. Ich wurde von Soldaten überfallen und am Bein verwundet. Hier siehst du es, die Wunde ist immer noch nicht ganz verheilt. Deshalb hinke ich. Ich wurde zweimal verkauft, bevor ich in Lomboko eintraf, wo ich ungefähr einen Mond verbringen mußte. Ich traf vor Sengbe-Pieh dort ein, aber wir sind bald Freunde geworden. Gott wollte, daß wir auf das gleiche Schiff kamen.«
Krokodil war schlank, hatte ein verschmitztes Gesicht und lange, kräftige Hände. Er schaute Covey kaum an, sondern richtete den Blick statt dessen über die Schulter hinweg auf einen der anderen Männer, der Bartu hieß.
»Ich bin Schwert«, sagte Bartu und trat vor. »Ich gehöre einer adligen Familie an. Ich habe nie gearbeitet. Mein Vater schickte mich in ein Dorf, wo ich Tuch kaufen sollte, und ich

Bartu

wurde auf der Kriegsstraße gefangengenommen. Der Name meines Königs ist Dabe, und er lebt wie meine Familie in der Stadt Tuma. Dort ist ein großer See. Ich wurde an Händen und Füßen gefesselt und nach Lomboko getragen. Meine Heimat ist Bergland; dort wird Reis angebaut. Die Leute haben Gewehre. Ich kann mit einem Gewehr umgehen. Meine Heimat ist außerdem Elefantenland und reich an Elfenbein. Wenn ich etwas Elfenbein bei mir gehabt hätte, hätte ich meine Bewacher bestechen können – aber ich hatte keines.«

James Covey fiel ein junger Mann auf, der etwas abseits von der Gruppe stand.
»Wer ist das?« fragte er.
»Das ist Kinna«, antwortete Joseph Cinque.

Kinna

»Ich bin Großer Mann«, sagte Kinna und trat vor. »Meine Eltern und meine Großeltern leben noch – ich hoffe es zumindest. Ich habe vier Brüder und eine Schwester. Ich wurde in Simabu geboren, wo auch mein König Samang lebt. Ich wurde auf dem Weg nach Kongolli auf der Kriegsstraße von einem Bullom-Mann gefangengenommen, der mich in Lomboko an einen Spanier mit Namen Luis verkaufte. Ich möchte verstehen können, was die weißen Männer sagen. Ich möchte dir helfen.«
»Das kannst du, Großer Mann«, sagte James Covey. »Ich werde dir beibringen, euer aller Namen so zu schreiben, daß die Weißen sie verstehen. Das ist der erste Schritt.«

»Das ist Bau«, sagte Joseph Cinque. »Er hat die Totengebete gesprochen für Tua, der kurz vor deiner Ankunft gestorben

Bau

ist. Sie haben ihn in der Stadt begraben, nachdem ein weißer Mann über seiner Leiche gesprochen hat. Es war eine seltsame Zeremonie, aber Bau hat darauf bestanden, daß er als Afrikaner begraben wurde. Baus Familie ist seit langem tot. Seine Frau und sein Kind kamen in einem Krieg ums Leben, und er wurde gefangengenommen und vier Monde später nach Lomboko gebracht.«

»Ich bin Stürzendes Wasser«, sagte Bau.

Fabanna

»Fabanna ist fünfunddreißig Jahre alt. Er wurde in Dzkopoabu im Mendeland geboren. Er ist der Sohn des Königs Bawnge. Sein Titel ist Prinz. Er wurde im Busch von einem verräterischen Mende überfallen, der zu einer Gruppe von Männern mit Gewehren gehörte, einen Zehn-Tages-Marsch von Lomboko entfernt. Er sagt, es war vermutlich ein Racheakt gegen seinen Vater.«

»Ich bin Erinnere«, sagte Fabanna. »Mein Vater schickte einen Trupp Bewaffneter aus, der mich befreien sollte, aber er geriet in einen Hinterhalt, und die Männer wurden entweder getötet oder gleichfalls zu Sklaven gemacht. Wir haben uns auf der *Tecora* kennengelernt, wo wir nahe beieinander angekettet waren. Wir planten einen Aufstand, aber wir hatten keine Möglichkeit, uns zu organisieren.«

James begrüßte jeden Mann, der ihm vorgestellt worden war, durch Berührung seiner Knöchel. Er war mit Joseph Cinques Auswahl einverstanden. Nun scharten sich die anderen um die beiden Männer, und Joseph Cinque stellte auch sie vor.

»Wo sind die Kinder?« fragte Covey dann.

»Es sind vier«, sagte Burnah. »Drei Mädchen und ein Junge,

und außerdem der Steward Antonio, der nur spanisch spricht.«

»Warum sind sie hier im Gefängnis?«

»Wir bemühen uns um ihre Freilassung«, erklärte Dr. Gibbs. »Sie sind in der Obhut von Mrs. Pendleton, der Frau des Gefängniswärters. Möchten Sie mit ihnen reden? Was mich betrifft, so gehe ich jetzt.« Er lächelte. »In meinem ganzen Leben habe ich noch keine so aufreibende Woche erlebt, sowohl körperlich als auch geistig. Bisher habe ich vom Sklavenhandel nicht viel gewußt, und jetzt weiß ich so viel, daß ich fürchte, niemals wieder den Schlaf des Gerechten schlafen zu können . . .«

Josiah Gibbs wandte sich zum Gehen, und sein steifbeiniger Gang wirkte wie die Parodie eines Mannes, der eine Kette mit einer Eisenkugel hinter sich herschleppt.

Mrs. Pendleton ließ den Reverend hinaus und brachte dann die Kinder – mit gerötetem Gesicht und ziemlich nervös bei dem Gedanken, sich unter so vielen geheimnisvollen und unberechenbaren Heiden aufhalten zu müssen.

Kale

Teme

Kagne

»Das ist Kale«, erklärte Joseph Cinque. »Seine Eltern leben noch. Er wurde auf der Straße von seinem Vater getrennt und entführt. Er sagt, er wäre acht Jahre alt. Teme ist sieben. Sie lebte mit ihrem Bruder und ihrer Schwester zusammen. Ihr Vater ist tot. Eines Nachts überfiel eine Horde Männer das Haus ihrer Mutter und nahm sie alle gefangen. Seither hat Teme ihre Angehörigen nicht wiedergesehen. Sie sagt, sie weiß nicht, wie lange es gedauert hat, bis sie in der

Margru

Sklavenbaracke angekommen war. Kagne ist zehn. Außer Mende spricht sie auch ein paar Worte Fai. Sie sagt, ihre Eltern seien noch am Leben, und sie hat vier Brüder und vier Schwestern. Kagne wurde von ihrem Vater für eine Schuld verpfändet, und da die Schuld nicht beglichen wurde, ist sie verkauft worden. Und das ist Margru.«

Schwarze Schlange wich schüchtern vor dem Fremden zurück. Auf ihrem zarten, schmalen Gesicht mischten sich Angst und Neugierde. Sie wußte, daß Covey nicht zu ihnen gehörte, und fragte sich, woher er gekommen sein mochte, dieser Mann, der so viel Ähnlichkeit mit den weißen Teufeln hatte. Doch dann breitete sich ganz langsam ein Lächeln auf ihrem Gesicht aus, und ihre Hand flog zu ihrem Mund, um es auf Mende-Art zu verbergen. Es schickte sich nicht, ohne Erlaubnis einem Fremden seine Freude zu zeigen. Mit dem glücklichen Naturell eines Kindes hatte sie den größten Teil des Grauens der Überfahrt bereits vergessen, nur die Dunkelheit ängstigte sie und die Sprache des weißen Mannes mit ihren fremdartigen Lauten, die ihr wie die von Tieren vorkamen.

James hob das schöne Kind mit den großen, schwarzen Augen, der hohen Stirn und dem anmutigen Gesichtchen hoch. Margru schlang ihm die Arme um den Hals. Ihrer Größe und ihrem Gewicht nach schätzte James ihr Alter auf sieben oder acht Jahre. Der Druck ihres leichten Körpers, die Händchen, die auf seinem Hals lagen, ihre weiche Wärme waren ein Trost nach all den Geschichten, die er gehört hatte. Es war nicht so sehr das gewesen, was die Männer über ihre Heimat, ihre Herkunft und ihre Familien berichtet hatten, sondern eher das, was sie unerwähnt gelassen hatten. Sie hatten nicht von denen gesprochen, die gestorben waren. Und sie hatten, wie Covey es erwartet hatte, nicht über die Middle Passage gesprochen. Covey setzte das Kind ab und kniete neben den drei Kranken nieder. Er erkannte die Anzeichen. Diese Männer würden sich nicht wieder erholen. Er hatte es bei den Sklaven, die sie von Schiffen befreit hatten, oft genug erlebt. Männer, die in der Gefangenschaft durchgehalten hatten, gaben auf, wenn sie frei waren.

Die Männer waren verstummt, und ihre Augen ruhten auf Covey. Ihm wurde bewußt, daß sie jetzt sein *nge gbembi* hören wollten. Er hatte nicht daran gedacht, daß für diese Männer seine Herkunft und seine Familienverhältnisse das einzig Wichtige waren.

James Covey

»Ich bin Kaweli.« Es war viele Jahre her, seit er diesen Namen gebraucht hatte. »Ich wurde im Vi-Land geboren, als erster Sohn von Tsukama. Mein Vater und mein Onkel wurden in der Schlacht am Koama-Fluß getötet, und meine Mutter und ich wurden geraubt, zur Mündung des Gallinas gebracht und an Pedro Blanco verkauft. Was mein *nge gbembi* betrifft, könnte ich euch noch viel mehr erzählen. Aber wichtiger ist, daß ihr über das Dreieck Bescheid wißt.«

Covey holte eine Karte aus seinem Seesack und breitete sie auf dem Fußboden aus.

»Wenn man auf einer Karte des Atlantischen Ozeans eine Linie von der Mündung des Gallinas bis nach Havanna zieht und eine zweite bis zu dem Ort, in dem mein Schiff zu Hause ist, einer Stadt im Norden, die Liverpool heißt, und eine weitere bis zurück zum Gallinas, dann bekommt man eine Vorstellung vom seltsamsten Handel der Welt – dem Dreieckshandel, der jedem, der an ihm beteiligt ist, ein Vermögen einbringt. Leute in der Stadt, aus der mein Schiff kommt, stellen Dinge her, mit denen am Gallinas Sklaven eingehandelt werden. Diese Sklaven werden nach Havanna

gebracht und gegen Zucker, Tabak und Rum verkauft, die dann wiederum nach Liverpool verschifft werden. Und so schließt sich das Dreieck.
In Havanna gibt es zwanzig Männer, die den Sklavenhandel beherrschen, und der bedeutendste von ihnen ist Pedro Martinez, der auch euch verkauft hat. Aber da ist noch ein anderer, Joaquin Gomez, dem die größte Bank in Havanna gehört und der Mitglied einer Geheimgesellschaft ist, die man ›Freimaurer‹ nennt. Sein Freimaurername ist Aristide der Gerechte, und seine Geschäftspartnerin ist die Königinmutter von Spanien. Auf der anderen Seite des Ozeans lebt sein Gegenspieler, der Mann, den ihr unter dem Namen Pedro Blanco kennt. Aber auch hinter ihm steht ein anderer Mann, ein Mulatte namens Francisco Felix da Souza. Er hat das Monopol auf die Ausfuhr von Sklaven aus dem Reich von Ghezo, des Königs von Dahomey, der an der Ausfuhrsteuer auf Sklaven jährlich eine Million und dreihunderttausend Dollar verdient. Aber ihr müßt wissen, meine Brüder, daß die europäischen Händler nur die letzte Station einer riesigen Organisation sind. Die afrikanischen Herrscher haben den Weißen nie gestattet, von der Küste aus ins Landesinnere vorzudringen. Und da es ihnen nicht um Eroberungen geht, sondern nur um Handel, sind sie damit zufrieden. Sie haben keine Ahnung von den komplizierten Abmachungen, deren letzte, aber keineswegs einzige Nutznießer sie sind. Jeder mächtige afrikanische König, Fürst, Baron und Vizekönig hat seine eigene Handelsorganisation. Viele von ihnen werden von Ibos geleitet. Auch die Mende handeln mit Sklaven. Euer eigener König Siacca hat es abgelehnt, einen Vertrag zu unterschreiben, der den Sklavenhandel in seinem Königreich verbietet, trotz der Bitten unserer Königin Viktoria, in deren Land die Sklaverei verboten ist.
Es gibt nicht nur das Schiff, auf dem ihr gereist seid, meine Brüder, es gibt Hunderte von solchen Schiffe. Seit mehr als hundert Jahren haben Afrikaner die gleiche grauenhafte

Reise gemacht, unter genau den gleichen entsetzlichen Leiden. Ich mache Jagd auf diese Schiffe und die Männer, die mit Sklaven handeln, und versuche, sie ihrer gerechten Strafe zuzuführen und die Sklaven an Bord zu befreien.«
»*Du* tust das?«
»Mein Schiff tut es.«
Covey drehte sich langsam um und musterte die Gesichter der Männer. Ihm wurde bewußt, was für eine grauenhafte Geschichte er ihnen erzählt hatte. Würde Joseph Cinque begreifen, daß sie der Wahrheit entsprach?
»Bist du es, der uns nach Mendeland zurückbringen wird?«
»Nein«, sagte Covey. »Ich bin nur hier, um zu dolmetschen – eure Worte den weißen Männern verständlich zu machen. Vor dem Gericht.«
»Vor was für einem Gericht?«
»Es sind Männer getötet worden. Ihr werdet des Mordes und der Piraterie angekagt.«
»Aber das war doch Krieg.«
»Den ihr verloren habt.«
»Was wir verloren haben, war der Weg nach Hause. Wir konnten ihn nicht finden.«
»Unter euch war Wasser, aber über euch war der Himmel, der euch hätte leiten können.«
»Wir sind der Sonne gefolgt«, sagte Joseph Cinque. »Wir haben den Schatten gemessen, den die Masten warfen. Das Wasser änderte Richtung und Farbe, es gab Stürme, der Wind wehte oder wehte nicht, aber ich bin immer der Sonne gefolgt.«
Joseph Cinque hatte sein Bestes getan, er hatte von seinem Mut und seiner Intelligenz Gebrauch gemacht. Doch beides hatte einfach nicht ausgereicht.
»Aber nachts scheint die Sonne nicht.«
Er kniete nieder, drehte die Seekarte um und begann, die Sterne und Sternbilder des Sommerhimmels daraufzuzeichnen. »Das sind die Sterne, denen ihr auf der Reise von Ha-

vanna zum Gallinas folgen müßt: Deneb im Sternbild des Schwans, dem Kreuz des Nordens; Wega, dem hellsten Stern des Nordens, im Sternbild der Leier; und Altair im Sternbild des Adlers, der in Mendeland fast genau über euren Köpfen steht.« Er deutete auf die Karte. »Als ihr in Richtung Gallinas gesegelt seid, waren zwei Sterne hinter euch, die ihr gut kennen müßt, Arctur im Sternbild des Bootes und Regulus im Sternbild des Löwen. Während eurer zweiten Woche auf See hätten sie hinter dem Horizont verschwinden müssen...«

Covey blickte hoch und begegnete dem verständnislosen Blick von Joseph Cinque, für den die Karte nicht mehr als ein Stück Stoff war, das auf dem schmutzigen Fußboden lag. Verzweifelt verdrehte Covey die Augen zur Decke, dann sprang er auf. Er zog einen kleinen Tisch heran, der am Fenster stand, kletterte darauf und wiederholte seine Zeichnung der Sternbilder an der Decke. Cinque blickte empor und erkannte die Sterne, auch wenn ihm die Sternbilder unvertraut waren. Sein Gewicht verriet, daß er zu verstehen begann.

»Altair«, sagte er, »Wega, Deneb – das sind Konunqui, Ndeloi und Sokolequli!«

»Und diese drei Sterne...«, Covey hielt einen Moment inne, und in seiner Stimme klang Verzweiflung, »... nennt man das Sommerdreieck. Sie hätten euch den Weg nach Hause gezeigt.«

Cinque deutete auf die Linie, die Covey quer über die Decke gezogen hatte.

»Und was ist das?«

»Das ist die Linie, die den nördlichen vom südlichen Himmel trennt. Die Engländer haben mir beigebracht, den Himmel so zu sehen, und ich habe es gelernt... Es ist die Linie, die vom Dreieckshandel gezogen wird. Ich habe sie immer und immer wieder gekreuzt, habe immer und immer wieder versucht, Menschen von der anderen Seite zurückzuholen...« Covey begann zu schluchzen und weinte dann, wie er nicht mehr geweint hatte, seit er neun Jahre alt gewesen war und zusehen mußte, wie seine Mutter auf der *Henrietta* starb.

Joseph Cinque erkannte diesen Schmerz und wußte, daß Covey die Wahrheit gesprochen hatte. Die anderen Männer wandten sich ab.

»Wenn ich den Sternen gefolgt wäre«, sagte Cinque, »und nicht der Sonne, dann hätten wir die Heimkehr vielleicht geschafft.« Jetzt wußte er, daß Montez ihn überlistet hatte: während er sich am Tage an der Sonne orientiert hatte, hatte Montez sich in der Nacht an den Sternen orientiert. Ein Gefühl der Leere breitete sich in ihm aus. Er schaute sich um und musterte die anderen. Er hatte nur das Offenkundige, das Vertraute, die Sonne gesehen und war zu unfähig, zu töricht, zu blind oder zu stolz gewesen, um sich vorstellen zu können, daß es Dinge gab, von denen er nichts wußte und die sie hätten retten können.

»Wenn ich die Bewegungen der Sterne beobachtet hätte«, sagte er, »dann hätte ich gewußt, daß der Spanier mich betrog! Dann hätten wir zurückkehren können!«

Er stieß einen Schrei der Hilflosigkeit aus, und jetzt war es Covey, der von der Verzweiflung in Cinques Gesicht den Blick abwandte. Er starrte auf die Linie, die er an die Decke gezeichnet hatte, und zum erstenmal fühlte er sich als Ganzes: seine beiden Leben hatten endlich in dieser Linie zusammengefunden, dieser Linie, die den Dreieckshandel markierte und die seine Seele geteilt hatten. Dieses Dreieck und das mit ihm verbundene Wissen hatte ihn zu dem gemacht, der er war, nicht nur zu einer Person, der man den Namen James Covey gegeben hatte.

»Weiße Männer benutzen ihr Wissen, um andere zu täuschen«, sagte Covey. »Ich behaupte nicht, daß das gut ist oder schlecht, es ist einfach eine Tatsache; außerdem ändern sie, was uns betrifft, ständig die Gesetze. Die einfachen Regeln, nach denen du und deine Männer Ehre oder Krieg oder Würde beurteilen, existieren hier nicht. Ich verspreche euch, daß ich nicht nur eure Sprache vermitteln, sondern auch versuchen werde, euch das beizubringen, was ihr im Umgang mit diesen weißen Männern wissen müßt. Und du, Cinque, sprich nicht von leichtfertigem Irrtum; du warst in einer Lage, die über deinen Horizont hinausging. Jetzt mußt du lernen, daß schwarze Männer sich Irrtümer nicht leisten dürfen, denn sie werden uns nie verziehen und bedeuten möglicherweise unseren Tod.«

»Nenn mir die Sterne, von hier zum Gallinas«, sagte Joseph Cinque.

Zehntes Kapitel

Washington

Martin Van Buren, der kleinwüchsige Präsident der Vereinigten Staaten, wendete seinem Außenminister, dem hochgewachsenen, gutaussehenden und weltgewandten John Forsythe, den Rücken zu. Forsythe hatte mit eigenen Ohren gehört, wie Senator Davy Crockett gesagt hatte, der Präsident könnte »ein Stück Fleisch in eine Ecke seines Mundes stecken, ein Stück Brot in die andere und einen Kohlkopf in die Mitte und jedes für sich kauen und schlucken, ohne es miteinander zu vermischen«.

Wenn das stimmte, dachte Forsythe, dann war jetzt für den Präsidenten, den man ironisch den »kleinen Zauberer« nannte, die Zeit gekommen, genau das zu tun. In seinen Händen hielt der Minister einen wütenden Brief des spanischen Botschafters Angel Calderon de la Barca, des Bevollmächtigten Ihrer Katholischen Majestät Isabella von Spanien, zwei Mitteilungen von William Holabird, dem Staatsanwalt von Connecticut, einen drohenden, selbstgerechten Brief von den drei Abolitionisten-Anwälten Theodore Sedgwick, Seth Staples und Roger Baldwin, die von dem selbsternannten *Amistad Committee* angeheuert worden waren, einen aufgebrachten Leitartikel des Dichters und Journalisten John Greenleaf Whittier sowie einen Packen Zeitungsausschnitte aus sämtlichen Teilen des Landes. Die Augen des Präsidenten musterten nachdenklich eine Lithographie von Joseph Cinque, die ein Reporter namens Sheffield angefertigt hatte und die an der Ostküste von Boston bis nach Norfolk von Hand zu Hand ging.

Die Frage war nur, dachte Forsythe zynisch, was in diesem Fall was war. Das Fleisch waren sicherlich die Gefangenen, das Brot die spanisch-amerikanischen Beziehungen und der Kohlkopf das unerfreuliche Chaos der öffentlichen Meinung.

»Ich vermute«, sagte der Präsident, »daß jetzt alle Augen auf New Haven gerichtet sind.« Gewöhnlich glaubte Martin Van Buren, daß alle Augen auf ihn gerichtet wären.

Sein Außenminister holte tief Luft. »Also«, begann er, »das Bild, das Sie in der Hand halten, ist das von Joseph Cinque oder Sinqua; zumindest ist das der Name, den ihm die Zeitungen gegeben haben. Weiterhin habe ich hier zwei Briefe von Staatsanwalt Holabird. Im ersten heißt es, er gehe davon aus, daß er die Neger vor Gericht zu bringen habe, sofern die Sache nicht auf andere Weise aus der Welt geschafft werden könnte. Er fügt hinzu, wenn Sie diesbezüglich irgendwelche Anweisungen zu geben hätten, bäte er darum, darüber informiert zu werden. Er hat außerdem an Justizminister Felix Grundy geschrieben und ihm mitgeteilt, daß die Abolitionisten schon jetzt wegen dieser Sache in helle Aufregung geraten sind. Sie scheinen entschlossen, so viel Kapital wie möglich herauszuschlagen und die öffentliche Meinung zu manipulieren. Außerdem haben sie ein ganzes Heer von Anwälten engagiert. Er bittet Felix um Stellungnahme und Anweisungen. Was das Heer von Anwälten betrifft, so habe ich hier einen Brief an Sie von Baldwin, Sedgwick und Staples, die die Verteidigung übernehmen sollen. Die Anwälte schreiben, daß die vorgeblichen Besitzer der Afrikaner weder nach den Gesetzen Spaniens noch nach denen der Vereinigten Staaten einen legalen Anspruch auf diese Männer als Sklaven haben. Sie wurden von José Ruiz und Pedro Montez direkt von einem Sklaventransporter gekauft. Sie verweisen auf die spanischen Gesetze und darauf, daß Ruiz und Montez nach dem Vertrag von 1795 keinerlei Ansprüche geltend machen können. Diese Neger, sagen sie, haben lediglich von ihrem Recht auf Selbstverteidigung Gebrauch gemacht und gegen illegale Freiheitsberaubung geeignete Maßnahmen ergriffen. Es ist, ich zitiere, ›diese Frage, die wir der Beurteilung durch die Gerichte dieses Landes vorzulegen bitten. Es ist diese Frage, die wir nicht in der Abgeschiedenheit des Kabinetts geklärt haben wollen, wo diese unschuldigen Männer keine Berater haben und keine Beweise vorlegen können, sondern in den Hallen der Gerechtigkeit (in Großbuchstaben) mit all dem Schutz, den diese den Verfolgten und Unterdrückten zukommen lassen.‹«

Forsythe war errötet. Er stammte aus Georgia, war Gouverneur dieses Staates gewesen und überdies Besitzer zahlreicher Sklaven.

»Weiterhin habe ich hier einen Brief von Seiner Exzellenz Calderon, dem spanischen Botschafter, so theatralisch wie sein Name, in dem er verlangt, daß die *Amistad* unverzüglich ihrem Besitzer übergeben wird, mit sämtlichen Gegenständen, die sich zum Zeitpunkt der Aufbringung an Bord befanden, einschließlich der Neger, und zwar frei von allen Bergungskosten. Er behauptet, kein Gericht der Vereinigten Staaten hätte das Recht, ein Verfahren zu eröffnen oder Strafen zu verhängen über spanische Untertanen wegen Verbrechen, die an Bord eines spanischen Schiffes und in spanischen Hoheitsgewässern begangen wurden. Er verlangt, daß die Neger nach Havanna zurückgebracht werden, damit sie dort nach den spanischen Gesetzen abgeurteilt werden können, gegen die sie sich vergangen haben.

Die Strafe für Rebellion besteht in der Erdrosselung durch die Garotte, einen Metallbügel, der mit einer Schraube angezogen wird, und anschließender Verbrennung der Leiche auf dem Scheiterhaufen.

Außerdem sollen wir für sämtliche Schäden haften, die sich aus einer Verzögerung der Auslieferung des Schiffes und der Sklaven ergeben könnten. Als Gegenleistung erklärt

sich Ihre Katholische Majestät bereit, zum Schutze amerikanischen Eigentums beizutragen und alle Sklaven auszuliefern, die nach Kuba geflüchtet sind.
»Und die Zeitungen?«
»Der Teufel hole die Zeitungen, Mr. President. Sie haben eine wunderbare Geschichte zu erzählen – von einem unheimlichen schwarzen Schoner, schwarzen Piraten, einem Fürsten aus dem Dschungel – oder einer Horde wilder Kannibalen. Die Zeitungen ergreifen Partei wie viele Menschen im Land – für oder gegen die Sklaverei. Die meisten Zeitungen im Süden schweigen die Geschichte tot; sie wollen die Aufmerksamkeit der Öffentlchkeit nicht auf die Gefangenen lenken.«
»Und was ist mit unserem Freund Whittier von der Anti-Slavery Liberty Party?«
»Mein Gott, der Mann hat es tatsächlich fertiggebracht, Cinque einen ›überragenden Geist‹ zu nennen; ›was für eine Seele‹, hat er gesagt, die die Knechtschaft des Tyrannen abgeschüttelt hat ...«
»Und was haben wir bisher unternommen, John?« Van Buren kehrte Forsythe nach wie vor den Rücken zu, so daß dieser nicht erraten konnte, was der Präsident dachte.
»Nun, ich habe mich mit den anderen Mitgliedern des Kabinetts beraten, die mit mir darin übereinstimmen, daß der Fall durch den Vertrag von 1795, Artikel 8 und 9, abgedeckt wird. Ich habe den Brief Seiner Exzellenz Calderon dahingehend beantwortet. Das hat *ihm* einen kleinen Dämpfer aufgesetzt. Dann habe ich an Holabird geschrieben, er solle dafür Sorge tragen, daß es kein Verfahren seines Distriktsgerichts oder irgendeiner anderen juristischen Institution gibt, mit dem das Schiff, die Fracht oder die Sklaven dem Zugriff der Bundes-Exekutive entzogen würden.«
Jetzt drehte sich Martin Van Buren zu seinem Außenminister um, einem seiner vielen Kompromisse mit den Süd-

staatlern, die ihn gewählt hatten. Seine kleinen Hände rollten die Lithographie von Joseph Cinque auf und wieder zusammen. Selbst wenn er erregt war, war das längliche, blasse, zart geschnittene Gesicht nicht imstande, irgendwelche kraftvollen Botschaften auszusenden. Sein Ausdruck verriet Forsythe nicht, was er dachte. Van Buren, der auch der »rote Fuchs« genannt wurde, war als eine Art Kompromiß-Kandidat Präsident geworden, ein Mann aus dem Norden mit Sympathien für den Süden. Van Buren erhob sich auf die Zehenspitzen, womit er seiner geringen Körpergröße ein paar Zentimeter hinzufügte, und ließ sich dann wieder auf die Fersen sinken.

»Personen oder Besitztum, nicht wahr?«

»Ohne Exekutive oder Gerichtsbarkeit, wie Sie wollen.«

»Wir müssen die Sache unter Kontrolle behalten ...« Er gab Forsythe die zusammengerollte Lithographie zurück.

»Die Presse im Süden bewahrt in dieser Sache so viel Stillschweigen, wie die im Norden Lärm schlägt. Die Gründe dafür liegen auf der Hand. Wir wollen nicht, daß bekannt wird, daß schwarze Sklaven Weiße erschlagen und versucht haben, nach Afrika zurückzusegeln! Stellen Sie sich vor, wie das auf unsere Sklaven wirken würde!«

»Nun, Sklaven dürfen schließlich ohnehin nicht lesen können, John. Das ist bei euch Gesetz.«

»Aber es gibt – wie Sie sehr wohl wissen – massenhaft Wege, das Gesetz zu umgehen.«

Die Ironie entging Martin van Buren. Wenn er seinen Außenminister richtig verstanden hatte, so hatte dieser vorgeschlagen, in dieser Sache das eigene Rechtssystem nicht zugunsten einer ausländischen Macht anzutasten.

John Forsythe musterte den rundlichen, kleinen Mann. Die Überreste seines sorgfältig gewellten, roten Haars umgaben einen weißen, makellos glatten und parfümierten Schädel.

Einst hatte er geglaubt, die Präsidentschaft Van Burens würde die eines kleinen Zauberers sein; statt dessen war sie die eines bloßen Zauberlehrlings geworden. Präsident Jackson hatte Van Buren eine von Krisen geschüttelte Nation hinterlassen. Banknoten ohne Deckung, Land ohne Käufer, Städte ohne Einwohner, Kanäle ohne Verkehr, Hypotheken ohne Zinsen, Aktien und Obligationen künstlich in die Höhe betrieben. Von Spekulanten auf den Markt geworfenes Geld hatte ein unsicheres Gebäude errichtet, das jetzt zusammengebrochen war. Eine defizitäre Zahlungsbilanz und Insolvenzen in England hatten 1837 Panik ausgelöst. Schlechtgeleitete Banken hatten zu viele Papiere herausgegeben, und viele waren zusammengebrochen. Kaufleute gingen dazu über, ihr eigenes Geld zu drucken: *Dieser Schein ist gut für eine Rinderlende und zwei Brötchen.* Aber Martin Van Buren hatte über alledem Ruhe bewahrt, dachte Forsythe, und war bei der Behauptung geblieben, daß eine Einmischung von Staats wegen die Panik nur vergrößern würde. »Die Regierung«, hatte er gesagt, »sollte kein Papiergeld stützen und die Illusion nähren, daß es ohne Arbeit Wert bekommt.« Die Untätigkeit des Präsidenten hatte die Geschäftswelt erbittert. Van Buren, der bei der Bevölkerung nie beliebt gewesen war, wurde jetzt verachtet. Und es war durchaus möglich, daß die *Amistad* der letzte Nagel zum Sarg seiner Träume von einer Wiederwahl wurde, dachte sein Außenminister.

Martin Van Buren wußte, daß er ein mittelmäßiger Präsident war – uncharismatisch, wenig beeindruckend, gewandt in innerparteilichen Auseinandersetzungen, aber großen Problemen nicht gewachsen. Und in den gesamten Vereinigten Staaten schien man über nichts anderes zu diskutieren als über große Probleme, dachte er erbittert. Es wimmelte von Transzendentalisten, Mormonen, Shakers, Fourieristen, Perfektionisten, Kämpfern für die Rechte der Frauen und Abolitionisten – allesamt fanatische Narren. Doch ihre Energie, ihre Hingabe und Leidenschaftlichkeit waren trotzdem bestürzend – und in der Geschichte ohne Beispiel. Jeder

Mann, dem man in Boston begegnete – denn Boston war das Zentrum der Reformbewegung –, war imstande, eine Petition aus der Tasche zu ziehen, einen Protest, einen Aufruf für eine Versammlung, einen utopischen Plan: die Gesellschaftstruktur zu ändern, den Staat, das Schulwesen, die Religion, die Ehe, den Handel, die Wissenschaft; zu versuchen, die Kirche von Dogmen zu befreien und zum Transzendentalismus zurückzukehren, öffentliche Schulen zu schaffen, auch für Mädchen, die Lebensbedingungen von arbeitenden Männern, Frauen und Kindern zu verbessern, Privatbesitz abzuschaffen, sich für die Rechte der Frauen einzusetzen, einen Kreuzzug für die Geisteskranken zu veranstalten, das Strafrecht zu ändern, das Los der Gassenjungen zu verbessern. Es gab Hunderte von Temperenzlervereinigungen, Hunderte von Konversations- und Nähgruppen von Frauen, Pläne für den Weltfrieden; der gefährliche William Lloyd Garrison hatte etwas erfunden, das er gewaltlosen Widerstand nannte, und Charles Sumner hatte verkündet, es gäbe keinen ehrenhaften Krieg und keinen unehrenhaften Frieden. Andere versuchten die Autorität des Staates durch bürgerlichen Ungehorsam zu untergraben. Und all diese Kräfte vereinigten sich wie eine dunkle Wolke im allgegenwärtigen Thema der Sklaverei und ihrer Abschaffung.

Nachdem Van Buren lange Zeit geschwiegen hatte, sagte er zu seinem Außenminister: »Mir ist völlig bewußt, daß die Aversion des Nordens gegen die Verfassung kürzlich im Senat sehr deutlich zur Sprache gekommen ist. Der Süden hegt, bedingt durch seine geistige Kultur und Veranlagung und die Macht der Gewohnheit, ganz anders geartete Gefühle. Aber diese gegenwärtige, unüberbrückbare Verschiedenheit der Ansichten und Gefühle sollte doch den Geist der Versöhnung und der gegenseitigen Duldung von Reden und Handeln nicht ausschließen ...«

Da haben wir es wieder, dachte Forsythe; er redet wie üblich

um den heißen Brei herum. Damit wurde das Problem der *Amistad* nicht gelöst, sondern höchstens das von Mr. Van Burens Streben nach einer zweiten Amtszeit. Die Wahl stand im nächsten Jahr an. Forsythe seufzte. Ob er von Van Buren jemals eine direkte Antwort erhalten würde?
Davy Crockett hatte recht. Hier gab es für die Vereinigten Staaten ein Stück Fleisch, ein Stück Brot und einen Kohlkopf zu schlucken.

Die frühere First Lady der Vereinigten Staaten wanderte die Pennsylvania Avenue zum Kapitol hinauf. Sie brauchte die frische Luft, obwohl sie feuchtheiß war und übel roch, und sie brauchte Zeit zum Nachdenken. Außerdem sparte sie auf diese Weise den Vierteldollar für einen Mietwagen. Sie hatte die ganze Woche damit verbracht, die Flut von Petitionen gegen die Sklaverei zu sichten, die sich in ihr Haus in der F Street ergoß. Das einfache, bescheidene, ziemlich schäbige Backsteingebäude schien unter ihrem Gewicht fast zusammenzubrechen. Louisa Quincy Adams hatte Kopfschmerzen von der Tintenflut. Sie war fünfundsechzig Jahre alt und schuldete dem Schlachter zweiundvierzig Dollar. Zu Beginn der Sommerpause hatten sie und John Quincy Adams, der sechste Präsident der Vereinigten Staaten, sich aus Washington davonstehlen müssen, um den Gläubigern zu entgehen. Wie schon so oft hatte John Quincy seine Ambitionen, seinen maßlosen Stolz, seine übermäßige Freigebigkeit in den Dienst völlig fremder Leute gestellt, und sie erhielten eine Mahnung nach der anderen wegen unbezahlter Rechnungen für Kohle und Feuerholz, Lebensmittel und sogar ihren Stuhl in der St. John's Church. Das Dach war leck, und die hintere Veranda war zusammengebrochen. Louisa kämpfte gegen Tränen. Eines Tages, dachte sie, würden Mr. Adams' Feinde genügend Macht haben, im Kongreß ein Mißtrauensvotum gegen ihn durchzubringen – ihn vielleicht sogar auszustoßen. Sie versuchten ohnehin ständig, ihn mit Hilfe der Geschäftsordnung zum Schweigen zu bringen. »Schluß damit!« riefen sie. »Stopft dem alten Narren den Mund!« Aber er ließ sich nicht beirren und brachte auch weiterhin Petition um Petition gegen die Sklaverei ein, während ihn die Sklavenhalter anfunkelten, und Mr. Adams funkelte zurück, während die Leute auf den Galerien johlten und Beifall klatschten, klatschten und johlten, johlten und klatschten. Sie schloß die Augen und versuchte, nicht an den ihm drohenden Schlaganfall zu denken.

Das Repräsentantenhaus war ein halbkreisförmiger, mit rotem Brokat verhangener und von massiven Marmorsäulen umgebener Raum mit zwei sehr schönen Kaminen, einem dekorativen Kristallüster und einer hohen, gewölbten Decke, und es war angefüllt mit Männern – intelligenten und törichten, tugendhaften und unmoralischen, eleganten und ungeschliffenen und, vor allem, Nordstaatlern und Südstaatlern.

Das Podest des Speakers war so hoch oben angebracht, daß es der Kanzel in einer Kirche glich, und hatte einen Baldachin aus karminroter, mit Goldborte besetzter Seide, der auf vier Pfosten ruhte, die mit bis auf den Boden reichenden Draperien verkleidet waren. Was er sagte, war sehr schwer zu verstehen. Nicht, daß etwas, was der Speaker sagte, die zuhörenden Damen in irgendeiner Weise anging, dachte Louisa. Dennoch erschienen die Damen, gekleidet in weite Röcke, gebauschte, an den Schultern geraffte Ärmel, enggeschnürte Taillen, breitrandige Hüte und Kaschmirschals. Sie saßen in den vorderen Reihen und kamen und gingen nach Belieben wie Zuschauerinnen bei einem Theaterstück oder einem Festumzug.

Sie ließ sich auf der Besuchergalerie nieder. Hier, in diesem Raum, hatte ihr Mann die letzten neun Jahre seines Lebens verbracht. Und es gab nichts, was sie dagegen hätte tun können. Zumindest war es nicht mehr das Weiße Haus. Oder Berlin, St. Petersburg oder London. Louise nickte Mrs. James K. Polk zu, der Gattin des Speakers, der ein Sklavenhalter aus Tennessee war. Mrs. Polk erwiderte das Nicken, aber ohne ein Lächeln. Sie möchte First Lady werden, dachte Louisa. Nun, ihren Segen hatte sie. Louisa jedenfalls wollte das Weiße Haus nie wieder von innen sehen.

Wie vor ihm sein Vater hatte auch John Quincy unter der grenzenlosen Demütigung gelitten, das Weiße Haus nach nur einer Amtsperiode als Präsident wieder verlassen zu müssen. Der Wahlkampf im Jahre 1828 zwischen ihrem Mann und Andrew Jackson war für beide bis auf den heutigen Tag weder vergessen noch verziehen. Verleumdungen, Angst, Neid und Niedertracht hatten möglicherweise General Jacksons Frau umgebracht und beinahe auch sie. Aber für John Quincy war das Scheitern bei der Wiederwahl ein vernichtendes Urteil gewesen, nicht nur über seine Präsidentschaft, sondern auch über alle Dienste, die er der Nation in der Vergangenheit geleistet hatte. Es liegt nicht in der menschlichen Natur, gefühllos zu leiden, hatte ihr Mann gesagt, und er hatte gelitten ... Für sie war das Weiße Haus ein Gefängnis gewesen. Sie hätte das nackt und unbeschattet auf offenem Land stehende Haus mit seinen angebauten Schuppen und Ställen, in dem es weder fließendes Wasser noch Toiletten gab, nur zu gern aus ihrer Erinnerung gestrichen. Aber John hatte sich, wie sein Vater vor ihm, geweigert, der Amtseinführung seines Nachfolgers beizuwohnen. Sie war nie der Ansicht gewesen, daß Niederlage gleichbedeutend war mit Schande, aber ihr Mann hatte das geglaubt und glaubte es noch.

Doch dann war John Quincy, ungeachtet ihrer Proteste, als einfacher Abgeordneter des Staates Massachusetts zurückgekehrt. Sie war vor Wut so außer sich gewesen, daß sie gedroht hatte, nicht nach Washington mitzukommen. Er hatte ihr versprochen, sich aus dem öffentlichen Leben zurückzuziehen, sich um seine Familie zu kümmern und den erbärmlichen Zustand ihrer Finanzen nach diesem demütigenden Kampf um die Wiederwahl gegen Jackson. Aber die Leute von Massachusetts brauchten nur mit dem Finger zu schnippen, und John Quincy war zurückgeeilt ins sumpfige, malariaverseuchte Washington mit seinen Machtkämpfen und Intrigen. Louisa hatte es gründlich satt, in einer stürmischen Welt hin- und hergeworfen zu werden. Vor fast zweiundvierzig Jahren waren sie in der Kirche von All Hallows in London getraut worden, und jetzt hatten sie bestenfalls noch einige Jahre Eheleben oder Leben überhaupt vor sich.

Sie hatte ein Leben mit schweren Zeiten und nur sehr wenig Befriedigung hinter sich, verheiratet mit einem Mann, der viel forderte und viel trank und dem Gott, das Land und der Dienst an der Öffentlichkeit mehr bedeuteten als Frau, Familie, Liebe und Komfort. Jetzt war John Quincy der letzte Vertreter seiner Generation, das letzte Bindeglied zu der heiligen Revolution, an deren Zustandekommen sein Vater, der große John Adams, beteiligt gewesen war. Aber es gab auch dunkle Aspekte, Leichtsinn, Geisteskrankheit, Alkoholsucht in der Vergangenheit der Adams-Dynastie. Zwei erwachsene Söhne waren ihnen zum Opfer gefallen, und von ihren eigenen Söhnen war nur Charles Francis noch am Leben. Länger zu leben als die eigenen Kinder, dachte Louisa, war das Allerschwerste. Es war fast, als würde man von einer breitkronigen Eiche zu einem Schößling zurückgestutzt. Seit Georges Selbstmord waren sie und John Quincy einander gleichzeitig nähergekommen und hatten sich weiter voneinander entfernt. In ihrem Kummer kam sie sich vor wie ein Kind.

Sie war immer fast schön gewesen, und trotz ihrer mehr als sechzig Lebensjahre gab es noch Spuren der einstigen Südstaaten-Schönheit mit zarten Zügen und haselnußbraunen

Augen. Sie war klein, kaum einsfünfzig groß, und ihren Kopf schmückten noch die hellbraunen Locken ihrer Jugend. Einst hatte man gesagt, sie hätte das reizendste und bezauberndste Lächeln in ganz London, aber in Wirklichkeit hatte sie sich dieses strahlende Lächeln angewöhnt, um ihre schlechten Zähne zu verbergen. Einer Familie von Sklavenhaltern entstammend, war sie zusammen mit ihren fünf Schwestern in London aufgewachsen, geliebt und beschützt von einem reichen, nachsichtigen Vater, der zu jener Zeit George Washingtons amerikanischer Konsul war.

Sie war in der Liebe enttäuscht gewesen und hatte John Quincy geheiratet, ohne zu wissen, daß auch er nicht das Mädchen bekommen hatte, dem sein Herz gehörte. Sie war eine Erbin gewesen, die ihrem Mann ein beträchtliches Vermögen und eine prachtvolle Mitgift versprochen hatte. Eine Woche vor ihrer Hochzeit hatte ihr Vater plötzlich bankrott gemacht. Das war etwas, dessen sie sich zeitlebens geschämt hatte; sie hatte das Gefühl, ihren Mann betrogen zu haben. Dennoch hatte John Quincy, ein ehrenhafter Mann, ihr deswegen nie auch nur den geringsten Vorwurf gemacht. Ihre Schwiegermutter Abigail war mit ihr nie einverstanden gewesen. Sie war immer der Ansicht gewesen, Louisa wäre zu schwächlich, zu verwöhnt und zu sehr ein Kind des Südens, um die Frau eines Sprößlings der Familie Adams sein zu können.

Louisa richtete den Blick auf die stämmige, schwarzgekleidete Gestalt ihres Mannes. Er war gerade dabei, vor den Abgeordneten, der Nation und der Welt die Prinzipien von Henry Wise aus Virginia zu attackieren, dessen Frau hinter ihr saß. John Quincy Adams' angriffslustige Neuengland-Stimme durchschnitt die feuchtheiße Luft. Sein rundlicher, untersetzter Körper hüpfte und schüttelte sich im Rhythmus seiner eigenen Worte. Louisa nannte das seinen »Kongreßtanz«; sie mußte dabei immer an einen kleinen Negerjungen denken, der seinem Herrn eine Vorstellung gibt.

John Quincy sprang und hopste, verlagerte sein Gewicht von einem Bein auf das andere. Mit Schultern, die vor Sarkasmus gekrümmt, vor Entrüstung zusammengezogen oder vor Abscheu abgefallen waren, während er seinen steten Strom von rhetorischen Floskeln, ironischen Beleidigungen, gerechtem Zorn, überzeugenden juristischen Schlußfolgerungen, lateinischen Zitaten, Tonleitern aus brillanten Argumenten oder langatmiger Weitschweifigkeit von sich gab, der ihm den Beinamen Old Man Eloquent eingetragen hatte. Louisa lehnte sich zurück. John Quincy plädierte für zehn der Hunderte von Petitionen, die in seinem Besitz waren. Alle enthielten drei Forderungen: die Abschaffung der Sklaverei und des Sklavenhandels zwischen den Staaten sowie die Nichtaufnahme von Staaten, deren Verfassung die Sklaverei duldete. Der Speaker beharrte darauf, daß nur die Forderung, bei der es um die Aufnahme der neuen Staaten ging, auf den Tisch des Hauses gebracht werden könnte.

»Nun«, sagte John Quincy, »dann müssen Sie die Petitionen eben in drei Teile zerlegen . . .«

»Ich erhebe Einspruch.« Das war Abgeordneter Black aus Georgia.

»Sie erheben Einspruch gegen die Zerlegung in drei Teile?« fragte John Quincy.

»Ich erhebe Einspruch gegen Ihre Mißdeutungen, Mr. Adams.« Das war Wise aus Virginia.

John Quincy vollführte eine Pirouette und wendete sich dann wieder an den Speaker. »Sir«, sagte er mit seiner hohen, brüchigen Stimme. »Die kürzlich von mir eingebrachten Petitionen wurden nach der alten Geschäftsordnung angenommen und fallen damit nicht unter dieses neue Knebelgesetz.«

»Doch, das ist der Fall«, sagte der Speaker.

John Quincy drehte sich zum Haus um und warf dann einen listigen Blick zum Stuhl des Speakers hinauf. »Dann

geben Sie mir meine alten Petitionen zurück!« Der Speaker ließ sie von einem Boten holen. John Quincy machte sich daran, sie abermals zu verlesen.
»Lydia Lewis und 150 Frauen aus Dorchester fordern die Abschaffung der Sklaverei im District of Columbia; Rachel Newcomb und 130 Frauen aus Braintree fordern die Abschaffung der Sklaverei . . .«
»Zur Ordnung!« rief der Speaker.
»Mary Perry und 82 Frauen aus Plymouth; Abigail M. Emmons und 315 Frauen aus Franklin; Phoebe Weston und 156 Frauen aus Westminster . . .«
»Das steht hier nicht zur Debatte!« rief jemand.
»Überzeugt von der Sündigkeit der Sklaverei und tief bekümmert über ihre Existenz . . . Ann E. Hildreth und 95 Frauen aus Derry, New Hampshire; Eliza Tower und 17 Frauen aus Waterville, New York; Esther Chase und 64 Frauen aus Kirkland, New York; 195 Einwohnerinnen aus Westmoreland County, Pennsylvania . . .«
»Zur Ordnung! Zur Ordnung!« rief der Speaker.
»Für die Freiheit«, das Haus fuhr ein wenig zusammen, *»des Menschengeschlechts!«*, das Haus fuhr noch stärker zusammen, *»für die Wiedergutmachung des Unrechts an den Afrikanern!«*
»Zur Ordnung! Zur Ordnung!« riefen Abgeordnete.
»Verlassen Sie das Podium!« schrie Polk Adams an.
Adams kehrte, rückwärts gehend, zu seinem Platz zurück. »Ich habe nichts weiter vorzutragen.« Wütendes Gemurmel unter den Abgeordneten. Louisa lächelte. John Quincy hatte seinen Kopf durchgesetzt, sogar bei einer Opposition von zweihundert gegen einen! Louisa hob stolz den Kopf und forderte jeden heraus, der es wagte, ihr spöttisch oder mitleidig in die nußbraunen Augen zu schauen.

Das Haus erhob sich. Die Sitzung war beendet. Louisa bahnte sich ihren Weg durch die Menge zu ihrem Mann.

Sie bewegte sich noch immer wie ein junges Mädchen. Ihre winzige Gestalt hatte Gewicht angesetzt, aber nicht genug, um den Eindruck von Leichtigkeit und Schlankheit zu zerstören. Unter allen Anwesenden war sie die einzige ohne einen Schweißtropfen auf der Stirn oder einen verräterischen Fleck in der Kleidung. Sie hatte sogar ihre weißen Handschuhe anbehalten. Sie liebte die Hitze. Sie war hineingeboren worden.

Louisa blickte herunter auf die verkrümmten, gefalteten Hände ihres auf seinem Sitz zusammengesunkenen Mannes. Ihr war, als wären all die Jahre voller Schlachten und Enttäuschungen in diesen beiden Händen zur Ruhe gekommen.

Sie legte eine weiß behandschuhte Hand darauf und weckte ihn damit aus seiner Versunkenheit.

»Ich muß schon sagen, mein Lieber«, sagte sie, als er aufschaute, »du hast heute einen hübschen und erfolgreichen Wirbel gemacht!«

»Louisa! Was in aller Welt tust du hier? Du kommst doch sonst nie!«

»Und wer kopiert die Petitionen gegen die Sklaverei, die du trotz Pinckneys Knebelgesetz immer wieder vorzutragen versuchst?« fragte sie. Louisa ließ ihre Hand auf seinen Händen liegen, aus Zuneigung ebenso, wie um ihn zu beruhigen.

»Du hättest nicht laufen sollen – du bist doch gelaufen, oder?«

»Ich mag die Hitze«, sagte Louisa. Auf ihrem Gesicht erschienen Grübchen, und sie bedachte den Mann, der jedes Wortspiel vermied und nie die Pointe eines Witzes mitbekam, mit ihrem berühmten Lächeln.

John Quincys tiefliegende, schwarze Augen, durchdringend und herausfordernd unter den spöttischen Brauen und der von drei Falten durchzogenen Stirn, begegneten den ihren. Er war klein im Stehen und wirkte noch kleiner, wenn er saß, und an seinem gnomenhaften Kopf war ein üppiger weißer Backenbart das einzig Sanfte.

In seinem Blick lag ein Glaube an Menschlichkeit, der so leidenschaftlich war wie der Groll in seinem Herzen. Manchmal hatte Louisa das Gefühl, ihr ganzes Leben bestünde nur aus einem einzigen, langen Groll: heftigen Haßgefühlen, langen Listen von Feinden, beiden Augen auf die Geschichte, einem halben Hundert Porträts, für die zu sitzen John Quincy die Zeit gefunden hatte, eiligen Spaziergängen, überwältigendem Ehrgeiz und sämtlichen bedeutenden Positionen, die die Vereinigten Staaten zu vergeben hatten. Ein Lächeln wirkte bei ihm völlig fehl am Platze. Aber John Quincy Adams gab sich alle Mühe, seine gutaussehende, elegante Frau anzulächeln. Er liebte sie, obwohl seine Leidenschaft einer anderen gehört hatte. Und sie waren so verschieden in ihrem Temperament, hatten so unterschiedliche Ansichten über alle Dinge, das Leben eingeschlossen, daß er sich fragte, wie sie die vielen Jahre ihrer Ehe durchgestanden hatten. Das einzige, was sie wirklich gemeinsam hatten, war ein aufbrausendes Wesen. Das eine vom Süden, das andere vom Norden geprägt. Auch in dieser Hinsicht standen sie in unterschiedlichen Lagern. Nun, das einzige, was sie noch erhoffen konnten, dachte er, war eine Versöhnung mit dem, was das Leben ihnen zugeteilt hatte. Er konnte sich nicht beklagen. Wie es ihm beigebracht worden war, hatte er Behagen, Vergnügen und Reichtum geopfert, um Gerechtigkeit und Nächstenliebe zu verteidigen und der Gesellschaft die Dienste zu leisten, die er ihr schuldete. Aber es war kein einfaches Leben, dachte er. Er hatte vergessen, wie man lacht. Und er hatte vergessen, was Ruhe und Frieden waren.

Einen Augenblick stand das alte Ehepaar still da, während die Menge um ihre private Komplizenschaft herumwirbelte. Es würde nicht lange dauern, bis sie durch höfliche, aber keinesfalls überschwengliche Grüße gestört werden würden. Die Adams' hatten im Repräsentantenhaus nur sehr wenige Freunde. Seit neun Jahren lag John Quincy Adams der Sklaverei wegen mit den Vereinigten Staaten im Krieg.

Elftes Kapitel

New Haven

Increase Braithwaites ruhige, glänzende Augen wanderten über den makellos gedeckten Sonntagstisch. Sie lächelte befriedigt, und auf ihren Wangen erschienen jugendliche Grübchen. Ihre Hand, an der ein breiter Ehering funkelte, verhielt einen Moment über ihrer Serviette, bevor sie sie aufhob und entfaltete. Das war eine uncharakteristische Geste – im allgemeinen vermied Increase jede überflüssige Bewegung. Sie war von Natur aus gelassen, von ihrem ovalen Gesicht ging Ruhe aus, von ihren dunklen Augen eine Art wachsamer Friedfertigkeit.

Increase hatte indianisches Blut; ihm verdankte sie die Fülle prachtvollen, glatten schwarzen Haars, das ihr bis zur Taille reichte. Ihre Brauen waren dunkle Ruten über noch dunkleren, schrägstehenden Augen, doch vor allem waren es ihre Gestalt und ihre Größe, die ins Auge fielen, und ihr Gewicht trug zum Eindruck der Stetigkeit bei, die ihr Mann so liebte. Ihre grandiosen Maße appellierten so direkt und unmittelbar an seine Sinne wie das Gewicht seiner Bleilettern.

Henry Braithwaite sprach das Tischgebet, und seine stämmige, breitschultrige Gestalt füllte den gesamten Raum zwischen seiner älteren Tochter Vivian und Honor, dem jüngsten seiner Kinder. Seine leise, vibrierende Stimme verlieh selbst den vertrautesten Worten eine durchdringende Gewalt, fast so, als wären sie eher zum Sehen als zum Hören gedacht.

Mit seinen Frauen, Increase, Vivian und Honor, sprach Braithwaite gewöhnlich in Calson, ganz Zartheit und Leichtigkeit. Schon seine massive halbfette Tertia bewirkte, daß Vivian herbeistürzte und seine Frau in Tränen ausbrach. Seine Söhne vernahmen meistens die geschmeidige und elegante, in ebenmäßigen Zeilen gesprochene Paragon oder Didot, bei der die Worte nacheinander über die Fläche marschierten und sich säuberlich zu vernünftigen Absätzen ordneten. In Henry Braithwaites Sprache gab es ebenso wenige Schnörkel und Ausschmückungen wie auch in seiner Setzarbeit. Für die meisten Dinge war die ganz normale Große Baskerville mit hübschem, breitem Rand angemessen. Braithwaite, ein tatkräftiger, fatalistischer Mann, war überzeugt, daß es in der Typographie wie in der Justiz schwierig war, Eigenschaften beim Namen zu nennen, auf denen sich Gerechtigkeit gründete, Ausgeglichenheit und jene Vortrefflichkeit, die für ihn gleichbedeutend war mit Perfektion. Die Hervorbringungen der Typographen, das wußte er, unterschieden sich voneinander wie die Bildwerke Casanovas von einer Suchanzeige nach einem flüchtigen Sklaven. Wahre Perfektion beruhte ebenso wie wahre Gerechtigkeit nicht auf starren Prinzipien, sondern auf schöpferischer Interpretation, und deshalb war es so schwierig, all die Einzelheiten zu bedenken, die zur Schaffung eines Meisterwerks erforderlich waren. Dennoch, dachte er, war es so kompliziert nicht; wenn er nur eine schöne, einheitliche Schrift auf makellosem, blendendweißem Papier sah, bei der sämtliche Proportionen ein abgestimmtes Maß an Glanz und Harmonie aufwiesen, dann fühlte er sich sowohl in seinen typographischen Vorstellungen wie auch in seiner Idee von Gerechtigkeit befriedigt. Er war bei seinem Vater zu einer für freie Schwarze sehr guten Zeit in die Lehre gegangen, noch unter der Kolonialherrschaft. Farbige Untertanen der Krone und, nach der Revolution, Bürger der Republik hatten gelebt, gearbeitet und geheiratet, wann und wo es ihnen gefiel. Sie hatten Grundstücke besessen, gehandelt, investiert, gekauft und verkauft, Steuern entrichtet und gewählt. Henry Braithwaite war ein vermögender Mann, der von vermögenden Männern abstammte. Sein Urgroßvater hatte seine erste Druckerpresse 1756 von seinem früheren Arbeitgeber gekauft. Sein Großvater hatte eine zweite hinzugefügt, und von seinem Vater hatte er ein angesehenes, gutgehendes Geschäft mit zwei Druckerpressen und einer Bindepresse geerbt, in dem neben seinen beiden Söhnen Jasper und Jefferson noch zwei weitere Lehrlinge arbeiteten und drei Setzer, darunter zwei weitere Söhne, Jacob und Cotton. Das Grundstück, auf dem die Druckerei stand, war sein Eigentum, und er wohnte in einem dahinterliegenden großen weißen, mit Schindeln verkleideten Haus auf dem gleichen Grundstück. Außerdem besaß er eine große Farm und ein weiteres Haus in New Haven. Die größten Anstrengungen seines Lebens hatte er unternehmen müssen, um das Mädchen seiner Wahl heiraten zu können, die vierte und jüngste Tochter des Predigers der First African Baptist Church of the Apostles in New Haven. Die Zeit seiner Werbung war lang und nervenaufreibend gewesen: der Vater seiner Frau widersetzte sich der Verbindung, weil er angeblich »anti-christliche« Literatur druckte und veröffentlichte. Daß ihm, einem Atheisten, keine Abfuhr erteilt wurde, verdankte er der prachtvollsten, am schönsten illustrierten, in Leder gebundenen und geprägten Bibel in ganz New Haven. Increase Braithwaites Vater hatte sich bestechen lassen und die Hand seiner reizvollsten Tochter gegen Henry Braithwaites Quartbibel eingetauscht; in zwei Bänden, nur einseitig auf gelbliches Royalpapier gedruckt. Als der Rektor der Theologischen Fakultät von Yale diese Bibel zu Gesicht bekam, war er sprachlos und von heftigem, unchristlichem Neid erfüllt gewesen.

Henry Braithwaite legte großen Wert auf beherrschte Haltung: aufrecht, doch ohne jede Steifheit, die Füße fest auf dem Boden, ruhig und gelassen, ohne jede zeitverschwendende oder überflüssige Bewegung. Jetzt streckte er den Arm aus und legte ihn um Vivian; er mußte an die schreckliche Nacht vor sechs Jahren denken, als die Schule in Brand gesteckt worden war.

Das Haus der Braithwaites stand eine Meile außerhalb des Ortes auf einem sechzig Morgen großen Grundstück. Die Druckerei, ein rot verschalter Bau, stand unterhalb davon, und das Schild, das Henry Braithwaites Firmenzeichen trug, hing über der Landstraße: ein auf den Hinterbeinen stehender Braunbär, der eine große Schriftrolle mit einem großen »B« in Groteskschrift für Braithwaite trug, und darunter sein Name mit den Worten »Druckerei« und »Setzerei« in goldenen Lettern. Der Stadt gefiel Braithwaites Firmenzeichen. Es erinnerte die Leute von New Haven, alles Fischer, an die Galionsfigur eines Schiffes.

Das Wohnhaus war so groß, daß es einer Familie von zwanzig Personen Platz bot, aber bisher hatte noch keiner der Braithwaite-Jungen eine Frau heimgeführt. Jeremiah und Cotton bearbeiteten das Land, und die jüngeren Söhne halfen in der Druckerei und wurden zu Hause von Vivian und ihrem Vater unterrichtet. Zwischen einigen Bäumen hinter dem Haus standen zwei Scheunen; die eine beherbergte die zweite Druckerpresse, seine Papiervorräte, seine Fässer mit Druckerschwärze und Säuren, seine Metallplatten für Gravuren und eine Wasserpumpe. Auf dem Dachboden gab es Schlafgelegenheiten für wandernde Gesellen und Händler. In der anderen Scheune befanden sich die Stallungen für die Arbeitspferde, die Kutsche der Braithwaites und die Kutsch- und Reitpferde.

Braithwaite liebte den Geruch der Druckerschwärze, es erinnerte ihn an den Pechgeruch im Innern eines Schiffes, und die Scheune war so aufgeräumt und sauber geschrubbt wie das Deck eines Schiffes.

»In Unordnung oder Schmutz kann man nicht Drucker sein«, pflegte er zu sagen. »Alles muß so sein, wie eine gedruckte Seite: klares Schwarz auf Weiß.«

Doch unter dem Fußboden der Scheune gab es einen Hohlraum, und in ihrer Wand war eine Geheimtür versteckt. Henry Braithwaites Scheune diente nicht nur als Lager für Material, Schulbücher, Pamphlete und Flugschriften gegen die Sklaverei. Sie war außerdem eine Station der berühmten »underground railroad«, einer Institution, die flüchtigen Sklaven half, nach Kanada zu entkommen.

»Es ist ein Skandal«, sagte Henry Braithwaite in einer nachdrücklichen Bondi Antiqua anstelle seiner normalen Baskerville, wobei sein dichter, gewellter Backenbart vor Entrüstung bebte, »Menschen wie Tiere in Käfigen zur Schau zu stellen – und dafür Eintritt zu kassieren! Ihnen die Masken abzunehmen! Dieser alte Gauner Pendleton würde seine eigene Mutter verkaufen! Wie ich hörte, hat der Mann, den er engagiert hat, einen der Afrikaner beinahe ersticken lassen. Und jetzt ist ein Dr. Fletcher aus New York gekommen, der behauptet, Phrenologe zu sein, und der ihre Köpfe vermißt und danach ihren Charakter beurteilen will! Gewiß, wir verstehen ihre Sprache nicht, aber es ist offensichtlich, daß sie eine besitzen – was bedeutet, daß so schnell wie möglich ein Dolmetscher gefunden werden muß! Ohne einen solchen sind sie tote Männer, Objekte der Neugierde, und nicht einmal humaner Neugierde. Man stelle sich das vor – eine Ausstellung, die den ganzen Osten bereist – und die *Territorien*!«

Increase Braithwaite warf einen Blick auf ihre Tochter. Das Wort »Territorien« war in Altenglischer Fraktur herausgekommen, was bedeutete, daß Mr. Braithwaite erregt war. Sie hoffte, daß Vivian ungeachtet ihres Interesses für die Leute von der *Amistad* den Mund halten würde. Aber ihr Wunsch kam zu spät.

»Bei mir ist es keine ungesunde Neugierde, Papa«, sagte Vivian nachdrücklich, »und auch nicht mangelnde Zurückhaltung. Tag für Tag war mir, wenn ich nur einen Schlüssel hätte, mit dem ich die Zungen dieser armen Männer lösen und sie von ihrer entsetzlichen heidnischen Stummheit befreien könnte, dann würde ich die Antwort auf die Frage erhalten ...«

»Was für eine Frage, Tochter?«

»Das weiß ich nicht«, sagte Vivian. Und als ihr achtjähriger Bruder Jasper laut kicherte, wendete sie sich zu ihm um und sagte: »Du weißt genau, Jasper Braithwaite, daß man eine Frage haben kann, ohne zu wissen, um was es geht, genauso, wie man eine Antwort haben kann, ohne die Frage zu kennen.«

»Meine Schwester ist verrückt.«

»Ich kann dazu nur sagen«, erklärte Jacob Braithwaite, »daß Papa völlig recht hat. Solange diese Afrikaner im Gefängnis hinter der Schenke eingesperrt sind, sollte kein anständiges junges Mädchen sie besuchen.«

»Aber wie können wir ihnen denn helfen, wenn wir sie nicht besuchen?«

»Ich habe gehört, aus New York wäre ein Professor für Taubstumme gekommen, der versucht hat, sich durch Zeichensprache mit ihnen zu verständigen, und ein Professor aus Yale ist nach New York gereist in der Hoffnung, bei den Docks jemanden zu finden, der ihre Sprache spricht.«

Jefferson Braithwaite, der vierte von Vivians Brüdern, mischte sich ins Gespräch.

»Ich finde, Vivian hat recht daran getan, hinzugehen. All diese üblen Gesichter! Stellt euch vor, *ihr* wäret weiß und an einem Ort gestrandet, wo jedermann schwarz ist und ihr euch danach sehnt, ein freundliches weißes Gesicht zu sehen ...«

»So etwas wie ein freundliches weißes Gesicht gibt es nicht, Jefferson«, erklärte Jeremiah, der älteste Sohn.

Alle lachten. Jeremiah brachte es immer fertig, sie alle zum Lachen zu bringen.

»Ich finde, sämtliche Farbigen in New Haven sollten die Afrikaner besuchen!« sagte Jacob.

»Das haben schon viele von ihnen getan«, sagte Jacob, »aber nicht die jungen Mädchen.«

»Ob junge Mädchen oder junge Männer – wo liegt da der Unterschied?« sagte Vivian. »Schließlich kann ich ebensogut reiten und schießen wie du.«

»Dein Vater versucht lediglich, dich vor Häßlichkeit, gemeinem Pöbel und Spekulanten zu beschützen«, sagte Increase und wischte sich ein paar Brotkrumen von ihrem üppigen, mit Spitzen verhüllten Busen.

»Jedenfalls sind es nicht die Afrikaner, die häßlich, Pöbel oder Spekulanten sind«, erwiderte Vivian.

»Nun, Mutter«, sagte Henry Braithwaite und kehrte zu seiner ruhigen und eleganten Baskerville zurück, »die meisten Leute hier in der Stadt haben noch nie einen Afrikaner zu Gesicht bekommen. Sie behaupten zwar, sie hätten nichts mit dem Sklavenhandel zu tun, aber ich kenne zumindest drei schöne Häuser, die sich Sklavenhändler aus New Haven haben bauen lassen. Und wie viele Schiffe für den Sklavenhandel sind auf den Werften von New Haven gebaut worden? Und Gedney und Green erheben Anspruch auf Bergungsgeld, was nur heißt, daß für sie die Männer Ware sind wie alles andere, was sich an Bord befindet!«

»In Georgia hat jeder dieser Afrikaner einen Wert von ein- bis zweitausend Dollar! Das bedeutet, daß Lieutenant Gedney hinter einer Summe von vierzig- bis achtzigtausend Dollar her ist!«

»Und im Süden leben drei Millionen Sklaven, Mama, und ihr Wert beträgt eine und eine Viertel Milliarde Dollar«, erklärte Cotton.

»Was genau dem Staatsdefizit entspricht«, sagte Jefferson.

»Woher weißt du das?« fragte Henry seinen Sohn.

Bevor dieser antworten konnte, verstummte das Gespräch. Das weiße Dienstmädchen kam aus der Küche herein und setzte den Braten vor Henry Braithwaite auf den Tisch.
Increase Braithwaite ließ den Blick über ihre acht Kinder schweifen. Bisher hatte sie immer geglaubt, ihre Familie wäre von der Sklaverei und ihren Gefahren nicht betroffen, doch jetzt hatte die Ankunft der Afrikaner bei allen freien schwarzen Familien in Connecticut neue Ängste geweckt. Der Haß und die Verständnislosigkeit, die zu ignorieren sie gelernt hatten, waren mit all ihrer schrecklichen Gewalt wieder präsent. Die Angst, die Increase um ihre Söhne, ihr Glück und ihre Sicherheit hatte, war in letzter Zeit in ihre Träume zurückgekehrt. Wenn sie nachts neben ihrem Mann lag, stellte sie sich vor, daß Cotton oder Jacob von Sklavenfängern verschleppt und nach Georgia oder Mississippi verkauft worden wäre und sie nie wieder von ihnen hörte; und daß Henry Himmel und Hölle in Bewegung setzte, aber kein Gericht ihm helfen konnte oder wollte. Irgendein weißer Mann behauptete einfach, Cotton oder Jacob wäre sein Sklave, und sie konnten nichts tun, um das Gegenteil zu beweisen.
Sie dachte an die Gefahren, denen Henry sich mit dem Drucken von Schriften gegen die Sklaverei aussetzte, stellte sich vor, wie seine Druckerpresse zerschlagen, sein Haus niedergebrannt, sein Körper verstümmelt oder wie der des Abolitionisten Lovejoy von einer Kugel getroffen wurde. Sie dachte an ihre Station der »underground railroad«, über die nicht einmal ihre Kinder Bescheid wußten. In Gedanken versunken teilte sie die Süßkartoffeln und den Rotkohl aus, den Henry so gern aß. Als Nachtisch hatte sie Pasteten mit Williams-Äpfeln aus dem Garten gebacken und drei davon ins Gefängnis hinübergeschickt. Aber was sie im Grunde wünschte, war, daß Cinque und seine Männer sich selbst befreiten und in dieses geheimnisvolle, ferne Land zurückkehrten, aus dem sie alle stammten, obwohl es für sie jetzt

so unerreichbar war wie das Ophir oder Babel der Bibel. Ihre eigene Familie, dachte Increase, stammte von dem Freigelassenen Lemuel Haynes ab, der im Unabhängigkeitskrieg gekämpft und fast fünfzig Enkelkinder hinterlassen hatte. Die Familie der Braithwaites war sogar noch älter. Seit rund zweihundert Jahren hatte es in Massachusetts und Connecticut wohlhabende Braithwaites gegeben, und seit siebzig Jahren waren sie Setzer und Drucker. Und jetzt, dachte sie, war ein abgemagertes, verlorenes Häuflein von Afrikanern aus der »alten Heimat« das Tagesgespräch der Vereinigten Staaten, ein Gegenstand der Beunruhigung für den Präsidenten und die Ursache einer Verstimmung zwischen den Vereinigten Staaten und Spanien.

»Was heißt Amistad?« fragte Honor.

»Das ist Spanisch und bedeutet Freundschaft«, erwiderte ihr Bruder Jeremiah.

»Was für ein Name«, sagte Henry Braithwaite in halbfetter Borgis, »für eine Sache.«

»Als ich noch ein Kind war« , sagte Joseph Cinque, »habe ich mir immer vorgestellt, ich wäre in eine gefährliche Lage geraten, aus der nur mein Geschick und mein Mut mich retten konnten. Es gab immer einen Ausweg, weil es immer eine Regel gab, weil in der Welt der Menschen und der Geister bestimmte Gesetze galten. Aber hier in diesem Land ist, wie du sagst, die Welt rund und nicht flach und deshalb ungreifbar und grenzenlos. Menschen sagen, was sie nicht meinen, und meinen, was sie nicht sagen. Sie sehen mich an, als wäre ich ein Tier, können sich aber nicht vorstellen, daß ich sie als ebenso abstoßend empfinde wie sie mich. Gibt es denn zwischen Schwarzen und Weißen überhaupt keine Gemeinsamkeit? Solange man uns nicht als Menschen sieht und begreift, nützt es nichts, daß du unsere Worte übersetzt. Wir können ebensogut in Mende sprechen – es würde überhaupt keinen Unterschied machen.«

Joseph Cinque zog die Decke zurück, die er sich über die Schulter geworfen hatte. Noch etwas war ihm in den letzten Tagen aufgefallen. Seit Coveys Ankunft hatte er das hochgewachsene braune Mädchen mit den honigfarbenen Augen nicht mehr in der Reihe der Schaulustigen gesehen. Vielleicht hatte sie Kaweli geschickt oder war von Anfang an Kaweli gewesen, in anderer Verkleidung. Sie hatte etwas von einem Jungen an sich gehabt, geschmeidig, biegsam, gerade wie eine Palme. Sie war ihm vorgekommen wie eine junge Pflanze, die dicht vor der Blüte steht, voller Leben. Er war traurig. Das Mädchen kam nicht mehr. Joseph Cinque hatte das Gefühl, daß zwischen dem Erscheinen Coveys und dem Verschwinden Vivians irgendein geheimnisvoller Zusammenhang bestand.

»Habeas corpus heißt *du habest den Körper*«, erklärte James Covey langsam und bedächtig, denn er hatte dies selbst erst vor kurzem durch die Anwälte des Amistad-Komitees erfahren. Diese hatten beim vorsitzenden Richter der bevorstehenden Verhandlung in Hartford den Antrag gestellt, die drei kleinen Mädchen Land, Frosch und Schwarze Schlange aus der Haft zu entlassen, weil gegen sie keine Anklage wegen Mordes und Piraterie erhoben werden könnte und sie deshalb widerrechtlich festgehalten würden.

»Es ist eine schriftliche Anweisung an jemanden, der einen anderen gefangenhält, den Körper der in seinem Gewahrsam befindlichen Person zu einer bestimmten Zeit an einen bestimmten Ort zu bringen, damit das Gericht feststellen kann, ob er zu Unrecht gefangengehalten wird. Mit dem Habeas corpus soll verhindert werden, daß jemand widerrechtlich seiner Freiheit beraubt wird, und dieses Privileg genießt bei den Amerikanern sehr hohes Ansehen.«

»Habeas corpus«, wiederholte Joseph Cinque langsam; er versuchte, es zu irgend etwas in Beziehung zu setzen, das er selbst bei Gerichtsverhandlungen erlebt hatte. »Ja«, sagte er dann, »der Richter verlangt, daß der Nagana den Gefan-

genen vor Gericht bringt, wo er angehört wird. Wenn der Richter dann feststellt, daß er zu Unrecht festgehalten und seiner Freiheit beraubt wurde, muß er freigelassen werden. Glaubst du, daß sie die Kinder freilassen werden?«
»Ich glaube schon«, sagte James Covey. »Die Verfassung garantiert das Recht des Habeas corpus außer in Fällen von Rebellion oder Gefährdung der öffentlichen Sicherheit.«
»Sind Frosch, Land und Schwarze Schlange Rebellen?«
»Nein.«
»Gefährden sie die öffentliche Sicherheit?«
James Covey lachte. »Das ist eine Frage, die sich viele Amerikaner stellen«, erwiderte er, »und das muß Richter Thompson entscheiden. Ich glaube«, sagte Covey nachdenklich, »dies ist das erstemal, daß in Amerika ein Habeascorpus-Begehren für den Schutz der Freiheit von Afrikanern vorgebracht wurde.«
Beide Männer verstummten. So viele bestürzende, seltsame Dinge hatten sich ereignet, seit sie einander kennengelernt hatten. Covey hatte das Gefühl, Joseph Cinque wäre ein Teil von ihm – ein gutaussehender, intelligenter afrikanischer Tyrann, rasch aufbrausend, im vollen Bewußtsein seiner geistigen und körperlichen Überlegenheit, ein Stoiker, den sein Schicksal verhärtet, aber nicht zermalmt hatte. Er hatte den Wert des Lebens schätzengelernt, weil er den Tod so vieler mit angesehen hatte.
Cinque war für Covey ein größeres Rätsel, als er es für möglich gehalten hätte. Er war unversehrt geblieben, völlig unberührt von der ihn umgebenden frenetischen Religiosität. Die Männer von Yale sahen in Cinque einen zu bekehrenden Heiden, einen neuen Soldaten Christi. Cinque selbst sah sich als Kriegsgefangener. Er hatte das Gefühl, sich in einer Art Zwischenreich zu befinden – weder hier in der »neuen« Welt noch zu Hause in seiner eigenen. Sein einziges echtes Gefühl war, eine tief sitzende Wut und eine noch tiefer sitzende Scham. Er war sicher, daß Covey das wußte

oder zumindest vermutete, fühlte sich aber außerstande, diese Gefühle zu beherrschen. Es war fast, als wäre er ein Kind, und das war er nicht. Immer häufiger ergriff ein Gefühl der Verzweiflung von ihm Besitz. Daß er sterben würde, war eine Sache, aber eine andere war es, daß er verachtet sterben würde, als Verbrecher, als Gefangener in einer fremden und feindseligen Welt.

Er hatte sich angewöhnt, die Leute von New Haven ebenso eingehend zu beobachten und zu betrachten, wie sie es mit ihm taten, die Leute, die Tag für Tag in ihrer endlosen, übelriechenden, lärmenden Schlange an seiner Zelle vorüberzogen, in ihrer fremdartigen Kleidung, mit ihren fremdartigen Himmelsaugen, hustend und spuckend und kauend wie die Tiere.

Er vermißte das Mädchen. Er fragte Covey nach ihm, als könnte der es irgendwie herbeizaubern, aber Covey hatte überrascht gelacht. Er kannte kein Mädchen wie das, das Sengbe-Pieh beschrieb. Und ein so wunderbares Geschöpf, sagte Covey, könnte es überhaupt nicht geben.

Gegen Ende der dritten Woche war Covey erschöpft, sein Hals war wund und seine Stimme heiser. Jetzt saß er, stumm und niedergeschlagen, vor Cinque, der gleichfalls verstummt war. Beide Männer hingen ihren eigenen Gedanken nach. Covey hatte sämtliche Männer befragt, ihre Geschichten und Fragen an die Theologen von Yale weitergegeben und dann die Fragen übersetzt, die die Weißen gestellt hatten. Er hatte herausgefunden, daß einige der Männer Moslems waren, aber als er die Professoren von Yale über diese ziemlich belanglose Tatsache informiert hatte, hatte einer von ihnen bestürzt ausgerufen:

»Wir dachten, wir hätten es mit Heiden zu tun und nicht mit Ungläubigen!«

Cinque hatte sich als gewandter Redner erwiesen, kraftvoll

und überzeugend, und Covey hatte sich bemüht, den weißen Männern etwas von dieser Kraft und Inbrunst zu vermitteln. Er hatte auf englisch seine Stimme und sein Wesen imitiert, seine Wiederholungen bestimmter Redewendungen, seine Betonungen, seine Denkweise. Covey wußte, daß es in Mende ebenso unhöflich war, eine direkte Frage zu stellen, wie eine Frage direkt zu beantworten. Deshalb hatten er und Joseph Cinque Stunden damit verbracht, um einen bestimmten Punkt herumzureden, bis sie ein reichgeschmücktes Gewebe aus Worten und Pausen erzeugt hatten und endlich bei der Frage angekommen waren. Es hatte nicht den geringsten Sinnn, zu drängen oder ungeduldig zu sein. Und außerdem war James Covey in Joseph Cinques Bann geraten. Er hatte angefangen, ihn zu lieben.

Sämtliche Braithwaites sahen den von drei hintereinandergespannten Pferden gezogenen Schleppkahn vorbeigleiten; das Horn des Bootsführers widerhallte in der kühlen Morgenluft, die Vivians Atem vor ihrem Mund zu Dampf verdichtete. Die Pferde bewegten sich langsam; sie hatten Mühe, den schweren Kahn mit seiner Fracht aus in Decken gehüllten Afrikanern zu schleppen. An jeder Zugbrücke und in jedem Dorf hatten sich stumme Mengen versammelt, um die Vorbeifahrt zu beobachten. Die Verhandlung vor dem Bezirksgericht in Hartford stand bevor, und wenn der Kahn in Plainville angelangt war, würden Kutschen bereitstehen, die die Afrikaner über die restlichen vierzehn Meilen ins Gefängnis von Hartford beförderten. Henry Braithwaite hatte seiner Tochter zwar weitere Besuche im Gefängnis von New Haven verboten, doch die bevorstehende Gerichtsverhandlung war ein besonderer Anlaß.

Abermals ertönte das Horn des Bootsführers, und wie als Antwort darauf erhob sich eine kraftvolle, widerhallende Stimme, fremdartig und unheimlich. Es war die Stimme von

Wasserfall, und als sie an Kraft gewann, fielen mehrere andere ein. Die Menge, bisher eher belustigt, schwieg betreten. Wasserfalls Stimme traf wie ein Schwall tropischer Hitze auf die kühle Neuengland-Atmosphäre, begleitet von einem Chor aus Männerstimmen, der sie wie Donnergetöse umgab. Diese Laute waren so außerordentlich, daß an den Ufern auch das letzte Gemurmel erstarb, und die Stimmen tönten ohne Unterlaß, ein von Qualen erfülltes, eindringliches Gebet.

Joseph Cinque wußte, daß der Gesang der Männer eine subtile Infragestellung seiner Autorität war. Er hatte sie zur Revolte angestachelt, sie auf See in die Irre geführt, sie in einem Land der Sklaverei Schiffbruch erleiden lassen und sie ins Gefängnis und vor Gericht gebracht. Seine tapferen Reden und Handlungen auf der *Amistad* waren umsonst gewesen. Die Männer um ihn herum sangen weiter, während er stumm dastand. Er war wütend und hatte Angst, und er konnte seine Wut und seine Angst niemandem anvertrauen.

Der Schleppkahn glitt so langsam dahin, daß Covey die Gesichter der Neuengländer betrachten konnte, die die Ufer säumten. Kinder rannten zwischen den schweigenden Erwachsenen herum und riefen die Beleidigungen und Schimpfworte, die sie von ihren Eltern gehört hatten. Covey sah, wie ein hochgewachsener, in Schwarz gekleideter Mann den Kopf zurückwarf und lachte. Mehrere Leute in seiner Nähe, darunter ein kleiner, untersetzter Mann, der sein Begleiter zu sein schien, drehten sich neugierig um und lächelten so, wie Menschen über einen Witz lächeln, den sie nicht verstanden haben. Der Schleppkahn hatte vor dem geistigen Auge des Malers John Trumbull ein belustigendes Bild seiner eigenen Darstellung von George Washington bei der Überquerung des Delaware heraufbeschworen.

»Das ist keine Vorstellung, der wir hier zuschauen, mein

Freund«, sagte John Trumbull zu seinem Begleiter. »Das ist ein Gebet um Erlösung. Alles mögliche steckt darin: Rachsucht, Wut, Melancholie, eine Botschaft an die Heimat. Nein, das hat nichts mit den leicht verständlichen Negrospirituals und Gospelsongs zu tun. Dieses Lied kommt von jenseits der Zeit – es ist ein Spiritual über die wirklichen Geister: Erde und Feuer und Wasser und Himmel. Und wissen Sie, was ich glaube? Ich glaube, mit diesem Kriegsgesang jagen die Männer von der *Amistad* den Neuengländern eine Heidenangst ein.«

»Nun, mir fiel nur auf, was für ein unermeßlicher Abstand zwischen diesem Lied und dem Flußufer liegt«, sagte sein Begleiter.

Washington Irving, ein rundlicher, weitgereister Kosmopolit, den seine Schriftsteller-Neugier und Freundschaft mit Martin Van Buren nach New Haven geführt hatten, war bei den metaphysischen Abschweifungen des Malers etwas unbehaglich zumute. Wenn jemand eine gute Geschichte erkannte, wenn er sie vor sich sah, dann war es Irving, der berühmteste Schriftsteller der Vereinigten Staaten. Aber dem Verfasser der New Yorker Knickerbocker-Stories lag die Burleske näher als die melancholische Szene, die er jetzt vor sich sah. Er war gekommen, um der Verhandlung beizuwohnen und dem Präsidenten insgeheim darüber Bericht zu erstatten.

Die scharfe Luft hatte Vivians Gesicht gerötet. Die Krempe ihres Reithutes und ihr Profil zeichneten sich vor der grünen Landschaft ab. Ein Grübchen erschien, als sie gegen den kalten Wind die Lippen zusammenpreßte, und eine lose Haarsträhne legte sich über die sanfte Rundung ihrer Wange. Sie saß auf dem braunen Wallach ihres Bruders Jacob, und ihr Vater streckte schützend den Arm nach ihr aus. Die Leute um sie herum brachen auf, ergriffen die Zügel ihrer Wagen und Kutschen und lenkten sie in Richtung Stadt. Nervöse Gesprächsfetzen der am Ufer Stehenden erfüllten die Luft wie das Knistern von Herbstlaub.

Aber Vivian Braithwaite war aufgefallen, daß neben Joseph Cinque ein hochgewachsener, gutaussehender Schwarzer in europäischer Kleidung gestanden hatte, der ihm ein wenig ähnlich sah.

Zwölftes Kapitel

Besitztum oder Personen?

Mittwoch, 18. September 1839

Seit Tagen wimmelte es in der friedlichen Stadt Hartford von Besuchern und Touristen. Es gab Gerüchte, daß eine Massenhinrichtung bevorstand. Vor dem Gefängnis von Hartford standen lange Schlangen von Leuten, die an der Zelle von Joseph Cinque vorüberziehen und ihn gesehen haben wollten.

Als die Gefangenen vom Gefängnis zum Gerichtsgebäude geführt wurden, bildeten Theologiestudenten aus Yale, angetan mit Mänteln und Zylindern und angeführt von Amos Townsand, dem reichsten, kämpferischsten und feurigsten Abolitionisten New Havens, eine theatralische Eskorte. Townsand hatte den Zug organisiert, als handelte es sich um Statisten auf einer Opernbühne. Er zog an einem Denkmal für die Helden des Unabhängigkeitskrieges vorüber. Die dramatische Atmosphäre, dachte Seth Staples, einer der drei Anwälte der Männer von der *Amistad*, konnte gar nicht besser sein. Und das Bild, wie der bewaffnete US-Marshal die drei kleinen, vor Angst und Entsetzen weinenden Negermädchen die Treppen zum Gerichtsgebäude hinaufführte, war ein Dutzend Artikel in Abolitionistenblättern wert.

Den Vorsitz hatte der Honorable Smith Thompson, Beigeordneter Richter am Obersten Gerichtshof der Vereinigten Staaten. Smith Thompson war der letzte Angehörige des von James Monroe ernannten »alten Gerichts« und dreiundsiebzig, anderen Angaben zufolge vierundsiebzig Jahre alt.

Seine Herkunft war ebenso mysteriös wie seine politischen Ansichten, aber es war allgemein bekannt, daß er früher einmal die Präsidentschaft angestrebt hatte und ein erbitterter Gegner der Sklaverei war. Das sanfte, bebrillte Gesicht gehörte einem Mann, der in einem politischen Handel auf die Präsidentschafts-Kandidatur verzichtet und dafür einen Sitz im Obersten Gerichtshof erhalten hatte, für den er, nach jedermanns Ansicht, so hervorragend qualifiziert wie für das politische Leben ungeeignet war. Sein rätselhafter Charakter machte es Männern wie Seth Staples unmöglich, zu erkennen, ob er eine Persönlichkeit war, die durch negative Charakterzüge an ihrer vollen Entwicklung gehindert wurde, oder einfach ein vom Glück begünstigter Durchschnittsmensch.

Es war schon lange her, seit Hartford eine derartige Ansammlung bedeutender Juristen gesehen hatte, sämtlich Berühmtheiten aus Washington. Da war Governor William Ellsworth, der Anwalt von Green und Gedney; Ralph Ingersoll und William Hungerford vertraten Ruiz und Montez, die nicht im Gerichtssaal anwesend waren. Sedgwick, Staples und Baldwin saßen an einem Tisch an der gegenüberliegenden Seite des Saales, von dem aus sie die Angeklagten vor Augen hatten.

Die Geschworenen betraten den Saal durch eine Seitentür, zwölf rauhe Männer aus Hartford, die sich mit ernsten Gesichtern auf der Geschworenenbank niederließen.

Am Tisch der Verteidigung fuhr sich Seth Staples mit den Händen durch Haar; dann unterhielt er sich mit Baldwin und Sedgwick und kaute dabei nervös auf dem Bügel seiner Brille. Neben den Anwälten standen Amos Townsand und James Covey.

»Das Problem ist nicht nur das Habeas corpus«, sagte Staples. »Ich kann einfach nicht glauben, daß fünf Klagen vorliegen, aber so ist es. Lieutenant Gedney, der Kommandant der Brigg *Washington*, klagt vor dem Distriktsgericht auf

Bergungsgeld für den Schoner, die Fracht und die Neger. Die zweite Klage stammt von den Kapitänen Green und Fordham, die behaupten, *sie* hätten die Neger gefangen und an der Küste festgehalten, bis sie von der *Washington* übernommen wurden. Drittens klagen Ruiz und Montez auf Herausgabe der Neger, die sie als ihre Sklaven betrachten, und der Fracht. Dann erheben zwei kubanische Kaufleute namens Tellineas und Aspe Anspruch auf bestimmte Waren, die sich an Bord der *Amistad* befunden haben. Und fünftens klagt der spanische Botschafter auf Herausgabe der Sklaven und der Fracht gemäß dem zwischen den Vereinigten Staaten und Spanien abgeschlossenen Vertrag.«

»Das ist keine Verhandlung über Menschen, sondern eine Verhandlung über Habgier«, sagte Townsand bitter.

Baldwin erhob sich. »Die Beklagten«, sagte er, »die an Bord besagten Schiffes von den besagten Ruiz und Montez und ihren Mittätern mit großer Grausamkeit und Niedertracht behandelt wurden, obwohl sie, wie bereits ausgeführt, freie Menschen waren, haben, angetrieben von der allen Menschen angeborenen Liebe zur Freiheit und von dem Verlangen, zu ihren Familien und Angehörigen zurückzukehren, von besagtem Schiff, während es sich auf hoher See befand, Besitz ergriffen, wozu sie das Recht hatten, in der Absicht, entweder auf ihm in ihre Heimat zurückzukehren oder in irgendeinem Staat, in dem Sklaverei nicht existiert, Asyl zu suchen, damit sie sich unter dem Schutz von dessen Regierung ihrer Freiheit erfreuen könnten.«

Der berühmteste Maler Amerikas, John Trumbull, und der berühmteste Schriftsteller Amerikas, Washington Irving, saßen Schulter an Schulter nebeneinander, als balancierten sie gegenseitig auf einer unsichtbaren Waage der Gerechtigkeit. Daß John Trumbull ein Gegner der Sklaverei und ein Befürworter ihrer Abschaffung war, war jedermann bekannt; die Anwesenheit Irvings dagegen gab zu denken. Es war allgemein bekannt, daß er ein Freund des Präsidenten war, und damit war es fast so, als befände sich Van Buren selbst im Gerichtssaal; ebenso bekannt war Irvings Begeisterung für Spanien, wo er lange Zeit gelebt hatte. Und wenn Trumbull es gewohnt war, die Reichen und Berühmten zu porträtieren, so war Irving es gewohnt, auf gleichem Fuße mit ihnen zu verkehren. Irving hatte sich absichtlich auf Trumbulls blinder Seite niedergelassen, so daß der Maler die Notizen nicht lesen konnte, die er sich machte. Trumbull hatte schon einen Krampf im Hals, weil er ständig versuchte, sein sehendes Auge auf Irvings Notizbuch zu richten.

Die Bemerkungen über die Aussichten von Joseph Cinque, die Irving ihm zuflüsterte, nahm Trumbull nicht für bare Münze. Irving mochte eine Zeitlang als Sekretär bei der Londoner Botschaft gearbeitet haben, aber vor seinem, Trumbulls einem Auge standen siebzig Jahre amerikanischer Geschichte. Wenn überhaupt jemand ein objektiver Beobachter war, dachte er, während er in Gedanken »Die Verhandlung gegen Joseph Cinque« entwarf, so war es Trumbull, der Maler des Heroischen, und nicht Irving, der burleske Schilderer der gewöhnlichen Leute.

Richter Thompson blickte über den hohen Mahagonitisch auf die schwarzen Gesichter unter ihm. Es war, als hätte eine fremde Welt von seinem Gerichtssaal Besitz ergriffen. Er eröffnete die Sitzung, und sämtliche Anwälte erhoben sich.

Für Sedgwick, Staples und Baldwin bestand das erste Problem darin, zu einer separaten Habeas-corpus-Entscheidung für die drei kleinen Mädchen zu gelangen. Das Gericht mußte sie entweder freilassen oder sie krimineller Handlungen beschuldigen. Erst wenn sie beweisen konnten, daß es für die Einbehaltung der Mädchen keinerlei legale Grundlage gab, konnten sie ihre Argumente auf alle Gefangenen ausweiten. Das Habeas-corpus-Begehren war der Test auf das Recht der Afrikaner als Person. Sie würden feststellen, daß die Gefangenen Menschen waren und keine im Besitz von irgendwem befindliche Ware. Und niemand würde es wagen, für Menschen Bergungsgeld zu beanspruchen.

Staples blickte hinauf zu Richter Thompson.

»Gemäß der eidlichen Aussage von Theodore Sedgwick jr., Esquire«, verkündete er, »bringe ich ein Habeas-corpus-Begehren ein. Damit ist der Marshal angewiesen, drei afrikanische Mädchen namens Teme alias Juana, Kagne alias Josepha und Margru alias Francisca, zur Zeit im Gefängnis der Stadt Hartford, dem Gericht vorzuführen und Gründe dafür vorzulegen, sofern es solche gibt, weshalb sie nicht freigelassen werden sollten.«

Der Marshal brachte Margru, Teme und Kagne in den Saal, die alle drei weinten und sich an Mr. Pendleton, den Gefängniswärter, klammerten.

Eine Welle von Mitgefphl lief durch den Gerichtssaal. Staples war entschlossen, sie auszunutzen. Er begann zu reden, als wollte er sein Plädoyer nicht eröffnen, sondern bereits zusammenfassen:

»Wir befinden uns hier vor diesem ehrenwerten Gericht in einer einzigartigen Lage. Bestimmte Parteien sind aufgetreten, um ihr Besitzrecht an dritten Personen geltend zu machen, und sie wollen, daß diese Personen festgehalten werden, bis dieser Prozeß abgeschlossen ist. In dieser Situation kommen diese Kinder und erbitten die Entscheidung des Gerichts, soweit es ihre persönlichen Rechte betrifft.

Verfahren Sie mit den Klagen wegen der *Amistad* und ihrer Fracht, wie es Ihnen beliebt, aber lassen Sie diese Kinder aus dem Spiel, und verweigern Sie Ihnen nicht ihr Habeas-corpus-Recht unter dem Vorwand der Frage, ob sie Besitztum oder menschliche Wesen sind.

Die eigentliche Frage ist: Wer sind diese Kinder? Woher sind sie gekommen? Dafür haben wir einen Zeugen, einen Afrikaner namens James Covey, der diese Kinder besucht und sich mit ihnen unterhalten hat; er sagt aus, daß sie in Afrika

geboren wurden. Er hat angegeben, wie alt sie sind, und der Grund dafür, daß er glaubt, daß sie in Afrika geboren wurden, ist die Tatsache, daß ihre einzige Sprache ein Mende-Dialekt ist. Sie kennen kein einziges spanisches Wort. Für so kleine Kinder ist das ausschlaggebend und der beste Beweis, den wir vorlegen können.
Wenn diese Kinder in Afrika geboren wurden, so sind sie nicht alt genug, um vor Inkrafttreten der Gesetze zur Abschaffung des Sklavenhandels im Jahre 1827 auf die Insel Kuba gelangt sein zu können.
Und wohin führt uns das? Dazu, daß jede Person, die nicht erwiesenermaßen ein Sklave ist, frei ist – überall, ausgenommen in gewissen Kreisen, wo man es für angebracht hält, davon auszugehen, daß jeder Mensch von einer bestimmten Hautfarbe ein Sklave ist.«
Diese Schlußfolgerung, dachte Trumbull, der beobachtete, wie Irving sich wütend Notizen machte, würde Irvings gutem Freund, dem Präsidenten, ganz und gar nicht gefallen. Irving bemerkte, daß Trumbulls Auge auf ihm ruhte. Mit einem überaus diplomatischen Lächeln sagte er:
»Staples ist gut, aber die Leute von der *Amistad* haben keine Chance. Spanien hat das Recht auf seiner Seite. Ganz gleich, *was* er sagt – von Thompson wird er kein Habeas corpus bekommen.«
Staples fand, daß der richtige Zeitpunkt gekommen war, seinen ersten Zeugen aufzurufen. Er hatte sich für Vernichter entschieden.
Vernichter erhob sich und kam zitternd und mit weit aufgerissenen Augen nach vorn. Dann stand er stumm da, während Covey ihm erklärte, daß das, was er ihm über die Mädchen erzählt hatte, jetzt als Beweis in der Form vorgelegt werden sollte, in der Covey es niedergeschrieben und Vernichter mit seinem Zeichen bestätigt hatte.
»Ich, Bau aus Bandaboo in Afrika, zur Wahrheit ermahnt, erkläre hiermit, daß ich Margru und Kagne, zwei kleine Mädchen, jetzt im

Gefängnis von Hartford, kenne; sie wurden am gleichen Ort geboren wie ich, nämlich in Bandaboo. Das ist es, was ich zu sagen habe.

Bau, sein + Zeichen.«

Sowohl Trumbull als auch Irving musterten den traurigen, stämmigen Zeugen mit einem Gefühl, das Mitleid sehr nahe kam, doch bei Irving war es jene Art bestürzter Anteilnahme, die man beim Anblick eines gestrandeten Pottwals empfindet.

Aber Trumbull dachte daran, daß Vernichter und die anderen Männer einen langen, riesigen Schatten auf die Vorgänge im Saal zu werfen schienen, der noch schwerer war als der von Thompson in seiner schwarzen Robe. Fast war es, als wären Cinque und seine Männer die Richter.

Staples, der den Eindruck erwecken wollte, als betrachte er Vernichters Aussage hinsichtlich der drei Mädchen als definitiv, wendete sich unvermittelt der Frage der Jurisdiktion zu.

»Ich möchte wissen«, erklärte Staples, »welches Recht der Staatsanwalt der Vereinigten Staaten hat, eine Klage beim Distriktsgericht des Staates Connecticut anhängig zu machen, derzufolge diese Personen als Sklaven gefangengehalten werden oder sich für weitere Verfahren zur Verfügung halten müssen, nur weil der spanische Botschafter es für richtig hielt, Anspruch auf ihre Rückgabe zu erheben. Ist unsere Regierung durch den Vertrag gezwungen, sich als Sklavenfänger für eine ausländische Macht zu betätigen? Die Gesetze Spaniens verbieten den Sklavenhandel – die Gesetze Portugals verbieten ihn – den Gesetzen der Vereinigten Staaten zufolge ist er Piraterie.«

Richter Thompson war von Minute zu Minute unbehaglicher zumute. Die Verhandlung lief nicht so, wie er sich das gedacht hatte. Statt einer eng umgrenzten Diskussion über die Freiheit der drei Negerkinder hatte sich ein Morast von Verallgemeinerungen ergeben, bei dem es nicht um Fragen strikter Legalität, sondern um politische Dinge ging. Konnte er das wirklich zulassen? Was hatte Staples vor? Thompson warf noch einen letzten Blick auf die unergründlichen dunklen Gesichter und schloß die Verhandlung.

Als Irving aufstand, musterte er die traurigen Gesichter der Männer, die so fern von ihrer Heimat waren. Er verstand ihr Heimweh.

»Nun, was denken Sie?« fragte Trumbull.

»Über Cinque als Gegenstand eines Artikels? Oder über die Verhandlung?«

»Ich mußte gerade daran denken, daß Nat Turner weniger als vierzehn Meilen von seinem Heimatort entfernt gefangengenommen wurde, während Cinque ungefähr sechstausend Meilen von seiner Heimat trennen.«

»Und Sie haben auch an die Verhandlung gegen Nat Turner gedacht...«

»Natürlich. Wie könnte es anders sein?«

»Das ist acht Jahre her, und Turner war ein Sklave aus Virginia. Sein erbärmlicher Aufstand ist gescheitert... Und auch Cinque ist zum Scheitern verurteilt, weil er auf einer Bühne der amerikanischen Geschichte gelandet ist, die den Schwarzen keinerlei Rechte zugesteht. Das ist nicht einmal Grausamkeit, es ist einfach die Art, wie es in diesem Lande zugeht. Die gesamte Nation ist wegen der bevorstehenden Wahlen in einem Zustand politischer Erregung. Überall im Land werden vor Gruppen von sechs- oder siebentausend Leuten Hetzreden gehalten. Der Fall Cinque wird nicht in den Hallen der Gerechtigkeit entschieden oder von Angehörigen des Kongresses, sondern von der breiten Masse. Und was kann ein geschickter Redner nicht alles mit der Tatsache anfangen, daß Spanien, eine fremde Macht, die Rechtsprechung in einer so wichtigen Frage wie der Sklaverei beeinflußt? Unsere politische Zerstrittenheit ist so groß, daß möglicherweise die ganze Nation von ihr verschlungen

wird. Die Afrikaner sind schwarz und deshalb wenn schon nicht Sklaven, so doch potentielle Sklaven, solange sie nicht unter dem Schutz eines weißen Mannes stehen.«
»Eines weißen Mannes!« sagte Trumbull. »Das hört sich ja an, als ob . . .«
»Trumbull«, sagte Irving, »ich mag Joseph Cinque, und er hat mein volles Mitgefühl. Aber ich stehe auf der Seite Spaniens und des internationalen Rechts.«

»Du übersetzt nicht die Hälfte von dem, was die Anwälte sagen!« Cinque war wütend. »Wann dürfen wir selbst sprechen?«
»Ich übersetze ihr juristisches Kauderwelsch nicht, weil ich es selbst nicht verstehe. Es hat nichts mit uns zu tun. Bis jetzt rangeln sie nur um ihre Positionen.«
»Der Richter ist bestochen worden. Ich spüre es.«
»Kann sein«, sagte Covey. »Ich würde mich für keinen verbürgen, der an dieser Verhandlung beteiligt ist.«
»Aber es *ist* eine Verhandlung.« Cinque begann, im Raum herumzuwandern. »Ich will, ich muß selbst sprechen, mich und meine Männer verteidigen. Ich lasse nicht zu, daß man mich wie ein Kind behandelt.«
»Niemand behandelt dich wie ein Kind«, sagte Covey wenig überzeugend.
»*Du* tust es, mein Freund.«
»Ich verspreche dir, ich werde jedes Wort übersetzen, das ich verstehe.«
»Übersetze alles«, sagte Cinque zu Covey, als die Anwälte in die Zelle traten, in der die Gefangenen ihr Essen erhielten. »Ich habe ein Recht darauf zu erfahren, was gesagt wird.«
Das Gesicht des Afrikaners war eine Studie in Zorn. Einem Zorn, der wie eine Wolke, ein Geruch im Raum hing. Zum erstenmal gewannen die weißen Männer einen Eindruck von dem, was Joseph Cinque in Wirklichkeit war: eine

vielschichtige, kraftvolle, sogar bedrohliche Persönlichkeit. Er erteilte Covey Befehle; er verhielt sich so, dachte Staples, als leitete *er* diese Verhandlung.

Am Nachmittag sprach Richter Thompson. Er wendete sich an die Geschworenen und ging, zur Überraschung aller Anwesenden, von seinem ursprünglichen Standpunkt ab.
»Es erhebt sich die Frage, ob dieses Gericht zuständig ist für Taten, die an Bord eines spanischen Schiffes begangen wurden. Es müßte sich entweder um einen Verstoß gegen die Gesetze der Vereinigten Staaten oder gegen das internationale Recht handeln ...
Die Gerichte der Vereinigten Staaten sind zuständig für Verstöße, die gegen das internationale Recht begangen wurden. Aber was das betrifft, so haben die Gerichte der Vereinigten Staaten, obwohl darüber nichts in den Akten steht, und selbst wenn zugegeben wird, daß dieses Schiff ein Sklaventransporter war, immer und immer wieder dahingehend entschieden, daß der Sklavenhandel kein Handel ist, der gegen das internationale Recht verstößt. Sie haben sich alle Mühe gegeben, es so hinzustellen, daß die Beteiligung an diesem Handel als Piraterie gilt; aber das ist noch nicht so allgemeingültig, als daß es internationales Recht geworden wäre. Ich zögere deshalb nicht, Sie darauf hinzuweisen, daß dieses Gericht, nach den uns vorliegenden Fakten zu urteilen, in dieser Sache nicht zuständig ist und daß wir nicht die Möglichkeit haben, Anklage zu erheben ...«
Im Saal wurde aufgeregtes Murmeln laut. Der erste Sieg gehörte den Afrikanern. Joseph Cinque würde nicht des Mordes angeklagt werden. Niemand würde in Hartford gehängt werden.

Am nächsten Tag griffen die Ankläger an.
»Die hier anstehende Frage ist«, sagte Hungerford, »ob

diese Personen hier als Besitz zu gelten haben. Ob das moralisch vom Übel ist, hat mit dem Fall nichts zu tun. Wenn diese Personen oder dieser Besitz in New London an Land gebracht wurden, muß die Verhandlung hier und an keinem anderen Ort geführt werden.«

Ingersoll, der Anwalt von Ruiz und Montez, der befürchtete, die Interessen seiner Klienten könnten bei der Erörterung abstrakter und politischer Fragen vernachlässigt werden, unterbrach ihn:

»Ob diese Personen Besitz sind oder nicht, steht hier nicht zur Diskussion. Das Gericht hat entschieden, daß, was diese Klagen betrifft, die Frage nach dem Besitzrecht gestellt werden *kann*. Damit ist der Fall so gelagert, als *hätte* das Gericht entschieden, daß die Afrikaner Besitz *sind* ... Gegen diese Personen ist vor dem Distriktsgericht eine Klage auf Herausgabe als Eigentum spanischer Untertanen anhängig. Sie werden außerdem von den Vereinigten Staaten beansprucht, und geltenden Verträgen zufolge ist es die Pflicht der Vereinigten Staaten, sie ihren Eigentümern zurückzugeben.«

Damit war die Verhandlung wieder auf Baldwins Territorium gelandet. Er sprang auf und unterbrach Ingersoll:

»Wenn das Gericht gestattet – wenn das Distriktsgericht einen Vollstreckungsbefehl gegen diese Personen als *Besitztum* ausgestellt hat, dann hat der Marshal nicht das Recht, sich ihrer zu bemächtigen. Der Vollstreckungsbefehl des Distriktsgerichts bezieht sich lediglich auf die *Fracht* des Schiffes; dennoch hat der Marshal aufgrund dieses Befehls Personen in Gewahrsam ...

Nein, bevor der Distriktsrichter verfügen kann, daß diese Personen als Teil der *Fracht* der *Amistad* festgehalten werden, muß er juristisch einwandfrei nachweisen, daß sie sich im Zustand von Besitztum befinden ...

Dagegen behaupte ich, daß kein einziges der Verfahren seit Einführung der Habeas-corpus-Akte einen Präzedenzfall dafür liefert, diese Personen in Gewahrsam zu halten. Sie befinden sich innerhalb der Grenzen des Staates Connecticut, eines *freien* Staates. Die Admiralität ist nicht befugt, menschliche Wesen als Besitztümer innerhalb der Grenzen von Connecticut gefangenzuhalten. Und ich frage mich, unter welchem Vorwand dieser Don Pedro Montez vor diesem Gericht auftreten und uns auffordern kann, diese Personen wieder der Sklaverei auszuliefern? Daß sie hierhergebracht wurden, war ebenso ein Verstoß gegen die Gesetze Spaniens wie gegen die Gesetze der Natur und ein Akt, der den Gesetzen dieses Landes zufolge als Piraterie gilt.

Sie können nicht als Eigentum festgehalten werden, denn sie sind *keine Sklaven,* und wenn die Vereinigten Staaten sich einmischen und sie auf Besitztum herabwürdigen wollen, dann wäre das eine schwere Belastung unseres Verhältnisses zu Großbritannien . . .

Unsere Regierung weiß sehr wohl, daß Großbritannien Spanien zwei Millionen Dollar gezahlt hat, um es zum Verzicht auf den Sklavenhandel zu bewegen, und daß sich die Vereinigten Staaten verpflichtet haben, bei der Ausmerzung dieses Handels mit Großbritannien zusammenzuarbeiten; dennoch werden wir hier von einem amerikanischen Rechtsanwalt aufgefordert, uns als Handlanger für Leute herzugeben, die an diesem widerwärtigen Handel beteiligt sind. Großbritannien hätte allen Grund, uns Vorwürfe zu machen.«

Covey bemühte sich, Joseph Cinque, der stumm und brütend dasaß und sowohl Resignation als auch Ungeduld erkennen ließ, die juristischen Ausdrücke verständlich zu machen. Als sich Ingersoll wieder erhob, richtete er den Blick auf ihn.

»Wieder wird uns erklärt, diese Personen könnten nicht als Besitztum gelten, weil dies ein freies Land ist«, sagte Ingersoll. »Aber wir haben eine höchst merkwürdige Rechtsprechung. In einem Teil der Vereinigten Staaten gelten Sklaven als Besitztum. Daß sich der Gentleman hier hinstellt und behauptet, sie wären *Personen* und deshalb kein *Besitztum*, ist völlig belanglos. Der hier zitierte Fall beweist, daß Sklaven ebenso Eigentum von Ausländern wie von Bürgern der Sklavenstaaten sein können . . .«

Ingersoll wollte fortfahren, wurde aber unterbrochen, als der Staatsanwalt für die Vereinigten Staaten, Holabird, der den ganzen Vormittag abwesend gewesen war, noch in seinem Überzieher in den Gerichtssaal zurückkehrte. Er überreichte dem noch stehenden, aber jetzt schweigenden Ingersoll eine Nachricht, woraufhin dieser heftig errötete. Holabird nahm seinen Schal ab und begann dann, noch im Überzieher, zu sprechen:

»Ich möchte ein paar Ansichten vortragen, zu denen ich seit gestern gelangt bin«, sagte Holabird. »Ich bin gekommen, um zu erklären, daß *diese schwarzen Männer freie Männer sind*, die der Jurisdiktion der Vereinigten Staaten unterstehen, und . . .« – die Erregung ließ seine Stimme schriller als gewöhnlich klingen – ». . . und wenn sich, wie ich vermute, herausstellen sollte, daß sie in Afrika geboren sind, in ihre Heimat zurückgeschickt werden können.«

Das überraschte Publikum im Saal brach in Applaus und Beifallsrufe aus, und Richter Thompson war gezwungen, zur Ordnung zu rufen. Zumindest ein Mann war jedoch nicht überrascht: mit seinem guten Auge stellte John Trumbull fest, daß auf Washington Irvings Gesicht alles andere als Verwunderung lag; statt dessen zeigte es ein selbstzufriedenes Schmunzeln.

Die Unruhe im Saal hielt an. »Phantastisch«, murmelte Baldwin. »Der Anwalt der Vereinigten Staaten hat eine totale Kehrtwendung vollzogen. Sein legendärer reitender Bote muß die ganze Nacht hindurch galoppiert sein, sonst wäre die Nachricht von Van Burens Sinnesänderung nicht so schnell hier eingetroffen.«

»Aber was nützt uns das?« fragte Staples. »Der Präsident hat doch nur vor, die Afrikaner dem spanischen Botschafter als Mörder auszuliefern, das heißt als *Personen*.« Er erhob sich wütend. Er zweifelte nicht daran, daß Holabird seine Instruktionen direkt aus dem Weißen Haus erhalten hatte; es stand ihm geradezu im Gesicht geschrieben. Der Präsident hatte offensichtlich begriffen, daß Richter Thompson den Argumenten der Verteidigung geneigt war; deshalb war er zu dem Schluß gelangt, daß die sicherste Methode darin bestand, Cinque aus dem Land zu schaffen.

»Die Ausführungen des Staatsanwalts«, sagte Staples hitzig, »erinnern mich an das Sprichwort: ›Gott schütze mich vor meinen Freunden; mit meinen Feinden werde ich schon selbst fertig.‹ Ich kann kaum glauben, daß es dem Staatsanwalt ernst damit ist, wenn er diese Gefangenen im Namen der Vereinigten Staaten für freie Menschen erklärt. Ich möchte nur wissen, ob das Distriktsgericht für das Schiff und seine Fracht zuständig ist. Wenn nicht, dann sind alle vor diesem Gericht erhobenen Ansprüche null und nichtig. Und wenn der Hauptanspruch verworfen wird, dann müssen auch die anderen verworfen werden. Wenn Gedneys Klage hinfällig wird, weil das Gericht nicht zuständig ist, dann kann hier überhaupt nichts entschieden werden.«

»Die Verteidigung verzichtet auf weitere Ausführungen.«

Seth Staples und Roger Baldwin hörten sich die Zusammenfassung des Falles für die Vereinigten Staaten und Ingersolls Einlassungen für seine Klienten mit stoischer Ruhe an. Es war unmöglich, Richter Thompson irgendeinen Ausdruck im Gesicht abzulesen. Cinque und seine Männer saßen teilnahmslos da, einige zogen ihre Decken um sich. Endlich vernahmen die Anwesenden die Worte:

»Die Vereinigten Staaten verzichten auf weitere Ausführungen.«

Richter Thompson erhob sich und vertagte die Verhandlung auf den kommenden Montag.

Montag, 23. September

Die Geschworenen, die sechs Anwälte und alle übrigen Anwesenden erhoben sich, als Richter Thompson mit seiner um seinen hochgewachsenen, mageren Körper flatternden Robe den Saal betrat.

»Der dem Gericht vorliegende Fall hat nichts zu tun mit dem abstrakten Recht, menschliche Wesen in Sklaverei zu halten, und auch nicht mit der grundsätzlichen Frage der Sklaverei. Das Gericht ist nicht zusammengetreten, um diese abstrakte Frage zu beantworten. Es genügt, hier zu sagen, daß die Verfassung der Vereinigten Staaten, obwohl in ihr das Wort Sklaverei nicht vorkommt, sowie die Gesetze der Vereinigten Staaten das Recht eines Mannes anerkennen, über die Arbeitskraft eines anderen Mannes zu verfügen. Die Gesetze des Landes beruhen auf diesem Prinzip. Sie erkennen dieses Recht an. Welche privaten Motive das Gericht auch haben mag oder wie immer seine Gefühle in dieser Sache auch sein mögen, so dürfen sie doch bei der Entscheidung über diese Sache nicht ins Spiel gebracht werden. Das in diesem Staat tagende Gericht muß die Gesetze des Landes ebenso beachten, wie es ein Gericht tun müßte, das in Virginia tagt.

Die Verfassung verlangt außerdem, daß Personen in Gewahrsam genommen werden, die aus einem Staat, in dem sie zu Diensten verpflichtet sind, in einen anderen entkommen sind. Sie geht sogar noch weiter und untersagt es den Staaten, Gesetze zu erlassen, die das Wiedereinfangen flüchtiger Sklaven in den freien Staaten verhindern. Sollte ein Staat ein derartiges Gesetz erlassen, so hätte es keinerlei Gültigkeit. Wir müssen die Dinge so betrachten, wie sie stehen. *Deshalb sieht sich das Bezirksgericht zu der Erklärung gezwungen, daß es keine Grundlage dafür gibt, den vorliegenden Fall unter dem Habeas-corpus-Aspekt zu verhandeln.*

Wir haben festgestellt, daß Personen anwesend sind, die sich Notizen machen, und hoffen, daß sie darauf bedacht sind, diese Entscheidung exakt wiederzugeben. Das Bezirksgericht hat nicht entschieden, daß diese Personen kein Recht auf ihre Freiheit haben, sondern überweist den Fall an das Distriktsgericht, sofern keine Berufung dagegen eingelegt wird.«

Als Richter Thompson von den Personen sprach, die sich Notizen machten, hatte er Washington Irving angefunkelt. Dann schloß er, ohne sich um das Aufstöhnen zu kümmern, das durch den Saal ging, die Verhandlung.

»Die Verhandlung wird auf unbestimmte Zeit vertagt.«

Bezirksrichter Thompson verließ den Saal durch eine Seitentür, Distriktsrichter Andrew T. Judson trat ein. Die beiden Richter passierten einander wortlos, ihre schwarzen Roben wie Segel gebläht.

Ohne Unterbrechung oder weitere Zeremonien begann im gleichen Saal die Sitzung des Distriktsgerichts. Das Publikum erhob sich. »Die Sitzung des Distriktsgerichts von Connecticut ist eröffnet«, erklärte der sanfte, bebrillte Richter. Dann wies er den Staatsanwalt sowie Sedgwick, Baldwin und Staples an, sich nach Long Island zu begeben und festzustellen, wo Gedney von der *Amistad* Besitz ergriffen hatte. Dann vertagte er die Sitzung auf den dritten Dienstag im November, gleichfalls in Hartford. Er erbot sich, die Gefangenen gegen Bürgschaft auf freien Fuß zu setzen, aber Baldwin lehnte ab. Eine Bürgschaft wäre gleichbedeutend mit dem stillschweigenden Einverständnis, daß Joseph Cinque und seine Männer Besitztum waren. Cinque würde im Gefängnis von New Haven bleiben.

Während der gesamten Verhandlung hatten Joseph Cinque und seine Männer wie unbeteiligt dagesessen, während über ihr Schicksal diskutiert wurde. Cinque begriff sofort, daß sie auch jetzt noch nicht frei waren. Covey hatte heftige Kopfschmerzen und das Gefühl, als würde ihm mit einem Schmiedehammer auf die Brust geschlagen. Die endlosen Tage, an denen er sich mit den Männern unterhalten, ihnen gut zugeredet, ihre Aussagen übersetzt, bearbeitet und schriftlich festgehalten hatte, hatten ihn fast seine gesamte Kraft gekostet. Sein Gesicht war aschgrau, seine Augen waren gerötet und fast zugeschwollen. Seit Wochen hatte er einen hartnäckigen Husten, und jetzt durchfuhr ihn ein Schmerz, der ihn beinahe auf die Knie zwang. Mit letzter Kraft brachte er den Männern bei, wie die Dinge lagen, und sie nahmen die schlimme Nachricht so gelassen hin, als hätten sie nichts anderes erwartet. Angesichts ihres Stoizismus fühlte sich Covey noch elender. In der Sache Personen oder Besitztum hatten sie zwar einen kleinen Sieg errungen, aber damit war das Unvermeidliche vielleicht nur hinausgeschoben worden.

Draußen herrschte Altweibersommer, und es war ein herrlich warmer Tag. Vivian Braithwaite und ihr Vater hatten ebenso wie alle anderen, die sich um das Gerichtsgebäude drängten, ihre Mäntel abgelegt. Überall leuchteten unvermutet strahlende Farben auf, so grell und intensiv, daß Covey sich fast in die Tropen zurückversetzt fühlte. Die Bäume hatten afrikanische Farben, Orange und Magenta, Blutrot, gebrannte Siena, gedämpftes Gold und das Rostbraun der Erde von Sierra Leone. Als er die Treppe des Gerichtsgebäudes hinunterging, holte Covey tief Atem, um die Schmerzen in seiner Brust zu lindern, doch dann blieb er wie angewurzelt stehen. Sein Steuermannsblick hatte Vivian Braithwaite erspäht. Die Menge verschmolz in dunstigem Licht, und er sah nur noch das Mädchen. Vivian hatte Hut und Schleier abgenommen, um die Sonne genießen zu können. Ihr Kopf bewegte sich langsam zur Seite, während sich ihre Augen verengten, um sich nach der Düsterkeit des Gerichtssaals dem hellen Sonnenlicht anzupassen. Ihr glänzendes, hellbraunes Haar war auf ihrem Kopf so hoch aufgetürmt, daß es aussah wie ein seidener Turban.

Aus dieser Haarmasse lösten sich zwei Strähnen, so lang,

daß sie fast bis auf die Erde reichten, so dick, kräftig und üppig, daß Covey schon bei ihrem Anblick das Herz schwer wurde. Locken rahmten ihr ovales Gesicht mit weit auseinanderstehenden, hellbraunen Augen unter langen Wimpern und dichten, schweren Brauen. Ihr Blick wanderte immer wieder über die lärmende Menge, eindringlich, fragend und dennoch mit einem ganz leisen Anflug von Angst.
Mit scharfem Blick nahm Covey auch die geringste Einzelheit ihrer Erscheinung in sich auf. Das einfache Kleid, das Vivian Braithwaite unter dem zurückgeschlagenen Umhang trug, war purpurn. Von ihrer Gestalt, die unter dem gesprenkelten, durch die hohen Bäume filternden Licht schimmerte, schien ein Strahlen auszugehen. Sie hob zwar den Arm, um ihren Sonnenschirm zu öffnen, und ein schlankes Handgelenk und ebenso schlanke Finger fuhren in einer magischen Geste in die Höhe. Sie stand mit emporgerecktem Arm da, hielt ihren Sonnenschirm, und der purpurfarbene Ärmel schnitt in die ihn umgebende Farbenpracht ein. Im Licht gelber und orangefarbener Sonnenstrahlen funkelte das Gesicht des Mädchens wie das polierte Messing der *Buzzard*, und die Mischung aus Licht und Schatten löste seine Konturen auf. Covey spürte eine durch nichts zu begründende Eifersucht. Er wünschte sich den Augenblick zurück, der gerade vergangen war, denn eine derartige Überraschung würde er nie wieder erleben. Sie hatte mit der zarten Liebkosung durch das Licht begonnen und in einer plötzlichen, gänzlich unvermuteten Leidenschaft geendet, die sich ihren Weg in sein Herz bahnte und ein Gefühl der Ganzheit in ihm erweckte, in dem Gott weiß welche Hoffnungen und Ängste steckten. Das Mädchen warf ihm einen Seitenblick zu, und in der heiteren Gelassenheit dieses Blickes war etwas, das Coveys Befürchtungen verfliegen ließ. Dieser Blick kam ihm vor wie die Versicherung, daß das Gerichtsverfahren mit einem Sieg enden

würde, und sei es auch nur um ihretwegen. Die Aura von unverletzlicher Unschuld und Selbstsicherheit, die sie umgab, verlieh ihr das Recht, Gerechtigkeit zu erwarten. Er brauchte sich nicht nach ihrem Namen zu erkundigen; er kannte ihn bereits. Sie war sein Glück, das eingetroffen war, sein lebendes Amulett. Sein Schutzengel. Die Stufen des Gerichtsgebäudes waren für ihn zu einer Heimat geworden, nur weil sie zugegen war. Dann senkte sie die Lider und machte damit das geheimnisvolle Strahlen zu einer unvergeßlichen Erinnerung. Covey war plötzlich, als läge sein ganzes Leben ausgebreitet vor ihm, so weit wie das Meer, das Morgen und das Übermorgen und all die Tage und Jahre, die darauf folgen würden.

Dreizehntes Kapitel

Ladinos oder Bozals

Mitte November trat das Gericht in Hartford wieder zusammen. Diesmal fuhren die Anwälte und die Männer von der *Amistad* in Kutschen. In der ersten saßen der United States Marshal, der Gefangenenwärter und sieben Gefangene, darunter Burnah, Grabeau und Joseph Cinque. Da man befürchtete, die Gefangenen könnten auf ihrem Weg ins Gerichtsgebäude entführt werden, folgte eine zweite Kutsche mit Amos Townsand und einer Gruppe von Bewaffneten sowie James Covey. In der dritten Kutsche saßen Lewis Tappan, Roger Baldwin und Doktor Robert Madden, der aus Kuba angereist war, um zugunsten von Joseph Cinque und seinen Männern auszusagen. Das Gesetz stand nicht auf ihrer Seite, dachte Baldwin, der Lewis Tappan und dem unerschütterlichen Doktor gegenübersaß. Es war ihnen nicht gelungen, die Öffentlichkeit von der Stichhaltigkeit der Naturgesetze und der in den Gesetzen der Nationen verankerten Naturrechte zu überzeugen. In verschiedenen Städten des Nordens hatte sich der unterschwellige Rassismus in Unruhen Luft gemacht, und Präsident Van Buren wollte die ganze Angelegenheit vor den Wahlen vom Tisch haben.

Robert Madden wußte bereits, was er tun mußte: er würde den Präsidenten der Vereinigten Staaten aufsuchen, bevor er nach England abreiste, wo er die Königin und ihren Premierminister über den *Amistad*-Fall informieren würde. Zweifellos hatte die Stimme Viktorias ebensoviel Gewicht wie die Isabellas – weiße Königin gegen schwarze Königin.

Henry Braithwaite und seine Tochter gehörten zu der kleinen Menschenmenge, die vor dem Gerichtsgebäude auf das Eintreffen der Kutschen wartete. An der Tür war eine Anspruchserklärung mit einer Aufzählung sämtlicher an Bord der *Amistad* befindlichen Artikel angeschlagen. Die Afrikaner waren mit aufgeführt.

Gentlemen! Besagter Schoner *Amistad*, der am 28. Tag des Monats Juni im Jahre 1839 den Hafen von Havanna verließ, bestimmt für einen Hafen in der Provinz Principe, beide auf besagter Insel Kuba, unter dem Kommando von Ramon Ferrer als Kapitän dieses Schiffes (inzwischen verstorben), hatte an Bord und war beladen mit einer großen und wertvollen Fracht, auf die hiermit Anspruch erhoben wird. Sie bestand aus:
10 Dutzend Glasknäufen
39 und einem halben Tausend Nadeln
48 Eisenbolzen
45 Flaschen Rum
45 Karten der Stadt Puerto Principe
13 Karten der Stadt Havanna
8 Zahnrädern
2 Dutzend Pollern
200 Fuß Stangen
11 Kisten mit Glas und Steingut
20 Stücken Sohlenleder
10 eisernen Bottichen
86 Gewehren
1 Kiste mit 200 Keilen
3 eisernen Kesseln
25 Säcken mit Spanischen Bohnen
500 Pfund Trockenfleisch
50 Paar Hemden und Hosen
1 Kiste mit Büchern
20 Kisten mit kastilischer Seife

2 Säcken Reis
5 Kisten mit Bändern
10 Dutzend Stücken Maroquinleder
5 Dutzend Stücken Kalbsleder
5 Sätteln
75 Riemen
18 Decken
800 Ellen gestreiftes Leinen
60 Büchern
14 Ballen französisches Leinen
4 Ballen holländisches Leinen
4 Dutzend Sonnenschirmen
30 Stücken Musselin von je 10 Ellen
21 Münzbarren
14 Stücken Musselin
4 Stücken Tuch aus Rouen
1 Dutzend Schals, Fächern, Handschuhen, 50 Hemden, Zwirnband, Garn, Handtüchern
16 wollenen Schals
4 seidenen Schals
15 Satteldecken
70 Laken
50 Demijohns Olivenöl
6 Fässern mit Oliven
11 Dutzend Damenstrümpfen
einer großen Menge Seide, Leinen, Metallwaren und Vorräten im Gesamtwert von 40 000 Dollar, außerdem Geld im Betrag von zweihundertundfünfzig Dollar und dreiundfünfzig Sklaven, nämlich fünfzig männlichen Sklaven und drei jungen weiblichen Sklaven, die 25 000 Dollar wert sind.

»25 000 Dollar, man stelle sich das vor«, murmelte eine Stimme in der Menge. »Oder sogar noch mehr. Ich habe gehört, für erstklassige Negersklaven werden in South Carolina 1500 bis 2500 Dollar gezahlt.« – »Und was ist mit den

Goldmünzen, den spanischen Dublonen?« – »Auf dem Grund des Meeres, wie es scheint.« In der Menge, die den Anschlag las, schwirrten Gerüchte und falsche Informationen. Vivian spürte, wie sich ihr der Magen umdrehte. So aufgelistet zu werden – als Ware zusammen mit 25 Säcken Spanischen Bohnen und Olivenöl! Dennoch kehrten ihre fragenden Augen immer wieder zu der Liste zurück. Am Novemberhimmel schien die Sonne, und die Leute beschatteten ihre Augen, um besser lesen zu können.

Kurz vor zehn nahmen Vivian, Henry und Cotton so weit vorn wie noch möglich im Gerichtssaal Platz; die besten Plätze waren schon von Reportern und Zeichnern besetzt. Sie musterten die Gesichter der bereits im Saal befindlichen Afrikaner. Sie wußten, daß der Dolmetscher Covey hieß, und kannten die Namen der *Amistad*-Anwälte. An einem anderen Tisch saßen der spanische Konsul aus Boston, Vega, und ein Anwalt aus New York für die Kubaner, ein Mr. Purroy. Außerdem waren noch zwei weitere Anwälte zugegen, Isham für die Lieutenants Gedney und Meade und Governor Ellsworth für Kapitän Green.

Der Gerichtsdiener verlas die Eröffnungsformel:

»Die Vereinigten Staaten von Amerika,
Distrikt Connecticut, Bezirksgericht,
abgehalten in Hartford in besagtem Distrikt
am 19. November im Jahre unseres Herrn 1839.

Für den Honorable Andrew T. Judson, Richter, der für das Bezirksgericht der Vereinigten Staaten im und für den Distrikt Connecticut erklärt: Die Sitzung ist eröffnet.«

Als erster ergriff Robert Baldwin das Wort: »Die Gefangenen ersuchen darum, von diesem ehrbaren Gericht, unter dessen Schiedsspruch sie sich in Gewahrsam befinden, freigelassen zu werden, wie es von Rechts wegen der Fall sein sollte. Ich bestreite die Zuständigkeit des Gerichts in dieser Sache. Die Afrikaner von der *Amistad* wurden im Staate New York, einem freien Staat, festgenommen und können

deshalb nicht im Staate Connecticut vor Gericht gestellt werden. Außerdem bestreite ich, daß sie Sklaven sind. Sie sind freie Männer und haben deshalb Anspruch auf ein ordentliches Gerichtsverfahren.«
Niemand war überrascht, als Holabird erwiderte, daß er nach sorgfältiger Überprüfung festgestellt hätte, daß sich der Schoner ganz eindeutig und offensichtlich auf hoher See befunden hätte und deshalb nach geltendem internationalem Recht als Prise anzusehen wäre.

»Ich bin der Ansicht, daß Richter Judson mir darin zustimmen wird, daß es im vorliegenden Fall ausschließlich um die Frage der Zuständigkeit des Gerichts geht«, sagte Baldwin. »Ich rufe meinen ersten Zeugen auf.«
Kapitän Green sagte aus, daß der Schoner nicht mehr als dreißig Ruten von der Küste entfernt gewesen war. Dann betrat Peletiah Fordham den Zeugenstand. »Die Nigger waren am Strand. Joseph Cinque hob einen Beutel voller Gold auf und ließ es klirren. Ich und ein anderer Nigger hoben einen weiteren auf und hörten noch mehr Gold. Deshalb waren Kapitän Green und ich entschlossen, uns des Schiffes unter allen Umständen zu bemächtigen, wenn möglich mit Gewalt, notfalls auch mit friedlichen Mitteln.«
Im Saal wurde gelacht. Richter Judson rief zur Ordnung.
»Mr. Fordham«, fragte Baldwin, »wie viele Afrikaner waren an Land?«
»Nicht mehr als drei.«
Baldwin wußte, daß er log, hakte aber nicht nach.
»Wenn das Gericht gestattet, rufe ich jetzt Robert Madden.«
Madden betrat den Zeugenstand. Das schwarze Haar und die blauen Augen verliehen seinem blassen Gesicht etwas Leuchtendes, unterstrichen durch einen Strahl der schwachen Wintersonne, der durch eines der hohen Fenster an der Seitenwand des Gerichtssaals hereinfiel.
»Ich, Richard Robert Madden, britischer Untertan, in den

letzten drei Jahren im Dienste der britischen Regierung in Havanna ansässig, erkläre hiermit, daß ich den Posten eines Referenten für befreite Afrikaner innegehabt habe und noch innehabe und daß ich ein Jahr lang als Britischer Kommissar im Gemischten Gericht amtiert habe. In Ausübung der Pflichten meines Amtes und meines Berufes bin ich mit gerade erst aus Afrika eingeführten Afrikanern bestens vertraut. Ich habe viele Hunderte von ihnen gesehen und in meiner Obhut gehabt. Ich habe die Afrikaner gesehen, die vom Marshal des Distrikts Connecticut in Gewahrsam gehalten werden, ausgenommen die kleinen Kinder. Ich habe sie untersucht und auf ihre Sprache, ihr Aussehen und ihr Verhalten geachtet; und ich habe keinerlei Zweifel daran, daß sie erst vor ganz kurzer Zeit aus Afrika verschleppt wurden. Mit einem von ihnen habe ich gesprochen und auf arabisch eine mohammedanische Form des Gebets zitiert: der Mann erkannte die Sprache sofort und wiederholte ein paar meiner Worte; er hatte mich verstanden, insbesondere die Worte ›Allah akbar‹ oder ›Gott ist groß‹. Ich sprach auch den Mann neben diesem Neger auf arabisch an und sagte ›salem aleikum‹ oder ›Friede sei mit dir‹, woraufhin er sofort auf die im Orient übliche Weise mit ›aleikum salem‹ reagierte. Aufgrund meiner Kenntnis orientalischer Gepflogenheiten und des Aussehens frisch importierter Sklaven auf Kuba habe ich nicht den geringsten Zweifel daran, daß diese Neger von der *Amistad* wirklich und wahrhaftig Bozals sind, erst vor ganz kurzer Zeit aus Afrika eingetroffen. Ich bin mit allen Fragen der Sklaverei und des Sklavenhandels auf Kuba vertraut; mir ist bekannt, daß es kein Gesetz gibt oder seit 1820 gegeben hat, das die Einfuhr von Negern auf die Insel Kuba aus Afrika zu dem Zweck, sie zu Sklaven zu machen oder in Sklaverei zu halten, gestattet, und daß all diese Bozals, wie man die erst kürzlich importierten Neger nennt, von Rechts wegen frei sind. Afrikaner, die sich bereits seit längerer Zeit auf Kuba befinden und sich eingelebt haben, werden Ladinos genannt; sie müssen vor 1820 ins Land gekommen sein. Sie werden so genannt, um sie von den Kreolen zu unterscheiden, Negern, die im Land geboren wurden. Ich habe ein Dokument gesehen, das jetzt vor mir liegt, datiert 26. Juni 1839, vorgeblich unterzeichnet von Expeleta, dem Generalkapitän der Insel, zu dessen Identifizierung ich in Gegenwart des Anwaltes der Afrikaner meinen Namen in die linke untere Ecke des Dokuments gesetzt habe. Dieses Dokument, ein sogenannter ›traspaso‹, ist vorgeblich eine Don J. Ruiz gewährte Erlaubnis, von Havanna neunundvierzig Neger nach Puerto Principe auszuführen, die spanische Namen erhalten haben und als Ladinos aufgeführt werden, eine Bezeichnung, die für frisch eingeführte Afrikaner völlig unzutreffend ist. Um ein solches betrügerisches Dokument vom Gouverneur zu erhalten, muß eine entsprechende Bestechungssumme gezahlt werden. Außerdem erkläre ich, daß das erwähnte Dokument für die Afrikaner von der *Amistad* keinerlei Gültigkeit hat. Es wurde mit illegalen Mitteln beschafft und ist eine Fälschung. Das nehme ich auf meinen Eid.«

Ein empörter Ausruf von Purroy wurde von Vega unterstützt, der seinen Stock auf den Boden hieb, aber es war Holabird, der sich an Dr. Madden wendete.

»Sind Sie, Dr. Madden, mit den Dialekten der afrikanischen Stämme vertraut?«

»Ich bin mit den Dialekten der afrikanischen Stämme nicht vertraut, aber ich verfüge über eine bescheidene Kenntnis der arabischen Sprache. Rechtmäßige Sklaven auf der Insel werden in der Regel weder zum Verkauf angeboten noch in die Sklavenbaracken und auf den Menschenmarkt gebracht. In Havanna ist es üblich, die Sklavenbaracken ausschließlich für die Bozals zu verwenden, für Neger, die gerade erst eingetroffen sind und verkauft werden sollen.«

»Ist es nicht so, daß die Afrikaner ihre Sprache auf gewissen Plantagen noch lange Zeit beibehalten?«

»Ich würde sagen, daß es sich genau umgekehrt verhält«, erwiderte Madden. »Die Afrikaner behalten ihre Sprache auf gewissen Plantagen keineswegs lange bei. Ich habe häufig mit Verwunderung festgestellt, wie wenig Zeit vergeht, bis die Afrikaner ihre Sprache aufgegeben und sich die spanische Sprache angeeignet haben. Jede Rebellion, Revolte oder Auflehnung wird sofort und auf grausamste Weise mit der Garotte und der Verbrennung auf dem Scheiterhaufen bestraft. Ich spreche aus intimer Kenntnis der Verhältnisse, unter denen die Neger auf Kuba leben, nach häufigen Besuchen auf Plantagen und Reisen ins Landesinnere; und ich glaube sagen zu können, daß ich auf diesem Gebiet so umfassend informiert bin, wie ein Mensch es überhaupt sein kann.«

»Bitte teilen Sie uns mit, wie viele Sklavenbaracken es in Havanna gibt«, sagte Holabird.

»Es gibt fünf oder sechs Baracken, die nur auf Pistolenschußweite vom Landsitz des Generalkapitäns von Kuba entfernt sind. Außerdem muß es an jedem Teil der Küste, an dem Sklaven angelandet werden, solche Einrichtungen geben. Sie sind für den Sklavenhandel unerläßlich und dienen ausschließlich diesem Zweck. Ich wiederhole: alle Neger, die seit 1820 auf die Insel gebracht und in die Sklaverei verkauft wurden, sind widerrechtlich eingeführt worden. Wenn sie mit falschen Namen belegt und als Ladinos bezeichnet werden, so liegt ganz eindeutig *Betrug* vor.«

»So ist es. Ich danke Ihnen.«

Doktor Madden kehrte zu seinem Platz zurück. Covey beugte sich vor, um ihm zu gratulieren. Madden lächelte, stellte aber fest, daß der Dolmetscher zitterte und seine Augen flackerten. Madden berührte Coveys Hand; sie war kalt.

»Sind Sie krank, mein Junge?«

»Ich weiß es nicht«, sagte Covey. Ihm war schwindlig; instinktiv drehte er sich um und sah, daß das Mädchen links

von ihm ein paar Reihen weiter hinten saß. Ein kurzer Blick des Wiedererkennens, dann schien der Gerichtssaal unter seinen Füßen zu schwanken.
Madden beugte sich zu Baldwin hinüber.
»Covey ist krank. Ich weiß nicht, was ihm fehlt. Wir sollten um Vertagung bitten.«
»Aber ich muß ihn aufrufen«, sagte Baldwin. »Seine Aussage ist äußerst wichtig.« Der Anwalt erhob sich eilig und rief Covey in den Zeugenstand. Nachdem er das Gericht über Coveys Lebensgeschichte informiert hatte, sagte Baldwin:
»Mr. Covey, würden Sie uns sagen, was Sie über Joseph Cinque und die anderen wissen?«
Vor Schüttelfrost zitternd, sagte James Covey: »All diese Afrikaner stammen aus Afrika. Ich kann mit ihnen reden. Sie sprechen dieselbe Sprache wie ich. Ich verstehe alle bis auf zwei oder drei. Alle tragen Mende-Namen, und all ihre Namen haben etwas zu bedeuten. Kale heißt Knochen, Kimbo heißt Grille. Sie sprechen von Flüssen, die ich kenne. Sie sind von Lomboko abgesegelt. Zwei oder drei von ihnen sprechen eine andere Sprache, die Timone-Sprache. Alle geben den gleichen Ort an, von dem sie abgesegelt sind. Ich habe keinerlei Zweifel daran, daß sie Afrikaner sind.«
Baldwin verneigte sich vor dem Gericht und setzte sich wieder.
Holabird erhob sich.
»James«, begann er, »wo hast du englisch gelernt?«
»Ich bin britischer Untertan aus Sierra Leone. Und mein Name ist Covey. Mister James Covey.«
»Ja, ja, James«, sagte Holabird, »aber in diesem Land ist es üblich, alle Neger beim Vornamen zu nennen.«
»Ich bin Kanonier auf Ihrer Königlichen Majestät Kriegsschiff *Buzzard*, auf dem ich mit Mister Covey angeredet werde, Sir.«
»Wer bezahlt dich, James?«

Jetzt zitterte Covey nicht nur vor Schüttelfrost, sondern auch vor Wut.

»Hast du die Frage verstanden, James? Wer bezahlt dich dafür, daß du für die *Amistad*-Gefangenen dolmetschst?«

»Euer Ehren«, sagte Covey, den Blick fest auf Holabird gerichtet, »ich habe das Recht, vor diesem Gericht mit ›Mister‹ und meinem Zunamen angeredet zu werden. Solange das nicht geschieht, weigere ich mich, Fragen zu beantworten. Ich kann nicht auf einen Vornamen hin antworten, der jedem gehören könnte.«

»Euer Ehren, James vergeudet die Zeit des Gerichts«, sagte Holabird. »Wie ich einen Neger anrede, ist irrelevant.«

»Bitte beantworten Sie die Frage«, befahl der Richter.

»Niemand bezahlt mich. Mein Kommandant hat mich dem Amistad-Komitee zur Verfügung gestellt, als Geste der Solidarität zwischen der Britischen Marine und den gefangenen Afrikanern.« Covey hielt einen Moment inne. »Mister William, Sir.«

Im Gerichtssaal wurde gelacht; William Holabird war offensichtlich betreten. Vivian sah sich nervös um, wie auf der Suche nach Hilfe. James Covey war ganz offensichtlich krank.

»Ich möchte hinzufügen«, sagte Holabird, »daß das Britische Gericht der Gemischten Kommissionen nur in Fällen der Kaperung auf hoher See zuständig ist und daß Mr. Coveys *Buzzard* besagte *Amistad* nicht aufgebracht hat. Deshalb ist er als Zeuge nicht von besonderem Belang. Der Zeuge ist entlassen.«

Als er zu seinem Platz neben Doktor Madden zurückkehrte, taumelte Covey. Auf seiner Stirn war Schweiß ausgebrochen. Ein leises Stöhnen entrang sich seinen Lippen.

»Ich rufe Joseph Cinque von der *Amistad*«, sagte Baldwin.

»Joseph Cinque soll sich in den Zeugenstand begeben«, befahl Judson.

Joseph Cinques Art, sich dem Zeugenstand zu nähern,

wirkte majestätisch, weil er es so langsam tat. Aber es war Ängstlichkeit, nicht Anmaßung. Er hatte seine Decke auf Mende-Art um sich drapiert; darunter trug er hohe Lederstiefel, Flanellbreeches und ein weißes Hemd. Das Licht fiel auf sein Gesicht, als er im Zeugenstand Platz genommen hatte, und sein Blick schweifte über den Saal, als ließe er ihn über seine eigenen Felder wandern. Er schwor auf die Bibel, murmelte ein zögerliches »Ja«, doch dann war er außerstande, Baldwins erste Frage zu verstehen, und warf einen hilfesuchenden Blick auf Covey, der auf seinem Stuhl zusammengesunken war.

Doktor Madden sah, wie Covey aufzustehen versuchte, aber plötzlich mit einem Stöhnen zurücksank und sich an die Brust griff. Seine Augen waren glasig, und sein Gesicht war plötzlich so grau geworden, daß der Arzt bestürzt aufsprang, um Covey aufzufangen, als dieser nach vorn fiel. Gemurmel und ein weiblicher Entsetzensschrei erfüllten den Saal, als sich Madden über Covey beugte und versuchte, ihn wieder zu sich zu bringen.

Der junge Dolmetscher war bereits in tiefe Bewußtlosigkeit versunken.

Zwei Marshals trugen ihn aus dem Saal.

Joseph Cinque und seine Männer waren aufgesprungen; auf ihren Gesichtern malte sich Bestürzung. Hatte jemand Kaweli mit einem Zauber belegt, ihre einzige Hoffnung, ihre einzige Stimme in dieser weißen Welt?

»Ist kein anderer Dolmetscher da?« fragte Richter Judson.

William Holabird sprang auf. »Die Regierung hat die Pflicht, diesen Besitz seinen rechtmäßigen Eigentümern zurückzuerstatten, und zwar unverzüglich, wie es der Vertrag mit Spanien erfordert. Ich ersuche das Gericht, über das Schiff, die Fracht und die Sklaven auf eine Weise zu verfügen, die mit unseren Verbindlichkeiten gegenüber Spanien im Einklang steht und die Vertragstreue der Regierung gewährleistet ...«

Baldwin: »Ich protestiere, Euer Ehren. Ich bitte um eine kurze Vertagung, bis sich Mister Covey wieder so weit erholt hat, daß er als Dolmetscher zur Verfügung stehen kann. Diese Männer können nur mit Hilfe von Mr. Covey angehört werden.«
Holabird: »Euer Ehren, aus zwingenden Gründen schließt sich die Anklage dem von Mr. Baldwin gestellten Antrag auf Vertagung an.«
Richter Judson: »Doktor Maddens Aussage ist zu Protokoll genommen; über ihre Zulassung wird später entschieden werden. Der Fall wird bis zur nächsten Sitzung des Distriktsgerichts von Connecticut in New Haven am 7. Januar 1840 vertagt.«
Doktor Madden eilte aus dem Saal, um sich um James Covey zu kümmern, der auf dem Fußboden eines Vorraums lag, mit offenem Halstuch, seine Jacke unter dem Kopf und, soweit Doktor Madden feststellen konnte, in tiefer Bewußtlosigkeit. Er schaute sich hilfesuchend um und entdeckte ein farbiges junges Mädchen, das in Begleitung eines älteren Herrn, vermutlich ihres Vaters, auf dem Korridor herbeieilte.

Vierzehntes Kapitel

Kriegsstraße

Es war dunkel im Zimmer, aber Coveys Augen konnten die Konturen ihres Gesichts erkennen. Er wußte nicht, wie lange er schon hier war, driftend zwischen Bewußtsein und Bewußtlosigkeit, aber er hätte den Tod dem Verschwinden des über ihn gebeugten Antlitzes, der heiteren Gelassenheit von Vivian Braithwaites Gesicht vorgezogen. Er hatte befürchtet, er hätte sie sich vielleicht nur eingebildet, und nun war sie bei ihm, und ein tiefes Gefühl der Sicherheit und des Glücks stieg in ihm auf. Ein wichtiger Teil seines Lebens war gegenwärtig, schattenhaft und zart. Ihm war, als wäre sie einer der glückbringenden Mende-Fetische, als enthielte ihr Körper den ganzen Zauber, den er brauchte, alles, was für seine Genesung und seine Sicherheit erforderlich war.

Ihre Schönheit hatte das Ebenmaß und die Formstrenge einer Skulptur. Covey zweifelte nicht daran, daß für ihre Seele das gleiche galt, daß sie so klar, so lebenspendend war wie die Regenzeit.

Er betrachtete ihr weich gerundetes Kinn, die vollen Lippen, die Form ihrer Wangen, die Augen, die so in ihre Beständigkeit versunken waren, daß es schien, als betrachteten sie ihr eigenes Spiegelbild.

Vivian fragte sich, wann sie sich in ihn verliebt hatte. War es der Tag gewesen, an dem sie ihn das erstenmal gesehen hatte, der Tag, als er mit den *Amistad*-Männern auf dem Schleppkahn gefahren war? Oder war es vor dem Gerichtsgebäude gewesen, als sie gespürt hatte, daß sein Blick auf ihr ruhte, und sich umgedreht hatte, um diesen dunklen, nicht ganz geheuren Blick zu erwidern? Oder war es im Gerichtssaal gewesen, als er geschwankt hatte und ihr ganzer Körper wie von einer Feder getrieben vorwärtsgeschnellt war, um ihn aufzufangen? Sie seufzte. Es spielte keine Rolle, wie es geschehen war, sondern nur, daß es geschehen war. Sie dankte Gott zuerst für seine Rettung und dann dafür, daß er ihn ihrer Pflege anvertraut hatte. Nicht einmal ihr Vater hatte etwas gegen ihre Besuche an seinem Bett einzuwenden. Zwar war es ihre Mutter, die ihn wusch und umkleidete, aber für den ganzen Rest des Tages hatte sie Gelegenheit, ihm Gesellschaft zu leisten und ihn zu pflegen. Sie streichelte die dichten Locken auf seinem Kopf und alle Teile seines Gesichts. Sie hielt seine Hände und drückte seine Füße. Sie berührte mit ihren Lippen seine Stirn und umfaßte seine Schultern. Sie hatte ihn über der Decke sogar *dort* berührt, lange genug, um zu bewirken, daß darunter ein harter Buckel entstand, geheimnisvoll, verwunderlich, beängstigend und hoffnungslos quälend. Ihre Hand glitt auf ihm entlang, ihr Herz schlug gegen den Stoff ihres Kleides, ihre Kehle war von unaussprechlicher Zärtlichkeit wie zugeschnürt. Vivian legte direkt unter Coveys Taille den Arm auf die Decke, gewärtig, ihn blitzschnell zurückzuziehen, falls er sich rühren oder ihre Eltern oder einer ihrer Brüder hereinkommen sollten.

James tat so, als schliefe er, um das Gewicht des auf seinem Körper liegenden Arms nicht zu verändern. Ein Glücksgefühl, das er nie für möglich gehalten hätte, durchströmte ihn. Er war sicher, daß er wieder gesund werden würde. Jeden Tag fühlte er sich kräftiger. Aber es wäre töricht, nur um der Gesundheit willen auf eine solche Seligkeit zu verzichten. Die herrliche Vision würde immer dasein, wenn er die Augen aufschlug. Es mußte Wochen her sein, seit er in diesem Zimmer erwacht war, mit glühendem Kopf,

Schmerzen in der Brust und einer erstickenden Unfähigkeit, Luft zu holen, und nicht imstande, irgendeinen Teil seines Körpers zu bewegen.

»Versuchen Sie nicht, sich zu bewegen«, hatte das Mädchen gesagt, »und haben Sie keine Angst. Sie sind bei Freunden. Ich heiße Vivian Braithwaite.«

Und dann war es eines Tages vorbei gewesen. Er hatte die Augen geöffnet und nicht das Gesicht des Mädchens gesehen, sondern Increase Braithwaites glänzende Augen, die ihn musterten. Anfangs dachte James, er hätte sich die andere erträumt, aber ein paar Minuten später erschien sie neben der Frau. Natürlich, dachte er, Mutter und Tochter. Es war die Mutter, die sich niederbeugte und ihn auf die Stirn küßte.

»Lieber Junge«, sagte sie leise. »Sie sind sehr krank gewesen, wir haben um Ihr Leben gebangt. Aber jetzt brauchen Sie nur noch Ruhe. Die Ärzte sagen, Sie würden wieder ganz gesund werden, aber das dauert seine Zeit.«

»Was – was habe ich . . .«

»Es war eine Brustfellentzündung. Ihr Kapitän Fitzgerald war hier, aber Sie haben ihn nicht erkannt. Er machte sich schwere Vorwürfe. Er hatte Order, zu den Bahamas zu segeln, und er mußte Sie zurücklassen. Er fürchtete, daß Sie sterben würden. Wir haben bereits einen Brief abgeschickt, von dem wir hoffen, daß er ihn noch vor dem Auslaufen erreicht, und einen zweiten nach Jamaika, seinem ersten Anlegehafen, und ihn wissen lassen, daß es Ihnen wieder besser geht . . . Mein lieber Junge, von den Afrikanern sind noch drei gestorben . . .«

Mrs. Braithwaite trat ans Fenster, öffnete die Vorhänge und blieb dann am offenen Fenster stehen, und James hatte Gelegenheit, ihr gelassenes Gesicht zu studieren, das glatte, tiefschwarze Haar, das glänzte wie ein Edelmetall, und die Augen, die so schwarz waren, daß sie ihn mit der Offenheit einer Statue zu mustern schienen.

Von der Tochter ging die gleiche Aura aus. Ihre Taille konnte man mit den Händen umschließen, ihr Hals und ihre Schultern waren fast so schlank wie die eines Kindes, aber ihr Busen war prachtvoll und üppig. Ihre blassen Augen wirkten wie Bernstein im Gesicht einer Bronzestatue, und ihre Haut war nur eine Spur dunkler als die olivfarbene ihrer Mutter, als wäre sie dem Einfluß der Sommersonne ausgesetzt gewesen.

Vivians Haar war wie das ihrer Mutter straff zu einer einzelnen Flechte zusammengeflochten, die ihr über die Schulter fiel und ihr bis zur Taille reichte. Ihre Nähe brachte all seine Erinnerungen an sie zurück, flüchtige Gefühle kühler Liebkosungen, den Duft von Jasmin, den Druck einer sanften, schlanken Hand, sogar heimliche, qualvolle Berührungen, wenn sie geglaubt hatte, daß er schliefe.

»Ich habe sämtliche Zeitungen für Sie aufgehoben«, sagte Vivian. »Dutzende und Aberdutzende und Briefe von Ihren Freunden, den Abolitionisten. Sogar Großer Mann und Knochen haben Ihnen geschrieben, stellen Sie sich das vor! Sie haben in erstaunlich kurzer Zeit schreiben gelernt.

Theologiestudenten aus Yale bringen allen Männern Lesen und Schreiben bei und unterrichten sie in Religion. Da ist ein Brief von einem Mr. Robert Purvis aus Philadelphia, der vorhat, ein Porträt von den Männern von der *Amistad* in Auftrag zu geben. Aber ich mache mir Sorgen um Cinque. Ohne Sie ist er stumm, hat keine Seele, keine Stimme, kein Leben. Sie sind sein Zwilling, sagt er. Ohne Sie will er nicht sprechen, obwohl er anfängt, alles zu verstehen, was auf englisch gesagt wird. Er ist überzeugt, daß Sie vergiftet wurden. Er traut niemandem. Er hat sich gegen die Welt abgekapselt, und dennoch will die Welt ihn nicht in Ruhe lassen. Die Schlange der Schaulustigen wird von Tag zu Tag länger. Journalisten, Ärzte, Theologen. Wunderheiler, Prediger, hysterische Frauen, alle möglichen Fanatiker klopfen an die Tore des Gefängnisses, als wäre er eine Art Abnormität oder so etwas wie eine Ikone, die man berühren muß. Er ist zu empfindsam, um nicht angewidert, und zu stolz, um nicht gedemütigt zu sein. Dieses Angestarrtwerden verletzt ihn mehr als tausend Schläge. Ich habe ihm gesagt, daß es Ihnen wieder gutgeht, aber Sie müssen ihm schreiben. Lassen Sie ihn wissen, daß Sie ihn nicht im Stich gelassen haben, daß seine andere Hälfte, sein Zwilling, ihm nach wie vor zur Seite steht. Die Verhandlung ist auf Januar vertagt worden, und ganz Amerika redet von der Revolte auf der *Amistad*!«

Covey erholte sich. Da er die Vergangenheit hinter sich hatte und die Zukunft noch nicht eingetroffen war, konnte er in der Gegenwart leben. Die Liebe, die er und Vivian füreinander empfanden, sprach für sich, so deutlich, daß jedermann sie sehen konnte. Covey hatte das Gefühl, in einer Atmosphäre von Ordnung erwacht zu sein, die ihm seltsam vertraut war. Das Haus der Braithwaites war wie ein Schiff, in seiner Selbstgenügsamkeit ebenso wie in seiner Einfachheit. Jeder Gegenstand hatte einen Ort und eine Funktion, die, wie auf einem Schiff, als Bollwerk diente gegen das Unbekannte, das Unerwartete, das Feindselige, die immer gegenwärtige Möglichkeit plötzlicher Gewalttätigkeit. Es gab keinerlei Übermaß, jeder Gegenstand war notwendig, erfüllte einen offensichtlichen, ganz bestimmten Zweck.

Auch Schönheit war vorhanden – in den dezenten, blaßgelben Vorhängen des Wohnzimmers über Jalousien aus regelmäßigen, dünnen Holzstreifen, in den hochlehnigen, auf Hochglanz polierten Mahagonistühlen, die den langen Eßtisch umstanden, dem breitdieligen, weißgescheuerten Fußboden, auf dem farbenfrohe Flickenteppiche lagen und ein kostbarer Perserteppich, der wie ein Juwel schimmerte. Es gab Porträts an den Wänden und Bücher in den Regalen. Im Haus duftete es nach Bienenwachs und Berberitzenseife,

Apfelholz und Lavendel. Es war ein Haus mit Musik, denn im Wohnzimmer gab es ein Klavier und zwei Flöten, und im Salon lag in einer Vitrine eine Geige. Covey sollte nie erfahren, wem sie gehörte. Alles sah so aus, als wäre es schon immer dagewesen, stetig und solide und friedvoll, eine Behausung, wohlüberlegt wie ein Gedanke, mehr auf bewußter Entscheidung gründend als auf zufälliger Auswahl.

Es war Increase Braithwaites Küche, die Covey mehr liebte als jeden anderen Raum des Hauses. Da er es immer vermieden hatte, die Kombüse des Schiffskochs zu betreten, war er zuerst davor zurückgescheut, in Increase Braithwaites funkelndes Heiligtum einzutreten. Aber sie hatte ihn willkommen geheißen, und nachmittags erlaubte sie ihm, sich an dem langen Tisch niederzulassen und zuzusehen, wie sie und Vivian buken, Gemüse putzten, Zinn polierten und mit geübten, sparsamen Gesten ohne unnötige Worte den Tisch deckten.

Zur Ruhe gekommen, ließ Covey zu, daß ihn die Sauberkeit, Eigentümlichkeit und Sicherheit des Hauses in einen Zustand glücklicher Wehrlosigkeit versetzten. Zufrieden wie ein kleiner Junge reihte er die Stiefel in der Putzkammer auf, legte Wäsche zusammen, stapelte im Holzschuppen das Brennholz, putzte liebevoll die Gewehre und Werkzeuge und hängte sie an ihren Platz.

Das Haus selbst war ein Steingebäude mit hohen, schmalen Fenstern, freiliegenden Balken und einem Dachboden, der sich über die ganze Breite des Hauses erstreckte, das ebenso hoch wie breit war. In der Mitte führte eine Treppe nach oben, und in allen drei Stockwerken lagen beiderseits von ihr vier Räume. Es gab eine Hintertür und eine Hintertreppe, die Henry Braithwaite benutzte, um zu seiner Drukkerei und zurück ins Haus zu gelangen.

Covey wußte, wie gefährlich seine geistige Verfassung war, nicht nur für einen Seemann, sondern auch für einen Mann, der seine Gefühle seit langem begraben hatte. Solange er noch gesund gewesen war, war er ein kranker Mann gewesen, und nun, da er krank war, begannen Wunden zu verheilen, die tiefer waren, als er je geahnt hatte. James seufzte. In den letzten Wochen war mehr geschehen, als daß er sich verliebt hatte. Nach einem Leben voller Härten und Leiden, einem Leben zwischen abgrundtiefer Einsamkeit und der Brutalität des Sklavenhandels hatte ihn die Liebe endlich seine Menschlichkeit erkennen lassen, seinen Wert, seine Ganzheit besiegelt.

Er liebte ganz einfach. Stumm. Verbissen. Schamlos. Es war Liebe, wie die Afrikaner sie begriffen: ein unwiderstehlicher und verhängnisvoller Impuls, den die Götter erfunden hatten.

Vivian mußte feststellen, daß sie unter einer mysteriösen Vergeßlichkeit litt. Sie berührte Coveys Hand. Es widerstrebte ihr, ihn aus dem Schutz seiner Krankheit zu entlassen. Bald würde er zum Gericht zurückkehren, in die Außenwelt, zu Cinque und seinen Männern. Doch bis dahin wollte sie sich von seinen Geschichten über Afrika und die See verführen lassen.

»Die Mende haben noch einen anderen Namen für die weißen Männer«, sagte Covey. »Sie nennen sie die Glatthaarigen.« Vivian lächelte und berührte instinktiv ihre Wangen. Ihr Wollkleid umschloß die makellose Rundung ihres Armes wie eine Haut, und die kostbare Spitze bedeckte ihren Busen, den James in seinen Träumen unter seinen Fingern spürte.

Als es auf Weihnachten zuging, begannen James und Vivian Spiele mit seinem außergewöhnlichen Sehvermögen zu spielen. Im Stockfinstern hielt Vivian einen Gegenstand hoch oder deutete auf irgendeinen unvertrauten Winkel des Hauses, und jedesmal nannte Covey den Gegenstand oder beschrieb den Raum. Er brachte sie zum Lachen und bewirkte dadurch, daß sie ihn nur noch mehr liebte, und sie fingen an, in einer anderen Sprache miteinander zu reden, einer Sprache des Besitzergreifens, voller Pausen und Lächeln, unverhüllter Blicke und heimlicher Bewegungen, langem, bedeutungsschwerem Schweigen und grundlosen Heiterkeitsausbrüchen.

»Weißt du noch«, sagte Vivian leise, »daß du mir erzählt hast, daß dein Name Kaweli ist, Kriegsstraße, die Straße, auf der man fürchten muß, gefangengenommen zu werden?«

»Ja«, sagte Covey.

»Nun, dann solltest du mich Kaweli nennen, denn du hast mich zu deiner Gefangenen gemacht.«

Ganz allmählich wuchs Coveys Bewunderung für den Mann, in dem er im Innersten seines Herzens seinen Schwiegervater sah. Henry Braithwaite, das hatte Covey begriffen, war nicht nur der Drucker der Stadt. Als Dekan der Kirche seines Schwiegervaters gehörte er zu einer Gruppe von Männern, die eine Brücke zwischen Schwarzen und Weißen schlugen. Sein Glaube an das gedruckte Wort machte ihn zu einem Beistand für beide. Für ihn hatte Glaube nur eine Bedeutung: Stetigkeit und Zusammenhalten in einer feindseligen Welt.

Leichtfertigkeit, Verschwendung und jeder Akt, der die Gruppe als Ganzes gefährdete, wurden nicht geduldet. Trinken und Fluchen waren erlaubt, jedoch nur, wenn keine Weißen zugegen waren. Unsoziales Verhalten wurde prompt und streng bestraft. Es war ein ungeschriebenes Gesetz, daß man sich um seinesgleichen kümmerte, und für Braithwaite und seine Freunde schloß das Joseph Cinque und seine Männer ein. Als Covey Vivian fragte, was es mit der »underground railroad« auf sich hätte, erzählte sie ihm, was sie darüber wußte, ohne zu ahnen, daß James bereits vermutete, wozu die Scheune ihres Vaters diente.

»Manchmal druckt mein Vater Steckbriefe für einen Sklaven ...« Vivian zögerte, aber Covey beendete den Satz: »... der gerade in Fleisch und Blut in seiner Werkstatt Station gemacht hat.«

Vivian und Covey saßen in Increase Braithwaites sonniger Küche. »Warum geht ihr mit diesen Zeitungen nicht hinaus in Mr. Braithwaites Druckerei, anstatt mir hier den Tisch mit Druckerschwärze zu verschmieren«, sagte Increase, die, einen Haufen bunter Bänder auf den Knien, gerade einen neuen Teppich häkelte.

Increase achtete sehr darauf, daß die beiden jungen Leute nicht allzulange miteinander allein waren. Sie hatte einiges über Männer aus den Tropen gehört, und ihre eigene leidenschaftliche Natur und die ihrer starken, eigenwilligen Tochter ließen sie vermuten, daß es Vivian sein würde, die bei einer Verführung, wenn es dazu kommen sollte, die Hauptrolle spielte. Sie liebte Covey und vertraute ihm, aber körperliche Leidenschaft war imstande, die Fesseln selbst der sorgsamsten Erziehung zu zerreißen.

Covey und Vivian schauten auf, überrascht von dem leicht mißbilligenden Ton ihrer Stimme. »Aber Mutter«, sagte Vivian, »da draußen ist es zu kalt für James. Außerdem dachte ich, du würdest das auch gern hören.«

Vivians Hände waren schwarz von den Zeitungen, die Lewis Tappan aus New York geschickt hatte. Ihr Anblick erinnerte Covey an die Hände adliger Mende-Frauen, die als einzige das Vorrecht hatten, Stoff zu färben. Covey hatte bereits Dutzende von Zeitungsartikeln über die Männer von der *Amistad* gelesen, und Vivian hatte die Artikel ausgeschnitten und in zwei Gruppen sortiert, eine zu ihren Gunsten, die andere zu ihren Ungunsten. *»The New York Express«*, sagte Covey. »Zu ihren Gunsten. Es heißt da, die Abolitionisten verfügten über ausreichend legale Möglichkeiten, um alles bis zum Jüngsten Tag hinauszuzögern. Wenn die Spanier imstande sind, Gleichwertiges aufzubieten, so steht uns ein so brillantes Wortgefecht *in curia* bevor, wie wir es seit langem nicht mehr erlebt haben. *The New York Globe,* zu ihren Gunsten. Die Zeitung berichtet über ein neues Melodrama mit dem Titel *The Black Schooner,* das gerade im Bowery Theater in New York Premiere hatte und in seiner ersten Woche eintausendundsechshundertfünfzig Dollar eingespielt hat. Logenplätze kosten fünfundsiebzig Cents, Plätze im Parkett siebenunddreißig und einen halben Cent und Rangplätze einen Vierteldollar. Die Hauptpersonen sind ›Zambra Cinque, der Anführer der Meuterer‹, ›Lazarillo, der Sklavenaufseher‹ und ›Inez‹. Ich frage mich, wer diese ›Inez‹ sein soll?«

»Vermutlich eine Weiße«, sagte Vivian, »die ihr Gesicht schwarz geschminkt hat.«

»*The New York Advertiser and Express,* zu ihren Ungunsten.« Covey las vor: »Böse Folgen könnte dieses lächerliche Fraternisieren mit den Barbaren haben, die sie vermutlich verspeisen würden, wenn sie ihrer in ihrem Heimatland habhaft würden! Weiter heißt es hier, diese armen Kerle stünden kaum höher als die Affen ihrer Heimat, und die Sprache, in der sie schnatterten, sei völlig unverständlich.«

»Ich finde, die Stimme von Joseph Cinque klingt angenehm«, sagte Increase.

»Joseph Cinque und seine Männer sprechen mehrere Sprachen fließend«, sagte Covey, »und das ist mehr, als man von unserem guten Mr. Gibbs behaupten kann. Hier, der *Long Island Star* ist für sie. Da heißt es, sie wären die Löwen des Tages, und bis sie heimkehrten, würden sie wahrscheinlich eine Menge guter Mahlzeiten zu sich nehmen.«

»Gegen sie«, sagte Vivian kalt. »Das ist pure Ironie.«

»Nun, in der *New London Gazette* heißt es: ›Je mehr wir über Cinques Charakter erfahren, desto stärker wird unser Eindruck, daß er über die Elemente wahren Heldentums verfügt.‹ Ich bin sicher, daß das nicht ironisch gemeint ist.«

Am Weihnachtstag schien eine dunstige, orangefarbene Sonne auf die stillen, von Rauhreif überzogenen Hügel, und die schwarzen Kegel der kahlen, hohen Bäume löschten ein für allemal die tropischen Weihnachtsfeste, die James bei seinen Adoptiveltern verlebt hatte, aus seinem Gedächtnis. Heiße Winde hatten geweht, Palmblätter und Paradiesvogelblüten hatten die Dekoration geliefert, während seine Eltern, in schwarzem Serge schwitzend, über einem mageren Perlhuhn das Tischgebet gesprochen hatten. Der saftige Truthahn, den Mrs. Braithwaite am Mittag aus ihrer Küche hereinbrachte, mußte, so schätzte Covey, an die fünfzig Pfund gewogen haben. Der lange Tisch bog sich unter Hackfleisch, Süßkartoffeln und Apfelkuchen, Plum- und Maispudding, Yamswurzeln und Weißen Kartoffeln, Kohl, Rübenkraut und gebackenen Bostoner Bohnen, Preiselbeersauce, Minzgelee und Orangenmarmelade. Es gab, dank der Braithwaite-Jungen, Wildtauben, Kaninchen, Hörnchen und Wildbret. Es gab fertig gekauften und selbstgemachten Fondant, Pflaumenmadeira, Apfelwein, Birkenbier, Milch und Tee. Am Mittag wurden sämtliche Männer von der *Amistad* zu den Braithwaites gebracht, in ihre Decken und gespendete Kleidungsstücke gehüllt, die Füße in schlechtsitzenden Stiefeln, die entweder zu groß oder zu klein waren. Sie waren entzückt vom Weihnachtsbaum, der mit silbernen Girlanden und roten Bändern geschmückt war und an dem Dutzende von Kerzen brannten. Als sie durch die kleinen, mit Tannenzweigen und Stechpalme geschmückten Fensterscheiben hinausblickten und ihre Nasen gegen das mysteriöse Glas drückten, das sie von der Landschaft draußen trennte, hatte Joseph Cinque stärker denn je das Gefühl, daß sie einen jämmerlichen Anblick boten; sie waren verwirrt und desorientiert, eine dunkle, fast unheildrohende Masse, die ihren Glauben verloren hatte und nichts tun konnte als warten.

An diesem Tag begriff Joseph Cinque, daß Vivian das Mädchen im Gefängnis gewesen war; das Mädchen, das die Hand ausgestreckt und ihn mit der Frage in ihren Augen berührt hatte. Aber wenn Vivian und Covey nicht ein und dieselbe Person gewesen waren, dann waren sie es jetzt. Selbst wenn das Mädchen Covey nicht geschickt hatte, hatte sie es durch ihre impulsive Mitleidsgeste fertiggebracht, daß er sich seiner eigenen Menschlichkeit wieder bewußt geworden war. Er erinnerte sich, wie sie ihre behandschuhte Hand ausgestreckt und seinen Arm berührt hatte; mit der anderen hatte sie ihm als kleines Geschenk einen Apfel angeboten, so poliert, daß die straffe rote Schale funkelte. *Bitte,* hatte sie gesagt, mit gleichfalls funkelnden Augen, in denen eine unausgesprochene Frage lag. Es war das erstemal gewesen, daß jemand in ihm einen Menschen gesehen hatte; mehr noch, es war die Anerkennung eines Mannes durch eine Frau gewesen, mit all ihrem Mut und furchtloser Zärtlichkeit. Bayeh-Bia war so, und er liebte furchtlose Frauen.

Die stete Kränkung durch mißbrauchtes Vertrauen, das die Theologiestudenten vermutlich Zivilisierung genannt hätten, hatte Joseph Cinques Denken beeinflußt.
»Bist du Christ?« fragte Cinque.
»Ich weiß es nicht mehr«, erwiderte Covey.
Aus dem bleifarbenen Himmel hatte sich ein überwältigendes Gefühl der Einsamkeit auf Joseph Cinque herabgesenkt. Er spürte die Verachtung für seine Hautfarbe, selbst von seiten seiner sogenannten Freunde und Beschützer. Arthur Tappan würde für sein Recht auf Freiheit sterben, aber er haßte und verachtete den Gedanken einer »Gemeinschaft«, die nach seinem Verständnis nur auf eine Vermischung der weißen und der schwarzen Rasse hinauslief. In seinem gebrochenen Englisch, von dem er selbst wußte, daß es sich anhörte wie die Sprache eines kleinen Kindes, wies er Dr. Gibbs darauf hin, daß er ein erwachsener Mann war, nach

einem anderen Ritual geweiht, der wie ein Kind behandelt wurde. Dr. Gibbs hatte gelächelt und gesagt: »In den Augen Gottes sind wir alle Kinder.«
Selbst die Ankunft von Covey, genesen und im Glück seiner Liebe strahlend, war nicht imstande, etwas gegen die Aura der Mutlosigkeit auszurichten, die die Männer umgab. Knochen, Großer Mann und Vernichter hatten im Lesen und Schreiben erstaunliche Fortschritte gemacht, und alle Männer hatten Bibelverse gelernt, aber Joseph Cinque war nach wie vor in sein Gefängnis des Schweigens eingesperrt, drückte sich in einer Art ängstlicher Kindersprache aus, aber immer mit jener singenden Mende-Intonation, die selbst den einfachsten Worten eine seltsam durchdringende Macht verlieh. Er beendete all seine Ausführungen mit mehrfachem nachdrücklichem Kopfschütteln und dem niederschmetternden Gefühl, immer tiefer in diesen kindhaften Status zu versinken, ein für allemal herabgesetzt.

Fünfzehntes Kapitel

Die *Grumpus*

Die Birken von Connecticut ächzten unter Schneemassen, die Straßen waren blockiert, und über den bleigrauen Himmel jagten dunkle Wolken voller Eissplitter. Für Neuengland war es der strengste Winter seit vierzig Jahren. Lieutenant John S. Paine stand am Bug des Schoners *Grumpus* und las ungläubig den Geheimbefehl des Präsidenten.

Der Marshal der Vereinigten Staaten für den Distrikt Connecticut wird sämtliche Neger, die sich auf dem spanischen Schoner Amistad befunden haben und deren Sache gegenwärtig vor dem Bezirksgericht der Vereinigten Staaten verhandelt wird, an Lieutenant John S. Paine ausliefern und ihm bei ihrer Verbringung unter sein Kommando an Bord des Schoners Grumpus *behilflich sein. Dieser Befehl gilt als Vollmacht für dieses Unternehmen.*
Gegeben mit eigener Hand in der Stadt Washington am 7. Tag des Monats Januar im Jahre 1840.
Der Präsident *M. Van Buren*

Für dieses Unternehmen! Für dieses Unternehmen! dachte der Kapitän der *Grumpus* und blickte hilflos zuerst zum Himmel empor und dann hinaus auf die aufgewühlte graue Wintersee. Die *Grumpus* war eines der kleinsten Schiffe der Marine der Vereinigten Staaten und mit nichts ausgerüstet, was als Sklavendeck dienen konnte; er hatte den Außenminister bereits darauf hingewiesen, daß es unmöglich war, sämtliche Gefangenen unterzubringen, und wenn sie an Deck blieben, liefen sie Gefahr, von den schweren Winterstürmen auf dem Atlantik über Bord gespült zu werden. Aber Forsythe war unerbittlich gewesen. »Der Befehl des Präsidenten muß ausgeführt werden.« Geheimhaltung war nicht die Stärke von Van Burens Außenministerium.

Doch weder der Präsident noch der Kapitän der *Grumpus* wußten, daß im Schutz der Nacht eine schwarze Jacht mit einer Gruppe von Studenten vom Yale College in New Haven eingelaufen und nur wenige Meter von der *Grumpus* entfernt vor Anker gegangen war. An Bord waren alle Vorbereitungen für den Fall getroffen, daß der Marshal versuchen sollte, die Gefangenen von der *Amistad* auf die *Grumpus* zu bringen. Die Männer, sämtlich bewaffnet und mit geschwärzten Gesichtern, hatten Befehl von Amos Townsand, dem die Jacht gehörte, unter Einsatz ihres Lebens für die gekidnapten Afrikaner zu kämpfen, sie vor der Marine zu retten und Kurs auf die Bahamas zu nehmen. Der Plan des Präsidenten war von einem nervösen und verängstigten Holabird verraten worden, der sich anschließend mit einer akuten Kolik ins Bett gelegt hatte. Townsand glaubte, daß die Bahamas weit genug entfernt wären, aber er hatte das Boot vorsichtshalber so ausgerüstet, daß es notfalls auch bis in den Indischen Ozean hätte segeln können. Nicht einmal Baldwin war in den Plan für diese Rettungsaktion eingeweiht, den Townsand und die Männer vom Yale College in weniger als sechsunddreißig Stunden in aller Heimlichkeit ausgearbeitet hatten.

Am gleichen Morgen wanderten neun Männer von der *Amistad* mit über den Kopf gezogenen Decken und begleitet von bewaffneten Wächtern durch halbmeterhohen Schnee über den Gemeindeanger von New Haven. Sei-mir-gnädig und Joseph Cinque führten die Prozession an. Große Sonne hustete. Schneeflocken landeten auf dem Bart von Grille; Zwillings Augen tränten von der Kälte; Krokodil lief die Nase, und der scharfe, stürmische Wind, der vom Sund hereinfegte, machte ihm das Atmen schwer. Schwert wirkte düster in einem schwarzen Überzieher. Erinnere und Schlange hielten sich etwas abseits und gingen Hand in Hand.

In dem überheizten, vor Aufregung brodelnden Gerichtssaal hatte sich Covey für die paar Minuten, die bis zum Eintreffen der Gefangenen vergingen, zu Vivian Braithwaite und ihrem Vater gesetzt. Die beiden jungen Leute verschlangen sich gegenseitig mit den Augen, wagten es aber nicht, sich zu berühren. Henry Braithwaite schaute betont in eine andere Richtung. Daß Vivian und James leidenschaftlich ineinander verliebt waren, war für ihn so eindeutig wie eine halbfette Grotesk, aber solange Covey nicht um ihre Hand angehalten hatte, brauchte er sich mit diesem Problem nicht zu beschäftigen. Er wendete seine Aufmerksamkeit wieder den Vorgängen im Saal zu.

»Gott segne die Vereinigten Staaten von Amerika und dieses ehrbare Gericht!«

James Covey berührte leicht Vivians Hand. Dann erhob er sich und schritt den Gang hinunter zum Tisch der Verteidigung, an dem sich die *Amistad*-Anwälte bereits niedergelassen hatten. Er war dünner geworden und wirkte dadurch noch größer, und in seinem gutgeschnittenen schwarzen Gehrock mit weißem Halstuch, taubengrauen Breeches und schwarzen Stiefeln war er für Vivian der schönste Mann, der ihr je begegnet war. Sie ließ den Blick über den unruhigen Saal schweifen. Das Publikum war aufgeregt; man rechnete damit, daß Joseph Cinque aussagen würde, und das wollte niemand versäumen. Studenten der Juristischen und der Theologischen Fakultät des Yale College hatten den Tag freibekommen; die Presse war wie eine Räuberbande in den Saal eingefallen; auch aus anderen Staaten, aus New York, Boston und Washington, waren Leute gekommen. Alle erhoben sich, als Richter Andrew Judson den Saal betrat. »Meine Herren Geschworenen«, erklärte er, »die in diesem Fall bereits vorgetragenen Argumente haben mich vollauf davon überzeugt, daß die Männer von der *Amistad* erst vor kurzem aus Afrika gekommen sind; es hat also keinen Sinn, das zu bestreiten oder die Zeit des Gerichts mit abermaliger Feststellung dieser Tatsache zu vergeuden.«

Im Gerichtssaal wurde verblüfftes Gemurmel laut. Damit hatte Richter Judson das wichtigste Argument der Verteidigung zu ihren Gunsten entschieden. Die Gefangenen von der *Amistad* waren keine Sklaven. Sie waren kein Besitztum. Deshalb konnten sie nicht als solches an die Spanier zurückgegeben werden. Jetzt hatte die Verteidigung die Aufgabe, zu beweisen, daß Joseph Cinque als gekidnappter freier Mann in Notwehr gehandelt hatte, um seine Freiheit wiederzuerlangen und seinen Männern das Leben zu retten.

»Sind Sie bereit zur Verhandlung über die Hauptanklage wegen Piraterie und Mordes?« fragte Judson.

»Die Regierung ist zur Verhandlung bereit«, sagte Holabird.

»Die Verteidigung ist bereit und wird auf Notwehr plädieren«, erklärte Baldwin.

»Ich rufe Antonio Ferrer in den Zeugenstand«, sagte Holabird.

Cinque schaute überrascht auf. »Warum sagt Antonio für sie aus?« fragte er Covey.

»Er ist unter euch der einzige Sklave, und als solcher wird er auf jeden Fall ausgeliefert, obwohl er das nicht weiß. Vielleicht glaubt er, sich auf diese Weise seine Freiheit erkaufen zu können.«

»Mein Herr war Ramon Ferrer, der Kapitän der *Amistad*«, erklärte Antonio. »Ich war dabei, als die Schwarzen an Bord kamen. Es war acht Uhr abends. Señor Ruiz brachte alle bis auf vier. Señor Montez brachte die Kinder. Unser Ziel war Puerto Principe. Die Schwarzen waren frei, nicht angekettet. Cinque tötete den Kapitän mit einer Machete. Ich habe es mit eigenen Augen gesehen. Ich weiß nicht, wer den Koch getötet hat. Der Koch wurde zuerst getötet, mit einer

Machete. Der Kapitän wurde in der Nacht getötet und bei Tage über Bord geworfen. Cinque nahm die Uhr des Herrn.«

»Wurden die Gefangenen schlecht behandelt?« fragte Holabird.

»Sie bekamen Reis, Kartoffeln, Bananen, Zwieback und Fleisch. Sie hatten reichlich zu essen«, erwiderte Antonio. »Aber der Koch hat ihnen gesagt, wir würden sie töten und aufessen. Ich weiß nicht, warum er das gesagt hat. Sie wußten nicht, daß er nur Spaß machte. Der Koch konnte nicht afrikanisch sprechen. Er machte nur Zeichen mit den Händen.«

»Wer hat den Kapitän getötet?«

»Cinque hat den Kapitän getötet.«

Baldwin erhob sich zum Kreuzverhör. »Hat dein Herr die Gefangenen nicht auspeitschen lassen?« fragte er.

»Ich habe nicht gesehen, daß sie ausgepeitscht wurden«, sagte Antonio. »Nachdem Señor Montez verwundet war, übernahm Cinque das Kommando. Sie fesselten mich an Señor Montez und Señor Ruiz. Cinque wollte Señor Montez und mich töten, weil ich zu Señor Montez und Señor Ruiz hielt. Cinque wollte nicht zurück nach Havanna. Ich wurde an den Anker gefesselt, aber Cinque befreite mich. Ich war in dem Beiboot, das an der Küste landete. Sieben fuhren mit mir. Andere waren schon gelandet; ich glaube, es müssen ungefähr zwanzig Männer an Land gewesen sein. Ich habe sie nicht gezählt. Das Beiboot der Brigg war groß, ungefähr zehn Afrikaner waren an Bord und acht im Beiboot des Schoners.«

»Hatte die *Amistad* schon früher Sklaven transportiert?«

»Sie machte die Reise alle zwei Monate. Señor Ruiz hat schon öfters Sklaven transportieren lassen.«

»Warum wurde Schlange ausgepeitscht?« warf Holabird ein.

»Schlange wurde ausgepeitscht, weil er Wasser gestohlen hatte«, sagte Antonio.

»Hast du mir nicht gesagt, du wüßtest nicht, wer den Kapitän getötet hat?« beharrte Baldwin.
»Davon habe ich nichts gesagt.«
Baldwin wendete sich angewidert ab. Holabird erhob sich: »Euer Ehren, ich lege dem Gericht die Aussagen von James Ray und G. W. Pierce vor, Matrosen an Bord der Brigg *Washington,* mit einem detaillierten Bericht über die Gefangennahme der Afrikaner. Außerdem lege ich als Beweismaterial die Papiere der *Amistad* vor.«
»Ich möchte als Beweis diese gefälschten Pässe vorlegen«, sagte Roger Baldwin. »Als besagte Afrikaner von besagten Ruiz und Montez an Bord besagten Schoners gebracht wurden, wurden dieselben mit Pässen verschifft, die vom Generalgouverneur der Insel Kuba unterzeichnet waren und folgendermaßen lauteten:

Havanna, 26. Juni 1839

Ich erteile die Genehmigung zur Verschiffung von neunundvierzig schwarzen Ladinos, genannt Antonio, Simon, Lucas, José, Pedro, Martin, Manuel, Andres, Eduardo, Celedonio, Bartolo, Ramon, Agustin, Evaristo, Casimiro, Melchor, Gabriel, Santorion, Escolastino, Pascual, Estanislao, Desiderio, Nicolas, Esteban, Tomas, Cosme, Luis, Bartolo, Julian, Frederico, Salustiano, Ladislao, Celestino, Epifaneo, Tibureo, Venancio, Felipe, Francisco, Adriano, Benito, Isidoro, Vicente, Dionisio, Apoloneo, Esequiel, Leon, Julio, Hipolito und Zenon, Eigentum von Don José Ruiz, nach Puerto Principe, über See. Sie müssen sich mit dieser Genehmigung beim zuständigen Territorialrichter melden.

Havanna, 22. Juni 1839

Ich erteile Genehmigung zur Verschiffung von drei schwarzen Ladinos namens Juana, Francisca und Josefa, Eigentum von Don Pedro Montez, nach Puerto Principe, über See. Sie müssen sich mit dieser Genehmigung beim zuständigen Territorialrichter melden.

Espeleta

Gebühr, 2 Siegel
(beglaubigt) Leiter des Matrikelamtes

In dem Schoner Amistad unter Kapitän Ferrer nach Guanaja passieren lassen.
Havanna, 27. Juni 1839

»In diesen Pässen werden die mit ihnen verschifften Personen überhaupt nicht beschrieben.«

»Ich bitte Joseph Cinque, auch Sinqua genannt, in den Zeugenstand«, rief Baldwin.

Joseph Cinque ließ seinen Blick durch den von der Sonne erhellten, bis zum letzten Platz gefüllten Gerichtssaal schweifen. Ein weißes Gesicht um das andere verfolgte ihn, gehässige Aufregung in den Augen. Er hatte nach wie vor Mühe, weiße Gesichter voneinander zu unterscheiden, aber auf jedem von ihnen lag dieser eigentümliche Ausdruck, mit dem sie jeden Schwarzen musterten: Haß, Gleichgültigkeit, Verständnislosigkeit, Angst, Belustigung, leere Neugierde, Mitleid, Überlegenheit. Nicht eines der Gesichter, die er sah, zeigte die einzige Gefühlsregung, die wirklich von Belang war: Respekt. Respekt war, dachte Joseph Cinque, wie Liebe eine jener menschlichen Empfindungen, die man am intensivsten spürte und begriff, wenn sie nicht vorhanden war.

Joseph Cinque dachte an das nun so lange zurückliegende Gerichtsverfahren in Kawmendi. Er sah seinen Onkel, seinen Vater und die Obersten Häuptlinge unter dem großen Baldachin der Veranda. Er hörte das Zirpen der Grillen, das Zischen der Zauneidechsen, den Ruf eines Vogels in der Luft. Die hohe Palme, die keinen Schatten warf, sang in dem Wind, der ständig über das Vi-Land wehte, die blühenden Sträucher prangten in Magenta und Indigo, Rotbraun, Rosa, Violett und dreißig Schattierungen von Grün. In Gedanken sah er, wie der weiße Mann mit seinem Stab die Entfernung zwischen ihnen absteckte, wie es an jenem Tag geschehen war. Aber jetzt war Amerika der Zeuge und der Stab sein eigenes Leben. Joseph Cinque blinzelte in die Helligkeit des Gerichtssaals. Der Schnee draußen reflektierte die Mittagssonne und übergoß die neugierigen Gesichter mit hellem Licht.

Im Gerichtssaal waren mehr Frauen als Männer. Sie hoben sich von der dunklen Masse ihrer Männer ab wie afrikanische Vögel, und ihre Köpfe mit den glänzenden Augen drehten sich auf den dünnen Hälsen ständig hin und her. Sie trugen alle Farben, die Joseph Cinque je gesehen hatte, und einige, die ihm fremd waren. Ihre Hüte waren mit Bändern oder Federn und Schleiern geschmückt, und ihre Schultern bedeckten vielfarbige Tücher.

Der Schreiber hielt ihm die Bibel hin, und James Covey erhob sich.

»James«, sagte Judson, »erkläre Cinque bitte, was ein Eid ist, und frage ihn, ob er begreift, daß er zur Hölle fahren wird, wenn er lügt.«

»Mister Covey, Sir.«

»Gut, also *Mister* Covey.«

»Sengbe-Pieh, schwörst du bei Gewo und auf die Bibel, die Wahrheit zu sagen, die ganze Wahrheit und nichts als die Wahrheit.«

»Ich schwöre es bei Gewo.«

»Er schwört bei Gott«, sagte Covey.

»Bitten Sie ihn, seine Aussagen zu machen«, sagte Judson.

»Ich wurde auf der Straße zwischen Menni und Kalumbo gefangengenommen. Ich habe mich nicht selbst verkauft. Ich bin verheiratet und habe einen Sohn. Wir kamen alle mit dem gleichen Schiff von Lomboko nach Havanna, ausgenommen die Kinder. Die haben wir erst auf der *Amistad* gesehen. Die Kinder sind Mende. Wir gehören sechs verschiedenen Nationen an, können uns aber in unseren Dialekten miteinander unterhalten. Wir sind nicht miteinander verwandt. Wir wurden einzeln gefangengenommen, viele von schwarzen Männern, andere von Spaniern, die ein Dorf nach dem anderen überfielen. Wir wurden in Eisen gelegt, Hände und Füße waren so gefesselt.«
Alle sahen, wie Joseph Cinque aus dem Zeugenstand heraustrat und seine Hände so vor sich hielt, als wären sie durch Ketten mit seinen Füßen verbunden. Er legte sich in dieser Haltung auf den polierten Eichenfußboden und löste damit ein bestürztes Murmeln im Saal aus. Die Afrikaner waren der Aussage von Cinque gefolgt, wobei jeder auf seine Weise reagierte, aber alle hatten zustimmend genickt.
»Auf diese Weise«, fuhr Cinque fort, »starben alle Frauen, starben die meisten Kinder, die meisten Männer starben an Krankheiten, aber viele starben auch, weil sie erstickten, Selbstmord begingen und über Bord sprangen, an Schlägen und Wunden, an Melancholie, an Wahnsinn. Der Mann, der uns von Lomboko nach Havanna brachte, war dort mit Ruiz zusammen. Zuerst kam Ruiz ins Gefangenenhaus in Havanna und befühlte mich. Er sagte ›gut, gut‹.«
Covey hielt inne. Das brauchte er nicht zu übersetzen. Joseph Cinque tastete sich mit seinen eigenen Händen ab, seine Arme und Beine, wiederholte »gut, gut«. Er berührte das Haar auf seinem Kopf, hob seine Augenlider an, zog seinen Mund auf, entblößte seine Zähne. Er betastete seinen Brustkorb, seinen Bizeps, seine Hüften und seine Hoden und wiederholte »gut, gut, gut, gut«.
»Auf der *Amistad* bekamen wir nur halbe Rationen zu essen

und zu trinken. Wir litten. Der Koch machte Zeichen mit seinen Händen, um zu sagen, sie würden uns zu einem Ort bringen und uns dann töten und aufessen. Ruiz sagte den Matrosen, sie sollten uns schlagen, und sie haben uns geschlagen.«

»Hat Pedro Montez euch geschlagen?« unterbrach Holabird.

»Nein, der nicht«, erwiderte Cinque. »Der Kapitän und Ruiz haben uns ausgepeitscht. Montez hat uns nicht ausgepeitscht. Grille, Krokodil und Zwilling sind ausgepeitscht worden.«

»Und wie verlief die Nacht der Revolte?« fragte Holabird.

»Im Gewitter zerbrachen wir unsere Ketten. Wir rannten an Deck, fanden Waffen, Macheten. Ich habe den Koch getötet. Der Kapitän hat zwei meiner Männer getötet. Überall war Blut. Zwei Matrosen sprangen über Bord und schwammen. Ich übernahm das Kommando über das Schiff. Ich stellte Krokodil ans Steuer. Dann gab ich allen zu essen. Ich ließ Ruiz und Montez ins Sklavendeck bringen. Sie weinten, sie flehten, aber ich sagte ihnen, Fesseln gut genug für schwarze Männer, gut genug für weiße Männer. Sie verlangten Wasser. Ich gab ihnen so viel, wie sie uns gegeben hatten. Ruiz und Montez weinten die ganze Zeit. Sie weinten immerzu. Ich ließ sie heraus. Ruiz gab mir einen Brief für ein Schiff, das zu uns sprach, aber ich konnte nicht wissen, was darin stand.«

»Die Mende-Sprache hat keine Schrift«, warf Covey ein.

»Ich nahm eine Schnur und ein Stück Eisen und band sie an den Brief und schickte ihn auf den Grund des Meeres. Es steckte Tod in ihm. Ich hatte einundfünfzig Sonnen gezählt von Mendeland nach Havanna, also mußte auch die Reise von dieser Küste nach Mendeland einundfünfzig Sonnen dauern, aber durch Arglist waren wir neunundfünfzig Sonnen von Havanna bis zu diesem Ort hier unterwegs.«

Cinque streckte seinen Zeigefinger aus und beschrieb damit

eine Schlangenlinie in der Luft. »So sind wir von Havanna nach Mendeland gesegelt, immer der Sonne nach, und nachts, den Sternen nach, in die Neue Welt. Wir gingen an Land und begegneten diesen Männern.« Cinque deutete auf Kapitän Green und Lieutenant Gedney. »Wir wollten zurück nach Mendeland, das hier Afrika genannt wird, und ich sagte Kapitän Green, daß er uns dabei helfen sollte. Sei-mir-gnädig und Krokodil trugen zwei Beutel Gold ans Ufer. Wir baten Kapitän Green, uns dafür nach Afrika zurückzubringen. Ich habe ihm gesagt, ich würde ihm außerdem das Schiff geben. Wir wollten nur nach Hause.«

Plötzlich stand Joseph Cinque auf, machte die Geste des Aufpflanzens eines imaginären Stabes vor sich und begann dann, so schnell zu reden, daß Covey nicht übersetzen konnte. Seine Stimme klang wie der Donner eines Sommergewitters, und die Unverständlichkeit seiner Worte, seine Stimme, guttural und trällernd wie das Plätschern des Regens auf ein Blechdach, beeindruckte die Zuhörer und schlug sie in seinen Bann. Alle Anwesenden, Covey nicht ausgenommen, verstummten.

Mahunuhango / Mu ya mbe / Mu ya mbe / A mu niei dewe / Gi ya mu yel /

Mahunuhango / Mu ya mbe / Mu ya mbe / A mu niei dewe / Gi ya mu yel /

O ma ngewo ge gelema honge! Ngewo! Ba togei jondo ngilime honge / o ma nguwo, ge jondu gilima honge!

Nya li gbi hindoi ma / Nya li lo bima / Ngi li i lewe nyokogbi / ti li nya mungo le / li yek pengo?

Ngi nemahu lengo / Ti gbi ti ya / Mi loti ya na / Bi majiai panda /

Ge bi humani / Ge bi humani / Ta longa febiwe / Gi bi yiama /

Nde nya ma / De ti ma / Gi ya mu yei / Nge sago /

Ngi yiama bia / Mu yijiama / Mge sago / Ngi yiama bia /

Mu yi jiama / Mu li a ngeyahu we, nyandengo; Mu li a ipekeji be te ka mia /

Ba lema nijiei gi nde bima / Mu li a pele na mu waila /

Mu li a pele na mu waila /
Tonya ya / Tonya ya /
So ha guli woklch, i sihan; Yey Kpanggaa a lolohhu lee /
So ha a guli woklch, i sihan; kuhan
Ma wo nadayia ley . . . E longa koe hui Lomboka
Mahunuhango. Mahunuhango. Mahunuhango.

Die Afrikaner begannen, mit Joseph Cinque zu weinen. Nur Covey schwieg mit steinernem Gesicht, während die Worte von Joseph Cinques Lippen strömten. Er hatte die Augen geschlossen, und sein Gesicht war eine reglose Maske aus beherrschtem Zorn. Er erzählte ihre Geschichte, nicht für die Leute von New Haven, sondern für die Geschichtsschreibung Afrikas. Die Zuhörer im Gerichtssaal hatten fast das Gefühl, das Klirren der Ketten hören zu können, das Zuschnappen der Halseisen, das Peitschen der salzigen Luft, das Wimmern unter Schmerzen und Wahnsinn. Es war der Protest eines einfachen Mannes, der versuchte, das Unsagbare in Worte zu fassen.

»Zur Ordnung! Zur Ordnung!« rief Richter Judson schließlich. »Mr. Covey, bitte sagen Sie Cinque, er soll sich hinsetzen und aufhören, unverständliches Zeug zu reden! Ich bitte, den Saal zu räumen!«

Die Menschen schwiegen beeindruckt. Viele waren den Tränen nahe. Andere blinzelten, als erwachten sie aus einem Traum. Andere zitterten vor Scham oder Erregung, und alle vermieden es, ihren Nachbarn in die Augen zu sehen. Sogar die Braithwaites wechselten kein Wort miteinander.

Fünfzehn Tage lang lag New Haven erwartungsvoll da, eingeschneit und erfüllt von Gerüchten, denen zufolge Andrew Judson auf Instruktionen des Präsidenten der Vereinigten Staaten wartete. Im Hafen wurden an Bord von Townsands Jacht Pläne zur Entführung der Afrikaner geschmiedet – für den Fall, daß sich Judson dem durch den

Schoner *Grumpus* symbolisierten Druck fügen sollte, der nicht weit entfernt vor Anker lag. Henry Braithwaite hatte die »underground railroad« bis hinauf nach Montreal in Alarmbereitschaft versetzt, und um zu verhüten, daß die Gefangenen in der Nacht heimlich weggebracht würden, hielten einige Männer ständig beim Gefängnis Wache.

Während Joseph Cinque darauf wartete, daß über das Schicksal seiner Männer entschieden wurde, mußte er daran denken, daß alles nur eine Sache der Hautfarbe war. Während der Verhandlung hatte er unbewegten Gesichts dagesessen und zugehört, wie Covey ihm die verschiedenen Aussagen und Dokumente übersetzte. Von seinen Männern strahlte Angst aus. Sie hatten dagesessen wie dunkle Statuen, mit verschatteten Gesichtern. Aus Abscheu war Angst geworden, aus Angst Trübsinn, aus Trübsinn Wut. Er versuchte aufzustehen; er versuchte aufzuschreien, brachte aber keinen Ton heraus. Sein Herz klopfte, sein Mund füllte sich mit Speichel, unter seinen Achselhöhlen und an seinen Lenden brach Schweiß aus. Die Frage war nicht, ob sie sterben würden, sondern nur, wie es geschehen würde.

Am 23. Januar kam ein erschöpfter, blasser und bedrückend schweigsamer Baldwin, um die Männer aus dem Gefängnis abzuholen. Diesmal war kein Amos Townsand dabei, um sie über den Platz zu begleiten. Townsand und seine Helfer hielten sich mit geschwärzten Gesichtern auf der Jacht versteckt, die jetzt direkt neben der *Grumpus* ankerte.

Der United States Marshal führte die Afrikaner durch eine Nebenstraße zum Seiteneingang des Gerichtsgebäudes. Sie mußten eine volle Stunde warten, bis Richter Judson die Verhandlung eröffnete.

Als Ruhe im Saal eingetreten war, begann Judson zu verlesen:

»Am 23. Januar des Jahres 1840 stellt das Gericht aufgrund

der Aussagen der Neger und der Darstellung des Anwalts der Vereinigten Staaten sowie nach voller Anhörung der Parteien fest, daß die Angeklagten, die, wie erwähnt, einzeln ausgesagt haben, sämtlich Eingeborene Afrikas sind; daß sie frei geboren wurden und von jeher frei gewesen sind und von Rechts wegen nach wie vor frei sind und keine Sklaven; daß sie nie auf der Insel Kuba oder in anderen Ländern der Königin von Spanien ansässig gewesen sind oder den dort geltenden Gesetzen unterworfen; daß sie einzeln in ihrem Heimatland gefangengenommen, ihrer Rechte beraubt und rechtswidrig als Sklaven gehalten wurden; daß die Angeklagten oder einige von ihnen, getrieben von dem Verlangen, ihre Freiheit wiederzuerlangen und zu ihren Angehörigen in ihrem Heimatland zurückzukehren, sich des Schoners *Amistad* bemächtigt haben.
Dieses Gericht stellt weiterhin fest, daß die Afrikaner an Bord des Schoners gebracht wurden, um als Sklaven gehalten zu werden, und daß zu der Zeit, als Cinque und die anderen, die hier vor Gericht stehen, aus Afrika in die spanischen Besitzungen verbracht wurden, ein spanisches Gesetz existierte, das eine solche Verbringung verbietet und solcherart verbrachte Personen für frei erklärt. Dieses Gesetz war in Kraft, als die Kläger von besagten Afrikanern Besitz ergriffen und sie an Bord besagten Schoners brachten, und dieses Gesetz ist nach wie vor in Kraft. Deshalb verfüge ich im Namen der Vereinigten Staaten und aufgrund des vor diesem Gericht verhandelten Verfahrens, daß sie dem Präsidenten der Vereinigten Staaten zum Rücktransport nach Afrika übergeben werden. Das Gericht hat beschlossen, daß sämtliche Afrikaner (mit Ausnahme von Antonio Ferrer), auf die die Kläger Anspruch erhoben haben, dem Präsidenten der Vereinigten Staaten übergeben werden, damit dieser ihre Rückkehr nach Afrika in die Wege leiten kann.«
Das war das Urteil, das das Publikum erwartet und ersehnt

hatte. Joseph Cinques geheimnisvolle Ansprache hatte sowohl den Zuhörern als auch den Geschworenen einen bestürzenden Einblick vermittelt, und die gelassenen, kühlen Neuengländer hatten mit Menschlichkeit reagiert. Jetzt gab es Applaus und Beifallsrufe, wohlmeinende Kommentare, Glückwünsche und Jubel.

Die Männer von der *Amistad* standen wie Tonfiguren zwischen dem Meer aus Gesichtern, das ihre kleine Insel umgab, überschüttet von unverständlichen Glückwünschen und bedeutungslosen Fragen. Sie akzeptierten die Gesten der Freundschaft und Bewunderung. Sie erhoben sich, zogen ihre Decken enger um sich, wie um sich vor der erregten Menge zu schützen. Sie begannen zu lächeln, zuerst unsicher, dann selbstsicherer, um endlich laut herauszulachen. Es war nicht viel anders gewesen als bei einer Mende-Verhandlung, und nun konnten sie nach Hause zurückkehren. Die Menschen strömten aus dem Gerichtssaal, und die Reporter stürzten davon, um ihre Berichte zu Papier zu bringen. Covey, Vivian und ihr Vater ließen sich in der Menge treiben, erschöpft und glücklich über das überraschende und wundervolle Urteil.

Zwilling bemerkte es als erster. Er folgte den Lippenbewegungen der Akteure, nicht imstande, die ihn umgebende Mauer aus Geräuschen zu durchdringen oder einen warnenden Ruf von sich zu geben. Er konnte Joseph Cinque lediglich mit einem Zeichen auf seine Bestürzung hinweisen.

Am Richtertisch war eine hitzige Diskussion ausgebrochen. »Die Vereinigten Staaten«, sagte Holabird, »verlangen im Verfolg der von dem akkreditierten Botschafter Ihrer Katholischen Majestät, der Königin von Spanien, an die Vereinigten Staaten erhobenen Ansprüche eine Revision des gesamten Urteils des Bezirksgerichts von Connecticut im ganzen und in jedem einzelnen Teil mit Ausnahme der den Sklaven Antonio betreffenden Entscheidung.«

»Ich beantrage«, reagierte Baldwin verblüfft und verzweifelt, »im Namen der Afrikaner, diesen Antrag abzuweisen, da die Vereinigten Staaten auf der Grundlage ihrer Verfassung und ihrer Gesetze nicht das Recht haben, im Namen von Untertanen der Königin von Spanien Ansprüche auf Besitztümer zu erheben, geschweige denn, die Ansprüche von Angehörigen einer ausländischen Macht einzuklagen.«

»Der Antrag ist abgelehnt«, erklärte Richter Judson gereizt. »Ich bestätige pro forma das Urteil des Distriktsgerichts.«

»Dann beantrage ich hiermit in Verfolgung der vom Gesandten Ihrer Katholischen Majestät, der Königin von Spanien, erhobenen Ansprüche«, erklärte Holabird, »das Urteil im ganzen und in all seinen Teilen dem Obersten Gerichtshof der Vereinigten Staaten zur Revision vorzulegen.«

»Dem Antrag wird stattgegeben.«

Lewis Tappan rannte schneller, als seinen Jahren und seiner Gesundheit zuträglich war, auf Covey zu. Als er ihn erreicht hatte, entfuhr ihm eine wahre Flut von Flüchen, Gebeten und wütenden Beschwörungen des Teufels in der Hölle, die Covey veranlaßte, Tappan anzustarren, als hätte der sonst so friedfertige Pastor den Verstand verloren.

»Da drüben stehen sie«, sagte Tappan, »und stoßen die Verhandlung um! Der Anwalt der Vereinigten Staaten ist gerade aufgestanden und will vor dem Obersten Gerichtshof im Namen des Präsidenten Berufung gegen das Urteil einlegen! Er hatte den Revisionsantrag bereits fertig in der Tasche. Judson hat Baldwins Antrag, den Fall abzuschließen, abgelehnt und der Revision zugestimmt!«

»Und was bedeutet das?«

»Das bedeutet, daß die Geschichte keineswegs zu Ende ist«, sagte Tappan. »Es bedeutet, daß wir erst am Anfang stehen.«

»Das kann ich ihm nicht übersetzen«, sagte Covey. »Das muß ihm jemand anders beibringen.«

»Es gibt niemand anderen«, sagte Tappan. »Tun Sie Ihre Pflicht, mein Junge.«

Covey drehte sich um und sah, daß Cinque es bereits wußte; er hatte seine Decke gelöst und sie auf seine Füße herabgleiten lassen. Und ganz schwach, quer durch den Gerichtssaal und gleichzeitig aus viel größerer Ferne hörte er den alten Klagegesang: *»E longa koe hui, e longa koe hui.* Wir sterben, wir sterben.«

Zweites Buch

Januar 1840 bis Januar 1842

Erstes Kapitel

Joseph Cinque

Januar 1840, die 212. Sonne

Niemand kümmerte sich um uns. Der Richter war verschwunden. Miteinander flüsternd, standen wir da wie ein Schwarm schwarzer Habichte in einer Savanne aus drängenden, gestikulierenden weißen Körpern und Gesichtern. Aus alledem erhob sich, emporgetragen von erregten Stimmen und dem Echo des Richterhammers, der Ruf: »*Die Sitzung ist vertagt!*« Sogar Covey ließ uns im Stich. Ich sah ihn in der Nähe des Ausgangs, wo das rosige Leuchten der einfallenden Sonne seine dunkle Gestalt erhellte, während er heftig den Kopf schüttelte und wütende Bewegungen machte. Plötzlich wurde mir bewußt, daß wir einfach aus dem Gerichtssaal hinausgehen konnten, ohne daß uns jemand aufhalten oder auch nur bemerken würde. Die Anwälte waren in ein Gespräch vertieft. Die Wachen hatten ihre Musketen auf die Knie gelegt, alle kehrten uns den Rücken zu. Ich schaute mich um nach etwas, das sich als Waffe gebrauchen ließ, und bewegte mich vorsichtig auf die Hintertür zu. Ich spannte die Muskeln an und war schon fast im Begriff loszurennen, als plötzlich eine Stimme sprach und das kalte Eisen eines Gewehrs gegen meine Rippen gedrückt wurde.

»Du gehst nirgendwohin, Cinque, außer wieder ins Gefängnis.«

Wir kehrten auf dem gleichen Weg, auf dem wir gekommen waren, in unser Gefängnis zurück. Der Schleppkahn glitt langsam den Kanal entlang, die Leute starrten uns vom Ufer aus an und machten Bemerkungen. Wir hockten im Boot und zogen unsere Decken eng um uns. Wasserfalls Klagegesang wurde von einem Chor von Stimmen angegriffen, die sich erhoben und dann sanft in den hohen Schneeverwehungen an den Ufern und in dem vom Wasser aufsteigenden Nebel versanken.

Als Pendletons Baracken in Sicht kamen, konnte ich die Männer sehen, die herausgekommen waren, von Kopf bis Fuß in ihre Decken eingehüllt. Hin und wieder machte einer von ihnen eine Bewegung, die sich vor der farblosen Landschaft abzeichnete. Ein Kopf oder eine Hand kam an Gestalten zum Vorschein, die maskierten Tänzern ähnelten und sich wie Fledermäuse im Dschungel bewegten. Ihre Decken flogen um sie herum, und wenn sie grüßend die Arme hoben, verwandelten sie sich in Flügel. Hinter den Männern standen blattlose Bäume und kahle Sträucher. Rufe wurden laut, und hier und dort veränderten ein Hut, ein Schal oder ein Überzieher die Form eines Geschöpfes und ließen es zweiköpfig oder vierarmig erscheinen. Meine eigenen Lippen waren unbeweglich vor Wut. Wenn ich versuchte, ein Grußwort zu rufen, dann preßte mir ein Schmerz die Zähne zusammen und ließ mich zittern. Wenn, wie sie uns gesagt haben, die Hölle für den weißen Mann aus Feuer und Schwefel besteht, dann besteht sie für uns aus Kälte. Steifbeinige Männer kamen auf den Kahn zugehinkt, während wir ausstiegen; als sie unsere Gesichter sahen, blieben sie bestürzt stehen. Ihre erbärmlichen Gestalten zogen sich noch tiefer in ihre wollenen Zelte zurück. Ich konnte ihnen nicht in die Augen sehen. Wo war unser Sieg, wenn wir bis zu einer weiteren Verhandlung Gefangene bleiben sollten?

Erinnere war, gefolgt von einigen der Männer, herangekommen, und ich begann, eine gequälte Erklärung hervorzustottern: »Ich schwöre dir, Erinnere, du bist von dem Richter freigelassen und unter den Schutz von Präsident Van

Buren gestellt worden, damit du nach Mendeland zurückkehren kannst. Aber plötzlich erhoben die Vereinigten Staaten von Amerika Einspruch. Das Urteil soll von einem Gericht von Obersten Häuptlingen überprüft werden. Es wird Oberster Gerichtshof genannt und ist das Symbol der gesamten Nation dieser Leute. Unsere Sprecher haben in unserer Sache getan, was sie konnten. Sie haben applaudiert und gejubelt – und dann kam nichts mehr. Alles hat sich aufgelöst wie ein Traum, und wir lagen wieder in Ketten. Aber wir werden in der nächsten Verhandlung siegen, wie wir in dieser gesiegt haben – denn nach dem Obersten Gerichtshof gibt es nichts mehr, an das wir uns wenden könnten.«

Ich schaute in die Gesichter von Erinnere, Grille und Großer Sonne, die aus den Kapuzen ihrer wollenen Bekleidung herauslugten wie Ohreulen; das Weiße in ihren Augen war so weiß wie der Schnee auf der Erde, der Rest ihrer Züge zu einem Knoten aus Kälte verzerrt. Jeder einzelne Mann fühlte sich als Fremdling, hilflos, unverstanden in diesem feindseligen Winkel der Erde. Fragen und Rufe wurden laut, hin und wieder mit Ausdrücken in Englisch untermischt, das sie jetzt halbwegs sprechen konnten. Aber die rauhen Laute gaben den englischen Worten etwas Unwirkliches. Erinnere, Grille und Große Sonne standen nur da, mit niedergeschlagenen Augen und schlaff herabhängenden Armen, und ihre Decken peitschten wie Segel um ihre Körper. Ich hätte ihnen nichts mehr sagen können.

Wir hockten eng aneinandergedrängt um ein kleines Feuer. Ich wußte, daß wir das Haus ohne weiteres hätten niederbrennen können, aber das hätte nur dazu geführt, daß wir alle erfroren wären. Der Rauch brannte in unseren Augen und verdunkelte den Raum. Alle warteten darauf, daß ich sprach, aber dann war es Messers Schneide, der das Wort ergriff.

»Unsere Lehrer haben uns von der unterirdischen Straße erzählt, die in die Freiheit in einem Land im Norden führt. Ich meine, wir sollten auf dieser Straße entkommen und uns selbst stehlen. Wer könnte uns daran hindern?«

Ich kannte Messers Schneide gut, wie jeden meiner Männer, und er hatte sich mit dem, was uns widerfahren war, auf seine eigene Art abgefunden. Es gab Männer, die in Schwermut versanken, andere, die in Tagträumen Zuflucht suchten, und wieder andere wie Messers Schneide, für die Zorn und Bitterkeit zum einzigen Lebensquell geworden waren. Ohne den schwelenden Drang nach Rache würde er sterben.

Er war ein kleiner, untersetzter Mann, ganz anders, als sein Name vermuten ließ. Seine Haut leuchtete im Licht des Feuers, seine Augen waren gerötet und blickten wild drein. Seine Zähne waren spitz zugefeilt, und wenn er sprach, war es, als spuckte er Glühwürmchen aus. Sein ganzer Körper war mit einem feinen, komplizierten Narbengeflecht bedeckt, das die weißen Männer anfangs für eine Art Schrift gehalten hatten. Sein Kopf tanzte im Rhythmus seiner Worte.

»Welche andere Hoffnung haben wir denn noch?«

»So einfach ist das nicht«, erklärte ich. »Ohne Hilfe würden wir nicht einmal zwei Sonnen überleben. Außerdem sind wir keine Sklaven, die sich selbst stehlen müssen. Wir sind Krieger. Wir haben unsere Erinnerungen, und wir haben Mut, und wir sind freie Männer, die zu Unrecht gefangengehalten werden. Mit unserer Revolte«, fuhr ich fort, »haben wir Tapferkeit, Ausdauer und Würde bewiesen. Denkt daran, daß wir auf der *Amistad* ein für allemal von uns selbst Besitz ergriffen haben, und das ist ein Teil von uns, den niemand einkerkern oder zerstören kann.«

Ich hielt inne. Während der Verhandlung hatte ich eines Tages aus einer Zeitung, die Covey mir zeigte, ein Bild der *Amistad* ausgeschnitten. Ich hatte es zusammengefaltet und in mein Hemd gesteckt und seither ständig bei mir getragen, denn ich dachte, jetzt, da ich ein Bild des Schiffes besitze, kann ich es nie mehr verlieren. Es wird immer mir gehören. Ich hatte das Stück Papier so oft entfaltet und wieder zusammengelegt, daß die Kanten brüchig geworden waren. Jetzt zog ich es heraus und hob es in die Höhe, damit alle es sehen konnten.

»Die *Amistad*«, sagte ich, »ist unser einziges Zuhause.«

Einer nach dem anderen betrachtete das Amulett. Ich musterte jedes vertraute Gesicht, prüfte das Verlangen nach Sieg oder Tod in jedem Augenpaar. Und wiederholte, was ich ihnen schon Hunderte von Malen gesagt hatte: »Herrschaft ist das Gegenteil von dem, was zu sein sie vorgibt – sie gibt vor, unbesiegbar, selbstzufrieden und ewig zu sein, aber ich weiß, daß alle Herrschaft in Wirklichkeit vergänglich, schwach und überwindbar ist.«

Aber mein Herz wurde immer schwerer. »Von jetzt an werden wir nicht mehr von Ruiz oder Montez verfolgt, sondern von den Vereinigten Staaten von Amerika. Es ist Amerika, das verlangt, daß das zu unseren Gunsten ergangene Urteil revidiert wird. Es ist Amerika, das uns nicht gehen lassen will. Aus einem Mörder und Kannibalen bin ich zu einem Revolutionär und gefährlichen Befreier geworden, dennoch bin ich der gleiche Mann geblieben. Auch an den Gründen, um derentwillen wir Krieg geführt haben, hat sich nichts geändert. Dennoch ist jede unserer Handlungen zur Sache sämtlicher Weißer geworden.«

Das gedruckte Wort, Lithographien, Plakate und Pamphlete kreisten um uns wie ein Wirbelwind. Mein Name und mein Bild waren in allen Zeitungen, mein Gesicht in Porträts und in Wachs wiedergegeben. Mein Name machte die Runde durch das ganze Land. Hitzige Debatten wurden geführt zwischen Männern, die alle Schwarzen für Sklaven hielten, und anderen, die glaubten, alle Schwarzen hätten ein Recht auf Freiheit. Aber sie sehen nur, was sie sehen wollen:

unsere Hautfarbe. Nichts sonst. Dieses Land war von ihr besessen. Und ich war in die große Kluft geworfen worden, die Amerika spaltete: die Sklavenfrage.
Ich blickte einen nach dem anderen an, jeden einzelnen Mann mit seiner eigenen Art, mit seiner Demütigung fertig zu werden und mit dem Abgrund, den wir durchquert hatten.
»Ein Mann«, sagte ich, »kann niemals Sklave sein, wenn er nicht *weiß*, daß er ein Sklave ist. Ich bin ein Mann, der außerhalb dieses Landes steht, weil ich mich nicht verirrt habe: ich habe mir den Inbegriff eines anderen Kontinentes bewahrt, unzerstört, unverfälscht, rein, frei. Ich fühle mich immer noch mit meinen Vorfahren verbunden. Ich habe eine Identität, eine Abstammung. Ich bin etwas Besonderes, nicht wie diejenigen, die bruderlos, schwesterlos, vaterlos und mutterlos sind.«

Dennoch – es war schwer zu verstehen und noch schwerer zu ertragen. Ich begann, an mir selbst zu zweifeln. Es gelang mir nicht mehr, die Disziplin unter meinen Männern aufrechtzuerhalten. Sie wurden ruhelos und verbittert. Ich verlor alles Gefühl für Zeit und Ort, hatte das Gefühl, in einem Zwischenreich zu leben, in einer feindseligen Welt. Tag für Tag saß ich da, mit leerem Kopf und leeren Händen, wußte nicht, worauf ich wartete – außer auf die neue Verhandlung, und wieder erschienen die Reihen neugieriger, abstoßender weißer Gesichter, einem Einfall von Heuschrecken vergleichbar, die alles vertilgten, was man besaß, und gegen die man nichts tun konnte als abwarten. Ich verlor mich in trübseligen Gedanken. Ich sah mich selbst in einer Prozession, der Körper mit Palmöl eingerieben, umgeben von meinen Eltern und Verwandten, wie ich zum Abschiednehmen zum *kameilun* gebracht wurde, den geweihten Wein trank und zuhörte, wie der *mabolé* für mich betete. Ich erinnerte mich, wie er die heiligen Steine anflehte und für mich die Geister des Poro beschwor und betete: »Vater Siaffa, möge es zu dir dringen; möge es zu Kanga dringen; möge es den Gipfel des Großen erreichen. Das ist es, was Leve vor langer Zeit herabbrachte. Laß diesen Söhnen, die wir heute aus dem Poro entlassen, nichts Böses widerfahren; laß sie nicht von Palmen herabstürzen; mache ihre Körper stark; gib ihnen die Weisheit, für ihre Kinder zu sorgen; laß sie sich bewähren; laß sie zeigen, daß sie Männer sind!« Ich sah mich selbst dastehen, mit Seilen an die anderen Initianten gefesselt, damit ich so eng an meine Gesellschaft gebunden war wie an sie . . . Ich spürte, wie eine Welle von Zuneigung zu den Männern um mich herum in mir aufbrandete. Wir waren eins in Fleisch und Geist. Das war unser Gesetz.

Ich kämpfte mit Spott und Grausamkeit gegen das Heimweh der Männer an. Sie weinten, aber ich weigerte mich, ihnen zuzuhören. Denn wenn Amerika unseren Geist brach, unseren Willen untergrub, unsere Erinnerungen verstümmelte, dann würde uns die Heimkehr niemals gelingen. Ich wurde kalt und gefühllos, ließ mir meine eigene Verzweiflung nicht anmerken, um sie bei den anderen abzutöten.

Bis jetzt hatte ich mich für immun gehalten, nicht nur gegen den Tod, sondern auch gegen Tragödien. Doch nun wurde mir immer deutlicher bewußt, daß der Mensch ein so gefährliches Geschöpf war, daß seine Grausamkeit keine Grenzen kannte und man ihr nicht entrinnen konnte, wenn er Macht über andere Menschen hatte, eine Macht, die ständig nach einem griff und noch aus dem Grab rief: Gib, gib, gib.

Die Männer sehnten sich nach ihren Frauen. In der Nacht erfüllten oft warme, vertraute Gerüche und Winde unser Gefängnis. Sie hüllten mich ein und schienen aus einer imaginären, fernen Savanne zu kommen, dem Fluß Kalwara entsprungen zu sein. Dann fragte ich mich, ob ich daheim war. Meine Augen durchforschten den Raum bis in die hintersten Winkel, und immer kam eine schlanke Gestalt, deren Nacktheit sich deutlich im Licht des Mondes abzeichnete, auf mich zu. Sie strahlte wie ein Glühwürmchen, und ihr Atem war wie Dunst in der rauchigen Luft. Benommen, aber nicht bestürzt, erhob ich mich dann und folgte ihr zwischen den Matratzen der anderen Männer hindurch. Ich erreichte eine Lichtung, eine fast kreisförmige Öffnung im verworrenen Unterholz an einem Flußufer. Das Moos unter unseren Füßen würde weich und nachgiebig sein, und das kristallklare Wasser des Flusses würde uns beide stumm verschlingen. Ich würde unter ihre treibende Gestalt gleiten, meine Arme würden die Nässe ihres Fleisches umschlingen, meine Hände nach ihrem dunklen Dreieck greifen und nach ihren Brüsten, die wie winzige Pyramiden die Wasseroberfläche durchbrachen. Ihre tausend Flechten würden sich wie ein Fächer um ihren Kopf herum ausbreiten, die vielfarbigen Kaurimuscheln würden im Mondlicht glitzern. Ihre Augen würden offen sein, und ihr Atem würde mein Gesicht treffen, wenn sie sich umdrehte, um fortzuschwimmen. Aber ich würde den gewichtslosen Körper immer einfangen und ihn stromabwärts tragen, ihre Glieder, ihre Flanken, ihren Brustkorb streicheln, während sie sich in meinen Armen ständig drehte. Ich würde unter die Oberfläche hinabtauchen, sie mit mir ziehen und in ihren Körper eindringen, von der lauen Unterströmung noch tiefer getragen. Wir würden uns hinunterkämpfen bis auf den schlammigen Grund, uns umkrampfen und wieder voneinander lösen, bis sie mich mit einem Seufzer freigab und ich mit allem, was ich war, in ihr Nest flüchtete. Ich würde abermals in sie eindringen, das schlammige Wasser aufwühlen, während wir uns wie Ringkämpfer packten und wieder losließen, während sie die Arme über den Kopf hielt, ihr Körper gerundet war wie ein Bogen, während wir, aneinandergeklammert, immer noch in Bewegung, auf das im gefilterten Mondlicht schimmernde Flußbett herabsanken. Im blinden Hinabstürzen prallte ihr Körper gegen den meinen, ich würde in ihr bersten, mit einem Dröhnen in den Ohren, als meiner Kehle ihr Name entfuhr.

Messers Schneide versuchte zu flüchten. Der Marshal fand ihn zwei Tage später, erfroren und zusammengerollt wie eine Flußschnecke, das graue Gesicht so glatt wie Glas und mit Rauhreif bedeckt. Er war dreiundzwanzig Jahre alt gewesen. Kurz darauf starb Großer Gesang. Sechs Monde waren in Gefangenschaft vergangen, und sechs Männer waren gestorben.

Januar 1840, die 222. Sonne

Lewis Tappan war nicht glücklich, als er uns im Gefängnis besuchte. Er hatte erfahren, daß aus Spanien ein neuer Botschafter eingetroffen war und soviel Druck auf den Präsidenten ausübte, daß ihre Freunde in Washington fürchteten, der Präsident würde dem Drängen der Königin von Spanien nachgeben. Sie mußten Mittel und Wege finden, den neuen Botschafter schnell kaltzustellen, sonst konnte es passieren, daß der Fall einfach fallengelassen und wir alle den Spaniern und dem sicheren Tode ausgeliefert wurden.
»Cinque«, sagte Tappan, »was hielten Sie davon, wenn Ruiz und Montez ebenso im Gefängnis säßen wie Sie?«
Tappan hielt einen Umschlag mit einem großen, roten Siegel in der Hand. Er erhob sich, als wäre er zu einem Entschluß gelangt, und beriet sich in einer Ecke mit Covey.
»Dies«, sagte Tappan zu mir, »ist eine eidesstattliche Erklärung. Sedgwick und Staples haben sie aufgesetzt. Sie beschuldigt Ruiz und Montez, zur Zeit im Distrikt New York, der Entführung, des gewalttätigen Angriffs, der Verletzung eurer bürgerlichen Rechte und Freiheitsberaubung. Wenn Sie und Große Sonne hier Ihr Zeichen anbringen, können

sie erreichen, daß die Spanier verhaftet und wie Sie ins Gefängnis gesteckt werden.«

Ich war verblüfft, doch ich ergriff das Papier mit einer Hand und die Feder, die er mir hinhielt, mit der anderen und schrieb meinen Namen, so gut ich konnte.

»Ruiz und Montez«, sagte Tappan, »werden eine böse Überraschung erleben.«

»Ich wollte, Ruiz und Montez wären tot«, sagte ich ohne eine Spur von Gefühl. »Sie haben Messers Schneide umgebracht, ihretwegen sind Kriegssperling, Vorvater, Speer und Wildes Feuer gestorben.«

»Mit dieser Anklage«, sagte Tappan, »verlagern wir den Prozeß von Connecticut, wo die Sklaverei legal ist, nach New York, wo sie es nicht ist. Außerdem verklagen wir sie auf dreitausend Dollar Schadenersatz.«

»Das ist weniger, als wir wert sind«, sagte ich.

Tappan schrieb einen langen Brief, der meine Version der Revolte enthielt, und er wurde von Zeitungen im Norden abgedruckt. Einige Tage später kehrte er mit dem Bericht über Ruiz' Verhaftung zurück.

Von Tappan begleitet, hatte ein New Yorker Deputy Sheriff mit einem Haftbefehl an die Tür des Zimmers geklopft, das Ruiz und Montez in einem New Yorker Hotel bewohnten.

»Sie sind verhaftet«, sagte der Sheriff. »Die Anklage lautet auf Entführung, Freiheitsberaubung und tätlichen Angriff und wurde von Mister Cinque, Mister Schlange und Mister Große Sonne erhoben. Die Kaution wurde vom New Yorker Court of Common Pleas auf tausend Dollar festgesetzt. Sie können ihre Zahlung veranlassen, bevor ich Sie ins Gefängnis begleite.«

»Ich will in der Hölle schmoren, bevor ich auch nur einen Cent Kaution bezahle«, hatte Ruiz erklärt.

»Meine Klienten gehen ins Gefängnis«, sagte Ruiz' Anwalt. »Wenn sie hinter Gittern sind, werden sie mindestens soviel

Mitgefühl erwecken wie eure Neger, und ihre Stimmen werden zehnmal so weit zu hören sein.«

Ich war skeptisch, aber beeindruckt. Die Verhaftung unserer Entführer war eine gute Methode, das öffentliche Interesse an uns wachzuhalten und den Präsidenten der Vereinigten Staaten unter Druck zu setzen. Dem Präsidenten waren die Hände gebunden. Er konnte keine Anweisung geben, Ruiz und Montez aus der Haft zu entlassen, ohne einen öffentlichen Aufschrei aller mit uns sympathisierenden Amerikaner auszulösen.
»Die Schwarzen haben zugegeben, daß sie Sklaven sind, weil sie gestanden haben, daß sie verkauft worden sind! Ich verlange ein Habeas-corpus-Verfahren!« waren Ruiz' letzte Worte gewesen.

Februar 1840, die 242. Sonne

Ich wurde ins Gefängnis von New Haven gebracht. Zu meiner Überraschung war José Ruiz nicht im Gefängnis, sondern stand mit wiedergewonnener Überheblichkeit vor meiner Zelle, mit allen Attributen eines Herrn ausgestattet: einem gutgebügelten schwarzen Anzug, dem Gebaren eines Vizekönigs, der Hand auf dem elfenbeinernen Knauf eines Spazierstocks, einem langen Pelzcape und einer Pelzmütze, gekräuseltem Rauch einer Zigarre. Ich begriff sofort, daß er gekommen war, weil er versuchen wollte, seine alten Waffen gegen mich einzusetzen: Angst und Einschüchterung. Er wollte mich davon überzeugen, daß er bei der neuen Verhandlung gewinnen und wir verlieren würden. Er war nicht wütend, weil wir beim ersten Mal gewonnen und er verloren hatte. Aber ich bemerkte, daß seine Hände, die Hände eines jungen Mannes, zitterten. Und das war der Moment, in dem ich aufblickte und begriff, daß er nach wie vor Angst hatte. Er war frei, und ich war immer noch ein Gefangener. Er hatte seine Identität als Käufer und Verkäufer und Menschenräuber wiedererlangt, und ich wußte immer noch nicht, wie es weitergehen sollte. Aber ich hatte den schluchzenden, winselnden Ruiz von der *Amistad* nicht vergessen, der um Gnade bettelte und sich in die Hose machte. Wenn wir nach Mendeland gekommen wären, hätte ich ihm die Haut von den Knochen gezogen und eine Fahne daraus gemacht.

»Warum gekommen?« fragte ich.

»Ich bin gekommen, um mich vom Zustand meines Eigentums zu überzeugen, bevor ich ins Gefängnis gehe und Pedro nach Kuba zurückkehrt.«

Ich zwang mich, Ruiz' Blick standzuhalten, bis aus seinem selbstzufriedenen Lächeln eine irre Grimasse wurde, als hätte mein Anstarren ihm die Luft abgeschnitten, die er zum Atmen brauchte. Aber ich starrte ihn weiter an, bis ich wie ein Zauberer das Glitzern einer Machete heraufbeschworen hatte und sah, wie die Klinge in das graue, faulig schimmernde Fleisch fuhr.

Ruiz' Hand senkte sich und umfaßte in einer Geste der Verachtung seine Genitalien. Dann stand er da, die Hand zwischen den Beinen, als wartete er auf etwas von mir. Ich begann zu lachen. Ich warf den Kopf zurück und ließ meiner ganzen Wut und Erbitterung freien Lauf. Sie stieß in mir auf wie geschmolzenes Blei und spritzte heraus, giftig und geheiligt. Ich ließ meine Hose herunter, holte meine Schlange heraus und schwenkte sie vor ihm. Dann pißte ich auf Ruiz' Stiefel, auf seine Hosenbeine, auf sein Grab. Ich stand da und sah zu, wie der Dampf aus seiner Hose gefror.

Zweites Kapitel

Die Verschwörung

»Ich schwöre dir, Louisa, Van Buren läßt mich schwarzsehen für die Zukunft der Republik! Gerissenheit und Doppelzüngigkeit, wo man nur hinschaut. Und worin liegt Van Burens Anspruch auf Ruhm? Ich sage es dir – in der Opferung der Freiheitsrechte des Nordens für die Sklaverei im Süden! Im Ankauf des Westens durch die Preisgabe von öffentlichem Grund und Boden! Darin liegt sein einziger Anspruch auf Ruhm – wenn man davon absieht, daß er der getreue Schweinehirt von Andrew Jackson ist, mit einem neuen Firnisüberzug – und der getreue Schweinehirt des papistischen Spanien obendrein.«

Die scharfen Worte versengten die Luft wie Funken aus dem lodernden Kaminfeuer. John Quincy Adams vollführte eines seiner Tänzchen und trat näher ans Feuer heran. Er legte die Hände auf den Rücken und bewegte die kurzen, dicken Finger, um sie zu wärmen.

»Das Weiße Haus ist direkt in die Amistad-Affäre verwikkelt. Das Weiße Haus erbietet sich, den Sklavenbesitzern und Sklavenhändlern zu helfen und seine Macht zugunsten von Ausländern spielen zu lassen. Was da vor sich geht, ist nichts anderes als eine ganz abscheuliche Verschwörung gegen das Leben der Afrikaner.«

»An eine Verschwörung im Weißen Haus kann ich einfach nicht glauben, John.« Louisa war bestürzt. Schließlich war Martin Van Buren trotz allem der Präsident.

»Joseph Cinque und seine Männer wurden von einem Gericht der Vereinigten Staaten freigesprochen, aber der Präsident hat die Entscheidung umgestoßen. Wenn das keine Verschwörung ist, meine Liebe, dann weiß ich nicht, wie man es sonst nennen soll.«

John Quincy schaute aus dem Fenster. Der Schnee bedeckte alles, die Erde und die Gebäude, er lastete auf den Ästen der kahlen Bäume, deren Schwärze ihn an die schwarzen Männer erinnerte, die im Mittelpunkt dieser Kontroverse standen: neununddreißig Menschenleben. Ein Häufchen Neger. Wie die Gruppe von kahlen, schwarzen Bäumen, auf denen sein Blick gerade ruhte. Die Äste wie flehend emporgereckt; das Weiße legte sich auf sie und verhüllte ihre wirkliche Silhouette. Das Anwesen der Adams' in Braintree erstreckte sich über siebenundvierzig Morgen. Es hatte seinem Vater gehört und zuvor dessen Vater, es war seit zweihundert Jahren im Besitz der Familie. Er dachte daran, wie oft er sich von diesem Land losgerissen und sich dann als Fremdling irgendwo im Ausland wiedergefunden hatte. Aber er war niemals losgerissen *worden*. Wie wäre ihm zumute gewesen, wenn das geschehen wäre?

»Es handelt sich nicht nur um eine Verschwörung, Louisa, sondern auch um Betrug, Fälschung, Unterdrückung von Beweismaterial, Falschaussagen und Meineid. Die Papiere der *Amistad* sind, wie Dr. Madden nachgewiesen hat, Betrug, falsche Dokumente, die sie sich widerrechtlich von diesem Widerling Trist beschafft haben. Der Präsident hat den Kongreß übergangen, indem er diesen gesetzwidrigen Geheimbefehl an die *Grumpus* gab, ein Schiff der Kriegsmarine der Vereinigten Staaten. Er hat gegen die Verfassung verstoßen, indem er versuchte, die Justiz zu beeinflussen, ungeachtet der verfassungsmäßigen Trennung zwischen Exekutive und Legislative. Überdies kommt noch Korruption ins Spiel. Weshalb meinst du, erglüht und stinkt Van Buren – entschuldige den vulgären Ausdruck, meine Liebe –, weshalb erglüht und stinkt er schon bei dem Gedanken, daß das alles herauskommen könnte? Und noch dazu in einem Wahljahr! Eines ist klar, Louisa, die Entscheidung zugunsten von Cinque war gut und richtig. Cinque hat seinen Prozeß bereits gewonnen. Jetzt geht es nur noch darum, diese Entscheidung zu verteidigen, nicht aber um die Abschaffung der Sklaverei. Und das ist es, was ich diesen hitzigen Abolitionisten klarmachen muß. Joseph Cinque glaubt sich im Krieg mit den Vereinigten Staaten. Er braucht seine Freiheit nicht mehr zu erringen. Er hat sie schon, er hat sie bereits verteidigt. Aber man darf anerkannte Freiheit nicht mit gewährter Freiheit verwechseln. Bei diesem Fall geht es nicht um die Abschaffung der Sklaverei, sondern um das Recht auf Notwehr. Die Hautfarbe dieser Männer und Sklaverei, das sind zwei verschiedene Dinge.«

»Und hat Joseph Cinque all dies begriffen?«

»Wenn er es begriffen hätte, wäre ihm klargeworden, daß Ruiz sein wahrer Feind war und nicht der Kapitän, den er getötet hat. Dann wäre Ruiz heute nicht hier, um gegen ihn auszusagen, und vielleicht hätte der Kapitän sie tatsächlich nach Afrika zurückgebracht. Cinque hat bis heute nicht begriffen, daß er den falschen Mann umgebracht hat...«

Das Problem Joseph Cinque hatte bereits seit Monaten an den Kanten seines Lebens genagt, und nun würde es endlich seinen Weg kreuzen. Die Abolitionisten Tappan und Baldwin waren zu ihm unterwegs. Nach dem Grund dafür brauchte er sich nicht zu erkundigen. Adams fragte sich, was für ein Mensch dieser Joseph Cinque war. Er hatte etliche Zeitungsartikel über ihn gelesen, in denen er als alles mögliche zwischen einem Heiligen und einem gefährlichen Wilden dargestellt wurde, von einem Symbol der Freiheit und Selbstverteidigung bis hin zu einem schnatternden Affen, einem Heiden frisch aus dem Urwald. War er ein edler Fürst oder ein Kannibale, der selbst mit Sklaven handelte und von seinen eigenen Leuten zur Begleichung einer Schuld verkauft worden war?

Und nun, dachte er, würden Tappan und seine kleine Anhängerschaft ihn auffordern, ihn zu verteidigen – ihn, den Dreiundsiebzigjährigen, dessen Augen ihren Dienst zu versagen begannen, dem die Zähne ausfielen, dessen Hände zitterten wie Espenlaub, den sein Gedächtnis im Stich ließ. Seine Phantasie glich einem gelben, verdorrten Blatt, sein Urteilsvermögen versank allmählich in Greisenhaftigkeit. Und als Lohn für seine Mühe hatte er weitere Drohungen und Briefe zu gewärtigen, mußte damit rechnen, mit Schmutz beworfen und geächtet zu werden. Aber dergleichen hatte er noch nie gefürchtet. Mit Abigail Adams als Mutter und John Adams als Vater hatte er seit langem aufgehört, irgend etwas auf der Erde zu fürchten.

Lewis Tappan war zusammen mit Joshua Leavitt und Roger Baldwin nach Braintree gekommen. Er war zur Überredung entschlossen.

»Ich habe den Eindruck, daß Sie sich, was das Problem der Farbigen in diesem Lande betrifft, in einem Dilemma befinden«, begann Tappan. Das stimmte nicht: John Quincy Adams wußte sehr genau, wo er stand, aber er hörte zu. »Gestatten Sie mir die Frage, Mr. President, ob der Grund dafür nicht entweder ein Widerstreben ist, dem Problem ins Gesicht zu schauen, oder die Einfachheit seiner Lösung. Eines von drei Dingen muß geschehen: eine geographische Trennung zwischen der weißen und der schwarzen Rasse, eine Vermischung der Rassen oder das Zusammenleben von Schwarzen und Weißen auf der Basis gesellschaftlicher und politischer Gleichberechtigung. Lassen Sie uns das Thema realistisch betrachten.

Da eines der drei Dinge eintreten muß, die ich erwähnt habe – und da es die angelsächsische Rasse in diesem Land ist, die ihre Wahl treffen muß –, wäre es dann nicht weise, sich zu überlegen, welches das Wünschenswerteste wäre? Ich bin mit einem Mr. Braithwaite bekannt, einem ehrbaren

Mann, der voraussagt, daß in hundert Jahren sämtliche Bewohner dieses Kontinents, ob weiß, rot oder schwarz, nur noch eine Hautfarbe haben werden; und daß die Vermischung von angelsächsischen, indianischen und afrikanischen Schattierungen eine einzigartige Hautfarbe hervorbringen wird, die an Schönheit alles übertrifft, was es seit der Schöpfung von Adam und Eva auf der Erde gegeben hat. *De gustibus non est disputandum.*«

»*Foenum habet in coram*«, erwiderte Adams. Wenn der Mann seine Tirade mit lateinischen Zitaten schmücken wollte, dann konnte er damit gleichfalls dienen, aber die Quintessenz von Tappans Ausführungen war so grauenhaft, daß er kaum denken konnte. Tappan mußte es aus seiner Miene abgelesen haben.

»Mr. President, weder Sie noch ich rechnen mit einer derartigen Entwicklung, weder jetzt noch in einem anderen Zeitalter, und ich beschäftige mich auch nicht ernstlich mit dem Gedanken an die Existenz sowohl einer weißen als auch einer schwarzen Regierung auf diesem Kontinent. Daraus können Sie ersehen, daß ich für ein Zusammenleben von Weißen und Schwarzen auf der Basis gesellschaftlicher und politischer Gleichberechtigung bin. Wäre es nicht weise, sich für etwas zu entscheiden, und zwar schleunigst, was früher oder später und vermutlich unter weitaus ungünstigeren Umständen doch kommen muß? Es ist das geringste von allen Übeln, von denen wir in dieser Sache umgeben sind. Große Reden, Verspottung, Beschimpfung sind nicht mehr am Platze. Dazu ist das Problem zu ernst und zu schwerwiegend. Mit Daniel Webster kann ich sagen ›Ich bin Amerikaner‹, und das einzige, was mir am Herzen liegt, ist das Wohl und Wehe meines Landes.«

Adams seufzte und betrachtete den Hausherrn der Tabernacle Church in New York City, den Abolitionisten-Anwalt aus Massachusetts, den Herausgeber des *Emancipator* von Yale. Was mochte Joseph Cinque von diesen merkwürdigen

Männern denken? Von Mr. Day, dem Taubstummenlehrer? Von den Yale-Theologen wie Dr. Gibbs? Von den Predigern wie Leavitt? Hatte er eine Ahnung, daß Richter Taney vom Obersten Gerichtshof Van Burens Lakai war und selbst Sklaven besaß?

Tappan wand sich unter John Quincys eindringlicher und beunruhigender Musterung. War er zu weit gegangen? Er sah sich in dem bescheidenen Wohnzimmer um. Ein Gefühl für Geschichte schien allgegenwärtig, schien ein Teil der Einrichtung zu sein, von den blaßgelben Wänden, an denen europäische Gemälde hingen, bis hin zur Büste von John Adams, dem Schreibtisch von Abigail und Andenken an die wichtigsten Ämter, die Angehörige der Familie Adams innegehabt hatten.

Der Kronleuchter strahlte, Silber und andere Metalle funkelten, Seide und Chintz wärmten, Gemälde und Plastiken sprachen. John Quincy, der wie ein Buddha dasaß und kein Wort sagte, schien ebenso zu diesem Raum zu gehören wie die Möbelstücke. Wenn er wollte, dachte Baldwin, konnte John Quincy so schweigsam sein wie die Libysche Wüste.

»Ich fürchte, die Gefangenen von der *Amistad* haben vor dem Obersten Gerichtshof nicht die geringste Chance.« Er setzte nicht hinzu: sofern Sie, Mr. President, sie nicht verteidigen.

Adams brachte sogar ein Lächeln zustande, einen Viertelmond, der sich auf seinem Gesicht sehr seltsam ausnahm. Aber als die drei Männer in ihrer Kutsche nach New Haven zurückkehrten, hatten sie nach wie vor keine Ahnung, was John Quincy unternehmen würde.

Erregt, beinahe bequält, wanderte John Quincy Adams in seinem weißgetäfelten Arbeitszimmer hin und her. Das Feuer warf lange, schwarze Schatten, und der Schnee drängte gegen die verglaste Doppeltür, als käme er nur zu gern herein. Er isolierte sie noch mehr von der Welt, dachte

Louisa, die sich an ihrem Kartentisch niedergelassen hatte. Und in ihrem Haus beschuldigte Charles Francis Quincy Adams seinen Vater des Versuchs, ihrer beider politische Karrieren zu ruinieren, indem er nur daran dachte, Joseph Cinque zu verteidigen.

»Er ist selbstsüchtig. Er denkt nur an sich selbst.«

»Er denkt an Cinques Männer, Charles«, entgegnete Louisa.

»Es wird ihn umbringen!« erklärte Charles.

»Ist das selbstsüchtig?« fragte sie.

»Er hätte mehr Rücksicht nehmen müssen auf meine Position in der Legislative und meine Wiederwahl!«

»Mein Lieber, ich bin ganz sicher, daß er deine Gefühle in Betracht zieht. Noch hat er sich nicht entschieden.«

»Du weißt genau, was dieses Land Leuten antut, die Neger lieben . . .«

»Zuviel«, sagte Louisa kalt.

»Ja, zuviel. Die Verteidigung von Joseph Cinque vor dem Obersten Gerichtshof wird jeden Feind, jeden Gegner, den er je hatte, auf den Plan rufen, und . . .«

»Und an Feinden und Gegnern hat es deinem Vater nie gefehlt.« Nur an Söhnen, dachte sie.

»Ist sein Stolz als Redner für die Abschaffung der Sklaverei noch immer nicht befriedigt, Mutter? Will er den Rest seines Lebens damit verbringen, ganz allein einen Bürgerkrieg auszulösen? Will er das Land ruinieren, nur weil er seine Wiederwahl zum Präsidenten verloren hat?«

»Ich verbiete dir, auf diese Weise von deinem Vater zu sprechen, Charles.« Würde er auch das Glück seines Sohnes opfern? Für eine Idee?

Louisa raffte ihre Tarotkarten zusammen. Sie war eine begabte und gefragte Wahrsagerin. Sie wollte das Zimmer verlassen, weil Charles auf einen Streit mit seinem Vater aus war. Aber jetzt versperrte er ihr den Weg. Sie blieb sitzen.

»Ich bin sicher, dein Vater hat keineswegs die Absicht, deine Chancen auf eine Wiederwahl zu beeinträchtigen, Charles.«

»Die *Absicht* hat er natürlich nicht, Mutter, er ist nur nicht imstande, zu denken oder zu fühlen, was das für mich bedeutet!«

»Nun, für dich wird es weniger bedeuten als für diese armen Afrikaner.«

»Du auch, Mutter?«

»Ich weiß nur, daß die Männer von der *Amistad* verteidigt und vor den Machenschaften einer Administration geschützt werden müssen, die sich aus rein politischen Gründen ihrer Freiheit in den Weg gestellt hat. Sie sind freie Männer und haben ihre Freiheit verdient!«

»Und wir mischen uns in die Angelegenheiten eines anderen Landes ein. Wir werfen Kuba vor, daß es sich nicht an seinen Vertrag mit Großbritannien hält, und liefern den Briten damit einen Vorwand, dort einzumarschieren und das Land zu annektieren. Die Männer von der *Amistad* sind Eigentum spanischer Staatsbürger«, erklärte Charles.

»Ach, wirklich? Eigentum. Seit wann sind Männer irgend jemandes Eigentum?« sagte Louisa. »Oder Frauen«, fügte sie fast unhörbar hinzu.

»Mutter, wenn man dich hört, könnte man meinen, ich wäre *für* die Sklaverei und dagegen, daß die Sklaven freigelassen werden, was, wie du weißt, nicht stimmt. Das ist nicht fair!«

»Das ist die Verhandlung gegen Joseph Cinque auch nicht. Schließlich ist er vom Bezirksgericht des Staates Connecticut bereits freigesprochen worden!« fauchte John Quincy von der anderen Seite des Raumes herüber.

Louisa Adams blickte zu ihrem Sohn Charles Francis auf. Er allein hatte nach zwölf Schwangerschaften und sieben Fehlgeburten seine gefahrvolle Geburt und sämtliche Krankheiten bis ins Erwachsenenalter überlebt. Er allein repräsentierte die nächste Generation der Adams.

»Ich weiß, wie dir zumute ist. Auch ich habe nur zu oft den Skorpionstachel politischer Verleumdung gespürt. Er hat

deinen Vater getroffen – mich – aus keinem anderen Grund als dem Neid, dem Ehrgeiz und der Doppelzüngigkeit anderer Männer. Aber diesmal kann und will ich nicht versuchen, dich zu einer anderen Entscheidung zu bewegen.«
John Quincy war überrascht. Er hatte Louisa nicht gesagt, daß er vorhatte, Joseph Cinque zu verteidigen . . .
Die kleine, zierliche Frau mit den hellbraunen Augen, dem ergrauenden, aber noch nicht völlig grauen Haar und dem bezaubernden, rätselhaften Lächeln zwang sich zur Gelassenheit. Das Haus, das wußte sie, gehörte mehr ihrer Schwiegermutter Abigail Adams, als es ihr je gehören würde. Sie hatte sich damit abgefunden. Sie hatte sich mit allem abgefunden, was die Familie Adams betraf. Es war Abigails Stimme, der sie in letzter Zeit immer häufiger lauschte. Diese durch und durch puritanische, anspruchslose, unabhängige, fleißige, mutige, selbstgerechte und ihren Mann inbrünstig liebende Frau, die sich nicht mehr gewünscht hatte als ein *Zimmer für sich selbst* – und daß die Männer der Verfassung *die Damen nicht vergaßen*. Erst in den letzten Monaten hatte sie eine Frau entdeckt, von der sie sich jetzt wünschte, sie besser gekannt zu haben. Sie und John Quincy hatten auf der Suche nach einem Ausweg aus ihrem eigenen Dilemma die Briefe ihrer Schwiegermutter noch einmal durchgesehen. Louisa hatte die leidenschaftlichen, intelligenten, eindringlichen Worte der Frau, die sie, als sie noch lebte, so gefürchtet hatte, wieder und wieder gelesen. Von Glück war in ihnen die Rede, von Würde, Weiblichkeit, Landwirtschaft und dem Aufziehen von Kindern. Dies war, dachte Louisa, die amerikanische Frau, bevor sie in dem Getümmel des Aufbaus einer Nation weißer Männer irgendwie zurückgelassen wurde. Abigail hatte John Adams gebeten, er möge die Damen nicht vergessen, aber John Adams hatte schon den Gedanken an eine Gleichberechtigung der Frauen als lachhaft empfunden.

Louisa blickte auf zu dem, was von ihrer Familie noch übrig war. Zwei erwachsene Söhne waren den Charakterschwächen der Familie Adams zum Opfer gefallen: Geldschwierigkeiten, Geistesgestörtheit und Alkohol. Ihr Schwiegervater hatte immer gesagt, er wäre für die Sünde des Stolzes an seinen Kindern gestraft worden. Sein gleichnamiger Enkel war an Fieber, Alkohol und dem vergeblichen Bemühen gestorben, aus den Fabriken seines Vaters einen Profit herauszuwirtschaften, um dem Bankrott zu entgehen. Der andere, George, hatte Selbstmord begangen, war im Potomac ertrunken.

»Und was wird aus mir?« rief Charles. »Die Wahlen stehen dicht bevor. Und meine Amtszeit ist abgelaufen. Diese Sache wird mich meinen Sitz kosten.«

Verlorene Wahlen und bittere Fehden, dachte Louisa.

»Charles«, sagte John Quincy, »du weißt ebensogut wie ich, daß es hier um mehr geht als nur um die Befreiung von Joseph Cinque und seinen Männern. Sogar um mehr als die Abschaffung der Sklaverei. In einem Raum in der Hauptstadt liegen anklagend 196 720 Petitionen gegen die Sklaverei und 32 000 gegen die 21. Verfahrensordnung des Hauses. Während es *bisher* um die Abschaffung der Sklaverei ging, geht es *jetzt* um das Recht, Petitionen einzubringen, und letzten Endes um das Recht auf Redefreiheit. Wenn dem amerikanischen Volk nicht gestattet wird, im Kongreß Petitionen gegen die Sklaverei vorzulegen, und wenn überhaupt jede Erörterung der Sklavenfrage im Kongreß verboten wäre, dann verstieße das gegen unseren kostbarsten Besitz, die Verfassung der Vereinigten Staaten. Wenn das Haus Petitionen zum Problem der Sklaverei zurückweisen kann, dann kann es Petitionen zu *jedem* Problem zurückweisen, das ihm nicht paßt! Hier geht es um die freien, weißen Amerikaner, Charles, denn zum erstenmal müssen wir uns fragen, ob jemand von uns versklavt ist oder ob wir frei sind. Wenn die Exekutive sich in ein Urteil der Legislative einmischen und es umstoßen kann – wo bleibt dann die von der Verfassung vorgesehene Gewaltenteilung?«

»Und wo stehen wir, wenn der Oberste Gerichtshof dem keinen Riegel vorschiebt?« fragte Louisa.

»Ein Chief Justice, der selbst Sklaven besitzt, wird einem Präsidenten, der sich für die Sklaverei erklärt hat, *niemals* einen Riegel vorschieben. Aber das hilft *mir* nicht weiter. Sie werden mich einfach wie ein Rebhuhn in die Berge hinaufjagen. Aber es wagt sich ja sonst niemand an die Sache heran! Sie rechnen ihre Sklaven als drei Fünftel eines Mannes, nur um den Kongreß mit hundert falschen Abgeordneten des Südens füllen zu können, die mich kreuzigen würden, wenn sie mit ihren Stimmen ein Kreuz errichten könnten. Weitere vierzig Abgeordnete, die für die Sklaverei eintreten, würden mich aufs Rad flechten, wenn ihre Stimmen dazu ausreichten, und die übrigen hundertzwanzig sind so lauwarm, daß sie mich im Stich lassen würden, wenn mir der erste Nagel in die Hand geschlagen wird!«

Louisa lauschte den Worten ihres Mannes mit einer Mischung aus Erbitterung und Stolz.

Als sie nach Washington und ins politische Leben zurückgekehrt waren, hatte sich John Quincy selbst zur Zielscheibe für die ganze Bande aus Duellanten, Gesetzesbekämpfern und Menschenhändlern gemacht und nicht nur seine eigene, sondern auch Charles' Karriere aufs Spiel gesetzt. In Washington war sie von Sklaven umgeben, und sie haßte es, obwohl sie selbst gelegentlich Mietsklaven beschäftigte. In der Hauptstadt blühte das Geschäft mit dem Kauf, dem Verkauf und der Vermietung schwarzer Männer und Frauen. Kolonnen angeketteter Sklaven passierten auf ihrem Weg nach Alexandria die Pennsylvania Avenue. Zeitungsannoncen offerierten fünfundzwanzig Dollar für einen in Washington, Virginia oder Maryland eingefangenen Sklaven. Ein weißer Arbeiter, der in Pennsylvania einen Sklaven einfing, bekam dafür einen Jahreslohn ausbezahlt.

Was zu Anfang nur um die Abschaffung der Sklaverei und des Sklavenhandels in Washington gegangen war, das war jetzt zu einer Frage der verfassungsmäßig garantierten Redefreiheit geworden, und die Amerikaner begannen, Petitionen für sich selbst einzubringen. Und deshalb brachte Mr. Adams wie ein Wahnsinniger jede Petition, die ihm in die Hände kam, im Kongreß ein: Ersuchen um seinen eigenen Ausschluß, Unterstützung für hirnverbrannte Erfindungen, Behausungen für Geisteskranke, die Annektierung Kanadas, Schutz von Irren vor ihren eigenen Wahnvorstellungen, die Einhaltung der Verträge mit den Indianern; und wenn dagegen Einspruch erhoben wurde, erwiderte er schlicht und einfach, das Recht auf Petitionen zur Behebung von Übelständen sei nur eine Erweiterung des Rechts auf freie Meinungsäußerung, und jede Beschneidung dieses Rechts verstoße gegen die Verfassung. Das war, dachte Louisa, sein ganz persönlicher, privater und einsamer Kampf gegen das sogenannte Knebelgesetz. Sie hatten Glück, daß der Name Adams und John Quincys Alter ihnen eine gewisse Sicherheit boten. Dennoch wußte sie nie, ob Mr. Adams abends auf seinen eigenen Beinen nach Hause kommen würde oder auf einer Tragbahre, an Erschöpfung gestorben oder in Stücke gehauen.
Louisa starrte auf ihre Tarotkarten. Sie wurde seit langem von der Angst verfolgt, den Verstand zu verlieren, und diese Angst kam jetzt so oft, daß sie ihr ständig Gesellschaft leistete und sie sich manchmal einbildete, sie glitte sanft in eine Traumwelt hinüber, aus ihrer Haut und ihrem Leben heraus in ein anderes.
»Mutter!« Charles riß sie aus ihren Gedanken. »Vater ist tatsächlich entschlossen, es zu tun! Ungeachtet meiner Einwände! Ungeachtet meiner Warnungen! Es wird ihn umbringen!«
»Mein lieber Charles«, seufzte John Quincy, »solange mir auch nur eine Spur von Kraft zum Schreiben und Sprechen

verblieben ist, wird sich die Welt von mir zurückziehen, bevor ich mich aus ihr zurückziehe. Aber ich habe nicht vor, in der Verhandlung gegen Joseph Cinque irgendeine Rolle zu spielen.«

Louisa drehte die Karte um, die Joseph Cinque darstellte. Es war der Gehenkte.

Drittes Kapitel

Joseph Cinque

März 1840, die 344. Sonne

Mir wurde klar, wie viele Monde bereits vergangen waren. Die Pflanzzeit war gekommen, und ich fühlte mich so alt, als wären es nicht nur Monde, sondern Jahre gewesen.

Die Bitterkeit über die Verhandlungen in Hartford und New Haven verließ mich nicht. Sie vergiftete die Beziehungen, die sich zwischen meinen Männern und ihren Lehrern entwikkelt hatten. Es blieb eine Wolke aus Mißtrauen gegenüber den weißen Männern, sogar Verachtung für sie. Meine Stimmungen schwankten zwischen Frohlocken und tiefster Niedergeschlagenheit. Ich war nie glücklicher, als wenn ich irgendeinen törichten weißen Mann überlistet oder mir eine seiner Fähigkeiten angeeignet hatte. Und ich war nie trauriger, als wenn ich über die Unmöglichkeit nachgrübelte, jemals wieder frei zu sein. Den Männern blieb nichts anderes übrig, als ihrem Temperament entsprechend auf die Anreize und Verlockungen dieser neuen Welt zu reagieren; die bedrückende Atmosphäre führte sowohl zur blinden Auflehnung von Großer Sonne wie auch zur perversen Unterwürfigkeit von Erinnere. Vom Kindergeplapper der ersten Zeit waren wir zu einer gewissen, noch etwas unbeholfenen Geläufigkeit im Umgang mit ihrer Sprache fortgeschritten. Ich hatte gelernt, die schwarzen Zeichen zu entziffern, die über die Seiten ihres Buches tanzten, bis ich sie zu den Worten und Lauten zusammenfügen konnte, die sie darstellten. Damit war ich gewissermaßen zu einem gebildeten Mann geworden, ein Zustand, der für mich etwas Magisches hatte. Es freute mich sogar, wenn ich meinen Namen irgendwo stehen sah, unabhängig von mir und doch ganz mein eigen. Doch anstatt mich weniger einsam zu machen, schien gerade die Möglichkeit der Kommunikation meine Isolation und Verzweiflung noch zu vertiefen. Auf diese Art wollte ich nicht leben. Mich erfüllte eine heftige Sehnsucht, irgendwohin zu gehören, fühlen zu können, daß ich lebte wie andere Menschen auch, anstatt in Vergessenheit und Böswilligkeit warten zu müssen. In dieser Zeit wurden die Schattierungen und Nuancen des Lebens in der Neuen Welt damit ausgefüllt, daß ich das Dasein der Weißen beobachtete, ihre Art zu denken und ihre Kenntnisse. Das Gefühl, die Dinge mit schmerzhafter und unverantwortlicher Nacktheit zu betrachten, wurde zu meiner Methode, der Gefangenschaft und der Untätigkeit zu entfliehen. Und so schwebte ich unerwünscht zwischen zwei Welten – zwischen den Vereinigten Staaten und meiner eigenen, gedemütigten Stellung in ihr.

Doch dann geschah eines Tages etwas so Ungewöhnliches und Überraschendes, daß ich das Gefühl hatte, alles, was bislang geschehen war, wäre uns vorbestimmt gewesen.
»Mein Name ist John Quincy Adams.«
Also dies war der Mann, auf den ich die ganze Zeit gewartet hatte, dachte ich. Wortlos betrachtete ich seine ausgestreckte Hand. Er war überrascht. Er hatte erwartet, daß ich sie ergreifen würde, aber ich fürchtete mich davor, ihn zu berühren. Es gelang mir, seinen Titel auszusprechen.
»Mister President.«
Er fuhr so überrascht zusammen, als wäre er noch nie so genannt worden oder als hätte er es vergessen. Er lächelte nicht, aber runzelte auch nicht die Stirn. Er wartete einfach ab. Fast sofort stellte ich fest, daß er eine Antipathie gegen Covey hatte – einen Widerwillen, der fast eine Art Furcht war. Er scheute instinktiv vor ihm zurück und ließ Anzei-

chen von Unruhe erkennen, die mich an einen Ochsen erinnerten, der nahe daran ist, sich aufzubäumen. Was mich betraf, so empfand ich ihm gegenüber eine Art gelassener Neutralität. Wir lagen nicht im Kampf miteinander. Man kämpft nicht gegen Naturgewalten, und wie eine Naturgewalt kam er mir vor. Ebensowenig würde ich mit einem Felsbrocken argumentieren, der mir auf den Kopf gefallen war. Er hörte zu, seitwärts an dem zwischen uns stehenden Tisch sitzend, so daß die Sonnenstrahlen sein Gesicht in helle und dunkle Flächen aufteilten, die Klippen und Höhlen glichen. Je mehr ich von ihm sah, desto tiefer sah ich in ihn hinein. Ich musterte die hohen Wangenknochen, die massige, einem Steilhang gleichende Stirn, oben kahl, an den Schläfen mit weißen, struppigen Bartflügeln wie mit zwei gesträubten Hahnenkämmen bedeckt. Irgend etwas an der Form und Stellung seiner schwarzen Augen gab ihnen eine eigentümliche, provozierende, stumme Intensität. Vielleicht lag es einfach daran, daß sie klein waren. Oder vielleicht nur daran, daß sie nicht blau waren. Dieses Gesicht hatte tausend Schlachten gesehen. Es war gefurcht, eingesunken, über sein Alter hinaus verwittert zur rauhen Borke eines Baumes, zu dessen Wurzeln die knorrigen, auf dem Tisch liegenden Hände gehörten. Der Körper verlangte nach Magerkeit unter der Dicklichkeit, die sein schwarzes Jackett über Brust und Bauch spannte. Er war umgeben vom sauren Geruch des Alters und feuchter Kleidung und einem weiteren, eigentümlichen Geruch, den ich nicht benennen konnte. Ich starrte auf die schwarzen Flecke an seinem Daumen und Zeigefinger. Sie sahen aus wie gefärbt. Covey erklärte mir, sie kämen vom ständigen Schreiben mit Feder und Tinte. Er muß hundert Jahre lang geschrieben haben, dachte ich, denn das war der Geruch, der ihn umgab: der Geruch von Tinte. Covey hatte mir erzählt, daß es in der ganzen Geschichte dieser mächtigen Nation nur acht Präsidenten gegeben hatte, und ich hatte gelacht. Die Geschichte der Mende wies sechsundfünfzig Oberste Häuptlinge im Laufe von acht Jahrhunderten auf. Die Begegnung mit dem Präsidenten, der Nummer sechs gewesen war, glich der mit einem Vorfahren aus dem Anbeginn der Zeit. Ich hatte noch nie einen so verehrungswürdigen weißen Mann gesehen; die weißen Brauen, der weiße Backenbart, die weiße Kuppel seines Kopfes mit ein paar darübergekämmten weißen Haarsträhnen. Er schaute mich einmal an, dann bedeutete er uns, Platz zu nehmen.

Lieber Freund Mr. Adams:
Ich möchte Ihnen einen Brief schreiben, weil Sie das Volk der Mende lieben und vor dem großen Gericht reden werden. Wir wollen Ihnen eine Sache erzählen. Wenn José Ruiz sagt, wir sind in Havanna geboren, dann sagt er eine Lüge. Wir bleiben in Havanna 10 Tage und 10 Nächte und nicht länger. Wir sind alle in Mendeland geboren – wir verstehen die spanische Sprache nicht. Mendeleute sind jetzt 7 Monde in Amerika. Wir sprechen amerikanische Sprache ein wenig, nicht sehr gut: wir schreiben jeden Tag, wir lesen Matthäus und Markus und Lukas und Johannes und viele kleine Bücher. Wir bitten Sie, das Gericht zu fragen, was wir getan haben. Warum Amerikaner uns im Gefängnis halten. Manche Leute sagen, Mendeleute sind verrückt; Mendeleute sind dumm, weil wir nicht amerikanische Sprache sprechen. Amerikanische Leute sprechen nicht Mendesprache; sind amerikanische Leute dumm? Manche Männer sagen, Mendeleute sehr glücklich, weil sie lachen und viel zu essen haben. Mr. Pendleton kommt, und Mendeleute sehen alle ganz traurig aus, weil sie an Mendeland denken und an Freunde, die sie nicht mehr sehen. Mr. Pendleton sagt, Mendeleute sind böse; weiße Männer haben Angst vor Mendeleuten. Mendeleute sehen nicht mehr traurig aus – sie lachen sogar manchmal. Aber Mendeleute sind sehr traurig. Können Ihnen gar nicht sagen, wie traurig. Manche Leute sagen, Mendeleute haben keine Seelen. Warum fühlen wir uns traurig, wenn wir keine Seelen haben?

Lieber Freund Mr. Adams, Sie haben Kinder, Sie haben Freunde, Sie lieben sie. Sie sind traurig, wenn Mendeleute kommen und sie alle nach Afrika bringen. Wir sind traurig wegen Ihrer Freunde, und unsere Freunde sind alle traurig wegen uns. Amerikaner haben uns nicht auf Schiff gefangen. Wir waren am Ufer, und Amerikaner sagen, Sklavenschiff wird uns fangen. Sie sagen, wir machen euch frei. Wenn sie uns frei machen, sagen sie Wahrheit, wenn sie uns nicht frei machen, sagen sie Lüge. Wenn amerikanische Leute uns frei machen, sind wir glücklich, wenn sie uns nicht frei machen, sind wir traurig – ein bißchen traurig für Mendeleute, sehr traurig für amerikanische Leute, weil Gott Lügner bestraft. Lieber Freund, wir wollen sagen, was wir fühlen. Mendeleute denken, denken, denken. Niemand weiß, was sie denken; Mendeleute haben Seelen. Wir wissen, daß Gott uns straft, wenn wir Lügen sagen. Wir sagen niemals Lügen; wir sagen die Wahrheit. Weshalb haben Mendeleute Angst? Weil sie Seelen haben. Wenn Gericht fragt, wer hat Mendeleute nach Amerika gebracht? Wir haben uns selbst gebracht. Sessi hat das Steuer gehalten. Alles, was wir wollen, ist uns frei machen.

Ihr Freund Kale.«

Der alte Mann nahm seine Brille ab und legte den Brief behutsam auf den Tisch. »Wie alt ist Kale?« fragte er.
»Knochen ist vierzehn Jahre alt.«
Der alte Mann fragte sanft: »Und wo ist er?«
»Bei den Pendletons, Sir.«
»Nun, danken Sie ihm, danken Sie ihm für diesen Brief. Ich werde versuchen, in seinem Sinne zu handeln. In seinem Alter glaubt man noch – an Gerechtigkeit. Und es ist sehr, sehr schwer, sich mit etwas anderem abzufinden . . .«
Dann sagte er, so leise, daß Covey sich anstrengen mußte, um seine Worte überhaupt zu hören.
»Aber ich versichere Ihnen, die *Grumpus* war an jenem Tag nicht das einzige Schiff im Hafen von New Haven. Da war noch ein weiteres Schiff, das bereitlag, um Sie und Ihre

Männer an Bord zu nehmen und an eine freundlichere Küste zu bringen, falls das Gericht gegen Sie entscheiden sollte. Ich danke Gott, daß eure Freunde nicht gegen das Gesetz zu verstoßen brauchten. Aber sie waren bereit, euch alle zu entführen . . .«

Wie soll ich das Gefühl beschreiben, das das Erscheinen von John Quincy Adams in mir auslöste? Hier bot sich eine Chance, und ich ergriff sie; ich wählte meine Worte, stützte mich auf Vertrauen, lieferte naive Erklärungen, zog meinen Vorteil aus Mißverständnissen, Wünschen, hinter Ehrenhaftigkeit verborgenen Schwächen, erwog mein Geschick ohne diesen Mann. All das tat ich – und alles, das Erklären, das Zuhören, das Täuschen, geschah zweimal. Ich zwang mich zum Sprechen; es war leichter, als ihn zu berühren.
»Wenn ich meine Männer hätte befreien können, indem ich alle Weißen umbrachte, dann hätte ich es getan. Und wenn ich meine Männer hätte befreien können, indem ich keinen der Weißen umbrachte, dann hätte ich auch das getan. Wie es sich ergab, mußte ich zwei töten, zwei verschonen, und die übrigen schwammen auf den Grund des Meeres. Wir hatten gedacht, unsere Reise wäre mit der Aufbringung der *Amistad* zu Ende gewesen, aber sie dauert noch immer an«, sagte ich.
»Warum sagen Sie, daß Ihre Reise immer noch andauert?«
»Weil wir nicht verschont wurden. Ruiz und Montez sind verschont worden. Für uns ist das Meer zu diesem Land geworden. Als die See mit uns fertig war, setzte sie uns durch List und Täuschung in einem Land ab, in dem wir so hilflos und verachtet sind wie auf dem Wasser. Nichts hat sich geändert als der Boden unter unseren Füßen. Denn um uns herum sind nichts als Widerwille und gefühllose Härte, so glatt und gleichgültig wie die See, vor der wir uns in Sicherheit bringen wollten. Hier umkreisen uns Männer wie die Haie; sie würden unsere Herzen fressen, wenn sie

könnten. Ich sehe es in ihren Augen. Und sie fürchten uns auch. Und wir fürchten sie. Ihr Land, Mr. Adams, ist für einen Neger schlimmer als ein Taifun, es fegt alles hinweg, sein Wissen, seine Menschenwürde, es reißt ihm die Haut vom Rücken und macht ihn unsichtbar, schneidet ihm die Sprache ab, als schnitte man ihm die Zunge heraus; es verlangt mehr von ihm als bloße Sklavenarbeit, es verlangt den Tod seiner Seele, gibt ihm keinen einzigen Ort, an dem er ausruhen kann, an dem er nicht zerstörbar ist. Und jetzt setzt sich unsere Reise fort mit der Gerichtsverhandlung, mit dem Anschein von Recht und Ordnung, aber darunter liegt eine Welt, errichtet aus Haß gegen uns, Abscheu vor uns, Bestreitung unserer Menschlichkeit, Verachtung für alles, was uns betrifft, außer für unsere Arbeit. Ich hatte mir hier eine Zuflucht erhofft und habe keine gefunden. Der einzige Ausgang ist der Tod – ein Grab in dieser Welt oder ein Schiff, das uns aus ihr herausbringt.«

»Aber Sie haben doch Freunde gefunden. Zahllose Freunde.«

»Sie erweisen ihre Freundlichkeit unsichtbaren Männern. Erst die Sklavenbaracken, dann das Meer, dann die *Amistad,* dann ein anderes Meer. Nichts scheint von der Welt zurückgeblieben zu sein als abgrundtiefe Dunkelheit, die nie gewichen ist, als ob alle Trommeln in Mendeland in weiter Ferne geschlagen würden ...«

»Nun«, sagte der Präsident, »als die *Amistad* in die Hoheitsgewässer der Vereinigten Staaten geriet, kam es zwischen euch und den Spaniern zu Gewalttaten. Es muß bewiesen werden, bei wem diese Taten gegen das Gesetz verstießen, welche Seite sie zu Unrecht beging. Mir und jedem freien Mann ist völlig klar, warum ihr revoltiert habt, aber war es ein Gefühl oder ein Plan? Waren es die Umstände und eine günstige Gelegenheit, oder waren es nüchterne Überlegungen? Ich betrachte das, was Sie mir erzählen, nicht als Geständnis, sondern als Information.«

»Wie können Sie von einem Geständnis reden? Was gibt es denn zu gestehen? Wie können Sie über Recht und Unrecht oder Gesetz und Gesetzlosigkeit reden gegenüber jemandem, der mit Gewalt gefangengenommen, mit Gewalt geschlagen, mit Gewalt verschifft, mit Gewalt verkauft worden ist? Ein ohnmächtiger Mann ist der grundlegenden Menschenwürde beraubt. Die menschliche Natur erweist einem Hilflosen keine Ehre, sie kann ihn nur bedauern, und auch das nicht für längere Zeit. Sie können zu einem Mann, der sich im Krieg befindet, nicht von Geständnis reden. Der Krieg, den ich jetzt vor dem großen Gericht führe, ist derselbe, den ich in Mendeland geführt habe, auf dem Meer, auf der *Amistad*. Ich habe Feinde, die imstande sind, mir die Freiheit und das Leben zu nehmen; ich habe lediglich versucht, beides zu verteidigen. Ich bin ein Kriegsgefangener. Gilt dieses Gesetz nicht auch für weiße Männer? Für Amerikaner?«
Und zum erstenmal hob er den Kopf und sah mich mit Verwunderung und Ungläubigkeit an. Ich hatte eine Quelle angezapft. Ein leiser Seufzer entfloh ihm. Er zog die Hände übers Gesicht, und es kam skeletthaft, unvorstellbar mitgenommen, im Ausdruck unverändert zum Vorschein.
Die schwarzen Augen des Präsidenten ruhten unverwandt auf mir. Nicht ein einziges Mal wendete er sich an Covey wegen einer Erklärung oder einer Frage, die er beantwortet haben wollte. Ich hatte den Eindruck, daß es für ihn keine Rolle spielte, was ich sagte oder wie meine Geschichte sich abgespielt hatte. Ich wurde als Mensch auf einer Waagschale gewogen, deren Gewichte ich nicht kannte, ohne zu wissen, wie oder warum oder auf welche Weise er urteilte. Ich konnte lediglich den schwarzen Blick mit meinem eigenen erwidern und versuchen, das verängstigte Pochen in meinen Ohren und meiner Brust zum Schweigen zu bringen, Windstille herbeizuführen wie auf der See, auf der wir gedriftet waren. Es war etwas anderes, als von Dr. Gibbs

oder Mr. Tappan gemustert zu werden, deren Gedanken so durchsichtig waren wie ihre Augen. Dieser Mann hatte Augen, die nichts offenbarten; kalt, starr, unergründlich. Sein Gesicht war das Gesicht eines Mannes, den der Tod bereits vorgewarnt hatte. Wer von uns zuerst über den Fluß auf die andere Seite setzen würde, war eine Sache des Zufalls. Dem alten Mann stand auf seiner Seite nicht mehr Zeit zu Gebot als dem Henker auf meiner. Ich sprach weiter, bis ich nichts mehr zu sagen hatte. Meine Augen glitten an dem jetzt geröteten Gesicht von John Quincy Adams vorbei. Trotz meiner braunen Hautfarbe war ich in diesem Land aschgrau geworden. Ich kniff die Augen zu und versuchte, an eine wirkliche Farbe zu denken: Magenta, Fuchsie, Indigo, Sassafras. Ich lauschte Coveys respektlosen Bemerkungen, und einen flüchtigen Augenblick lang mußte ich lächeln. Glaubte Kaweli tatsächlich, ich würde diesem oder irgendeinem anderen weißen Mann die WAHRHEIT sagen? Meine Männer und ich hatten einen geheimen Poro-Eid geschworen, sowenig wie möglich von uns und unserem früheren Leben preiszugeben. Wir hatten geschworen, dem weißen Mann nur zu erzählen, was er hören wollte. Wenn man uns nach unserer Religion fragte, sagten wir, wir wären zu jung gewesen, um an irgendwelchen geheiligten Riten teilzunehmen. Wenn sie uns nach Krieg fragten, sagten wir, es wäre Frieden gewesen. Glaubten die Weißen tatsächlich, einer von uns würde Fremden, bei denen wir nicht einmal sicher waren, daß sie *menschliche Wesen* waren, von unserer Ki'ya erzählen oder von unserer Mutter, von unserer Schwester oder der Geheimgesellschaft der Poro, von der glatten, tätowierten Haut unserer Frauen? War es überhaupt vorstellbar, einem Fremden von Bayeh-Bia zu berichten und ihren wundervollen, schwarz verfärbten Händen? Oder dem Poro-Zeichen der »Geisterzähne«, das ich auf dem Rücken trug?

Meine Hände hatten sich geschlossen, als hielte ich noch

immer die Machete, die den Kopf des Kapitäns der *Amistad* gespalten hatte. Ich erinnerte mich nur, daß sich in den Augen des Mannes, den ich getötet hatte, der Himmel spiegelte, als hätten sie sich mit Tageslicht gefüllt, während ich in sie hineinschaute. Und ich erinnerte mich, daß sich die See über meine geballten Fäuste und das blutige Messer und das tote weiße Gesicht des Kapitäns ergossen und mich gezwungen hatte, den Atem anzuhalten, bis der brutale Aufruhr aus Meer und Blut, der wie ein salziger Strudel um mich herumwirbelte, vorüber war. Und ich hatte das Gefühl gehabt, daß irgendeine böse Absicht in diesen heftigen Wogen gelegen hatte, die mir in den Augen brannten, mir den Atem nahmen und mich mit Entsetzen erfüllten, während ich in den Augen eines Toten das Spiegelbild des Himmels sah. Selbst jetzt schienen Blut, Salz und Wasser auf den bräunlichen Plankentisch herabzustürzen, der mich von dem alten Mann trennte. Unter dem Tisch zitterten meine Knie, auf ihm bebten meine Hände. Nicht aus Angst vor dem Leben, das ich genommen hatte, sondern aus Angst vor den Geistern unter dieser wütenden See. Der Lärm und der Tumult, den sie gemacht hatten! Der weiße Mann war völlig überrascht gewesen und hatte »Socorro!« geschrien.

Plötzlich war John Quincy Adams' Gesicht hinter einer undurchsichtigen Mauer aus Dunkelheit, Regen und Sturm verschwunden. Der Kapitän war von dem silbrigen Messer hinweggesunken und lag auf dem geneigten Deck, Regen peitschte ihm ins Gesicht, und Wellen, die sich höher auftürmten als das Schiff, zerrten an ihm und drohten, ihn in die Tiefe zu reißen. »Und wenn ich bis dahin«, sagte ich, »lediglich allem, was ich jemals kannte und liebte, entrissen worden und in die Abgründe der Sklaverei geschleudert worden war, so trat ich nun in eine neue Welt ein, die mit meiner eigenen nicht das mindeste gemein hatte. Ich war ein neuer Mensch geworden, der nie wieder der alte sein konnte, und ich werde in den Zustand zurückkehren, den ich hinter mir gelassen habe, selbst wenn ich in meine Heimat zurückkehrte. Ich mag zwar getötet haben, aber ich bin gleichfalls gestorben.«

Ich starrte hinaus auf den fallenden Schnee und auf das Eis, an dem das Rechteck aus Licht haftete.

Ich hatte zwar gewußt, daß es auf der Welt weiße Männer gibt, aber ich hatte ihre Macht, ihre überwältigende Anzahl unterschätzt. Weiße Menschen waren so zahlreich wie die Flocken aus weißem Regen, die wieder zu fallen begonnen hatten, zum hundertstenmal.

Über Fluß und Kanal fünfzig Meilen entfernt lag mein Schiff. Das Schiff, das uns nach Mendeland hätte zurückbringen sollen.

Dann dachte ich an etwas ganz anderes. Von Kindheit auf war ich zum Regieren erzogen worden. Ich hatte gelernt, in den Gesichtern von Männern zu lesen. Es war ein Wissen, das von einem Ältesten an die nächste Generation weitergegeben wurde, von meinem Onkel an mich. Und ich las in den stetig in die meinen blickenden Nachtaugen und erkannte eine leidenschaftliche Natur, die meiner eigenen verwandt war. Es war nicht der Fanatismus unserer Beschützer, der Abolitionisten und der Missionare, die alle mehr für uns wollten als bloße Gerechtigkeit, sondern die Hingabe eines Aristokraten an die Ehre, die ihm in Fleisch und Blut übergegangen war, ungeachtet aller anderen Eitelkeiten, Laster und Schwächen, völlig unbeeinflußbar von den Meinungen anderer. Außerdem las ich in dem Gesicht vor mir das Erbe und die Integrität eines Hauses, den Stolz auf Familie und Abstammung, die Kennzeichen eines wahren Kriegers. John Quincy Adams war ein Mann meiner Rasse. Obwohl er nichts getan hatte, gelangte ich zu dem Schluß, daß dieser alte Mann ein Weißer war, der den Namen *Marda* verdiente. Covey sagte es ihm.

»Und was bedeutet *Marda*?«

»Es bedeutet Großvater, Sir. Es ist der allerhöchste Ehrentitel, Sir, der Anrede ›Sir‹ vergleichbar.«
»Und nun, Mr. Covey«, fuhr ihn Adams an, »tun Sie Ihre Arbeit. Was ich will, ist die Wahrheit. Nicht die weiße Wahrheit oder die schwarze Wahrheit, nur die WAHRHEIT!«
»Aber *Marda*«, fragte ich unvermittelt, »wie oft soll ich vor Gericht stehen? Was haben die Amerikaner gegen mich?«
Die Augen des alten Mannes und die von Covey bohrten sich in einem Test des Willens ineinander. Die steinharten, alterserfahrenen Augen des alten Mannes gewannen ihn mühelos. Zweifellos hatte er sich schon oft mit hartnäckigen Männern angelegt, mit denen verglichen Coveys Dickköpfigkeit die eines Dreijährigen war.
»Im juristischen System der Vereinigten Staaten«, erläuterte er gelassen, »ist das Recht auf Berufung enthalten, die Übertragung der Entscheidung von einer niederen auf eine höhere Instanz . . .«
Sogar seine Stimme, dachte ich, hörte sich an wie die des Mannes Hiob im Buch der Weißen. Sie war auf ewige Klage gestimmt.
»Sie werden nicht in *Sklaverei* gehalten, mein Sohn, sondern müssen auf eine *Verhandlung* warten vor – wie übersetzen Sie das, Covey? –, vor dem Obersten Gerichtshof.«
»Dem Rat der Obersten Häuptlinge.«
»Auch Sie, Mr. President, würden bei uns einer der Obersten Häuptlinge sein, denn wir machen keinen Unterschied zwischen denen, die regieren, und denen, die Recht sprechen«, sagte ich.
Jetzt kannte ich sie, dachte ich, konnte ihre Sprache sprechen, obwohl ich oft so tat, als wäre das nicht der Fall. Sie waren menschliche Wesen. Sie waren den gleichen Bedingungen des Menschenlebens unterworfen wie jeder Einwohner meines Dorfes. Wie sie konnten sie glücklich oder traurig sein, großzügig oder habgierig, gut oder böse. Ihr Blut war so rot wie meines und strömte ebenso leicht durch

die Adern. Und sie starben. In ein paar Monaten, dachte ich, würden sowohl ich als auch der Marda diese Erde verlassen haben. Auf höchst unterschiedliche Weise vermutlich: der eine alt und mit Ehren bedeckt, der andere, ich selbst, jung und unter der Garotte. Die eindringlichen Augen funkelten in dem runzligen Gesicht. Wenn er sprach, stand in seinen Augen dasselbe, was seine Lippen formulierten – im Gegensatz zu den meisten weißen Männern, bei denen die Lippen etwas anderes sagten als die Augen. Zum letztenmal musterte ich die weißhaarige, schwarz gekleidete Gestalt. Ich fühlte mich verbittert und hilflos.
Ich dachte an Bayeh-Bia. Ich hatte seit vielen Monden nicht mehr neben ihr gelegen, hatte mich nicht an ihren sanften Duft angeschmiegt, war nicht in der Nacht aufgestanden, um das Gesicht meines Sohnes zu betrachten. Ich war nicht mit meinem Bruder durch die Stromschnellen geschwommen, hatte nicht die alte Tonpfeife geraucht oder meine Hände in das eiskalte Wasser der Quelle gehalten, die nahe bei unserem Haus entsprang, eine Schale aus ihnen geformt und daraus getrunken, voll und ganz zufrieden. Ich hatte keinen Leoparden gejagt oder vor einer Reise die Sterne befragt, hatte nicht gespürt, wie mein Schlafhemd vom Tau oder den Anstrengungen der Liebe feucht wurde. All das hatte ich nicht getan. Dennoch war der Fluß, der sich durch mein Dorf zog, gewiß nach wie vor da, sein braunes Wasser trug gleichmütig Freund oder Feind, Dorfbewohner empfanden Liebe oder Haß an seinen Ufern, schauten zu, wie er hier ein Leben rettete oder dort den Tod brachte.
»Drei Männer sind bei dem Kampf auf der *Amistad* ums Leben gekommen. Seit wir zum zweitenmal gefangengenommen wurden, ist Fa am 3. September im Gefängnis gestorben, Tua am 11. September und Welluwa am 14. September. Kaba Kpekalay ist am letzten Tag des Jahres gestorben, Kapeli am 6. Oktober und Yammoni am 4. November. Ich habe bis jetzt neun meiner Männer verloren.«

»Sie meinen, sechs Männer sind gestorben, seit Sie hier sind?« fragte John Quincy Adams ungläubig.
Covey antwortete. »Menschen sterben zu jeder Zeit«, sagte er.
»Ja«, erwiderte der Präsident. »Menschen sterben – zu jeder Zeit...«
Es trat eine lange Stille ein. Sie paßte zum Rieseln der Schneeflocken vor dem Fenster. Das Gefühl der Verlorenheit drängte auf mich ein. Vertraut. Weinend und tobend. Ich dachte an die geknickten Stengel und die entblätterten Blüten von Safranorchideen nach dem Regen.

Viertes Kapitel

Othello

Joseph Cinques Schweigen beunruhigte John Quincy Adams. Er empfand es wie einen Vorwurf. Er begriff, daß sie beide versuchten, dem anderen ins Herz zu schauen, und die Kühnheit von Joseph Cinque bestand lediglich in der unausgesprochenen Frage: ob das Leben eines schwarzen Mannes sicher in seine Hände gelegt werden konnte. Und er, John Quincy, wußte darauf keine Antwort zu geben.

John Quincy Adams hatte nie Brot mit einem schwarzen Mann gebrochen, hatte nie mehr als nur die elementarsten Worte an seine Sklaven gerichtet. Er hatte nie einen schwarzen Mann in seinem Haus empfangen, hatte nie einen schwarzen Mann seiner Frau vorgestellt, hatte nie mit einem zusammen gebetet. Ungeachtet all der Petitionen gegen die Sklaverei, die er vorgelegt hatte, ungeachtet des nur ein paar Schritte vom Weißen Haus entfernten Auktionsblockes für Sklaven hätte Joseph Cinque ebensogut von einem fremden Planeten herabgefallen sein können.

Vor langer Zeit hatte er einmal einen Essay über *Othello* geschrieben. Shakespeare hatte Desdemona als recht leichtfertige Dame dargestellt, mit sinnlichen Leidenschaften, dermaßen heftig, daß sie ihre Liebe einem Schwarzen zuwendete.

Adams starrte in das glatte, dunkle Gesicht von Joseph Cinque. Was sollte er jetzt mit diesem Mann anfangen, der von sich dasselbe berichten konnte wie Othello:

Von schreckender Gefahr zu See und Land;
Wie ich ums Haar dem drohnden Tod entrann,
Wie mich der stolze Feind gefangennahm
Und mich als Sklav verkauft . . .

Er, John Quincy Adams, hielt sich selbst – unter Berufung auf die von ihm geleisteten Dienste, auf sein Alter und auf seinen Namen – für die Verkörperung der Vereinigten Staaten von Amerika. Joseph Cinque bot ihm den ersten und wahrscheinlich einmaligen Einblick in das, was ein schwarzer, nicht von Sklaverei geschändeter Mann sein mochte. Also würde dies, beschloß er, ein Gespräch zwischen Amerika und Afrika sein, nicht zwischen der Republik und einem Neger.

Adams hatte geglaubt, nichts gemein zu haben mit diesem jungen Mann; keinen Gedanken, kein Gefühl, keine Erfahrung. Weder irgendein Wort noch eine Handlung in ihrem jeweiligen Leben entsprachen einander, und er würde nie imstande sein, Joseph Cinque auch nur die simpelsten Gründe für irgend etwas, das er in seinem Leben getan hatte, oder irgendein Verlangen seines Herzens begreiflich zu machen. Oder ein Prinzip seiner Ehre. Aber darin hatte er sich geirrt. Adams konnte in dem glatten, arroganten Gesicht eines Mannes lesen, der vielleicht bald sterben würde. Dieses Gesicht war von einem derart unergründlichen Schwarz, als wäre er, Adams, in eine sternenlose Nacht hinausgewandert. Und es war ebenso einsam. Die klaren, runden Augen musterten ihn, glänzend und mit schweren Lidern. Der kleine Kopf saß wie ein Ausrufezeichen auf der Säule seines Halses, aggressiv, wachsam, zum Sprung bereit wie ein Panther, mit der gleichen, ungeheuren Energie. Das Gesicht mit seiner breiten, hohen Stirn schwelte in dem kalten Licht wie abgedeckte Glut. Adams fühlte sich zu ihm hingezogen wie ein frierender Greis zum lodernden Feuer.

In den letzten zwei Jahren, dachte er, hatte es immer wieder

Ausschreitungen gegen Schwarze gegeben, in Philadelphia, in Boston, New York und Chicago. Der Abolitionist Garrison war von einem Mob überfallen, nackt ausgezogen und an einem Seil durch die Straßen von New York gezerrt worden, bis ihn die Polizei befreit und ins Gefängnis gesteckt hatte, um ihm das Leben zu retten. Ein Geistlicher in New Hampshire war während einer Predigt gegen die Sklaverei zu Boden gerissen und später vor Gericht gestellt worden. In Providence, Cincinnati und Harrisburg waren die Kirchen, Schulen und Wohnhäuser freier Schwarzer überfallen, ausgeplündert und niedergebrannt worden. In St. Louis war ein Sklave auf einem öffentlichen Platz über einem glimmenden Feuer zu Tode geröstet worden, und Elijah Lovejoy, der einzige Journalist, der dagegengesprochen hatte, war aus seiner Zeitungsredaktion herausgeräuchert und ermordet worden. Fünf Kugeln hatten ihm die Brust zerrissen. Die Botschaft war klar, dachte John Quincy. Neger und weiße Männer, die sich für Neger einsetzten, waren in diesem Land, unter dieser Flagge, ihres Lebens nicht sicher. Für die Tappans und die Joselyns war Joseph Cinque ein unverhofftes Stück Fügung. Für die Gibbs' war er ein Heide, der zum Christentum bekehrt werden konnte, genauso, wie Afrika nur entdeckt worden war, um errettet zu werden. Für die Maddens war Cinque eine Herausforderung, ein offener Fall, ein wichtiger Meilenstein auf dem Weg eines Polizisten bei seinem Kampf gegen das Verbrechen: ein kostbarer Zeuge, der beschützt und befragt und dessen Verfolger festgenommen und angeklagt werden mußten. Für die Judsons war Cinque ein unwillkommener Nigger, dessen man sich auf jede nur denkbare Weise entledigen mußte, und zwar so schnell wie möglich. Für einen weißen Mann war es derart gefährlich, in der nationalen Kontroverse für und gegen die Sklaverei für einen Schwarzen Partei zu ergreifen, daß John Quincy sich fragte, ob er den Verstand verloren hatte.

Hatte er irgendein Recht, einen Mann, der bereit gewesen war, für seine Freiheit zu sterben, dazu aufzufordern, glücklich im Gefängnis zu verrotten, während sich die Vereinigten Staaten in Haarspaltereien über sein Tun und Lassen ergingen? Allein Pech hatte ihn dorthin gebracht, wo er jetzt war, dachte John Quincy. Pech und die Farbe seiner Haut.

»Sie sind ein gefährlicher Mann«, sagte John Quincy.

»Für wen?«

»In erster Linie für mich«, scherzte Adams.

»Soweit ich es beurteilen kann, sind nur weiße Männer gefährlich, und ich war nie ein weißer Mann und werde auch nie einer werden.«

»Es ist nicht Ihre Hautfarbe, die mir Sorgen macht. Es ist Ihr Status als freier Mann.«

»Es heißt, ich hätte keine Seele.«

»Aber Sie glauben an Gott?«

»Natürlich.«

»Wie wird er genannt?«

»Gewo.«

»Ein einziger Gott?«

»Ja. Obwohl er mich verlassen hat.«

»Das habe ich auch schon oft geglaubt, aber ich mußte immer feststellen, daß ich mich geirrt hatte.«

»Das muß sich noch erweisen.«

Gott. Gewo. Er glaubte, daß sein Gott der Gott aller Menschen wäre. Das genügte. Seine unwandelbare Unschuld bewahrte ihn vor der Bekehrung, die er so leicht trug, wie in Adams' Vorstellung seine Kriegswaffen. Und da war noch etwas, was ihm aus den Augen leuchtete – ein Glaube an den eigenen Wert und an die eigene Güte. Die harten, zynischen, mutigen Augen sahen eine andere Welt als seine. Er war ein kluger, gutaussehender, willensstarker afrikanischer Tyrann, aufbrausend, sich seiner körperlichen und geistigen Überlegenheit bewußt, so gelassen, wie es seiner Rolle entsprach. Sein Leiden hatte ihn härter ge-

macht, aber nicht gewandelt. Wie John Quincy selbst hatte Joseph Cinque gelernt, den Wert des Lebens zu erkennen, indem er viele sterben sah.
Zweifellos war er mit den politischen Prozeduren in seinem eigenen Land vertraut. Adams spürte es, und vielleicht spürte Joseph Cinque das gleiche bei ihm. Mit Coveys Hilfe konnte er mit Cinque wie mit einem Klienten sprechen, nicht wie mit einem Häftling.
»Unter extremer Herausforderung werden sogar weiße Männer gerecht sein müssen, ob sie es wollen oder nicht.«
Diese Worte brachten John Quincy auf einen neuen beunruhigenden Gedanken – er entdeckte, daß die ersten Männer und Frauen, die um die Freiheit kämpften, die ersten, die sich für freie Menschen hielten, *Freigelassene* waren. Ohne Sklaverei hätte es keine Freigelassenen gegeben. Und darin lag das eigentliche Problem: Sollte er die Sklaverei gutheißen, weil sich durch sie die Freiheit definieren ließ? Sollte er aus dem gleichen Grunde Joseph Cinques Revolte begrüßen? Würde sie letzten Endes die Republik bestätigen, die er, Adams, zeit seines Lebens so vollkommen verkörpert hatte, oder war Joseph Cinques Revolte die Nemesis seines Lebens? Er versuchte, seine Überraschung zu verbergen, aber der jüngere Mann bemerkte seinen Ausdruck, und sein eigener wandelte sich von stolzer Resignation zu dem ersten Lächeln, das Adams je von einem des Mordes Angeklagten zuteil geworden war.
Joseph Cinques Atem stockte in einem Hustenanfall. Seine Züge verwischten sich vor John Quincys kurzsichtigen Augen. Das krause Haar glitzerte. Die breiten, abfallenden Schultern täuschten über einen leicht gebauten Körper hinweg, zart und muskulös zugleich. Seine Hände sind schön, dachte Adams verwundert. Und sie haben nie schwer arbeiten müssen. Am Abend zuvor hatte er Stunden über einer Karte von Afrika verbracht, die der Entdecker Mungo Park gezeichnet hatte. Die genauen Grenzen des Gebiets von

Mendeland waren noch nicht bekannt, sie waren so unbestimmt wie die Grenzen der Freiheit oder der Notwehr. Und noch nie hatte ein ihnen nicht feindselig gegenüberstehender Weißer das Land der Mende besucht. Wohin würde *seine* Reise ihn führen? dachte Adams. Wie reagierte das Herz eines Mannes, der bei der Erkundung von Gewalttaten zum Äußersten getrieben wurde? Stieß man direkt zum Mittelpunkt vor, oder umkreiste man den Rand, ließ sich in einem komfortablen Lager nieder und machte schnelle Exkursionen in den Dschungel? Oder bewegte man sich am Rand entlang von einem Ort zum nächsten, begegnete rein zufällig isolierten Gruppen von Eingeborenen und hoffte, daß, wenn man alles hinter sich hatte, irgendein Muster, irgendein Sinn und Verstand zum Vorschein kommen würde?
Das dunkle Gesicht, halb verborgen in den Schatten des fortschreitenden Nachmittags, spiegelte weder Licht noch Begreifen. Genau wie dieser dunkle Kontinent. Nicht diese lächerlichen Landstreifen am Atlantik, die Gold- und die Elfenbeinküste mit ihren Sklavenpferchen, ihrer Habgier und ihren Leiden, sondern der dunkle Kern, der südlich der Sahara lag und tausend Meilen von der See entfernt, durchzogen von großen Flüssen, bevölkert von namenlosen Nationen und überwuchert von Regenwäldern, in die noch nie ein weißer Mann seinen Fuß gesetzt hatte.
»Und nun erzählen Sie mir, Mr. Cinque, wie viele Tage Sie auf der *Amistad* verbracht haben.«
»Nachdem ich erobert *Amistad*, neunundfünfzig Sonnen. Zeit zum Heimkehren nach Mendeland, *Marda*.«
»Und ihr habt gedacht, ihr kehrtet heim?«
»Ja. Nein. Ich weiß nicht. Wußte nur, daß Schiff dahin fahren muß, wo Sonne aufgeht.«
»Und es war niemand da, der das Schiff steuern konnte, außer eurem Feind Montez, und euer Feind Montez hat euch gesagt, er steuerte auf eure Heimat zu, in die Richtung der aufgehenden Sonne?«

»Es war niemand da. Er hat es uns gesagt, *Marda.*«
»Und Sie haben ihm geglaubt?«
»Ich mußte ihm glauben, *Marda.*«
»Und Sie wissen, was er getan hat?«
»Ja. Er hat unsere Unwissenheit ausgenutzt, uns betrogen.«
Cinque versank in brütendes Schweigen.
Adams warf einen gereizten Blick auf Covey, der bei diesem Wortwechsel Cinque für sich selbst hatte sprechen lassen.
»Mr. Cinque braucht mich kaum, Sir«, erklärte James Covey. »Er versteht alles, was Sie zu ihm sagen, und kann sich ohne weiteres verständlich machen, wenn auch« – er hielt einen Moment inne – »mit manchen Ausschmückungen. Ich sollte hinzufügen, daß es in Mende gewisse Ausdrücke gibt, die im Englischen keine Entsprechung haben, zum Beispiel für die Zeiträume, die Sie Tag oder Stunde nennen. Ein Tag wird als Sonne bezeichnet, der ungefähre Zeitraum eines Monats als Mond. Und es gibt gewisse englische Ausdrücke, die in Mende unbekannt sind, wie etwa Demokratie. Aber er versteht, was ein Berufungsverfahren bedeutet, denn das ist auch bei uns üblich. Und der Oberste Gerichtshof entspricht unserem Rat der Obersten Häuptlinge. Es gibt«, setzte Covey rasch hinzu, als Adams ihm einen scharfen Blick zuwarf, »keinen Begriff, ob abstrakt oder konkret, der sich nicht auf die eine oder andere Weise in Mende ausdrücken ließe. Ich will damit sagen, Mr. President, daß Joseph Cinque sich anhört, was Sie sagen, diese Information aufnimmt, entscheidet, ob sie verläßlich und glaubhaft ist, sie dann interpretiert und entsprechend auf sie reagiert. Mit anderen Worten, er antwortet darauf, und zwar nicht immer so, wie ein weißer Mann es gern hört.«
»Ich benötige von Ihnen keine Lektion über Kreuzverhöre, Mr. Covey. Aber ich verspreche Ihnen, daß ich für Provokation sorgen werde, soweit es einem alten Mann möglich ist. Mit dem Geheimbefehl, Joseph Cinque und seine Männer an Bord der *Grumpus* zu bringen, hat sich der Präsident eine

Macht angemaßt, die sich vor ihm noch nie ein amerikanischer Präsident angemaßt hat, eine Macht, die selbst bei der despotischsten europäischen Regierung fragwürdig wäre. Eine solche Anmaßung würde die persönliche Freiheit jedes Bürgers der Vereinigten Staaten der Entscheidung, der Willkür und der Tyrannei der Regierung ausliefern. Und der Staatsanwalt von Connecticut hat dem Außenminister versichert, das Urteil von Richter Thompson ließe sich dem Rachedurst der Sklavenhändler ebenso anpassen wie einst das von Herodes dem Verlangen seiner tanzenden Tochter nach dem Kopf Johannes des Täufers!«

Der Ton, der jetzt in der Stimme des alten Mannes lag, erschreckte Joseph Cinque.

»Der spanische Botschafter«, fuhr John Quincy fort, »verlangt nach wie vor, daß der Präsident der Vereinigten Staaten zuerst zum Menschenräuber wird und euch dem Gewahrsam des Gerichts entzieht; daß er anschließend zum Gefangenenwärter wird und euch selbst in Gewahrsam hält, damit ihr nicht entkommen könnt; und daß er schließlich zum Büttel wird und euch nach Havanna befördert, damit die Händler mit afrikanischen Sklaven sich die Hände reiben können!«

»Aber Mr. Adams«, sagte Covey. »Auch Sie waren Präsident einer Sklaven haltenden Republik.«

In der Stimme des Dolmetschers lag kein Vorwurf, es war lediglich die Feststellung einer Tatsache, aber der ehemalige Präsident hatte das Gefühl, als hätte Covey ihm einen Hieb zwischen die Augen versetzt. Diese Anschuldigung, wenn es eine war, war noch nie erhoben worden, nicht einmal im Innersten seines Herzens, nicht einmal in den Tagebüchern, denen er seine intimsten Gedanken und Wünsche anvertraute, nicht einmal von seinem schlimmsten Feind. Und nun stand sie im Raum. Und es war die pure Wahrheit. Seine Präsidentschaft war ein Fiasko gewesen, durch Berechnung erlangt, fast von Anfang an von Zwietracht durchlöchert und, noch bevor zwei Jahre um waren, blokkiert von feindseliger Ablehnung gegenüber jeder Idee des Fortschritts, der Vernunft und Einheit, die er je gehegt hatte.

John Quincys Blick wanderte zuerst zu James Covey und dann zu Joseph Cinque. Die beiden Köpfe waren einander so ähnlich, daß sie aussahen wie die Vorderseiten der gleichen alten Münze, deren feinziselierte Züge im Laufe der Zeit leicht abgenutzt waren. Covey, zu beredt, zu kühl, zu hübsch, zu anspruchsvoll, hatte eine tiefe Kinnspalte, die Joseph Cinque fehlte, aber beide hatten den gleichen kleinen, runden Kopf, den gleichen feingeschnittenen Mund, das gleiche völlig bartlose Kinn, die gleiche dicke Halssäule zwischen breiten, abfallenden Schultern. Beider Gesichtsausdruck war geduldig, abwesend und wild zugleich. Nur daß Adams gegen Joseph Cinque keine Spur der Antipathie empfand, die er Covey entgegenbrachte. War es denkbar, dachte Adams errötend, daß es ihre Lage war, die diesen Unterschied bewirkte? Covey war ein freier Engländer, und Cinque war bis zum Beweis des Gegenteils ein Sklave.

»Auch Sie waren Präsident einer Sklaven haltenden Republik.«

Coveys Worte hingen zwischen ihnen in der Luft wie ein gezogenes Schwert.

Adams erhob sich mühsam. Er streckte erst Covey und dann Joseph Cinque die Hand entgegen und bewegte sich dann langsam und so behutsam durch den Raum, als trüge er seine Knochen auf einem silbernen Tablett. Er war froh, daß er an diesem Abend mit jemandem dinieren würde, dem er keine langen Erklärungen schuldig war.

Vor dem Gefängnis wartete die Kutsche seines Gastgebers auf John Quincy. John Trumbull richtete sein eines Auge auf die ungepflegte Gestalt, die auf ihn zukam. Sein Zylinder saß schief, sein Überrock war abgetragen und grau vom Alter, er trug weder Handschuhe noch Spazierstock. Der

Wind hatte den langen Wollschal, den er sich um den Hals gewickelt hatte, zu einem festen Klumpen zusammengeballt, der ihm wie ein Kissen im Genick saß und der Grund dafür war, daß ihm der Zylinder über ein Auge gerutscht war. Wie der Vater, so der Sohn, dachte Trumbull nicht ohne Zuneigung. John Adams hatte sich nicht sorgfältiger gekleidet und war auch nicht reicher gewesen, aber was für ein zäher Bursche war er gewesen! Heute abend hatte er für einen angemessenen Vorrat an Madeira gesorgt; er wußte, daß John Quincy ein Weinkenner und -liebhaber war. Da es schon seit langer Zeit keine Mrs. Trumbull mehr gab, würde es ein Junggesellen-Diner werden. Er war sehr froh, seinen alten Freund wiederzusehen. Ein einsamer, alter Mann bekommt von Jahr zu Jahr weniger Besuch, dachte er, weil ständig jemand für immer Abschied nimmt und zu seinem Schöpfer heimkehrt. Sie beide waren die letzten Überlebenden, die letzten, die sich noch als historische Bindeglieder zur Revolution betrachten konnten. Aber was noch wichtiger und überaus tröstlich war – er und John Quincy hatten die gleichen Erinnerungen.

Trumbulls Atelier war angefüllt mit kunstvoll drapierten klassischen Skulpturen, Modellen berühmter Gebäude, Gipsbüsten von John Quincys Vater, Thomas Jefferson und Benjamin Franklin. Wie an Trumbulls Rang eines Obersten war etwas Echtes daran und etwas Übertriebenes. An der Wand hingen Studien zu seinen historischen Monumentalgemälden, die die Rotunde des Kapitols schmückten.

»Sie haben es also fertiggebracht, dich dazu zu überreden, daß du ihn verteidigst.«

»Nun, sagen wir einfach, die Abolitionisten drängen mich zu unklugem Handeln, das mich ruinieren und ihrer Sache mehr schaden als nützen wird. Sie tun es seit Jahren . . .«

»Du weichst meiner Frage aus, John. Du hast bereits ja gesagt.«

»Mein Sohn verlangt von mir, daß ich alle Verbindungen zu

den Abolitionisten abbreche, und zu denen gehört jetzt auch Louisa. Und ich werde zwischen diesen beiden Fronten hin und her gerissen. Was ich in der letzten Sitzungsperiode des Kongresses ertragen mußte, war mehr, als ich je für möglich gehalten hätte.«

»Mach mir nichts vor, John. Ich kenne dich, seit du zwanzig warst. Du sehnst dich nach einem anständigen Kampf. Ich spüre es. Du hast deine Entscheidung bereits getroffen, ohne Rücksicht auf die Konsequenzen.«

»Joseph Cinque hat einen sehr tiefen Eindruck auf mich gemacht... Dieses Problem der Sklaverei nimmt zu meinem größten Bedauern meine Arbeitskraft voll in Anspruch.«

Trumbull hatte nie geglaubt, daß er John Adams' Sohn überleben würde. Aber dem Aussehen John Quincys nach zu urteilen, der zehn Jahre jünger war als er, konnte es durchaus sein, daß er früher ins Grab sank, als seine, Trumbulls, Gebeine zur letzten Ruhe bestattet wurden. Und was für ein erbärmliches Grab würde das sein, dachte er. Hinter seinem verträumten Auge ruhten die Geheimnisse vieler Männer, und bei den meisten ging es um Macht oder Liebe, denn er hatte sein Leben zwischen den Großen und Berühmten verbracht und die öffentlichen Momente der Geschichte mit seinem Pinsel festgehalten. Aber es hatte auch andere, private Momente gegeben, und sie hatte er in Skizzen eingefangen: sein geheimes Tagebuch über die Macht und ihren Preis.

»Ich weiß recht gut, John, daß das Problem der Sklaverei in *allen* Teilen der Union gärt«, sagte er. Sein Glasauge funkelte im Schein des Feuers, und er hatte seinen langen Körper ausgestreckt und die Füße übereinandergeschlagen. Er schenkte John Quincy ein weiteres Glas Wein ein. Er hatte nicht gewußt, wie einsam er war.

»Sieh dir doch die Abolitionisten-Presse an. Sieh dir das überhastet gegründete Amistad-Komitee an. Überall im

Land bilden sich Organisationen, die gegen die Sklaverei *und* für die Befreiung der Frauen agitieren. Und sie arbeiten Hand in Hand mit England.« Trumbull verzog angewidert den Mund. »Man veranstaltet Geldsammlungen, um Hetzartikel und Pamphlete in Umlauf zu bringen, und unzählige davon werden an die Sklaven geschickt.«

»Die sie nicht lesen können«, sagte John Quincy trocken.

»Tu nicht so, als hätte dir dies nicht schon mehr als einen Schlaganfall eingebracht, John! Wir befinden uns im Zustand tiefsten Friedens: eine verhätschelte, blühende Nation, und dennoch liegen die Elemente eines verheerenden Krieges in der Luft, und niemand«, sagte Trumbull mit bebender Stimme und starrte in das Feuer, das Schatten warf, so lang und so schwarz wie das Thema, über das sie sich unterhielten, »kann vorhersehen, wohin das alles führen wird . . .«

»Ich werde dir sagen, wohin das führen wird«, sagte Adams. »Diese Nation bewegt sich Schritt um Schritt auf einen Bürgerkrieg zu, den zu überleben sie zu schwach ist. Ich spiele auf Zeit.«

John Quincy verstummte. Er würde gegen das Knebelgesetz opponieren, bis er tot umfiel. Er würde dagegen anreden und so lange Petitionen gegen die Sklaverei einbringen, bis ihn die Kräfte verließen.

John Quincy spürte das Herannahen einer seiner grauenhaften Depressionen. Sie hatten ihn sein ganzes Leben gequält, und er hatte gegen sie angekämpft, sich eingeredet, sie wären Heimsuchungen einer göttlichen Vorsehung, prägende Kräfte eines Charakters, Kennzeichen einer auserwählten Dynastie. Er hatte sie mit besessenem Arbeiten bekämpft. Die Arbeit hatte ihn immer gerettet. Die letzten fünf Jahr hatte er ununterbrochen gearbeitet, ohne sich auch nur einen Tag Pause zu gönnen, während die stumme, unerbittliche Erosion der Zeit seinen Körper und seinen Geist abgenutzt hatte. Scheitern auf der öffentlichen Bühne

war immer die schwerste Last gewesen, die er zu tragen hatte. Scheitern bei der Bemühung um eine zweite Amtszeit als Präsident. Scheitern bei dem Versuch, die Sklaverei zu überwinden, während er Präsident war. Scheitern bei dem Bemühen, seiner Familie finanzielle Sicherheit und Wohlstand zu verschaffen. Scheitern darin, daß er seinen jüngsten Sohn nicht hatte retten können. Und nun würde noch das Scheitern bei der Befreiung von Joseph Cinque dazukommen. Und die Abolitionisten mit ihrer Arroganz glaubten, schon der Name Adams, bewaffnet mit dem Schwert und dem Schild der Verfassung, würde ausreichen, neun Gerechte zu überzeugen, die alle Südstaatler waren.
Auch Sie waren Präsident einer Sklaven haltenden Republik.

»Er nennt mich *Marda,* Großvater«, sagte John Quincy zu Trumbull. »Das entspricht der Anrede Sir und ist in seiner Gesellschaft ein Ausdruck höchster Achtung. Covey ist mehr als ein bloßer Dolmetscher; er ist nicht nur Cinques Zunge, sondern auch Auge und Ohr. Sie kommen mir fast vor wie Zwillinge; kaum zu glauben, daß sie sich bis vor ein paar Monaten überhaupt nicht kannten.«
John Quincy Adams weigerte sich, dem Wort »Afrikaner«, wie alle anderen es taten, das Adjektiv »arm« voranzustellen. Wie hätte er behaupten können, Cinque wäre arm? Er befand sich nur in einer sehr mißlichen Lage.
John Quincy hatte seine Güte immer nur Fremdlingen zukommen lassen, dachte Trumbull. Er hatte in Unglück ein Mittel zur Stärkung des Charakters gesehen und einen Sohn mit seinen Forderungen nach überragenden Leistungen und unerreichbaren Zielen in den Selbstmord getrieben. Er war ein rachsüchtiger Freund, wenn man ihm in die Quere kam, ein unversöhnlicher Vater, wenn man ihm nicht gehorchte, ein erbarmungsloser Feind, wenn er glaubte, daß ihm Unrecht widerfahren war, und er hatte sich im Dienst an seinem Land in die Armut getrieben.

Adams zog die dichten, weißen Brauen zusammen. Der große Gleichmacher Tod war nicht mehr weit von ihm entfernt, und vieles sprach dafür, dachte er, sein Leben für die Gerechtigkeit aufs Spiel zu setzen.

Trumbull ließ zu, daß das Schweigen sie beide einhüllte. Adams' Gedanken schweiften weiter. Er hatte für den Missouri-Kompromiß gestimmt, weil er eine andere Art von Tod befürchtete – den Tod der Union. In der Rückschau, zwanzig Jahre später, hatte er das Gefühl, daß es vielleicht weiser und kühner gewesen wäre, sich der Aufnahme von Missouri als Sklavenstaat zu widersetzen, bis die Kontroverse in einem Nationalkonvent der Staaten geendet hätte, der die Verfassung revidierte und ergänzte. Eine neue Union aus dreizehn nicht von der Sklaverei befleckten Staaten hätte geschaffen werden können, mit dem Ziel, einen der Sklavenstaaten nach dem anderen dazu zu bringen, ihre Sklaven freizulassen und sich den Vereinigten Staaten erneut anzuschließen. John Quincys Mund war trocken. In seinen Augen war ein stechender Schmerz. Ihm war übel, und er trank einen Schluck Wein in der Hoffnung, daß der gallenbittere Geschmack verschwinden würde.

»Wenn die Union aufgelöst werden muß«, sagte er langsam, »dann ist es genau dieses Problem, an dem sie zerbrechen muß. Und wenn die Sklaverei das Schwert ist, mit dem diese Union zerschnitten werden soll, dann wird, das glaube mir, dieses Schwert auch die Fesseln der Sklaverei durchhauen. Und vielleicht ist Joseph Cinque ein Teil von dem Plan des rächenden Engels . . .«

Langsam, fast schüchtern zog John Quincy ein gestochenes Porträt von sich selbst aus der Tasche. Trumbull starrte auf das Einschußloch in diesem Kopf.

> »Großer Gott, mein lieber Sir, die Sklavenfrage hat Ihren Kopf krank gemacht. Was, bitte sehr, haben Sie mit dem gekaperten Schiff zu tun? . . . Sie sind groß in allen Dingen, aber hier zeigt sich Ihre Schwäche. Ihr Name

wird mit diesem Makel darauf an die Nachwelt überliefert werden: Mr. Adams liebt die Neger allzusehr – *verfassungswidrig*.

Ein Virginier.«

Unter dem Einschußloch stand: »Ein Freund der weißen Vorherrschaft.«

Auch Sie waren Präsident einer Sklaven haltenden Republik.

Fünftes Kapitel

Eine amerikanische Frau

Covey und Vivian wanderten oft zum Morgan Point hinaus. Die großen Wale waren noch nicht zurückgekehrt, also schauten sie auf die leere See hinaus und hingen ihren Hoffnungen und Träumen nach. Hinter ihnen lag die nüchterne, bescheidene, wohlwollende Landschaft von Neuengland. Covey dachte an sein früheres Leben mit schnellen, heftigen Böen und tropischen Unwettern, mit den heißen Winden des Harmattan, den Heuschreckenjahren, dem sonnenlosen Regenwald und den baumlosen, von Menschen und Tieren durchstreiften Steppen. Doch selbst hier, in dieser friedlichen, gezähmten Landschaft, spürte Covey unter der Ordnung, der Gelassenheit, den verschalten Häusern und den weißen Staketenzäunen, den Mais- und Kartoffelfeldern einen Widerhall all dieser Gefahren. Er hatte die gesamte Gewalttätigkeit seines früheren Lebens mitgebracht, und nun lag sie da, zusammengerollt wie eine Schlange in dieser so überaus sicheren und friedlichen Gegend, einem Land, das sich seinem seemännischen Blick als reich, üppig und schön darbot. Noch vor sechs Monaten war er eine Waise mit einer freundschaftlichen Zuneigung zu einem englischen Kapitän und einer frisch erwachsenen Loyalität gegenüber einem Mann namens Cinque gewesen. In diesem Sommer voller langer und geheimer Träume hatte bei Covey und Vivian die Leidenschaft füreinander alle anderen Fähigkeiten an den Rand gedrängt.

Sie lagen nebeneinander und blickten hinaus auf die See,

die sie zusammengebracht hatte. Covey strich über Vivians Gesicht genauso, wie er einen noch unerobertten Berg erklommen hätte, nicht zufrieden, bis er sein Zeichen auf jedem Stein, jeden Spalt, jeden Felsvorsprung angebracht hatte. Die Liebe reichte weit über sein Begriffsvermögen hinaus und ließ ihn gestrandet in einem Wirbelsturm der Gefühle zurück, völlig zerschlagen, bis er Vivian abermals in die Arme zog und sie festhielt, sich an sie klammerte wie ein Schiff mit gerefften Segeln.
Es war außerdem der Beginn einer morbiden Eifersucht. Er wurde so eifersüchtig, daß er überall Rivalen sah, sogar in Cinque, obwohl er wußte, daß das ungerecht war. Die Liebe hatte in ihm eine rastlose Unzufriedenheit ausgelöst, und er mußte feststellen, daß er seine gesamte Kraft aufbieten mußte, um sie vor Vivian zu verheimlichen. Er wußte nicht, ob Vivians Vater seine Zustimmung zu einer Ehe zwischen ihnen geben würde, und diese Unsicherheit quälte ihn. Aber wollte er tatsächlich in diesem Land bleiben? Und wenn nicht, wo würden sie hingehen? Vivian füllte Coveys Herz so aus, daß er oft von Gefühl überwältigt wurde und das Glück ihn bei der Kehle packte wie ein Feind. Covey wußte, daß alle Liebenden so empfanden. Aber seine Besessenheit brachte eine Anbetung mit sich, in der noch etwas mehr lag als Liebe: sie glich eher einer verhängnisvollen Bezauberung.
»In Mendeland«, sagte Covey zu Vivian, »fungiert der Onkel als Botschafter in Eheangelegenheiten, sofern man nicht schon als Kind verlobt worden ist. Bei dem Gedanken, deinem Vater von Angesicht zu Angesicht gegenübertreten zu müssen, wie es in Amerika Brauch ist, habe ich das Gefühl, ich könnte in Tränen ausbrechen. Was ist, wenn er nein sagt? Dann bliebe mir nichts anderes übrig, als dich zu entführen.«
Sie entführen? Das war unvorstellbar. Das bedeutete Brautraub, und der wurde bei den Mende mit dem Tode bestraft.

Dann lächelte er. Der Mann, der ihn schon einmal gerettet hatte, konnte es wieder tun. Seine einzige Hoffnung war Kapitän Fitzgerald, der sich nach wie vor in New York befand. Die See, die seine einzige Familie gewesen war, würde abermals die Rolle des Vermittlers in seinem Schicksal spielen.

Henry Braithwaite stand im trüben Licht der Öllampe hinter seinem Arbeitstisch, der mit Papier und Pamphleten, Behältern mit Druckerschwärze und Schachteln übersät war, und streckte Fitzgerald die Hand entgegen.

Die beiden Männer waren fast gleich groß, und eine Zeitlang unterhielten sie sich stehend. Erst als Kapitän Fitzgerald auf den Grund seines Besuches zu sprechen kam, forderte Braithwaite ihn auf, Platz zu nehmen.

»Ich weiß«, sagte Fitzgerald, »daß Ihnen bekannt ist, daß mein lieber Covey und Ihre Tochter sich lieben. Ich bin gekommen, um Sie zu bitten, eine Ehe zwischen ihnen zu erwägen.«

Dem Ausdruck auf Henry Braithwaites Gesicht konnte Kapitän Fitzgerald entnehmen, daß die Bitte ihn trotz allem erschreckt hatte. Väter, dachte er. Sie waren alle gleich. Er dachte an die fünf Generationen von Braithwaites, alles freie Leute. Wie waren sie hierhergekommen? Sie waren doch gewiß nicht vom Himmel gefallen. Irgendwo in ihrer Vergangenheit mußte es einen anderen James Covey gegeben haben.

»Ein Ausländer«, sagte Braithwaite mit bebender Stimme.

»Ein Sohn Afrikas«, sagte Fitzgerald.

»Aber trotzdem ein Engländer!«

»Und ein Gentleman«, entgegnete Fitzgerald. »Er ist mein Augapfel. Er ist einer der tapfersten, ehrlichsten und liebenswertesten Menschen, die ich kenne. Ich bin sicher, sie würden sehr glücklich miteinander sein, und Glück ist in dieser Welt ziemlich rar.«

»Er hat Sie gebeten, für ihn zu sprechen.«
»Ich bin seine Familie«, sagte Fitzgerald.
»*Wir* sind Amerikaner«, erklärte Braithwaite, und das Pathos dieser Worte, auf denen dieser Mann sein gesamtes Leben errichtet hatte, schnitt Fitzgerald ins Herz. »Wir sind Amerikaner und wohlhabend und angesehen, aber sind wir wirklich frei, wenn meine Söhne ihren Fuß nicht über Philadelphia hinaus setzen können, ohne Gefahr zu laufen, eingefangen und nach Georgia hinunter verkauft zu werden, nur weil sie keinen Paß bei sich tragen, einen Fetzen Papier, einen Brief, in dem ein weißer Mann erklärt, für sie zuständig zu sein? Wenn ich nicht nach Washington reisen kann, ohne dasselbe zu riskieren? Ich lese die Steckbriefe für entflohene Sklaven, die ich drucke! Fünfzig Dollar für einen Flüchtling, der in Virginia, Maryland oder Washington gefaßt wird. Zweihundert Dollar für den gleichen Sklaven, wenn er in Pennsylvania, Massachusetts oder Connecticut eingefangen wird! Der Süden betrachtet den Neger als Besitztum, aber auch der Norden hält ihn am Boden wie mit der Spitze eines Bajonetts.«
»Sprechen wir über Heirat, Mr. Braithwaite, oder über Krieg?«
Braithwaite ließ resigniert die Hände sinken. »Sie wissen, warum ich Covey Vivian nicht geben kann«, sagte er, nicht ohne Mitgefühl, aber ganz eindeutig in Versalien. »Was hat er einem Mädchen zu bieten, das so aufgewachsen ist wie meines? Gehört ihm der Boden unter seinen Füßen? Hat er ein Dach über dem Kopf, das sich nicht mitten auf dem Atlantischen Ozean befindet? Geld auf der Bank? Wieviel hat er als Seemann sparen können? Nicht viel, wette ich.«
Fitzgerald wollte etwas sagen, aber Braithwaite redete bereits weiter. »Aber das macht nichts. Von Schwarzen kann man nicht erwarten, daß sie reich sind.« Dann fuhr er in versöhnlicher, halbfetter Calson fort: »Es ist ein hartes Leben auf See, und die Frau eines Seemanns ist das einsamste

Geschöpf auf der Welt, sofern sie nicht die Frau eines Kapitäns ist, die ihren Mann begleiten kann. Hat James vor, Vivian allein zu lassen, mit einem Kind nach jedem Landurlaub, bis – bis was? Oder hat er vor, ihretwegen die See aufzugeben?« Fitzgerald nickte, aber Braithwaite ließ ihn nicht zu Worte kommen. »Also gut. Und was will er dann tun? Und wo? Glauben Sie, daß er Land bestellen kann? Handel treiben? Predigen? Er wird sie irgendwohin mitnehmen, weit von mir fort.« Er bedachte Fitzgerald mit einem väterlichen Blick. »Sie glauben, ich wäre hart, Fitzgerald, nicht wahr? Oder grausam. Oder selbstsüchtig. Glauben Sie mir, das bin ich nicht. Covey ist nicht mit den Regeln des Spiels aufgewachsen, das wir hier spielen müssen. Haben Sie seine Augen bemerkt?«

»Natürlich«, sagte Fitzgerald.

»Ein Schwarzer, der solche Augen hat wie er, ist im Norden Amerikas ein toter Mann. Und ich möchte nicht, daß meine Tochter Witwe wird. Ich habe dreißig Jahre gebraucht, um mir den Ruf eines Negers von Rang und Namen zu verdienen; Covey hat es in nur sechs Monaten geschafft. Und wissen Sie, womit? Mit seinen Augen, seinem Seemannsblick. Sie haben den gleichen Blick, Kapitän. Direkt und geradeaus, weil Sie sehen *müssen*; nicht nur die Decksplanken Ihres Schiffes, sondern den weiten Horizont. Aber diesen Blick dürfen schwarze Männer im Jahre 1840 in Amerika nicht haben. Die Leute meinen, schwarze Männer müßten den Blick entweder auf die Erde richten oder als letzte Zuflucht zum Himmel empor, und alles, was dazwischenliegt, ist gegen das Gesetz. Wenn ein schwarzer Mann angesprochen wird, sollte er links am Ohr eines Weißen vorbeiblicken. Ich habe schon viele Kunden verloren, weil ich einem Mann ins Auge geblickt habe. Da kommt ein Mann zum erstenmal in meine Druckerei und nennt mich Henry, nennt meine Frau Auntie, nennt Cotton Boy. Völlig Fremde fragen mich, wo ich herkomme, was ich dort tue,

wo ich gerade bin, als brauchte ich dazu ihre persönliche Erlaubnis. Sie bilden sich ein, die Tatsache, daß manche von uns in Sklaverei leben, gäbe ihnen Rechte über uns alle. Wer einen Schwarzen besitzt, hat Herrenrechte über *alle* Schwarzen. Mit dieser Machtlosigkeit muß sich jeder schwarze Amerikaner abfinden. Diese namenlose Verschwörung bestimmt das Leben aller Farbigen in diesem Lande. Ein eingewanderter Ire, Deutscher oder Engländer ist nach einer Generation Amerikaner, aber ein Afrikaner ist es auch nach fünf Generationen noch nicht!
Es ist wichtig, daß Covey als Schwarzer das bedenkt und voll und ganz begreift. Er muß wissen, wer seine Feinde sind, wo sie sind und was sie sind, bevor er die Verantwortung für eine Familie übernimmt. Aber wir sind weit vom Thema Liebe abgewichen, Fitzgerald. Sie dürfen nicht glauben, daß ich kein Verständnis hätte. Ich war so leidenschaftlich in Increase verliebt, daß ich nichts unversucht gelassen habe, um sie zu gewinnen. Ich habe sogar ihren Vater mit einer Bibel bestochen.«
»Wollen Sie damit sagen, daß Sie Covey dafür bestrafen wollen, daß er schwarz ist?« fragte Fitzgerald bestürzt.
Aber Braithwaite hatte offenbar mehr mit sich selbst gesprochen als mit dem Kapitän, und Fitzgerald wußte, daß weder das Glück seiner Tochter noch Coveys Leidenschaft ihn zur Zustimmung bewegen würden.
»Ich habe Covey sehr gern, Fitzgerald, aber meine Antwort lautet nein.« Braithwaite lachte. »Vielleicht kann er mich mit einer Bibel bestechen.«
Und Fitzgerald fragte sich, auf welche Weise die Schwarzen es gelernt hatten, angesichts der Zerstörung von Träumen zu lachen.

Increase Braithwaite zog gerade die silberne Bürste durch die glänzende Schwärze ihres Haars, als sie Vivian, barfuß und im Nachthemd, vom Spiegel auf ihrem Toilettentisch

reflektiert, auf der Schwelle ihrers Schlafzimmers stehen sah. Im Schein der Öllampe schimmerte ihr Gesicht blaßgelb.
Schweigend durchquerte Vivian den Raum, nahm ihr wortlos die Bürste aus der Hand, kniete nieder und begann, die lange, gewellte Masse zu bürsten, bis sie auf den Boden reichte. Methodisch fuhr Vivian über die prachtvollen, seidigen Strähnen, bürstete mit der einen Hand und glättete mit der anderen.
»Ich liebe ihn«, sagte sie, ohne den Blick vom Haar ihrer Mutter abzuwenden. Aber Increase konnte ihr Gesicht im Spiegel sehen.
»Ich weiß«, sagte Increase.
»Und warum tut mir Papa dann das an?«
»Oh, Vivian«, sagte Increase, »du bist noch so jung, du hast noch so viel Zeit . . .«
»Warum sagen die Leute das immer?« erwiderte das junge Mädchen bitter. »Nur weil wir noch nicht so lange gelebt haben wir ihr? Aber wer kann sagen, daß wir auch alt werden, nur weil wir noch jung sind? Vielleicht bleibt uns nicht mehr Zeit als einem Siebzigjährigen! Was ist, wenn James etwas passiert? Was ist, wenn er auf die *Buzzard* zurückkehrt und jemand schießt ihm eine Kugel in die Brust oder rammt ihm ein Messer zwischen die Rippen, oder wenn er bei der Explosion einer Kanone ein Glied oder ein Auge verliert? Wer kann da behaupten, wir hätten noch viel Zeit? Wenn«, sagte Vivian mit kalten Augen und steinernem Gesicht, »James irgend etwas zustößt, bevor ich seine Frau bin, werde ich Vater nie verzeihen.«
Der Ton von Vivians Stimme bestürzte Increase. Sie warf einen schuldbewußten Blick auf das breite Himmelbett. Henrys Seite war aufgeschlagen, obwohl sie wußte, daß es fast Morgen werden würde, bis er seine Arbeit erledigt hatte. Entflohene Sklaven machten in der Scheune Station.
»Wenn du wüßtest«, sagte Increase, »wie oft mein Vater

deinen Vater abgewiesen hat ...« Aber Increase wußte, wie schwach sich das anhörte angesichts der Wut und Enttäuschung, die ihre Tochter empfand. Sie drehte sich plötzlich um und sah Vivian ins Gesicht. Ihrer beider Köpfe berührten sich fast.

»Ich bin achtzehn«, flüsterte Vivian in die Schulter ihrer Mutter, »alt genug, um mein eigenes Leben zu leben. Frauen sind weder die Sklaven ihrer Männer noch ihrer Väter. Ich schwöre dir, Mutter, ich laufe weg. Ich gehe mit James, wann er geht und wohin er geht, wenn er mich haben will, ob verheiratet oder nicht.«

Increase spürte, wie sich Vivians Kiefer verkrampften und ihre zarten Schultern bebten. Sie ist nicht so stark, wie sie glaubt, dachte Increase und legte die Arme fest um ihre Tochter, aber sie ist stark genug, um uns weh zu tun, indem sie uns verläßt.

»Ich habe nie behauptet, Zeit wäre ein Vorrecht der Jugend oder ihr Fluch. Sie existiert einfach. Dein Vater will nur dein Glück, genauso, wie mein Vater meines wollte. Es kommt vor, daß Väter sich irren.«

»Aber Papa wird es nie zugeben.«

»Du solltest deinen Vater weder falsch beurteilen noch unterschätzen. Womit wir wieder bei der Zeit wären. Warum läßt du ihm nicht ein bißchen davon?«

Vivian starrte auf das Spiegelbild des breiten, mit weißen Vorhängen verkleideten Ehebettes ihres Vaters und ihrer Mutter.

»Weil ich verloren bin, Mutter«, sagte sie. »Weil ich sicher bin, daß ich sterben werde, wenn ich James nicht haben kann.«

Coveys hoffnungsvolle, verzweifelte, leidenschaftliche Küsse waren Vivians Geheimnis und ihre Qual zugleich. Seine Augen bohrten sich bis ins Innerste ihrer Seele; jedesmal, wenn sein Blick sie traf, fühlte sie sich noch weniger bekleidet als jetzt. Doch all das konnte sie ihrer Mutter nicht erklären. Gott in seiner Güte hatte ihr den Seemann Covey geschickt, voller Geheimnis und Kraft, Zärtlichkeit und Wildheit, fremdartig und ihr dennoch so vertraut wie ihre Haut, ihr Atem, völlig anders als jeder Mann, den sie je gekannt hatte. Sie spürte in ihm die gleiche Sehnsucht wie in sich selbst, nicht mächtiger als ihre eigene, aber verletzlicher, weil er so viele Gefahren, so viel Wahnsinn und so viel Tod überlebt hatte. Und seine Zärtlichkeit war die räuberische Zärtlichkeit eines Einzelgängers, eines hingerissenen Ausgestoßenen, eines einsamen Lotsen, dessen Aufrichtigkeit keine Grenzen kennt. Vivian hatte sich angewöhnt, seine Blicke mit der ganzen Eigenwilligkeit ihrer Seele zu erwidern und sich verwegen hineinzustürzen, stimmlos und voller Angst wie ein Taucher, der verzweifelt von der Mastspitze in den Ozean springt, in dem so viele Frauen und Männer an Einsamkeit gestorben sind.

Covey hatte in Vivian das Ausmaß einer Hingerissenheit angenommen, die sie mit einem Schluchzen erfüllte, aus dem sie in einer Trance aus trotzigen Illusionen und Bestürzung wieder auftauchte. Es war ein wunderbarer Traum, der Wahrheit geworden war, in dem sie alles Leben und alles Leiden in der Welt in ihre Arme schließen und trösten konnte. Die Macht von James' Leidenschaft fand ihren Weg in ihr Herz und löste dort eine tiefe Reaktion aus, die fast noch mehr war als Liebe.

Increase drückte Vivian enger an sich. Ihr Herz klopfte im Takt mit Vivians selbstquälerischer Verzweiflung. Sie hatte geglaubt, ihre Tochter wäre noch ein Kind, ohne diese entsetzliche Sehnsucht, den unsterblichen Schmerz. Was hatte Covey in Vivians sicherer kleiner Welt angerichtet?

Increase stand auf und half der schluchzenden Vivian auf die Beine. Dann trat sie zurück und betrachtete das tränenüberströmte Gesicht. Was für ein Geschöpf! Schöner, als sie es je gewesen war. Eine Braut für einen reichen Mann, geschaffen für Juwelen, kostbare Kleidung und verhätschelte Sicherheit. Sie zögerte einen Moment, dann wusch sie Vivian die Tränen aus dem Gesicht, bürstete ihr Haar und brachte sie auf Henrys Seite ins Bett. Sie ging in Vivians Zimmer und holte ihre Lieblingspuppe. Sie beugte sich über Vivian und küßte sie auf die Stirn. Vivian schlief, bevor sie die Tränen ihrer Mutter sehen konnte. Increase nahm die Öllampe und ging in dem stillen Haus von Raum zu Raum, öffnete sieben Türen, blickte auf sieben schlafende Gesichter und machte dann die Türen leise wieder zu. Nur die Tür von Coveys Zimmer war von innen verschlossen. Increase lächelte. Wann hatte er damit begonnen, sich ein- oder Vivian auszuschließen? Sie kehrte noch einmal zu Honors Zimmer zurück, rief sich Vivians Gesicht als Kind in dem ihrer kleine Schwester vor Augen.

Gegen vier Uhr morgens betrat Henry Braithwaite sein Schlafzimmer und fand seine Frau und seine Tochter Arm in Arm in seinem Bett schlafend. Lange Zeit stand er neben ihnen, lächelte auf sie herab. Alles war gutgegangen in dieser Nacht, und nach der Aufregung fühlte er sich leer und erschöpft. Er schlich sich hinaus, ohne sie zu wecken, warf sich voll angekleidet auf das Sofa im Wohnzimmer und fiel in einen glücklichen, traumlosen Schlaf.

Sechstes Kapitel

Joseph Cinque

August 1840, die 485. Sonne

Es war herrlich, das Gesicht in die Sonne zu heben und von ihr verbrennen zu lassen. Die Männer hatten die graue Haut des langen Winters abgestreift und mit dem Herannahen der Erntezeit wieder Mut gefaßt. Jetzt standen Weizen und Mais hoch auf den Feldern, Schwarzdrosseln schwirrten über uns hinweg, und der Horizont zerschnitt wie ein indigofarbenes Messer das leuchtende, rauschende Gold. Seit unserer Gefangenennahme war fast ein volles Jahr vergangen.

Es war der erste August, und wir saßen wie Schnecken zusammengerollt in der Sonne oder standen in kleinen Gruppen da und beobachteten diese neuen Afrikaner: die Amerikaner.

Für die afrikanischen Amerikaner der Stadt war es ein Festtag. Auf dem weiten Feld spielten Land und Schwarze Schlange mit den schwarzen Kindern des Dorfes Verstekken, das gleiche Spiel wie in Mendeland. Musikanten spielten, und Große Sonne und Kleine Sonne trommelten auf einem alten Holzfaß. Die Frauen unterhielten sich oder bereiteten Essen zu. Paare schlenderten über das ausgedörrte Gras. Die alten Leute saßen auf Wagen, durch Schirme oder Markisen vor der Sonne geschützt, fast genauso wie unsere Ältesten auf dem Markt.

Unter den vereinzelten Bäumen waren lange Tische aufgestellt worden, mit weißem Leinen gedeckt und mit allen nur erdenklichen Speisen beladen. Schinken und Braten, Huhn und Kaninchen, Salate und Pudding, Süßkartoffeln und Mais. Krüge mit Milch standen auf den Tischen, Fässer mit Apfelwein daneben. Die Geistlichen waren in ihrer nüchternen Gewandung aus den Kirchen von New Haven gekommen. Es sah aus, als hätten sich die über uns kreisenden Schwarzdrosseln auf dem Feld niedergelassen.

Der Duft von Fleisch und Gebäck stieg in die Luft empor. Zahllose Gerichte waren aufgetischt worden, jeder Haushalt hatte sich bemüht, die anderen in Üppigkeit oder Einfallsreichtum zu übertreffen.

Am anderen Ende des Feldes stimmte ein weiteres Orchester seine Instrumente; dort war eine Fläche gemäht und für den Tanz zurechtgemacht worden. Die Menge samt ihren Wagen und Kutschen hatte um diese gemähte Fläche herum einen Kreis gebildet, und Unterhaltungsfetzen, Begrüßungsworte und das Lachen der Kinder stiegen in die stille Luft empor.

Unbewußt rieb ich mein von der Sonne erwärmtes Fleisch. Ich hatte nicht zugelassen, daß das Gefängnis und der Winter es weich werden ließen. Mein Körper war so hart und fit, als wollte ich morgen in den Krieg ziehen. Das war mein einziger Trost – daß meine Männer in so guter Kondition waren wie Ringer.

Der Sommer hatte meinem Geist neuen Auftrieb gegeben, aber nicht meiner Seele, die nach wie vor dem Winter unserer Niederlage verhaftet war. Wie sooft geriet ich wieder in Melancholie und Zorn. Dennoch konnte ich die Stimme von Vivians Vater heraushören. Er rief die Versammlung zur Ruhe. Ein Pfahl war in die Erde geschlagen worden, an seiner Spitze wehte die Flagge mit den dreizehn Sternen, die amerikanische Flagge. Unter ihr, eine rührende Herausforderung, hing eine zweite Flagge, die schwarze Flagge der Sklaverei.

»Brüder«, begann Henry Braithwaite, »heute ist es auf den Tag zehn Jahre her, daß Großbritannien unsere Brüder auf

den Antillen befreit hat. Wir können nur ein inbrünstiges Gebet zum Himmel schicken, daß das nächste Jahr allen amerikanischen Sklaven die Freiheit bringt!«
Die Versammlung applaudierte. Henry Braithwaite stand da, der Wind zauste an seinem Haar, und seine Worte hingen in der Luft wie Zeichen aus schwarzer Tinte, die langsam emporstiegen zu den freiesten aller Geschöpfe, die hoch über den Felsen kreisten.
»Meine Brüder und Schwestern, wenn ich die Gefühle unserer weißen Landsleute nicht völlig falsch verstehe, so ist es ihr Wunsch, uns beizubringen, daß sie nicht das mindeste mit uns zu tun haben wollen, außer vielleicht, aus unserem Blut Dollars zu schlagen. Unsere Lage ihnen gegenüber ist unnormal. Es ist eine Lage, die selbst die Mutigsten unter uns mit tiefer Sorge erfüllen muß. Wir sind Brüder, Menschen voller Hoffnung, und das ist unser Glück; ohne sie wären wir schon lange vor dieser unheilvollen Stunde in tiefe Verzweiflung versunken. Denn so liegen die Dinge, meine Brüder und Schwestern. Hier, auf der Erde, auf der wir geboren sind, in einem Land, in dem wir seit Jahrhunderten leben, unter einem Volk, das nicht darauf gewartet hat, daß wir es suchten, sondern einem Volk, das uns gesucht hat und uns hergebracht hat in sein eigenes, auserwähltes Land – ein Volk, dem wir die niedersten Dienste geleistet haben und das seinen Wohlstand und seinen Luxus der Kraft unserer Arme verdankt, die sie der Erde abgerungen haben. Ich sage euch, Brüder und Schwestern, unter einem solchen Volk und mit allem, was für uns spricht, gelten wir in diesem Land weniger als Ausländer – wir sind Fremdlinge im Land unserer Geburt. Die Grundprinzipien der Republik, auf die sich auch der bescheidenste weiße Mann, ob im Lande geboren oder sonstwo, mit Aussicht auf eine verständnisvolle Reaktion berufen kann, haben für uns keine Gültigkeit. Die glorreichen Grundsätze der Väter der Revolution und die noch glorreicheren Lehren

von Gottes Sohn werden gegen uns interpretiert und angewendet. Wir werden buchstäblich aus der Reichweite der menschlichen und göttlichen Autorität herausgepeitscht. Wir fordern unser Recht im Namen der unsterblichen Unabhängigkeitserklärung und der Verfassung, und unsere Landsleute reagieren darauf mit Flüchen und Verwünschungen. Im geheiligten Namen Jesu bitten wir um Gnade, und die Sklavenpeitsche, rot von Blut, klatscht höhnisch auf uns herab.

Die weißen Amerikaner hassen uns, verabscheuen uns, rauben uns unsere Persönlichkeit und leugnen sie. Die ausgebreiteten Schwingen amerikanischen Christentums – allem Anschein nach breit genug, um einer untergehenden Welt Schutz zu bieten – weigern sich, uns unter sich aufzunehmen. Für uns sind ihre Knochen Messung und ihre Federn Eisen. Wenn wir kommen, um unter ihnen Zuflucht und Schutz zu finden, dann sind wir lediglich vom hungrigen Bluthund zum alles verschlingenden Wolf geflüchtet – aus einer verderbten und selbstsüchtigen Welt in eine hohle und heuchlerische Kirche und, wie ich hinzusetzen könnte, von den Qualen der Erde in die Flammen der Hölle!

Meine Brüder und Schwestern, dies sind harte Worte, aber für das Wohl meines Volkes wünschte ich mir, sie wären noch viel härter. Ich fürchte, unser Fehler hier und heute wird nicht der sein, daß wir zu vehement für die Sache der Sklaven eingetreten sind, sondern zu zahm, daß wir uns diesem Unrecht nicht zu erregt widersetzt haben, sondern mit unnatürlicher Ruhe und Gelassenheit. Was mich betrifft, so kann ich nicht aussprechen, was ich in dieser Hinsicht empfinde. Meine Worte, obwohl bitter, sind weniger bitter als meine Erfahrungen. Mit meiner bescheidenen Rede kann ich bestenfalls die Tatsachen darstellen, aber nur einen Schatten ihres Wesens.

Befreiung nächstes Jahr!

Gott segne Amerika!«

Ich trat neben Covey und Kapitän Fitzgerald, die Braithwaites Rede aufmerksam angehört hatten. Plötzlich drehte sich der Kapitän zu mir um und sagte: »Zum erstenmal, Joseph Cinque, kann ich mit den Männern reden, die ich seit fünfzehn Jahren aus der Gefangenschaft befreie. Dieser Tag hat mir Gesichter gebracht, die sonst nur schwarze Fracht waren. Stimmen, Namen, alles. Das ist ein ganz besonderes Geschenk.« Er schüttelte den Kopf, als müßte er diese neue Art, uns zu sehen, erst verdauen.

Covey hatte nichts im Sinn als seine Werbung um Vivian Braithwaite. Fitzgerald war es nicht gelungen, Braithwaite zu überzeugen. Er hoffte auf dessen Zustimmung, aber für mich war es schon immer ein trauriges, hoffnungsloses Unterfangen gewesen. Um die Heirat mit einem Mädchen wie Vivian mußte monatelang verhandelt werden, eine Familie gehörte dazu, ein Brautgeld, ein machtvoller Unterhändler. Man konnte nicht einfach hingehen und sich ein Mädchen aneignen. Als ich versuchte, ihm das zu erklären, weil mir klar war, daß er schon zu lange von Mendeland fort war, lachte er nur und sagte, dies wäre Amerika.

Kein Brautgeld. Kein Ehekontrakt. Kein Angehöriger oder Heiratsvermittler; was für eine Art von Verbindung sollte das werden?

»Und die Sklaven in diesem Land? Dürfen sie heiraten?«

»Sie dürfen sich fortpflanzen. Aber ein Vater kann von seinen Kindern und ihrer Mutter wegverkauft werden. Mütter können von ihren Kindern wegverkauft werden und Kinder von ihren Eltern. Es gibt kein Gesetz, das die Ehe zwischen Sklaven anerkennt.«

»Und eine Ehe zwischen Sklaven und Freien?«

»Wenn du damit eine Ehe zwischen Schwarzen und Weißen meinst – sie gilt in allen Staaten der Union als Kapitalverbrechen. Wenn du eine Ehe zwischen einem schwarzen Sklaven und einem schwarzen Freien meinst, so kann der Freie den Unfreien kaufen oder zu kaufen versuchen.«

Alle brachten Vivians Vater ein Gefühl entgegen, das mehr war als bloßer Respekt, und das bezog seine ganze Sippe mit ein, wie es auch in Mendeland der Fall gewesen wäre. Jeremiah und Cotton, seine ältesten Söhne, galten bereits als wichtige Angehörige der Dorfgemeinde. Sie waren ungewöhnlich hoch gewachsen. Ich zum Beispiel reichte Cotton kaum bis zur Schulter, und ich bin kein kleiner Mann. Jeremiah war nicht ganz so groß, aber massiger. Und beide hatten die liebenswürdige Art ihres Vaters und ihrer Schwester. Es war offensichtlich, daß sie ihre Mutter und ihre Schwestern auf Mende-Weise verehrten. Und daß sie ihrem Vater bedingungslos gehorchten.

Er war unser Bindeglied zu den freien Schwarzen in New Haven, Montauk, Hartford und vielen der anderen Ortschaften im Umkreis unseres Gefängnisses. Diese Männer und Frauen hatten sehr viel von unseren Ältesten an sich, aber anstelle der Geheimgesellschaften der Poro und der Sande hatten sie ihre Kirchen. Jede Dorfkirche stand mit den anderen in brüderlicher Verbindung, und in einer Krise hielten alle zusammen.

Einst waren sie Afrikaner gewesen, aber davon war nichts übriggeblieben. Ihre weißen Kirche mit hohen Dächern standen unter einem Kreuz, nicht einem Baum oder einem Stein. Es gab Gewo, aber keinen der anderen Götter. Stattdessen verehrten sie Heilige, die einmal lebendige Menschen gewesen waren, und ich glaube deshalb, daß sie zumindest nicht aufgehört hatten, einige ihrer Vorfahren zu verehren. Ich sehnte mich nach meinen Reisfeldern, und die rastlosen, unglücklichen Männer sehnten sich nach einer Veränderung ihres gedemütigten Daseins. Aus Helden waren wir zu Mündeln und Habenichtsen geworden, zu Kindern, die von weißen Jungen verspottet und gepeinigt wurden. Sei-mir-gnädig und Schlange waren von einer Bande von Jugendlichen umzingelt und geschlagen worden.

Vivian war an diesem Tag ganz in Weiß gekleidet. Sie trug einen breitkrempigen, mit Blüten besetzten Strohhut mit einem Schleier zum Schutz vor Moskitos. Sie hatte Handschuhe an, Schuhe, sogar weiße Strümpfe; trotzdem wirkte sie mit all dieser Bekleidung in dieser Hitze kühler als Bayeh-Bia in ihrem Lappa. Als ich das zu ihr sagte, lachte sie, doch dann bedachte sie mich mit einem langen, seltsamen Blick, stumm, nachdenklich. Wegen des Schattens, den der große Hut warf, war es schwierig, in ihrem Gesicht zu lesen, aber die leuchtenden Augen waren auf mich gerichtet.

»Sie wissen mehr über Kaweli als ich«, sagte sie anklagend.

»Ohne Covey wären wir so stumm wie Bergleoparden, unfähig, irgend etwas anderes zu tun, als zu fauchen und blindlings die Tatzen gegen unsere Feinde zu erheben.«

»Was eine gute Methode ist, in diesem Land getötet zu werden, Mr. Cinque.«

»Und was ist eine gute Methode, in diesem Land zu überleben?« fragte ich.

»Es gibt keine gute Methode«, sagte sie ohne eine Spur von Erbitterung, »oder richtiger, es gibt viele Methoden, aber nur wenige sind mit der Würde des Menschen vereinbar.«

»Werden Sie mit Covey gehen«, fragte ich sie, »wenn wir frei sind?«

»Wird Covey bei mir bleiben?« antwortete sie mit einer Gegenfrage.

Ich wußte nicht, was ich darauf sagen sollte. Ich wußte, daß Kriegsstraße sie liebte; sie war liebenswert, daran bestand überhaupt kein Zweifel, aber ich wußte auch, daß er die Amerikaner und ihre Art des Umgangs mit Schwarzen verabscheute und sich vor ihren Gesetzen und ihrer Sklaverei fürchtete. Er litt darunter, in diesem Land ständig sein Temperament zügeln zu müssen. Er behauptete, er hätte keine Nacht mehr gut geschlafen, seit er sein Schiff verlassen hätte, außer, während er krank und in der Obhut des

Geschöpfes war, das mich jetzt so kriegerisch ansah. Ich wußte, daß Kriegsstraße kein Mann für dieses Land war, im Gegensatz zu Vivians Vater. Für einen Mende war es schwierig, an Glück oder Güte zu glauben, aber die Schwarzen hier mußten an das Gute glauben. Daran, daß Amerika gut war. Die Mende verabscheuten Gewalt und übten sie nur aus, wenn es unbedingt nötig war. Vivians Vater war ein gewalttätiger Mann, ein Mann der neuen Welt, für den nur das Handeln galt, dessen einziges Ziel Perfektion war, nicht Kompromiß. Die Mende glauben, daß alles vorherbestimmt, alles Schicksal ist. Unsere Handlungen, unsere Strafen und unsere Belohnungen sind vor langer Zeit durch das Verhalten unserer Vorfahren festgelegt worden. Wenn sie gerechte Männer gewesen waren, konnten wir sie um Hilfe bitten – ich hatte das in mancher Nacht getan –, aber Gewo war die oberste Instanz, und er war, weil er es mit Menschen zu tun hatte, grausam, unerforschlich und unversöhnlich, dem Gott Abrahams sehr ähnlich: Auge um Auge.

»Sie werden gewinnen, Cinque«, sagte sie. »Ich glaube an Gott.«

»Dann waren Sie es, die mir Kaweli schickte?« fragte ich. »Er erschien erst, als Sie nicht mehr ins Gefängnis kamen.«

»Aber ich habe immer geglaubt, *Sie* hätten *mir* Covey geschickt!« lachte Vivian. »Es ist kaum vorstellbar, daß die andere Hälfte der eigenen Seele plötzlich von jenseits des Meeres auftaucht.«

»Vielleicht trifft beides zu«, sagte ich, gleichfalls lachend. »Können Sie sich vorstellen, daß Covey eigens für mich von so weit her gekommen ist?«

Die Worte, die ich in ihrer Sprache gesprochen hatte, waren eine große Anstrengung für mich gewesen. Die harten, häßlichen Laute der englischen Sprache blieben mir oft in der Kehle stecken. Aber jetzt steckte mir noch etwas anderes in der Kehle: Angst um Vivian und Covey und vor

allem eine Vorahnung von unser aller Tod, fern von daheim.
»Wir wollen glauben«, sagte sie, »daß wir uns Kaweli gegenseitig geschickt haben. So ist es am allerschönsten.« Dann ergriff sie meinen Arm. »Ich habe gesehen, wie Sie Cottons Braunen auf der Wiese betrachtet haben. Ein schönes Tier, nicht wahr? Was wollten Sie dort drüben bei den Pferden?«
Ich sah sie fragend an, weil ich nicht verstand, bis sie zur Koppel hinüberdeutete. Ich nickte, unfähig, meiner Bewunderung Ausdruck zu verleihen. Sie runzelte die Stirn. »Warten Sie«, sagte sie.
Ich sah, wie sie die Koppel betrat und sich schnell und sicher zwischen den Tieren bewegte, die dort unangebunden grasten. Schließlich nahm sie das schönste von ihnen beim Halfter und führte es auf mich zu.
Als sie bei mir war, streckte ich die Hand aus und berührte das glatte, glänzende Fell. Vivian schien zu verstehen.
»Möchten Sie«, sagte sie langsam, »auf diesem Pferd reiten? Kommen Sie. Ich zeige es Ihnen. Setzen Sie Ihren Fuß hierher, die Hände kommen dahin, und dann werfen Sie das andere Bein darüber.«
Meine erste Reaktion war, nach dem Haar im Genick des Tieres zu greifen, aber es war dem Haar der Weißen so ähnlich, daß ich davor zurückschreckte. Also legte ich meine Hände so hin, wie sie es mir gezeigt hatte. Sie ergriff den langen Lederriemen und führte mich langsam im Kreis auf der Wiese herum. Und eines war unvergeßlich: von dieser Höhe aus verwandelte sich die Welt. Ich beobachtete, wie der Boden unter mir dahinglitt. Ich war so groß wie vierundzwanzig Palmen. Ich konnte weiter sehen als je zuvor in meinem Leben, ausgenommen auf dem Meer, aber diesmal war es nicht eine leere Linie zwischen zwei verschiedenen Blautönen, sondern das Leben selbst: Himmel, Felder, Anhöhen, Rauch, Menschen und Tiere in der Ferne, und selbst die Ferne schrumpfte vor meinen Augen zusam-

men. Jetzt verstand ich, wie der weiße Mann zu seiner Arroganz gekommen war: es war so, als säße man auf den Schultern eines anderen Menschen. Kein Wunder, daß die Weißen von ihrer Überlegenheit überzeugt waren. Dies war das verderblichste Geschöpf auf Erden, die tödlichste aller Waffen, und ich wollte nichts mehr mit ihm zu tun haben. Trotzdem sehnte ich mich noch Wochen später nach dem Gefühl, das unter mir zu haben, was Vivian »Pferdefleisch« genannt hatte.

Die Nacht war hereingebrochen. Die Gäste fuhren in ihren Kutschen und Wagen ab. Einige von uns waren noch da, die meisten jedoch hatten sich schon auf den Rückmarsch zum Gefängnis von Farmington begeben. Die Familie Braithwaite hatte sich vor ihrem Haus versammelt, und ihre hellbraune Haut glänzte im Schein der Öllampen. Vivian und Covey saßen auf der Schaukel. Jeremiah stand neben seinem Vater, der, die Hände in den Taschen, eine goldene Uhrkette über dem massigen Leib, mit aufgeknöpfter Jacke und schimmerndem weißem Hemd ein Bild selbstsicherer Gelassenheit bot. Mutter Braithwaite hatte sich auf einem Sessel niedergelassen; ihr weißer Rock umwogte sie, ihr weißer Schal hob sich deutlich von ihren dunklen Schultern ab. Das Haar trug sie in einer langen, dicken Flechte, die von einem mit winzigen Jettperlen besetzten Netz gehalten wurde.
Vivian erhob sich, und kurz darauf erfüllte ihre Stimme mit einem Lied die Luft, die plötzlich sehr still geworden war. Es hieß »Die Ballade von Gabriel Prosser«. Ich genoß ihren unbegreiflichen Charme, berauschte mich an der bestürzenden Inbrunst ihrer Stimme. Vivian sang:

»Und dann riefen sie auf zum Siegestanz,
und alle kamen herbei,
doch der beste Tänzer von allen war
Gabriel Professor, und der war jetzt frei!«

»Was ist das für ein Lied?« fragte ich.
»Das ist die Geschichte von Gabriel Prossers Rebellion. Die Sklaven im Süden singen das Lied gern und tanzen dazu. Glauben Sie mir, eines Tages werden sie auch über Sie ein Lied singen, Joseph Cinque. Sie werden singen:

›Zwei hielten in Cinques Zelle Wacht,
und noch einer wachte davor,
und zweie standen beim Galgenbaum,
doch Covey trug Cinque durchs Tor.

Um Cinques Nacken und Cinques Knie
pfiff so manche Kugel schon,
doch Covey nahm Cinque auf den Arm
und trug ihn mannhaft davon.

Sie stiegen aufs Pferd und ritten fort,
zehn Meilen vom Galgenmast.
An der Beuge des Flusses, am sicheren Ort,
da hielten sie fröhlich Rast.

Der Prozeß war lang und Freunde rar;
doch der Tag der Freiheit war da.
Und bald geht die Amistad in See
und bringt Cinque nach Afrika!‹ «

Alle brachen in lauten Applaus aus. Braithwaite beugte sich vor und küßte seine Tochter. Vivians Stimme hatte die sie umgebenden Gesichter so erhellt, als wären ein weiteres Dutzend Kerzen angezündet worden. Ihr strahlendes Lächeln wuchs unter Coveys anbetenden Augen, bis es zur Schönheit selbst geworden war. In diesem Augenblick konnte ich mir nichts vorstellen, das wundervoller gewesen wäre, als nicht sterben zu müssen . . .
Ich stand da, plötzlich von einem brennenden Verlangen

nach Aktion erfüllt und dennoch im Banne einer seltsamen Apathie, einer Apathie, wie ein bereits zum Tode Verurteilter sie empfinden mag. Es war eine Mischung aus zwei Gefühlen, der Erleichterung, der Bürde und der Qualen des Lebens ledig zu sein, und dem inbrünstigen Wunsch, weiterleben zu dürfen – einem Gefühl, so heftig und so seltsam, daß es fast einer Heimsuchung glich. Nur meine Augen verrieten mich, wie Schlange mir später sagte. Sie waren hell vor Sehnsucht, aber gleichzeitig umwölkt von der Furcht vor der Falle, dem Speer, der Keule, dem Netz, wie die eines verfolgten Tieres. Und um dieses Tier herum wirbelte ein Zyklon aus Worten, Dokumenten, Ehrgeiz, Entrüstung, Wohlwollen, Mißverständnissen und dem, was die Amerikaner öffentliche Meinung nennen. Was mich betraf, verdiente diese öffentliche Meinung die gleiche Behandlung, die ich dem Hosenbein des Spaniers hatte zukommen lassen. Aber ich irrte mich. Ich besaß selbst Macht, eine Macht, die stärker war als alle Anklagen. Sie war so alt wie mein Land. Es war die Macht der Legende.

Siebentes Kapitel

Madame President

Louisa lächelte, als ihr die Worte ihrer Schwiegermutter Abigail in den Sinn kamen:
Es steht nicht nur in unseren Kräften, uns selbst zu befreien, sondern auch, unsere Herren zu bändigen und ihnen, ohne jede Heftigkeit, sowohl die natürliche als auch die juristische Macht vor die Füße zu werfen.
Kein Zweifel, heute saßen die natürliche und die juristische Macht in ihrem Wohnzimmer.
Louisa wußte, weshalb Angelina und Sarah gekommen waren: um ihren Mann zu überreden, die Verteidigung von Joseph Cinque gegen die Vereinigten Staaten zu übernehmen. John Quincy hatte Alter und Schwäche vorgeschützt. Und nun waren sie hier, saßen in ihrem Wohnzimmer, freundlich, aber arrogant in ihrer Überzeugung, daß John Quincy nicht bei seiner Weigerung bleiben würde, weil es um eine gerechte Sache ging. Natürlich glaubten sie nicht, daß sie, Louisa, viel Einfluß auf seine Entscheidung haben würde, aber darin irrten sie sich. Dennoch fühlte sich Louisa geschmeichelt, Angelina und Sarah Grimke zum Tee bei sich zu haben, die ersten weiblichen Abolitionisten in den Vereinigten Staaten. Die Schwestern waren Töchter eines Sklavenbesitzers aus South Carolina und kannten die Schrecken der Sklaverei aus erster Hand. Mittlerweile hatten die Schwestern Grimke in mehr als hundert Städten für die Sache der Sklavenbefreiung gesprochen. Ihr Auftreten führte immer zu Tumulten. Nur wenige Frauen ergriffen in

der Öffentlichkeit das Wort, und keine sprach über so radikale Ideen wie die Gleichheit der Geschlechter in einem Atemzug mit der Befreiung der Sklaven.
Louisa hatte Sarah Grimke drei Jahre zuvor kennengelernt, als sie, um Anhänger werbend, Neuengland bereist hatte. Seither hatten sie miteinander im Briefwechsel gestanden, und Louisa hatte, ein wenig unbesonnen und vielleicht sogar illoyal, ihren Gefühlen freien Lauf gelassen – über die Unterdrückung ihres Geschlechts, über ihren Eindruck, von der Geschichte übergangen worden zu sein, über ihre eigene Unwissenheit und die Arroganz der Männer.
Angelina, die jünger und hübscher war als Sarah, hatte Louisa bisher noch nicht kennengelernt. Sie war die erste Frau, die in den Vereinigten Staaten in der Öffentlichkeit gesprochen hatte. Beide waren aus der Gemeinschaft der Quäker ausgeschlossen worden – Angelina, weil sie einen Mann anderen Glaubens geheiratet, und Sarah, weil sie an der Hochzeit teilgenommen hatte. Louisa dachte an ihre eigene Hochzeit, bei der auch sie aus allem ausgestoßen worden war, was sie bis dahin gekannt hatte, nur um eine Angehörige des harten, puritanischen Adams-Clans zu werden.
»Wenn mein Mann redet, kann er sämtliche Register der Leidenschaft ziehen, vom beißenden Spott bis zu den nobelsten Gefühlen«, sagte Louisa. War sie nicht selbst Opfer und Gegenstand dieser Fähigkeit gewesen? Sie und ihre Söhne?
»Ich muß immer daran denken, wie er versucht hat, die Petition der neun Damen aus Fredericksburg, Virginia, einzubringen ...« Angelina lachte.
»Und das waren Mulattinnen.«
»Und Senator Patton zufolge obendrein *verrufene* Prostituierte.«
»Weil sie zufällig Mulattinnen waren, fragte Mister Adams, oder weil der Gentleman die Damen persönlich kannte?« In Louisas Stimme schwang Ironie.

Angelina kicherte. »Und wie Senator Patton wieder und wieder beteuerte, er kenne sie nicht! Und so tat, als hätte ihm jemand vorgeworfen, er pflege Umgang mit Prostituierten . . .«
Louisa lachte. »Sie waren freie Mulattinnen«, sagte sie.
»Was für Mr. Patton vermutlich keine Rolle spielte«, erklärte Angelina.
»Denn daraufhin sagte Mr. Adams: ›Ich freue mich zu hören, daß der ehrenwerte Gentleman jede Bekanntschaft mit Ihnen bestreitet, denn ich wollte gerade fragen, wer diese Frauen, wenn sie verrufen sind, in Verruf gebracht hat? Nicht‹, setzte er hinzu, ›ihre Hautfarbe, sondern ihre Herren! Im Süden herrscht große Ähnlichkeit zwischen der Nachkommenschaft von Farbigen, die gleichfalls als farbig gilt, und den Weißen, die Besitzansprüche auf sie erheben. Deshalb kann vielleicht die Bezeichnung *verrufen* auf diejenigen angewendet werden, die dafür verantwortlich sind.‹
Das Haus ging regelrecht in die Luft. Rufe und Beschuldigungen schwirrten durch den Saal. Aber in den Harems des Südens kann weder Mr. Polk noch sonst jemand Ordnung schaffen«, sagte Louisa.
»Und dann hat Ihr Mann etwas Wunderbares gesagt«, meinte Sarah.
»Das Wort ›Frau‹ ist ein Ausdruck, der mir wesentlich teurer ist als das Wort ›Dame‹ . . .«
Wie sehr sich Louisa wünschte, daß er das zu ihr gesagt hätte, statt vor dem Senat! Aber ihr war klar, daß ihr Mann lediglich auf den inbrünstigen Wunsch seiner Mutter reagierte, daß *es nicht einen einzigen Sklaven in der Provinz gibt . . . ein Zustand, den wir bekämpfen müssen, weil wir die Neger berauben, die das gleiche Recht auf Freiheit haben wie wir auch.*
In ihrem Herzen wußte Louisa, daß es kein stärkeres Argument gab. Indem er Joseph Cinque verteidigte, handelte John Quincy im Geiste seiner Mutter; indem er ihm zur Freiheit verhalf, ehrte er ihr Andenken.

»Meine liebe Louisa, Frauen und Sklaven hätten ihre Gleichberechtigung in einem einzigen Dokument erreichen können – der Unabhängigkeitserklärung, mit der unsere Revolution begann«, sagte Angelina.
»Mir kommen die Tränen, wenn ich daran denke, welch lange, harte Straße wir entlangwandern müssen, nur wegen dieser Unterlassung«, erklärte Sarah. »Wenn wir unser Ziel überhaupt jemals erreichen werden, dann langsam und schmerzlich und unter vielen Rückschlägen ... Dennoch, die Sache der Sklavenbefreiung und die Sache der Frauenrechte sind untrennbar miteinander verbunden.«

Der Diener begrüßte John Quincy an der Tür. Trotz einschüchternder Briefe und Morddrohungen wanderte er Tag und Nacht ohne Begleitung durch die Straßen von Washington. Der Diener hatte ihn darauf hingewiesen, daß Besuch da war, und als John Quincy sein Wohnzimmer betrat, errötete er, als hätte man ihm beim Nacktbaden im Potomac überrascht. Da saßen die Schwestern Grimke in all ihrer Herrlichkeit, ohne Weld, Angelinas Mann. Hatte Louisa sie eingeladen? Oder hatten sie sich selbst eingeladen? Einen Moment herrschte betretenes Schweigen. Doch John Quincy verzichtete auf sarkastische Worte und mürrische Verdrießlichkeit – er unterhielt sich auf seine liebenswürdigste und charmanteste Art mit den Damen und bezog sogar Louisa in das Gespräch ein. Er liebte seine Frau und war stolz auf sie. Und er hatte nicht die Absicht, sie vor ihren Freundinnen in Verlegenheit zu bringen, indem er schlechtes Benehmen an den Tag legte.
»Angelina! Sarah! Sie sind zur rechten Zeit gekommen! Ich brauche ein bißchen Schutz vor den Leuten aus Virginia, und Sie sind genau die furchtlosen, unerschrockenen Damen, die ich nötig habe. Wie ist es Ihnen auf Ihrer letzten Reise ergangen, Angelina – von Brandstiftung, Tumulten, einem lynchwütigen Mob, Beschimpfungen und Andro-

hung des Teerens und Federns und Auspeitschens einmal abgesehen?«
Angelina hatte ihn einmal gefragt, was man unternehmen müßte, um die Sklaverei abzuschaffen, und er hatte gesagt, wenn überhaupt jemand es fertigbrächte, dann wären es die Damen – und das glaubte er nach wie vor. Er lächelte die Schwestern an. Einer seiner seltenen Viertelmonde. Also meinte Louisa – oder *sie* meinten, denn er glaubte nicht, daß Louisa sie eingeladen hatte –, daß sie ihn überreden könnten. Nun, er würde ihnen gestatten, das zu glauben, während er höflich ihren Bitten und wohlvorbereiteten Reden lauschte. Louisa, fiel ihm auf, hatte ein hochrotes Gesicht. Merkwürdig, wie sehr Louisa den Wert unterschätzte, den sowohl sie als auch ihre Ansichten für ihn hatten. Sie glaubte, er sähe in ihr noch immer das, was seine Mutter in ihr gesehen hatte – seine *englische* Frau, zu zierlich, zu feinsinnig und zu hochnäsig für die Hemdsärmeligkeit der amerikanischen Politik.
Solange seine Mutter noch lebte, waren Abigail und Louisa Rivalen und Feinde gewesen. Aber jetzt, nachdem sie ihre Briefe noch einmal gelesen hatte, bewunderte Louisa die alte Dame und bedauerte, daß sie einander nicht nähergestanden hatten. Für ihn war Louisa die Verkörperung der amerikanischen Frau schlechthin. Die Forderungen und Härten des öffentlichen Lebens und die Mutterschaft hatten das verwöhnte, gefährlich disziplinlose Londoner Mädchen gezähmt und geprägt, bis, wie er wußte, unter der samtigen Oberfläche geschmiedeter Stahl entstanden war. Sie hatte etwas Undefinierbares, eine Anmut, eine Ehre, einen Liebreiz, der ihr unweibliches Temperament und ihre Dickköpfigkeit aufwog, die ständig mit ihrem Mangel an Selbstvertrauen im Kampf lag. Er hatte nie vergessen, wie sie ein für allemal bewiesen hatte, daß die englische Frau, die Schöne aus dem Süden, aus dem gleichen Holz geschnitzt war wie die Adams. Am 12. Februar 1813, ihrem Geburtstag, hatte

Louisa mit dem siebenjährigen Charles Francis, einer Zofe und zwei Dienern St. Petersburg verlassen und die winterlichen Einöden von Rußland und Polen durchquert, um zu ihm nach Paris zu kommen. Zweiundfünfzig Tage war sie in einer unbeheizten Kutsche im Kielwasser von Napoleons Armee und der von Napoleons Niederlage hinterlassenen Trostlosigkeit auf gefährlichen, vereisten Straßen unterwegs gewesen. Sie war ins eisige Wasser der Düna gestürzt worden, war so tief in Schnee versunken, daß Bauern sie mit Schaufeln wieder befreien mußten. In Polen waren die beiden Diener vor der Kutsche hergegangen und hatten mit Stöcken auf das Eis geklopft, um einen Pfad zu finden, der sie tragen würde. Sie hatten in Spelunken und schmutzigen Dörfern übernachtet, bedroht von marodierenden Soldaten und Deserteuren, verspottet als Napoleons Schwester, umlagert von betrunkenen Gardisten, die sich ihrer Truppe wieder anschließen wollten, und war schließlich wohlbehalten an den Toren von Paris angekommen, wo er, John Quincy, vergnügt und zufrieden im Theater gesessen hatte. Diese Reise hatte ihnen beiden danach sehr viel bedeutet. Er hätte beinahe sie und Charles verloren, und sie war ein für allemal die Angst vor der Einsamkeit und dem Gefühl losgeworden, ganz auf sich allein gestellt zu sein. Sie hatte sich vor sich selbst bewiesen: nicht unterzukriegen, mutig, sogar tollkühn – jedem Mann ebenbürtig. John Quincy ließ den Blick von einer Frau zur anderen schweifen. Angelina war kühn und intelligent, Sarah tapfer und hartnäckig, aber er würde Louisa jederzeit den Vorzug vor jeder anderen geben. Sie hatten, dachte er, ständig in Unruhe gelebt, einer ununterbrochenen Folge von Banketten, Empfängen, politischer Hektik und Konflikten, die ihre armen Körper und Seelen bis an die äußersten Grenzen der Erschöpfung und Verzweiflung, der Genugtuung und des Stolzes beansprucht hatten. All die Reisen, Schiffe, Häfen, Hotels, Häuser, Landschaften, Kutschen, Städte, Dampfer, Pferde, Palä-

ste, Höfe – all das verschmolz in dieser unvergeßlichen Entfernung, die sie von dem jungen Paar trennte, das nur einen Traum gekannt hatte: Dienst am Staat.
Die Argumente der Frauen glitten über ihn hinweg wie wehende Fahnen – in allen erdenklichen Farben, mit Streifen und Sternen; sie flatterten in der sanften Brise des unerschütterlichen Glaubens der Schwestern. John Quincy ertrug geduldig ihre Aufdringlichkeit und Geschwätzigkeit, aber aus irgendeinem, ihm nicht recht bewußten Grund musterte er verstohlen das Gesicht seiner Frau: das Mädchen aus London, die enttäuschte, vernachlässigte junge Frau, die ungeliebte Schwiegertochter, die trauernde Mutter, die ihre einzige Tochter in der russischen Erde begraben hatte, die ihre Söhne in Quincy neben den anderen Adams begraben hatte, die ihr eigenes Herz in Washington begraben hatte, als er in die Politik zurückgekehrt war, diese Frau, die sich immer noch für schwach hielt, aber stärker, viel stärker war als er.
Und was hatte sein Vater gesagt?
Ich habe niemals Mitleid erwartet – fünfzig Jahre lang habe ich in einem feindlichen Land gelebt.
Spielte es zu diesem Zeitpunkt wirklich eine Rolle, was seine noch lebenden Familienmitglieder dachten?
Sein Land würde sich erinnern.

»Louisa, wieso bist du so spät noch wach? Ich sah Licht unter der Tür und dachte, du wärest bei brennender Lampe eingeschlafen . . .« Louisa stellte fest, daß er noch den Straßenanzug trug; also hatte er nicht zu Hause gearbeitet, sondern in seinem Büro im Repräsentantenhaus.
»Du hast ja noch nicht einmal dein Nachthemd an«, rief er, dann errötete er über die Intimität seiner Bemerkung.
»Ich wollte gerade zu Bett gehen«, erwiderte Louisa und löste ihr Haar aus dem hellbraunen Chignon. Sie zögerte einen Moment, dann streckte sie ihm die Haarbürste hin.

»Wenn du nicht zu müde bist«, sagte sie.

»Nein, ich bin nicht müde«, sagte Adams. Er begann, seiner Frau das Haar zu bürsten – eine Arbeit, die er in den ersten Jahren seiner Ehe geliebt hatte; ihre unvermutete Wiederkehr erfüllte ihn mit Glück und Zärtlichkeit. Die weiche Masse unter seinen Händen war Balsam für seine Seele, und er begann leise zu summen.

»Wo bist du gewesen?«

»In der Kongreß-Bibliothek. Ich bin zu Fuß nach Hause gegangen. Es ist eine herrliche Nacht, warm und vom Duft der Magnolien erfüllt. Als ich dort arbeitete, bin ich Nathan Langdon begegnet. Er war im vorigen Jahr bei der Verhandlung gegen die Männer von der *Amistad* dabei und hat sich sogar Notizen gemacht. Er war sehr hilfsbereit. Kam immer wieder auf die Verhandlung gegen Nat Turner zu sprechen.«

»Willst du überhaupt nicht zu Bett gehen?« fragte Louisa.

»Es lohnt kaum noch. Ich glaube, ich gehe zum Potomac hinunter und nehme ein Bad.«

John Quincy war dafür berühmt, daß er nackt im Potomac badete, seit ein paar junge Männer ihm einen Streich gespielt und seine Kleider gestohlen oder vielmehr versteckt hatten, während er badete. Aber die belustigte Empörung hatte ihn nicht abgehalten, und sein frühmorgendliches Baden gehörte zum Alltagsleben in Washington City. Louisa lächelte. Da John Quincy ohnehin nur kalt badete, spielte es im Grunde keine Rolle, ob er das im Potomac tat oder zu Hause. Aber sie glaubte nach wie vor, daß er sich eines Tages den Tod holen würde.

»Ich mache dir Badewasser warm, wenn du möchtest«, sagte sie. »Dazu brauchen wir die Dienstboten nicht zu wecken.«

»Es ist ein warmer Morgen. Ich ziehe den Fluß vor«, sagte John Quincy. »Willst du nicht mitkommen?«

Louisa blickte auf. »Nein, danke, Sir, ich könnte ertrinken...« Plötzlich lief ihr ein Schauer über den Rücken. Ertrinken. Potomac. Sie hätte fast geschrien, doch dann erklärte sie lahm: »Ich ziehe den Mississippi vor...« John Quincy traten Tränen in die Augen, als er den verletzlichen Nacken seiner Frau betrachtete, von dem das Haar weggebürstet war.

»Schon gut, Mutter«, sagte er sanft.

»Bleib hier«, sagte Louisa.

»Am hellichten Morgen?«

»In London ist es elf Uhr abends«, entgegnete Louisa, falsch rechnend.

John Quincy Adams wanderte zu seinem Lieblingsplatz am Fluß. Da waren ein Felsbrocken, auf dem er seine Kleider ablegen konnte, eine Rosenhecke, die ihn vor neugierigen Blicken schützte, eine hundertjährige Akazie, die ihm Schatten bot, und eine Stelle, an der er sich notfalls verstekken konnte. Er zog sich aus und stieg in das saubere, kalte, langsam fließende Wasser. Er tauchte, kam wieder an die Oberfläche, tauchte abermals, blieb von mal zu mal länger unter Wasser. Er schwamm im Kreis herum, ein Rad greift ins andere, dachte er, während ihm das Problem Joseph Cinque, über das er mit Louisa hatte sprechen wollen, durch den Kopf ging. Unter der Oberfläche schwimmend, mit offenen Augen, durchscheinendem Körper und Gliedmaßen, die so wendig und geschmeidig waren wie die eines jungen Mannes, vergaß John Quincy für eine Weile die Jahre, die er in der Strömung hinter sich herschleppte. Dies war der einzige Ort, an dem sie gewichtslos waren. Er konnte seine Arme und Beine aus dem Panzer seines Alters herausrecken wie eine zweihundertjährige Schildkröte; an Land dagegen mußte er ihre demütigende Bürde so mit sich herumschleppen, daß jedermann sie sehen konnte. Als John Quincy als ein wieder zum Methusalem gewordener Adam dem Wasser entstiegen war, setzte er sich auf seinen

Felsbrocken, ließ sich von der Sonne trocknen und dachte an den Mühlstein eines weiteren gebrochenen Versprechens, den er in Louisas Haus zurückschleppen würde.

Wenig später schrieb Louisa sich einen Paß aus, unterzeichnete ihn mit dem Namen ihres Mannes, nahm einen Korb mit Eßwaren, eine Bibel und fünfzig Cents und machte sich zu Fuß auf den Weg zum Gefängnis von Washington. Als der Gefängniswärter sah, wie die ehemalige First Lady sein Gefängnis betrat, war er so verblüfft, daß er in der Eile, sie zu begrüßen, fast über seine eigenen Füße gestolpert wäre. Sie zeigte ihm ihren falschen Paß. Er redete sie mit »Madame President« an, und als sie ihm sagte, was sie wünschte, blieb ihm der Mund offenstehen. Sie wollte zuerst die Negerinnen sehen, dann die Männer. Sie verlangte von ihm, daß er ihr mitteilte, warum sie im Gefängnis saßen, wie viele von ihnen auf dem Block verkauft und wie viele gehängt werden würden. Louisa verteilte Käse, Gebäck und Marmelade. Die Bibel, entschied sie, sollten die Frauen bekommen.

»Aber«, stotterte der Gefängniswärter, »diese Leute können doch nicht lesen.«

»Macht nichts«, sagte Louisa. »Sie können sie betrachten.«

Von den fünfzig Cents landeten fündundzwanzig in der Hand des Gefängniswärters, zusammen mit einem Glas ihrer besten Marmelade. Der größte Teil der Männer und Frauen waren flüchtige Sklaven, die ihren Herren wieder ausgeliefert werden würden. Viele waren verletzt; sie sah Schnittwunden, Brandzeichen, die Spuren von Peitschenhieben und andere Verstümmelungen. Einer Frau war ein »R« auf die Wange gebrannt worden, einer anderen auf die Stirn. Louisa hatte schon oft die Steckbriefe entflohener Sklaven gelesen, doch bis jetzt hatten sie keine Bedeutung für sie gehabt: zweihundert Dollar tot oder lebend, Entlaufener mit nur einem Ohr; Entlaufener mit Brandzeichen auf der Brust; fünfundzwanzig Dollar Belohnung für den Nachweis des Todes von Ned; Mann mit Frau und Kind; im siebten Monat schwangere Frau, Narben auf dem Rücken; junges, auf der Wange gebrandmarktes Mädchen; hinkender Junge; ein anderer mit nur einem Fuß. Sie blickte in ein Gesicht nach dem anderen. Das Gefängnis war kaum mehr als ein Stall, schmutzig, überfüllt wie ein Sklavendeck, die Kranken neben den Gesunden, die Geistesgestörten neben den Normalen, die Verbrecher neben den Flüchtlingen – hatten sie sich etwa nicht selbst gestohlen? Als Louisa das Frauengefängnis verließ, legte sie die Bibel auf den Tisch in dem Gang, der zwei Reihen von Zellen voneinander trennte. Noch immer hatte sie keine Antwort auf ihre Frage gefunden, die ihr ständig durch den Kopf ging: *Was hat das alles mit mir zu tun?*, aber eine Art Keim zu einer Antwort war vorhanden, ein Blättchen, emporgetragen von den Turbulenzen, die sie umwehten. Sie wußte, daß es demütigend war, auf der anderen Seite der Freiheit zu stehen. Es bestürzte sie, daß sie nicht fähig war, mehr auszusprechen als nur die schlimmsten Banalitäten; und wie armselig war doch jedes Geschenk, wenn das einzige Geschenk, das ein Lächeln hervorbringen konnte, die Freiheit war! Die Erkenntnis traf sie wie ein Schlag. Sie lehnte die Begleitung durch den Gefängniswärter ab, denn das wäre ein Eingeständnis der Schuld der Gefangenen gewesen, aber sie hatte mehr Angst, als sie je zuvor gehabt hatte. Sie dachten nicht daran, ihr zu helfen. Sie beantworteten keine ihrer Fragen und sahen ihr nicht in die Augen. Es war schlimmer als ein Leichenbegängnis. Sie wischte sich das alberne Lächeln aus dem Gesicht. Als sie das Männergefängnis erreicht hatte, wich sie unwillkürlich zurück, betroffen von dem Gestank und dem rauhen Gemurmel von Männerstimmen. Beiderseits von ihr waren lange Reihen von angeketteten Männern hinter Gittern. *Die große Doppeltür war geöffnet worden, und vor ihr lag eine kilometerlange Gasse, flankiert von schwarzen*

Männern mit gezogenen Schwertern, durch die sie langsam hindurchgeschritten war in silbrigem Reifrock und karminrotem Gewand, den Blick nach vorn gerichtet, mit zitternden Knien. Es war die gleiche beängstigende Strecke, die sie bei ihrer Vorstellung am Hof von St. Petersburg vor dreißig Jahren zurückgelegt hatte.

Warst du im Gefängnis von Washington?

Jetzt wanderte sie die Reihen der schwarzen Männer entlang, blickte in Gesichter, suchte nach etwas, von dem sie nicht wußte, was es war, eine unbeantwortete Frage in den Augen.

Warst du im Gefängnis von Washington?

Die Mohren des Zaren in ihren prächtigen, exotischen Livreen waren nicht fremdartiger gewesen als diese schwarzen amerikanischen Verbrecher, Sträflinge, flüchtigen Sklaven, Diebe oder was auch immer die Zeit, ihr Geschick und das Gesetz aus ihnen gemacht hatten. Louisa fragte sich, ob sie unter ihnen ein Gesicht wie das von Cinque oder Grabeau entdecken würde. Oder waren wirkliche Afrikaner anders als diese Häufchen menschlichen Elends?

»Sie sind sehr beherzt, Madam, und sehr mutig.«

»Der wahre Mut zeigt sich nicht im Herkommen, sondern im Bleiben – bei ihnen.« Louisa unterdrückte bestürzte Tränen.

»Mrs. Adams«, sagte der Gefängniswärter, völlig unbeeindruckt von ihrer offenkundigen Erregung, »geben Sie mir das. Es wird unter den Gefangenen verteilt, das versichere ich Ihnen. Und nun, denke ich, sollten Sie nach Hause zurückkehren. Ich kann mir nicht vorstellen, daß Ihr Gatte mehr von ihnen verlangt hat, als Ihre Gaben an der Gefängnistür abzugeben.«

Louisa kehrte zu Fuß nach Hause zurück; für eine Kutsche hatte sie kein Geld. Sie fühlte sich schwach und elend. Als John Quincy nach Hause kam, war er so bestürzt, sie in ihrem Bad anzutreffen, daß er nervös eine Unterhaltung begann, während sie mit einem Hemd bekleidet und mit Tüchern zugedeckt in der Wanne lag. Er betrachtete Louisa voller Zärtlichkeit, und Louisa brachte dem müden, alten Gesicht des Mannes, mit dem sie seit dreiundvierzig Jahren zusammenlebte, das gleiche Gefühl entgegen.

»Selbst ein Heide, der um seine Freiheit kämpft, verdient sie«, sagte Louisa. »Ich hätte mir über seine Lage, seine Bildung, seine Bräuche, so wie wir sie verstehen, keine Gedanken zu machen brauchen. Er mag ein unglücklicher, ungebildeter Mann sein, der die Gesetze unseres Landes nicht kennt; aber er ist ein Mann, der wie jeder andere ein unveräußerliches Recht auf Freiheit und Gerechtigkeit hat.«

»Von wem sprichst du, Louisa?«

»Von Cinque natürlich.«

John Quincy Adams erblaßte. Hier, begriff er plötzlich, saß seine teure Gattin nackt in ihrer Wanne und redete von einem Schwarzen.

»Mrs. Adams, ich glaube nicht, daß Ihr Bad der rechte Ort ist, um über Joseph Cinque zu sprechen.«

»Was wollen Sie, Mr. Adams?« Sie lachte beinahe. »Er ist doch nicht hier. Nur der Gedanke an ihn.«

Aber Adams starrte auf Louisas nackte Arme, als hätte er sie noch nie zuvor gesehen.

»Wenn Sie es wünschen, werden wir das erörtern, wenn Sie angekleidet sind.«

Aber sie erörterten es nicht. Und Louisa erzählte ihm nie von ihrem Besuch im Gefängnis.

Als sie zum Essen gingen, spürte Louisa das Zittern im Arm ihres Mannes. Der einstige Präsident war älter und erschöpfter, als er zugab. Und er fror. Louisa schwor sich, nie wieder an Feuerholz zu sparen. Sie mochten zwar in Schulden stecken, aber die Vereinigten Staaten waren John Quincy Adams ein Feuer schuldig.

»Woran denkst du, Louisa? Du siehst aus, als schautest du ins Leere.«

»Ich dachte an den Haß, den man schwarzen Männern und Frauen entgegenbringt, und an die Gefahren, denen jeder weiße Mann ausgesetzt ist, der Neger verteidigt oder befreit oder sie liebt.«

»Meine liebe Louisa, es kann sein, daß ich Cinque verteidige und hoffe, ihn freizubekommen, aber ich versichere dir, meine Liebe, daß ich ihn keineswegs *liebe*! Oh, das habe ich dir noch nicht gezeigt«, sagte er. »Es kam kurz bevor wir Quincy verließen.«

John Quincy reichte Louisa das gestochene Porträt von sich mit dem Einschußloch und dem beigefügten Brief. Louisa Adams zuckte nicht zusammen. Einen solchen Brief hätte er ihr nicht gezeigt, wenn er seinen Entschluß noch nicht gefaßt hätte. Es war seine Art, auf das Schlimmste vorbereitet zu sein.

Aus den Memoiren von John Quincy Adams
Der sechsundzwanzigste Kongreß, 1840

2. *Die Zeit entgleitet mir Woche um Woche, während ich nichts tue. Den ganzen Tag habe ich mich abgemüht, einen Brief der Herren Jocelyn, Leavitt und Lewis Tappan über die Afrikaner von der* Amistad *zu beantworten, deren Fall äußerst schwierige Fragen aufwirft. Ich habe noch nicht richtig damit angefangen. Mehr als zwei Stunden habe ich damit zugebracht, die Parlamentsakten zu lesen, die sich auf den Sklavenhandel beziehen, Beweise zu sammeln über die Doppelzüngigkeit von Spanien und Portugal in den Verträgen, die sie mit Großbritannien abgeschlossen haben, und in ihren Edikten gegen den Sklavenhandel. Der gleiche Vorwurf der Doppelzüngigkeit muß auch den Vereinigten Staaten gemacht werden; jeder Amerikaner, der Rechtfertigungen wie Forsythes Depeschen und Trists Auslassungen mit dem letzten Absatz von Van Burens letzter Jahresbotschaft an den Kongreß vergleicht, sollte vor Scham sein Haupt verhüllen.*

3. *Ich habe meinen Brief an Simeon S. Jocelyn, Joshua Leavitt und Lewis Tappan geschrieben und ihren Vorschlag zurückgewiesen,*

wegen des Falles der Afrikaner von der Amistad *mit Lord Palmerston in Briefwechsel zu treten, da ich es nach reiflicher Überlegung für unschicklich hielt.*
Wenn ich irgend etwas anderes zu lesen beginne, geht der Tag in die Dämmerung über und die Dämmerung in die Nacht, bevor mir recht bewußt geworden ist, daß der Tag vorüber ist und ich nichts getan habe. Heute habe ich mir acht Foliobände mit Dokumenten vorgenommen, die etwa dreizehnhundert Seiten mit Mitteilungen an das Britische Parlament aus dem Jahre 1839 enthalten und vierzig über den Sklavenhandel, in die Abteilungen A, B, C und D aufgegliedert, in zweifacher Ausfertigung, und mir Notizen gemacht. Was kann ich damit anfangen? Es ist unmöglich, die Diskussion über den afrikanischen Sklavenhandel von den moralischen und politischen Aspekten der Sklaverei zu trennen; und dieses Thema ist bei uns tabu. Es ist der Schwemmsand, auf dem Van Buren gestrandet ist.
7. In der Abenddämmerung bin ich um den Präsidentenplatz herumgelaufen und habe mich nahezu durch das gesamte Elaborat hindurchgearbeitet, das N. P. Trist an die britischen Commissioners in Havanna gerichtet hat – eine ausführliche, unverschämte, durchtriebene, heuchlerische Abhandlung, die darauf abzielt, den afrikanischen Sklavenhandel und die Negersklaverei beizubehalten und zu rechtfertigen, unter hohlen Beteuerungen des Abscheus vor beidem. Diese Schrift, sämtliche Briefe Trists und sein Verhalten als Konsul der Vereinigten Staaten in Havanna gehören zu den bemerkenswertesten Phänomenen des mörderischen Kampfes, der jetzt auf diesem Kontinent Nordamerika zwischen dem Geist der Freiheit und dem Geist der Knechtschaft ausgetragen wird. Trist hat den Ehrgeiz, in dieser großen Auseinandersetzung eine Hauptrolle zu spielen.
14. Ich begab mich deshalb in die Bibliothek des Obersten Gerichtshofes und holte mir den Band mit Wheatons Berichten über den Fall der Antelope. *Ich las davon, soviel ich konnte; mich verlangte danach, ihn zu kommentieren, aber ich habe weder die Zeit noch den Kopf dafür – nichts als das Herz.*

Mit wachsender Unruhe, die fast an qualvolle Erregung grenzte, kehrte ich in einer Droschke zum Kapitol zurück; ich nahm eine Reihe von Büchern mit, die mir vielleicht von Nutzen sein können. Bisher habe ich nicht einmal das Skelett einer Argumentation aufgestellt.
Ich ging in die Kongreß-Bibliothek und holte mir den siebenunddreißigsten Band von Miles' Register heraus, der die Rede von James Madison vor der Virginia Convention über den zweifachen Status der Sklaven in diesem Staat, als Personen und als Besitztum, enthält.
17. Ich ging etwa eine halbe Stunde vor Beginn der Sitzung ins Haus und las im Büro des Schriftführers des Obersten Gerichtshofes die Stellungnahme von Distriktsrichter Davies aus Georgia über den Fall der Antelope vom Februar 1821. Ich brauchte Kopien, zögerte aber, die Freunde der Afrikaner mit den Kosten dafür zu belasten.
18. Mr. Fox kam, und wir unterhielten uns über den Amistad-Fall. Er hat über dieses Thema noch nicht mit der Regierung korrespondiert, und ich habe ihm geraten, dem Außenminister in dieser Sache sofort eine Note zukommen zu lassen. Er sagte, er würde eine verfassen, mich am kommenden Abend wieder aufsuchen und sie mir zeigen. Er sagte, er hätte kürzlich zu seiner großen Überraschung gehört, der Oberste Gerichtshof würde entscheiden, daß diese unglücklichen Männer ausgeliefert werden sollten.
20. Heute wurde zwischen Mr. Baldwin und Staatsanwalt Gilpin vereinbart, die Verhandlung über den Fall der Gefangenen von der Amistad vor dem Obersten Gerichtshof bis zum 16. Februar zu vertagen; und Mr. Baldwin hat heute die Stadt verlassen und ist nach Hause zurückgekehrt. Dies gibt mir eine lange Atempause für weitere Vorbereitungen, aber mein sinnloser Tagesablauf läßt mir keine Zeit für diese so überaus wichtige Arbeit. Ich ging in den Senatssaal und hörte mir das Ende einer Sitzung an!
25. Ich beendete den Tag mit der Plackerei, meine Papiere zu sortieren und abzuheften ... Mit fortschreitendem Alter werden

die alltäglichen Geschäfte immer mühsamer. Angst vor der Reise, vor der Heimkehr, Angst um die, die ich zurücklasse; von Tag zu Tag des Zerfalls von Körper und Geist tiefer bewußt, stündlich an ihn erinnert, ein unstillbares Verlangen nach Ruhe und gleichzeitig der Drang, sich am öffentlichen Leben festzuklammern, bis auch der letzte meiner politischen Freunde mich verstößt – all das macht meine gegenwärtige Situation aus.

26. *Den Abend mit nochmaliger Durchsicht des Falls der* Antelope *verbracht, was ich nicht einmal zur Hälfte schaffte – ein verzweifeltes, gefährliches und, wie ich fürchte, nutzloses Unterfangen.*

28. *Ich erkundigte mich bei Mr. Fox, ob er dem Außenministerium seine Note bezüglich der Gefangenen von der* Amistad *übermittelt hätte. Er sagte, er hätte es getan, aber keine Antwort erhalten.*

Bei der ersten Sitzung des Hauses brachte Pickens abermals seinen Antrag an den Präsidenten über Informationen hinsichtlich der Kaperung amerikanischer Schiffe durch britische Patrouillenboote vor der afrikanischen Küste vor; er wurde widerspruchslos angenommen. Ich hatte an diesem Morgen einen Zusatz aufgesetzt, den ich jetzt vorbrachte, in dem die Vorlage der Korrespondenz mit der britischen Regierung hinsichtlich des afrikanischen Sklavenhandels verlangt wurde sowie aller Depeschen, die N. P. Trist als Konsul von Havanna an das Außenministerium geschickt hatte und die auf das gleiche Thema Bezug hatten.

Trists Depeschen werden wir gewiß nicht bekommen – vielleicht nicht einmal die diplomatische Korrespondenz, vor allem Fox' jüngste Note über die Gefangenen von der Amistad*; aber eine Anlehnung oder eine Entschuldigung für die Nichtvorlage werde nützlich sein für einen Appell an das Volk, an die ganze Welt und an die Nachwelt.*

30. *Eine Entzündung in meinem linken Auge bedroht mich mit der Unmöglichkeit, im Fall der Gefangenen von der* Amistad *meine Pflicht vor dem Obersten Gerichtshof zu tun, während das stündlich und täglich wachsende Gewicht des Druckes der Vorbereitungen meinen Zustand noch verschlimmert.*

5. Schlaflose Nacht. Der Schritt, den ich getan habe, beansprucht sämtliche Fähigkeiten meiner Seele. Ich fürchte, ich habe seiner Bedeutung zuviel Gewicht beigelegt. Ich fürchte, nicht imstande zu sein, meine Sache wirksam und erfolgreich zu vertreten. Ich weiß nicht, auf welche Unterstützung ich innerhalb oder außerhalb des Hauses rechnen kann; ich stehe in diesem Unterfangen allein da. Von meinen Kollegen verstehen nur wenige, wenn überhaupt einer, was ich vorhabe, und aus ihrem gestrigen Verhalten kann ich nur schließen, daß sie es für eine meiner verrückten, exzentrischen Launen halten . . .

OBERSTER GERICHTSHOF DER VEREINIGTEN STAATEN

Sitzungsperiode Januar 1840

DIE VEREINIGTEN STAATEN
gegen
Singua

Unter anderen Umständen würde dieses Verfahren nicht gegen die Afrikaner als Personen geführt, sondern lediglich als Besitz. Es geschah aufgrund der Entscheidung, daß sie nicht Besitz sind, daß die Vereinigten Staaten Berufung einlegten.

Der Besitzanspruch an die Afrikaner ist notwendigerweise individuell, wenn jeder für sich aussagt und seine eigene Freiheit fordert, und es gibt keine widersprechenden Ansprüche auf sie als Besitz. Beides wurde von dem untergeordneten Gericht rechtsgültig entschieden. Die Kläger haben keine Streitsache mit ihnen gemeinschaftlich; sondern mit jedem einzelnen über die Frage, ob er eine Person ist oder eine Sache. Um diesem Gericht Zuständigkeit zu verleihen, sollte deshalb davon ausgegangen werden, daß jeder einzelne als Besitz einen Wert von 2000 Dollar hat. Die vier von Montez Beanspruchten werden in seiner Anspruchsklage mit je 1300 Dollar veranschlagt. Für die 49 von Ruiz Beanspruchten wird der Wert von 22 000 Dollar angegeben.

Sollte in der Berufung zu ihren Gunsten entschieden werden, haben die Afrikaner aufgrund der zugelassenen und bewiesenen Tatsachen Anspruch auf ihre Freiheit.

Achtes Kapitel

Im Namen des Volkes der Vereinigten Staaten

Die Kälte verkürzte John Quincys Atem und rötete seine Wangen, als er von seinem Haus in der F Street zum Kapitol ging. Es war ein eisiger Februarmorgen, der zweiundzwanzigste, George Washingtons Geburtstag, und Adams kämpfte mit einer der schlimmsten Depressionen seines Lebens; in seinem Denken herrschte ein derartiger Aufruhr, daß er das Gefühl hatte, nicht einmal die simpelsten Sätze und Argumente formulieren zu können. Die Gedanken, strategischen Überlegungen, Notizen, die er sich nachts, in den frühen Morgenstunden, in der zugigen Gerichtsbibliothek gemacht hatte, waren wie weggeblasen und hatten nur Angst hinterlassen: Angst vor dem Versagen, Angst vor dem Ausgelachtwerden, Angst vor Strafe, Angst, sein heftiges, aufbrausendes Temperament nicht beherrschen zu können. Einen Gegner im Repräsentantenhaus zu attackieren war eine Sache, nüchtern und überlegen vor dem Obersten Gerichtshof zu argumentieren eine ganz andere. Seine Mutter hatte ihn immer ermahnt, sein maßloses Temperament zu zügeln, aber er hatte sämtliche Schlachten verloren, die er je mit ihm geschlagen hatte. Laß dich nie provozieren, hatte sie gesagt. Aber er ließ sich provozieren. Und er wußte, daß ihn das den Sieg kosten würde. Und es würde Joseph Cinque den Beweis liefern, daß es gefährlich war, sein Leben einem weißen Mann anzuvertrauen . . .

Als er ankam, drängten sich Menschen auf den Stufen des

Gebäudes: Leute, die sich um Posten bewarben oder um Protektion nachsuchten, neugewählte Kongreßmitglieder, andere, die bei den Wahlen ihren Sitz verloren hatten, Lobbyisten, Militärs, der gesamte Apparat einer neuen Präsidentendynastie umschwirrte die Kuppel des Kapitols. Joseph Cinque hatte Martin Van Buren die Wiederwahl gekostet. Jetzt gab es einen neuen Präsidenten, William J. Harrison. Zeitungsjungen flitzten zwischen der ausschließlich aus Männern mit Zylindern und schwarzen oder grauen Überröcken bestehenden Menge herum und riefen die Schlagzeilen ihrer Blätter. Die Verhandlung gegen Joseph Cinque lieferte Frontseiten-Material. John Quincy bahnte sich seinen Weg durch die Menschenmauer, nickte hierhin und dorthin, so abweisend, daß sich niemand zu einem Wortwechsel ermutigt fühlte, und gelangte in die überfüllte Rotunde und damit in die gleiche Menge und die gleichen Geräusche wie draußen, nur daß drinnen die Atmosphäre dichter war, hitziger und lauter – in der Wärme redete es sich leichter, je näher man dem Ursprung der Macht kam, desto fordernder klangen die Stimmen.

»Viel Glück, Mr. President.« Das war alles, was Martin Van Buren zu ihm sagte. Der ehemalige Präsident schaute ihm direkt in die Augen, aber bevor Adams etwas erwidern konnte, hatte ihn die Menge bereits wieder verschluckt.

Er sah sich um. Die Uhr von Chief Justice Taney tickte, fünf Minuten vorgestellt, um die Anwälte glauben zu machen, sie wären zu spät dran. Das Messing funkelte, überall standen Spucknäpfe wie fette, glänzende Frösche.

Die Mahagonistühle, von unterschiedlicher Höhe und Breite, den Gestalten und Maßen ihrer Benutzer angepaßt, aber alle gleich geformt, standen leer in einer Reihe vor ihm. Der einzige Kamin in dem unter dem Senat liegenden Saal qualmte, und da der stinkende Rauch nicht abziehen konnte, umgab er alles, was sich in ihm befand, mit einer dicken Wolke. Der düstere, von Rauch erfüllte, fensterlose

Raum mit seinem Bogen aus massigen Marmorsäulen kam ihm immer mehr wie ein Verlies vor. Gestern, auf seinem Stuhl in der St.-John's-Kirche, hatte er ein Gebet für Quinquagesima gesprochen, den letzten Sonntag vor der Fastenzeit. Thema der Predigt war Vers 22 aus dem zwölften Kapitel des Briefes an die Hebräer gewesen: *Ihr seid gekommen zu der Menge vieler tausend Engel . . .* Viele tausend Engel, dachte John Quincy. Wie erbaulich, geheimnisvoll und ehrfurchtgebietend war doch die Lehre von den Engeln. Ihm war, als füllte sich der Saal mit hilfreichen Geistern, Boten von Wohl und Wehe: ohne Zahl schwebten sie um seinen Kopf herum in Hierarchien, Cherubim, Seraphim, Erzengel, Beschützer von Königreichen und, wie er annahm, auch von Republiken, von einzelnen Leben, ihrem Wesen nach für den Menschen unerfaßbar. Glaubte er an sie? hatte er sich gestern gefragt. Heute war er fast versucht, sich an sie zu wenden statt an die neun Männer, die jetzt den Saal betraten. Der Platz der Richter war so beengt, daß sie ihre Roben vor dem Publikum anziehen mußten. Dann rief der Gerichtsdiener die Worte, die John Quincy Adams seit zwanzig Jahren nicht mehr vernommen hatte:

Hört, hört, hört! Alle Personen, die Geschäfte haben vor dem ehrbaren Obersten Gerichtshof der Vereinigten Staaten, werden aufgefordert zu erscheinen und dem Gericht ihre Aufmerksamkeit zu widmen, denn die Sitzung ist eröffnet. Gott segne die Vereinigten Staaten und dieses ehrbare Gericht.

In Gedanken immer noch mit den Cherubim beschäftigt, flüsterte John Quincy Sedgwick, Baldwin und Staples einen Gruß zu und ließ sich nieder, während der Lärm im Saal zu unbehaglicher Stille verstummte.

John Quincy musterte den bebrillten, rundgesichtigen Joseph Story aus Marblehead, Salem. Er war Professor in Harvard und das gelehrteste Mitglied des Gerichts. Smith Thompson hatte die Entscheidung des Distriktsgerichts zugunsten von Joseph Cinque und seinen Männern verkündet. Sie hatten beide dem Kabinett Monroes angehört, und er wäre Chief Justice gewesen, hätte Jackson ihn nicht als »den gefährlichsten Mann der Union« gefürchtet. Chief Justice Taney, ein Jackson-Mann, eröffnete die Verhandlung; das lange, schwarze Haar fiel ihm über Ohren und Kragen, sein melancholisches Gesicht war faltig und voller Mitgefühl. Er hatte Sklaven besessen und sie freigelassen, war aber nach wie vor davon überzeugt, daß die Sklaverei ein notwendiges Übel war, solange es in den Vereinigten Staaten Neger gab. Alle anderen, dachte John Quincy, waren Männer vom Schlage Jacksons, nicht nur in ihrem Denken und ihrer Politik, sondern auch in ihrer Mittelmäßigkeit. Er respektierte keinen von ihnen, und keiner von ihnen würde ihm Pardon gewähren – sie würden ihm, dachte er bitter, nicht einmal sagen, wie spät es war.

Henry D. Gilpin, der Staatsanwalt, argumentierte für die Regierung. »Die Vereinigten Staaten können die rechtmäßig dokumentierten Papiere der *Amistad* nicht außer acht lassen«, sagte Gilpin. »Die Vereinigten Staaten sind an den vom Völkerrecht vorgeschriebenen Kurs gebunden; und wenn das Gericht im ersten Punkt anerkennt, daß hinsichtlich dieses Besitztums ausreichende Beweise vorliegen, muß dieses Besitztum ausgeliefert werden, damit es an seine spanischen Eigner zurückgegeben werden kann. Wenn das der Fall ist, dann hat das untergeordnete Gericht ein Fehlurteil gefällt, indem es entschied, daß kein Teil des Besitztums mit Ausnahme des Jungen Antonio auszuliefern ist. Von dem Schiff und seiner Fracht hat es das Bergungsgeld abgezogen und sie um diese Summe vermindert; und es hat es voll und ganz abgelehnt, Anweisung zur Auslieferung der Neger zu geben.«

John Quincy lauschte mit stoischem Gleichmut den vertrauten Argumenten, während er über die Hierarchie der Engel nachdachte.

Der Staatsanwalt redete zwei Stunden. Dann ergriff Roger Baldwin für die Verteidigung das Wort.
»Es geht in diesem Fall nicht nur um das Schicksal der unglücklichen Afrikaner, sondern auch um Überlegungen, die den Charakter unserer Nation in den Augen der zivilisierten Welt betreffen, und um Fragen der Macht seitens der Regierung der Vereinigten Staaten. Hier stellt sich zum erstenmal die Frage, ob die Regierung, die zum Schutze der GERECHTIGKEIT eingesetzt ist, basierend auf den Prinzipien der Revolution, die in der Unabhängigkeitserklärung ihren Niederschlag gefunden haben, mit Fug und Recht bei einem Verfahren Partei ergreifen kann, bei dem es um die Versklavung von Menschen geht, die an unserer Küste gestrandet sind und als freie Menschen innerhalb der Grenzen eines FREIEN UND SOUVERÄNEN STAATES aufgefunden wurden.
Ich werde nicht an lokale Vorurteile appellieren und keine Position vertreten, bei der ich nicht sicher sein kann, daß sie von intelligenten Männern sowohl aus dem Süden wie auch aus dem Norden anerkannt wird.
Es ist schon bemerkenswert«, fuhr Baldwin fort, »daß, obwohl seit der Entscheidung des Distriktsgerichts, das die Ansprüche von Ruiz und Montez zurückgewiesen und die Afrikaner zu freien Männern erklärt hat, mehr als ein Jahr vergangen ist, nicht die Spur eines neuen Beweises zur Unterstützung ihres Anspruchs erbracht wurde. Und dennoch hatten sie, so merkwürdig das auch anmuten mag, nicht nur die Sympathien des spanischen Botschafters, sondern auch die machtvolle Unterstützung durch unsere eigene Regierung.«
Da war sie, dachte John Quincy, die Beschuldigung der Exekutive, der Vorwurf gegen Martin Van Buren, der Nagel, den er vollends einschlagen würde. Er hatte den Geruch des entscheidenen Punktes gewittert, wie ein altes Streitroß Blut wittert. Plötzlich war er kein alter Mann mehr im Kampf gegen die Welt, das Fleisch und alle Teufel der Hölle,

sondern ein munteres Hengstfohlen, das auf einer Wiese voller Klee herumtollte. Das Gericht hatte Roger Baldwins wohlüberlegter Darstellung der Fakten aufmerksam gelauscht. Jetzt war er, vor kurzem noch zutiefst beunruhigt, bereit. Der Mut würde ihn nicht verlassen. »Es möge Euren Ehren gesagt sein«, begann John Quincy Adams, »ich empfinde den Gedanken, daß dieses Gericht ein GERECHTES Gericht ist, als tröstlich. Das Distriktgericht machte von seiner Zuständigkeit über die streitenden Parteien Gebrauch und stellte fest, daß das Recht auf seiten der anderen Partei lag, ohne Rücksicht auf irgendwelche Sympathien. Und dementsprechend hat es heute den Anschein, als wäre alles, was aus diesen irrigen oder fehlgeleiteten Sympathien erwachsen ist, von Anfang an falsch gewesen.

Denn ich frage: Mit welchem Recht werden diese Sympathien, von Lieutenant Gedney bis zum Außenminister und vom Außenminister bis zur ganzen Nation, auf zwei Spanier aus Kuba ausgedehnt, den zweiundfünfzig Opfern ihres ungesetzlichen Vorgehens dagegen verweigert? Mit welchem Recht wird sie den Männern verweigert, die sich ihre Freiheit selbst erkämpft haben?

Es gibt kein Gesetz, kein Statut und keine Verfassung, keinen Kodex, keinen Vertrag, die auf das Vorgehen von Exekutive oder Legislative anwendbar wären – ausgenommen *dieses* Gesetz.« John Quincy Adams deutete in die Richtung, an der eine Kopie der Unabhängigkeitserklärung an einer der Säulen des Gesichtssaales hing. »Ich kenne kein anderes Gesetz, nach dem der Fall meiner Klienten entschieden werden kann, außer dem Gesetz der Natur und dem Gesetz Gottes, auf das unsere Väter unsere nationale Existenz gegründet haben.«

Adams hielt einen Moment inne, nicht nur, um Luft zu holen, sondern auch um des Effektes willen. Das Publikum regte sich und saß dann wieder still. Es wußte sich in guten Händen.

»Die Afrikaner waren im Besitz der *Amistad* und verfügten über das präsumtive Recht der Eignerschaft. Sie befanden sich im Frieden mit den Vereinigten Staaten, und sie waren gewiß keine Piraten; sie befanden sich auf einer Reise in ihr Heimatland; sie hatten sich das Recht erkämpft und waren nach bestem Wissen in der Lage, ihre Reise zu unternehmen; das Schiff befand sich im Hoheitsgebiet des Staates New York; es hatte Anspruch auf sämtliche Maßgaben des Völkerrechts und den Schutz und die Fürsorge, die die Gesetze dieses Staates allen Menschen innerhalb seiner Grenzen zusichert. Im Laufe meines Plädoyers werde ich aufzeigen, daß das Vorgehen seitens der Vereinigten Staaten von Anfang an rechtswidrig war.

Wir sehen in dieser ganzen Transaktion eine Verwirrung von Ideen, die einander widersprechen, eine Verwirrung der beiden Charaktere, in denen man diese Menschen festzuhalten versucht. Einmal gelten sie als Personen, die als Verbrecher ausgeliefert und vor Gericht gestellt werden müssen und dann womöglich am Galgen enden. Zum anderen gelten sie als Hab und Gut, nicht anders als so und so viele Ballen Baumwolle ...

Welche Gedankenverbindung führte zu dem Schluß, daß der Präsident der Vereinigten Staaten die Macht besitzt, in einem derartigen Fall zu entscheiden und über Menschen und Besitztum nach eigenem Geschmack zu verfügen? Zu dem Schluß, daß der Präsident eine Verlautbarung herausgeben kann, in der er erklärt, kein Gericht in diesem Lande sei für diesen Fall zuständig?

Euer Ehren – wenn der Präsident der Vereinigten Staaten die willkürliche Macht hätte, dies im Falle der Afrikaner zu tun und sie zur Aburteilung übers Meer zu schicken, dann hätte er diese Macht auch in Fällen, bei denen es sich um amerikanische Bürger handelt! Wäre damit nicht ein für allemal das Habeas corpus außer Kraft gesetzt? Ich sage, die Afrikaner sind auf ihrem Schiff hergekommen. Die Afrika-

ner, die den *Prima-facie*-Anspruch auf die *Amistad* hatten, brachten ihr Schiff nicht selbst in unsere Gewässer, sondern wurden gegen ihren Willen, durch arglistige Täuschung, hierhergebracht. Ihre ursprüngliche Reise von Lomboko in Afrika wurde durch die Spanier auf der *Amistad* fortgesetzt. Das Unternehmen dieser Reise war ein Verstoß gegen die Gesetze der Vereinigten Staaten, und die Spanier haben sich dieses Verstoßes schuldig gemacht; die in Afrika begonnene Straftat war erst abgeschlossen, nachdem die Neger an ihrem endgültigen Bestimmungsort in Puerto Principe an Land gesetzt wurden. Die heimliche Anlandung in Havanna, der gesetzwidrige Verkauf in den Sklavenbaracken, die Verschiffung an Bord der *Amistad* stehen sämtlich im Zusammenhang des ursprünglichen Unternehmens...
Wenn es zu den Aufgaben des Präsidenten gehört, den Besitzern in Seenot geratener Schiffe Hilfe zu leisten, dann steht diese Hilfe den Afrikanern zu. Sie wurden in unsere Gewässer gebracht von ihren Feinden, die immer noch versuchen, diese freien Männer in die Sklaverei zurückzuführen – zum Lohn dafür, daß sie ihr Leben verschont haben!
Der herangezogene Vertrag kann auf Sklaven nicht angewendet werden. In ihm ist die Rede von Schiff und Ware. Ist diese Formulierung auf menschliche Wesen anwendbar? Wird dieses Gericht das behaupten? Es wurde gesagt, sie sollten heil und ganz zurückgegeben werden. Ist dies ein Vertrag zwischen Kannibalen-Nationen, in dem ausdrücklich gefordert werden muß, daß eine Ware heil und ganz zurückgegeben wird, um zu verhindern, daß jemand menschlichen Wesen Arme und Beine abschneidet, bevor sie ausgeliefert werden?
Die Einstellung der Exekutive und damit auch der Nation zugunsten der Sklavenhändler und gegen diese armen, hilflosen, sprachlosen Afrikaner ist die Grundlage, das Fundament und der Beweggrund für dieses gesamte Verfahren.«

Inzwischen hatte Gilpin begriffen, daß John Quincy Adams den Präsidenten vor Gericht stellte. Wütend sprang er auf und unterbrach Adams' Rede.

»Wenn das Gericht gestattet«, rief Gilpin. »Mr. Adams ist in seinen Ausführungen einen Schritt zu weit gegangen. Die Verhandlung gegen die Afrikaner vor dem untergeordneten Gericht wird jetzt als ebenso *rechtswidrig* hingestellt wie die Verhandlung vor diesem Gericht. Sie sind nicht einmal mehr bloße Eindringlinge. Sie sind Diktatoren in Gestalt von Bittstellern, und ihre Aussagen vor dem Gericht und ihr Ersuchen um dessen Urteil anhand einwandfreier und stichhaltiger Tatbestände werden jetzt mit Hilfe einer einfallsreichen Logik auf eine Weise verzerrt, die sich kaum nachvollziehen läßt. Ansprüche, bei denen es nur darum geht, ein Urteil zu erlangen, und zwar in einer Form, die von jedem Gericht zugelassen wird, werden unter der gehässigen Bezeichnung ›Einmischung der Exekutive‹ zurückgewiesen. Wie kann jemand behaupten, hier läge eine ›Einmischung der Exekutive‹ vor?«

»*Gubernativamente*«, fuhr Adams unbeeindruckt fort, »hier haben wir ein Wort, das in der Korrespondenz mehrfach verwendet worden ist und das bisher noch kein Amerikaner in unsere Sprache zu übersetzen vermochte. Es bedeutet *nach dem simplen Willen der Exekutive*! Das ist es, was die Spanier mit *gubernativamente* meinen, wenn sie den Präsidenten auffordern, im Alleingang diese MENSCHEN zu ergreifen, sie der Macht und dem Schutz der Gerichte zu entziehen und sie übers Meer zu transportieren! Gibt es in Konstantinopel ein derartiges Gesetz? Läßt China, das Reich des Himmels, ein solches Vorgehen zu? Ist der Khan der Tataren im Besitz einer Macht, die ihm gestattet, derartigen Ansprüchen zu willfahren? Ich weiß nicht, wo man auf dem Globus nach einer derartigen Machtbefugnis suchen sollte, es sei denn beim Generalgouverneur von Kuba, sofern es sich um Neger handelt.

Ich überlasse Euren Ehren das Urteil darüber, welche Art von Achtung hier menschlichen Wesen und ihren Rechten entgegengebracht wird. *Wußte* der Präsident nicht, als er den Befehl zur Auslieferung von MENSCHEN an die Marine der Vereinigten Staaten und zur Verschiffung über See gab, daß er sich eine Macht anmaßte, die sich vor ihm noch nie ein Präsident angemaßt hat?
Ist es möglich, daß ein Präsident der Vereinigten Staaten nicht weiß, daß das Recht auf persönliche Freiheit ein individuelles Recht ist? Daß das Recht darauf für jedermann sein ureigenstes Recht ist – JUS SUUM? Und daß er keinen schwereren Verstoß gegen seinen Amtseid, die Verfassung der Vereinigten Staaten zu schützen und zu verteidigen, hätte begehen können als mit dem Befehl, auf Verlangen eines ausländischen Botschafters sechsunddreißig Personen zu ergreifen und auszuliefern, die allgemein als Neger von der *Amistad* bezeichnet werden?
Hier geht es weder um ein Verlangen, Sklaven an ihre Besitzer zurückzugeben, noch darum, sie als Mörder auszuliefern. Hier geht es um den Befehl des Präsidenten der Vereinigten Staaten, aus eigener Machtvollkommenheit, ohne Beweise, ohne Haftbefehl, vierzig Menschen über das Meer zu verschiffen, damit sie hingerichtet werden können. Gibt es in der gesamten Geschichte Europas ein Beispiel für ein solches, an eine unabhängige Regierung gestelltes Ansinnen? In meinem ganzen langen Leben, weder in der alten noch in der neuen Geschichte, ist mir ein solches Ansinnen einer Regierung an eine andere begegnet. Oder wenn ein solches Ansinnen je gestellt worden ist, so geschah es nur, weil die Nation, an die es gerichtet war, keine unabhängige Macht war ...
Ich frage den Herrn Staatsanwalt, welche Konsequenzen das für die Menschenrechte hat? Ich frage ihn, auf welcher Grundlage eine solche Machtanmaßung der Exekutive basiert? Ich frage ihn, wenn es irgendeine Grundlage für das

Vorgehen gegen diese unglücklichen Afrikaner gäbe – könnte dann nicht jeder Präsident es für gut und richtig befinden, vierzig Bürger der Vereinigten Staaten festzunehmen und abzutransportieren? Der Präsident der Vereinigten Staaten kannte die Prinzipien, die den Freiheitsrechten in diesem Land zugrunde liegen und die bei dem Befehl zum Fortschaffen dieser Männer auf dem Spiel standen.
Alle Maßnahmen dieser Regierung in diesem Fall, der Exekutive ebenso wie der Legislative, basierten auf der Annahme, daß die beiden spanischen Sklavenhändler die einzige geschädigte Partei wären – daß alles Recht auf ihrer Seite wäre und alles Unrecht auf der Seite ihrer überlebenden Opfer. Ist das GERECHTIGKEIT?«
Stunde um Stunde waren die Augen der Richter auf den alten Mann gerichtet. Richter Barbour bewunderte die Macht und den Sarkasmus und die Klarheit von Adams' Argumenten. Adams tat Barbour leid. Es war tragisch, daß der letzte Auftritt dieses großen Anwalts vor dem Gericht einer verlorenen Sache galt.
John Quincy hatte fast fünf Stunden lang gesprochen. Seine Stimme war nahezu weg. Hinter sich konnte er das verstohlene, aufgeregte Murmeln des Publikums hören. Man hatte ihnen die Aburteilung eines Präsidenten durch einen Präsidenten versprochen, und sie sollten sie bekommen. Martin Van Buren hatte ein Verbrechen begangen, und er hatte vor, es zweifelsfrei zu beweisen. Van Buren hatte das Gerichtsverfahren von den moralischen und politischen Aspekten der Sklaverei abtrennen wollen. Aber soweit es Adams betraf, so hatte er Martin Van Buren und seine Präsidentschaft bei der Kehle gepackt.
Adams hörte, wie Richter Taney die Sitzung vertagte. Er sah sich benommen um. Es war fast Abend; er war so in sein Plädoyer versunken gewesen, daß er das Gefühl für die Zeit verloren hatte – für jede Zeit. Nun würde er morgen fortfahren müssen, sofern Gott ihm die Kraft dazu gab.

Plötzlich erschien Baldwin neben ihm, aber alles, was Adams empfand, waren die Schmerzen und das Brennen in seinem entzündeten Auge, das fast zugeschwollen war.
»Gut gemacht«, sagte Baldwin, aber John Quincy war so erschöpft, daß er sich am liebsten auf den leeren Tisch der Verteidigung gelegt und für immer geschlafen hätte. Aber morgen würde es weitergehen. Irgendwie mußte er die Kraft für morgen finden.
Die Richter erhoben sich schweigend, legten ihre Roben ab und verließen den Saal. Es gab vereinzelten Applaus. Die Leute begannen hinauszuströmen. Vivian, Covey und Braithwaite waren bei einer weißen Abolitionisten-Familie in Virginia untergekommen, die sie zum Zug begleitete und wieder abholte. Als freie Farbige hatten sie nicht das Recht, über Nacht im District of Columbia zu bleiben; falls sie es taten, drohten Gefängnis, Auspeitschung oder Versklavung. Baldwin hatte ihnen die Unterkunft beschafft, und obwohl Braithwaite und Covey nicht gewollt hatten, daß Vivian sie auf der gefährlichen Reise in das Gebiet südlich der Mason-Dixon-Linie begleitete, war es ihnen nicht gelungen, sie zum Verbleiben in der Sicherheit ihres Heimatortes zu überreden. Braithwaite dachte oft an Increases Worte und ihren Alptraum – die neuerliche Versklavung durch Negerfänger. Der weiße Mann, dem sie vorgeblich gehörten und von dem sie einen Paß bei sich trugen, der dies bestätigte, saß hinter ihnen, ein wachsamer, sanftmütiger, sommersprossiger Mann, der aussah, als hätte Henry Braithwaite ihn zum Frühstück verspeisen können.

1. März

Der Saal war voll. Mehr als einmal wanderten Adams' Augen zu dem jungen Braithwaite-Covey-Paar. Im gleichen Maße wie Joseph Cinque selbst, zumal in seiner Abwesenheit, waren sie für ihn zum Symbol der Hoffnung, des Lebens und der Freiheit geworden, für die John Quincy nun schon seit zwei Tagen argumentierte. Seine Kräfte verließen ihn, aber sein Wille nicht. Gott, dachte er, Gott steh mir bei bis zum Schluß!

Als sich der einstige Präsident diesmal in dem stickigen, raucherfüllten Saal erhob, tat er es mit der Begeisterung, dem Schwung und der Leidenschaft der Jugend: der von Cinque, von Covey, von Vivian.

»Ich verlese die vertrauliche Antwort des Außenministers vom 12. Januar auf die Anfrage des Marshals. Da heißt es: ›Ich habe Ihnen auf Anweisung des Präsidenten mitzuteilen, daß, wenn die Entscheidung des Gerichts wie erwartet ausfällt (das heißt, daß die Gefangenen als Sklaven ausgeliefert werden sollen), *der Befehl des Präsidenten* auszuführen ist. Sofern nicht tatsächlich Berufung eingelegt wurde, sollten Sie es nicht als gegeben hinnehmen, daß sie eingelegt werden wird. Falls das Gericht jedoch zu einem anderen Urteil kommen sollte, sollen Sie Berufung einlegen und zulassen, daß die Dinge bleiben, wie sie sind, bis über die Berufung entschieden ist.‹ Schon die Formulierung dieser Anweisung ist charakteristisch für ihren Urheber; der Außenminister hätte gar nicht zu erklären brauchen, daß sie vom *Präsidenten* selber kam. Die Anfrage des Marshals war unverschämt genug: ob er, wenn der *Befehl der Exekutive* und die richterliche Entscheidung einander widersprächen, *dem Präsidenten gehorchen sollte oder dem Gericht*? Nein! sagt der Außenminister. Wenn die richterliche Entscheidung zu unseren Gunsten fallen sollte und Sie den Negern ein Schnippchen schlagen können, indem Sie ihr Recht auf Berufung abweisen, dann bringen Sie sie unverzüglich und ohne Gnade fort; wenn aber die Entscheidung zu ihren Gunsten ausfallen sollte, so versäumen Sie nicht, sofort ein Revisionsverfahren vor dem Obersten Gerichtshof zu beantragen, wo man Sklaven, die sich selbst befreit haben, vielleicht feindseliger gegenübersteht.

Ist jemals ein derartiges Schauspiel liliputanischer Gaunerei

von einem der maßgeblichen Männer einer großen, hochherzigen und christlichen Nation in Szene gesetzt worden? Man vergleiche dies mit dem Akt der Notwehr, mit dem der wilde, heidnische Barbar Cinque sich selbst und seine mit ihm leidenden Landsleute befreit hat.
Bei diesem Rückblick auf das Vorgehen der Exekutive habe ich mich, weil es notwendig war, Euren Ehren alles genauestens darzulegen, nach besten Kräften aufzuzeigen bemüht, daß das Handeln dieser Institution von Anfang an nicht von Gerechtigkeit bestimmt war, sondern von Sympathie – und zwar einer überaus parteiischen und ungerechten Sympathie. Und diese Sympathie hat bei allen Beteiligten ein solches Ausmaß angenommen, daß sie ihr Denken hinsichtlich all der geheiligten Prinzipien von Recht und Gesetz pervertierte, auf denen die Freiheiten der Einwohner der Vereinigten Staaten beruhen. Dieses Gericht soll entscheiden, aber unter Berücksichtigung sämtlicher Rechte, der natürlichen wie der gesellschaftlichen, JEDES EINZELNEN dieser Menschen. Ich habe mich bemüht, darzulegen, daß sie einen Anspruch darauf haben, von diesem Gericht ihre Freiheit zu erhalten. Diese Neger hatten das Recht, ihre Freiheit zu verlangen. Mein Plädoyer für die Gefangenen von der *Amistad* ist beendet.«
Adams blickte zu den Zuschauerrängen empor, wo applaudiert wurde, und stellte fest, daß die dunklen Engel ihm zulächelten. Da glaubte Adams, dies wäre das Ende des langen, pflichtbewußten und unruhigen Dienstes, den er den Vereinigten Staaten von Amerika geleistet hatte. Er hoffte auf das lobende Wort. Wohl getan, du frommer und getreuer Knecht; geh ein zu deines Herrn Freude. Wenn nur den Männern von der *Amistad* gestattet worden wäre, als Zuschauer ihrer eigenen Verhandlung beizuwohnen, dachte Adams. Aber wenigstens war der bisherige Präsident zugegen gewesen. Und nun brauchte John Quincy nur noch auf das Urteil zu warten.

Angeführt von Chief Justice Taney, betraten die Richter den Saal. Richter Joseph Story verkündete die von der Mehrheit gebilligte Entscheidung: »Bevor in diesem interessanten und wichtigen Fall ein Urteil ergeht, möchte ich noch ein paar Worte zur gegenwärtigen Sachlage sagen. Seitens der Vereinigten Staaten wurde behauptet, das Gericht sei gezwungen, die Neger gemäß dem 1819 geschlossenen und 1821 ratifizierten Vertrag auszuliefern. Damit der Vertrag für diesen Fall herangezogen werden kann, ist es unerläßlich, festzustellen, daß erstens auf diese Neger die Bezeichnung *Ware* im Sinne des Vertrages anwendbar ist; zweitens, daß eine Rettung auf hoher See aus den Händen von Räubern und Piraten stattgefunden hat, was im vorliegenden Fall nur durch den Nachweis möglich ist, daß sie selbst Räuber und Piraten sind; und drittens, daß Ruiz und Montez, die angeblichen Besitzer, die wahren Besitzer sind und eindeutige Beweise für ihren Anspruch vorgelegt haben. Betrug machte jede, selbst die bedeutsamste Transaktion ungültig; und ein auf ihm basierender vorgeblicher Anspruch ist voll und ganz nichtig.

Wenn diese Neger zur damaligen Zeit nach spanischem Recht als Sklaven gehalten worden und als Besitztum anerkannt worden wären, das rechtmäßig gekauft und verkauft werden darf, dann sähen wir keinen Grund, weshalb dieser Vertrag auf sie nicht anwendbar sein sollte . . .

Was den Anspruch von Lieutenant Gedney auf Bergungsgeld betrifft, so wird ihm angesichts der sehr eigentümlichen und bestürzenden Umstände des Falles stattgegeben. Wir mögen die Gewaltakte beklagen, mit denen Cinque und seine Männer ihre Freiheit erkämpften, sich der *Amistad* bemächtigten und versuchten, auf ihr in ihre Heimat zurückzukehren; aber als Räuber und Piraten im Sinne des Völkerrechts können sie nicht gelten.

Eine überaus wichtige Erwägung im vorliegenden Fall, die

nicht außer acht gelassen werden darf, ist folgende: wenn wir davon ausgehen, daß diese Neger keine Sklaven sind, sondern entführte freie Neger, so kann der Vertrag mit Spanien auf sie nicht zutreffen, und die Vereinigten Staaten müssen ihre Rechte achten. Unter solchen Umständen besteht zwischen den Parteien ein offenkundiger Rechtskonflikt, der nach den Prinzipien der Gerechtigkeit und des Völkerrechts entschieden werden muß. Danach besteht in Anbetracht der Sachlage in diesem Fall keinerlei Zweifel daran, daß diese Neger als frei erachtet werden müssen.
Widerrechtlich gefangengehaltene Personen haben das Recht auf Notwehr. Gegen zerstörerische Ungerechtigkeit mit Gewalt vorzugehen ist ein unantastbares Recht aller Menschen in extremen Fällen von Unterdrückung.«
Bei diesen Worten brach großer Jubel los, im Parkett ebenso wie auf der Galerie. Braithwaite und seine Tochter sprangen auf und klatschten, während Covey seltsamerweise schweigend sitzen blieb, mit gesenktem Kopf und geballten Fäusten. Richter Story mußte die Stimme erheben, um sich in dem Tumult verständlich zu machen, und aus dem Augenwinkel heraus sah er, wie ein Privatmann namens Martin Van Buren den Raum verließ.
»Die Entscheidungen des Bezirksgerichts und des Distriktsgerichts werden bestätigt, einschließlich der Auslieferung von Antonio Ferrer nach Kuba und an seinen rechtmäßigen Herrn Ramon Ferrer, ausgenommen die Anweisung, daß diese Neger zur Rückführung nach Afrika dem Präsidenten überstellt werden. In dieser Hinsicht wird das Urteil revidiert. Die besagten Neger werden für frei erklärt und können abreisen, und zwar unverzüglich.«
Richter Story, der langsam und bedächtig redete, hatte das Wort »unverzüglich« noch nicht ganz ausgesprochen, als die Besucher auf der Zuschauergalerie zu trampeln, zu zischen und zu applaudieren begannen. Der ganze Saal war auf den Beinen, ebenso die Anwälte der Verteidigung und

der Regierung. Reporter rannten hinaus, um ihre Berichte zu schreiben. Südstaatler schrien, Nordstaatler jubelten. Auch James Covey hob schließlich den Kopf.

»Die Gefangenen sind frei«, murmelte John Quincy. »Die Gefangenen sind frei, aber das haben sie nicht uns zu verdanken. Nicht uns. Dir sei Dank. Im Namen der Gerechtigkeit . . .«, sagte er zu Joshua Leavitt.

»Dann sei der Gott der Gerechtigkeit gepriesen!« erwiderte Leavitt.

Adams konnte einem flüchtigen Gedanken an den Denkzettel, den das Präsidentenamt und Martin Van Buren erhalten hatten, nicht widerstehen. Aber Louisas Stimme dicht neben ihm riß ihn aus seinen Überlegungen. Er hatte nicht gewußt, daß sie sich im Saal befand.

»Ich bin sehr erleichtert, Mr. Adams, daß Ihr Fall entschieden ist, und zwar gut entschieden«, sagte sie.

Diesmal bewahrte John Quincy Ruhe. »Ich habe für mehr, viel mehr als mein eigenes Leben plädiert, Mrs. Adams.«

Die Stimmen, die Adams umschwirrten, sprachen von Rettung, nicht der Gefangenen, sondern der Vereinigten Staaten, von den absurden Verhältnissen in einem Land, in dem es rechtens war, Sklaven zu halten, die Sklaverei als solche, aber gegen das Gesetz verstieß.

»Grandios«, rief Roger Baldwin. »Grandios nicht nur als Triumph der Menschlichkeit, sondern zugleich als Freisprechung unseres Nationalcharakters vom Vorwurf der Unehrenhaftigkeit!«

Die Verfassung der Vereinigten Staaten war auf die Probe gestellt worden und hatte die Prüfung bestanden. Das Gesetz hatte über Sympathien triumphiert, die Gerechtigkeit über die Macht, die sich das Büro des Präsidenten angemaßt hatte. Nicht ein Mann unter tausend, dachte John Quincy, war imstande, die Einzigartigkeit seines Sieges zu begreifen. Fast alle würden es für einen Sieg über die Sklaverei halten, doch in Wirklichkeit war es ein Sieg für die Men-

schenrechte, der erste Fall dieser Art, der dem Obersten Gerichtshof je vorgelegen hatte. Für ihn war es nicht Joseph Cinque gewesen, der vor Gericht gestanden hatte und erhört worden war, sondern das Menschenrecht.
Der ehemalige Präsident und seine Frau verließen Arm in Arm den Obersten Gerichtshof mit Herzen, die so leicht waren wie die von Engeln.

Auf der Senatstreppe begegneten sich John Quincy und James Covey zum zweiten Mal. Umgeben von einer wimmelnden, aufgeregten Menge, kreuzten sich die Pfade der zwei so überaus unterschiedlichen Paare. Als John Quincy Covey wiedererkannte, trat ein Augenblick verlegener Stille ein. John Quincy, der während der Verhandlung so oft zu seinen beiden schwarzen Engeln gesprochen hatte, wußte nicht, wie er Covey und Vivian begrüßen oder sie mit seiner Frau bekannt machen sollte. Ihm war klar, daß er als der Ältere verpflichtet war, als erster zu sprechen. Doch dann ließ das Glücksgefühl seines Sieges seine frühere Abneigung gegen Covey verfliegen.
»Covey, mein lieber Junge! Welch ein Vergnügen, Sie zu sehen! Was für ein glorreicher Tag! Ich bin froh, daß Sie ihn miterleben konnten.« Adams warf einen Blick auf Vivian, dann fuhr er fort: »Gestatten Sie, daß ich Ihnen Mrs. Adams vorstelle.«
Covey beugte sich über Louisas Hand. »Das Vergnügen ist ganz auf meiner Seite, Sir, und es ist mir eine Ehre, die Bekanntschaft von Mrs. Adams zu machen. Außerdem ist es mir eine Ehre, Ihnen im Namen der Männer von der *Amistad* zu gratulieren und Ihnen zu sagen, wie dankbar sie Ihnen sind für Ihren mutigen Sieg, Ihre grandiose Verteidigung der Menschenrechte und der Ehre der Vereinigten Staaten.«
»Ich habe oft zur Galerie und zu Ihnen beiden hinaufgeschaut«, erklärte John Quincy unvermutet. »Ihr wart meine

Cherubim, Seraphim, Erzengel, Schutzengel von Königreichen und Republiken und einzelnen Menschen.«

»Die Menge vieler tausend Engel«, lachte Vivian, und der überraschte John Quincy bedachte dieses Geschöpf von exotischer Schönheit mit einem seltenen Viertelmond-Lächeln.

»Ich habe die Ehre, Ihnen meine – Miss Braithwaite vorzustellen und ihren Vater, Mr. Henry Braithwaite«, sagte Covey errötend.

Sowohl Louisa als auch John Quincy streckten ihre Hände aus, die erst von Vivian und dann von ihrem Vater ergriffen wurden. Plötzlich wurde Louisa bewußt, daß sie bis zu diesem Augenblick noch nie einem Schwarzen die Hand gereicht hatte.

»Und was werden Sie jetzt tun?« fragte John Quincy.

»Cinque und seinen Männern so schnell wie möglich die gute Nachricht überbringen. Ich mache mich gleich auf den Weg.«

»Übermitteln Sie ihm meine besten Wünsche und meinen Segen. Sagen Sie ihm, ich glaubte nicht, daß wir uns noch einmal begegnen werden. Gott sei mit ihm auf seiner Heimreise. Ich glaube, die Geschichte wird diesen Tag nicht vergessen. Seine Revolte hat einen Prozeß in Gang gesetzt, der auf lange Zeit den Gang der Ereignisse in diesem Land beeinflussen wird. Die Entscheidung des Gerichts war keine Entscheidung gegen die Sklaverei, aber sie wird zu einer solchen werden, denn sie hat alle Männer zusammengebracht, die ihre Freiheit über alles schätzen. Das ist es, was zählt. Wir werden ebenso einen Weg aus unserem Dilemma finden, wie Cinque seinen Weg nach Hause finden wird.«

»Dank Ihnen, Mr. President.«

John Quincy nickte, und Erschöpfung zeichnete tiefe Falten in die Haut, die von seinen schmerzenden Schläfen herabzusacken schien. Seine Zähne pochten, seine Kehle war wund, seine Augen brannten. Und noch ein weiterer

Schmerz durchfuhr ihn. Die Zukunft gehörte diesem hübschen jungen Paar. Er und Louisa besaßen jetzt nur noch die Vergangenheit. Louisa spürte das Zittern im Arm ihres Mannes. Auch sie war angerührt von der Schönheit von Covey und Vivian. Hatte Mr. Adams nicht gesagt, Covey und Joseph Cinque ähnelten sich wie ein Zwilling dem anderen? Wortlos sprach sie ein Gebet für Cinque, das gleichzeitig ein Gebet für John Quincy war, denn jetzt hatten sie beide es hinter sich.

»Wir sind froh, Ihre Bekanntschaft gemacht zu haben«, sagte Louisa. »Damit bekommt, was diesem Prozeß voraufging, ein menschliches Gesicht.« Sie konnte nicht anders – sie mußte Vivian mit den Augen einer Frau mustern, ihr Gesicht, ihre Kleidung, ihre Stimme, ihre Haltung. Vivian nahm Louisas kritische Blicke nicht zur Kenntnis; sie hatte nur Augen für Covey, während Braithwaite sich in den Hintergrund zurückgezogen hatte.

»Was hier geschehen ist«, sagte Vivian stockend, »bedeutet, daß wir nie mehr zurück, sondern nur noch vorwärts gehen können.«

»Leben Sie wohl, Mr. President.«

»Leben Sie wohl, Mr. Covey, Miss Braithwaite. Gott sei mit Ihnen.«

Beide Paare wendeten sich gleichzeitig voneinander ab, und beide wußten, daß sich ihre Pfade nie wieder kreuzen würden. John Quincy hatte gesehen, daß Washington Irving am unteren Ende der Treppe unter John Trumbulls Gemälde von der Verkündung der Unabhängigkeitserklärung in ein Gespräch vertieft war. Covey brachte Vivian zu ihrem Vater, der gedankenverloren zu dem gleichen Gemälde hinaufblickte.

Henry Braithwaite hatte sich von den beiden Paaren auf der Senatstreppe zurückgezogen. Er dachte nach, nicht in seiner gewohnten halbfetten Calson oder Bodoni, sondern in seinem heimlichen Stolz, einer Schrift, die er selbst entworfen und vor mehr als fünfzehn Jahren in Boston gegossen hatte. Er hatte sie noch nie benutzt – nicht einmal in Gedanken. Er hatte ihr auch keinen Namen gegeben, weil er das Gefühl gehabt hatte, daß dafür kein Anlaß vorlag – bis jetzt.

Doch jetzt würde er die Entscheidung des Obersten Gerichtshofs auf die einzige Weise verbreiten, die er für angemessen hielt – Schwarz auf Weiß, durch das gedruckte Wort, und er würde seine Schrift dazu verwenden, den Triumph von Joseph Cinque auf dreitausend Flugblättern zu verkünden. Er schloß die Augen und stellte sich vor, wie sich die Lettern auf dem Probeabzug ausnahmen. Er dachte daran, daß sowohl in der Kunst wie auch in der Natur alles, was schön oder häßlich war, in Mathematik überführt werden konnte. Natürlich war der Gedanke absurd, man könnte alle Dinge, die Kurven und Rundungen hatten, auf geometrische Formen reduzieren; ebensowenig konnte man Ideen wie Gerechtigkeit und Unabhängigkeit auf ein einziges Gefühl zurückführen. Alles auf dieser Welt beruhte auf Proportion, der vollkommenen Anpassung aller Teile ans Ganze. Das galt für das Auge ebenso wie für die Seele, für Menschen ebenso wie für Nationen, dachte der Typograph.

GLÜCKLICHER AUSGANG

setzte er und ließ das Blei so sanft aus seinen Fingern fallen, als wären es Edelsteine. Er lächelte, als ihm bewußt wurde, daß er damit zugleich seine Zustimmung zur Heirat von Vivian und Covey gegeben hatte.

DIESER TEXT IST GESETZT IN CINQUE CONSTITUTION BOLDFACE, ENTWORFEN VON HENRY BRAITHWAITE, ESQ., ANLÄSSLICH DES SIEGES VON JOSEPH CINQUE GEGEN DIE VEREINIGTEN STAATEN VOR DEM OBERSTEN GERICHTSHOF AM NEUNTEN MÄRZ IM JAHRE UNSERES HERRN ACHTZEHNHUNDERTUNDEINUNDVIERZIG, IM JAHRE FÜNFUNDSECHZIG DER UNION.

Neuntes Kapitel

Joseph Cinque

An den Ehrenwerten John Quincy Adams.
Sehr geehrter Herr – die Mende-Leute danken Ihnen für alles, was Sie für sie getan haben. Sie werden nie vergessen, wie Sie vor dem großen Gericht in Washington ihre Rechte verteidigt haben. Sie wissen, daß sie ihre Befreiung von den Spaniern und von der Sklaverei oder dem Tod zum größten Teil Ihnen zu verdanken haben.
Bald werden wir nach Afrika zurückkehren.
Unsere Seelen sind frei wie ein Vogel, der der Schlinge des Fallenstellers entkommen ist – die Schlinge ist zerrissen, und wir sind frei. Uns wurde Hilfe zuteil im Namen des Herrn, der den Himmel und die Erde geschaffen hat.
Für die Mende-Leute
Cinque
Kinna
Kale

Die Männer im Gefängnis von Farmington hatten ein unbestimmtes Gefühl für den Gerichtstag, ungefähr so, wie man gewisse Kräfte wahrnimmt, über die man keine Macht hat – wie etwa den Wechsel der Jahreszeiten. Was sie am stärksten spürten, war die unerbittliche Kälte, die sie trübselig machte. Die Angst vor einer weiteren Niederlage verbitterte sie. Einer nach dem anderen war mit seinen Klagen und Beschwerden zu Cinque gekommen.
Cinques Erklärung, daß es auf das *Urteil* ankäme, das das

Gericht fällen würde, und nicht auf die Männer, die es fällten, beeindruckte sie nicht.

»Wie«, wollte Krokodil wissen, »kann es in einem Gericht ein Urteil geben ohne Männer aus Fleisch und Blut? Das ist wahrhaftig eine Geisterwelt, in der eine Idee wichtiger ist als das Leben von Menschen! Wird das Urteil von wirklichen Menschen geprüft oder von anderen Urteilen?«

Krokodil bastelte neun schwarzgekleidete Puppen, die die neun Richter darstellten, eine, die John Quincy Adams darstellte, und eine weitere, größer als alle anderen, die *»das Urteil«* verkörperte. Dann fand er einen langen Ast, der die Brücke symbolisierte, die die beiden Positionen voneinander trennte. Er setzte die neun Richter an das eine, den Präsidenten und das Urteil ans andere Ende.

»Ich würde in Ketten nach Washington reisen«, sagte Zwilling, »aber selbst dieses Recht wird mir verwehrt. Vielleicht darf ich wenigstens dabeisein, wenn man mich hängt«, sagte er lachend.

»Das Urteil sollte gehängt werden, nicht wir!« erklärte Grille. Knochen war damit beschäftigt, einen weiteren Brief an Mr. Adams zu schreiben, und sein kleines Gesicht unter der roten Mütze war verzerrt vor Anstrengung.

Die Anwälte hatten erwogen, Joseph Cinque von Farmington ins Washingtoner Gefängnis bringen zu lassen, wo er Aufmerksamkeit erregt und Mitleid ausgelöst hätte, aber Cinque bestand darauf, bei seinen Männern zu bleiben.

Am verzweifeltsten von allen war Antonio.

»Einerlei, wie sie über euch entscheiden – mich werden sie zu meinen Besitzern zurückschicken! Das war schon im ersten Urteil! Ich bin ein verdammter Ladino! Sie müssen mich zurückschicken!«

Schlange versuchte zwar, Antonio zu trösten, aber seine eigene Niedergeschlagenheit machte es ihm schwer, gegen Antonios Überzeugung zu argumentieren.

Vivian, Covey und Braithwaite bestiegen endlich den

Dampfer nach Baltimore, überquerten den Delaware mit der Fähre und reisten mit der neuen, von Pferden gezogenen Bahn über Land nach Washington. Auf Dampfern und in Zügen waren sie sicherer; dort konnten sie sich in ihren Kabinen und Abteilen aufhalten und Kontakte mit den Weißen nach Möglichkeit vermeiden. Am Nachmittag des zweiten Tages trafen sie in Washington ein – an Joseph Cinques siebenundzwanzigstem Geburtstag.

Ich sah Increase Braithwaites Kutsche vor dem Gefängnis von Farmington halten. Alle Vorbereitungen für Antonios Flucht waren getroffen. Ihre dunklen, ausdrucksvollen Augen erfaßten unser Elend und unseren jämmerlichen Zustand. Ich hatte mir angewöhnt, ständig eine Bibel bei mir zu tragen, aus der ich bei jeder sich bietenden Gelegenheit vorlas. Die Theologiestudenten aus Yale unterrichteten uns auch weiterhin, und die Männer klammerten sich an die täglichen Besuche der kleinen Mädchen, Frosch, Land und Schwarze Schlange. Land fragte immer wieder nach Kriegsstraße und wollte wissen, warum er fortgegangen wäre. Die Kinder waren im letzten Jahr auf erstaunliche Weise gewachsen, sie waren schon fast keine Kinder mehr. Dennoch fiel es ihnen noch leicht, sich ihrer Gefangenschaft und der Fremdartigkeit ihrer neuen Welt anzupassen. Ihre nüchternen kleinen Gesichter leuchteten unter wollenen Häubchen hervor, und ihre Beine in den groben Strümpfen und schweren Schuhen ließen sie dünner und anrührender erscheinen als je zuvor. Außerdem hieß es, daß sie bei den Pendletons wie Sklaven schuften mußten. Ich hatte keine Möglichkeit, festzustellen, ob dieses Gerücht stimmte, und verbrachte deshalb Stunden damit, mir Gedanken darüber zu machen, ob sie schlecht behandelt wurden oder nicht. Sie waren unser einziger Trost. Aber Antonio war ein anderes Problem. Was immer mit den anderen geschehen mochte – Antonio war das Eigentum von Roman Ferrer gewesen und würde als Ware nach Kuba ausgeliefert werden. Stück für Stück hatte Mutter Increase Kleidung, Nahrungsmittel und Medikamente für den Rucksack bereitgelegt, mit dem Antonio über die Grenze gehen würde. Es war die Idee der Tappans gewesen. Wenn das Urteil gefällt war, blieb nicht mehr viel Zeit.

Zehntes Kapitel

Joseph Cinque

März 1841, die 685. Sonne

Covey ritt den ganzen Tag und die ganze Nacht und hielt nur an, um das Pferd zu wechseln. In Philadelphia bestieg er den Dampfer nach New Haven. Als Covey ankam und lachend rief: »Die Obersten Häuptlinge haben euch freigelassen!«, brach donnernder Jubel aus. Die Erbitterung darüber, bei unserer eigenen Verhandlung nicht dabeisein zu dürfen, war plötzlich verflogen. Es war fast, als hätten wir ein Vermögen zurückgewonnen, das wir durch Leichtsinn verloren hatten. Wir lachten und wir weinten. Wir reckten die Fäuste in der Poro-Geste des Sieges. Alle versuchten, gleichzeitig zu reden, verfielen in aufgeregtes Mende.

Obwohl der Marshal als erster eingetroffen war, hatte ich darauf gewartet, daß Covey meinen Männern die Nachricht überbrachte. Ich sah ihm in die Augen und wußte, daß es wahr war. Wir neigten uns zueinander und küßten uns gegenseitig auf die Lippen – das Poro-Zeichen dafür, daß der Krieg beendet ist.

»Präsident Adams hat vor dem Gericht einen großen Sieg errungen – und ist dann gegangen, ohne Lebewohl zu sagen.«

»Wir können ihm Lebewohl sagen, bevor wir abreisen. Und wir können morgen an Bord gehen.« Ich warf den Kopf zurück und lachte. Aber Covey lachte nicht.

»Die *Amistad* gehört dir nicht mehr, Sengbe-Pieh. Die *Amistad* wurde Lieutenant Gedney als Bergungslohn zugesprochen. Wir wissen nicht, wie wir dich und deine Männer heimschaffen sollen.«

»Und der Präsident? Es hieß, wir sollten ihm übergeben werden, damit er uns übers Wasser bringen läßt.«

»Auch das wurde revidiert. Du bist nicht länger im Gewahrsam des Präsidenten. Du bist ab sofort und in Zukunft ein freier Mann ...«

Ich schwieg einen Moment. Dann sagte ich, trotz dieses neuen Schlages, den man mir versetzt hatte:

»Ich danke den Amerikanern. Ich danke den Amerikanern.«

Als Braithwaite und Vivian zurückkehrten, hatte die Neuigkeit in New Haven bereits die Runde gemacht. Braithwaite feuerte zur Feier unseres Sieges die funkelnde alte Bronzekanone auf seinem Rasen ab. Sie dröhnte und verscheuchte die Sperlinge von den entblätterten Bäumen. Braithwaites Schwiegervater antwortete darauf, indem er die Glocken seiner Kirche läuten ließ, und als die Glocken einer Kirche nach der anderen einfielen, wanderten alle schwarzen Einwohner von New Haven nach Farmington und brachten uns nicht nur Geschenke, sondern luden uns auch ein, bei ihnen zu wohnen statt in dem deformierenden Gefängnis. Sie sangen unterwegs, und ihre Stimmen erhoben sich wie eine Wolke in die kalte, blaue Luft.

Noch lag Schnee in großen Flecken auf dem braunen Gras, aber die Ahnung von etwas Neuem lag in der Luft und schwebte über der Menge wie ein uneingelöstes Versprechen. Zum ersten Mal gab es eine Geschichte über die Sklaverei, die glücklich ausgegangen war. Es war dieser glückliche Ausgang, der sie wie ein Magnet nach Farmington zog. Schwarzen Männern war vor einem weißen Gericht Gerechtigkeit widerfahren. Wir waren frei. Wir würden nach Afrika zurückkehren. Wir hatten unsere Freiheit nicht geschenkt bekommen oder gestohlen; das oberste Gericht des Landes hatte entschieden, daß sie uns von Rechts wegen zustand. Und als ich hinausging und sie mit den Worten »Ich danke den Amerikanern« begrüßte, weinten und jubelten sie, sangen und strahlten.

Elftes Kapitel

Bayeh-Bia

Bayeh-Bia sah die grauen Rauchwolken und das Aufblitzen von Commander Denmans Geschossen, die den Himmel über Dumbocorro am Gallinas erhellten. Die weiße Königin hatte der Nation, die Sengbe-Pieh gestohlen hatte, den Krieg erklärt. Aber war diese Königin mächtig genug, um ihr Sengbe-Pieh zurückzugeben? Bayeh-Bia lag in ihrem geschnitzten Bett, ihre geschwärzten Finger strichen über Sengbe-Piehs Schnitzmesser. In den stillen Stunden vor Tagesanbruch träumte sie oft, Taus Glöckchen oder Sengbe-Piehs leichten Laufschritt zu hören. Sie stand immer auf, und obwohl sie wußte, daß es hoffnungslos war, erwartete sie etwas Unwahrscheinliches und Herrliches: etwa daß Kabba-Sei durch die Lilien- und Fuchsienblüten heranstürmte und ihr lachend die Nachricht von Sengbe-Piehs Heimkehr verkündete. Doch die Nachrichten, die dieser fremde, harte weiße Mann brachte, waren Wirklichkeit: Gewehre, Kanonen, Feuerbälle, Sprengstoff. Und König Siacca konnte ebensowenig sämtliche bösen weißen Männer heimschicken, wie er ihr Sengbe-Pieh zurückbringen konnte. Bayeh-Bia setzte die langen, schmalen Füße auf den Boden aus gestampfter Erde. Ohne ihr Schlafhemd trat sie durch die runde Tür hinaus in den tiefhängenden Nebel. Sie begann, auf und ab zu gehen, verschwand und kam wieder zum Vorschein; als sie die Tür passierte, blieb sie abrupt stehen, um Gewos Atem zu lauschen. Die tausend Flechten hingen ihr locker über die Schultern, die Kaurimuscheln klickten wie Grashüpfer, hüpften und glitzerten wie Tränen. Es sah aus, als wäre sie in einen immer dichter werdenden Schleier aus wechselndem Licht eingehüllt, der sie verzerrte wie ein fleckiger Spiegel. Ihre bloßen Schultern fingen das erste Licht der Morgendämmerung ein, aber der Rest ihrer Nacktheit lag verborgen im Pfuhl ihres eigenen Schattens, und in der Dunkelheit liebkoste sie ihren Körper und sprach immer wieder seinen Namen; eine gedankenlose Anrufung, nicht ein wirkliches Gebet um Rückkehr, wie sie es zweimal im Monat auf dem Anwesen der Sande-Gesellschaft im Beisein ihrer Schwiegermutter und Sengbe-Piehs zweiter Frau sprach. Nein, dies glich eher dem unsinnigen Gemurmel beim Liebesakt, hier, hier, hier. Das Mondlicht hörte auf, seine dünne Silberlinie über ihre Brust zu ziehen, und die Sonne begann, sich den violetten Himmel zu erkämpfen. Ihre Hand wanderte zu ihrer Scham. Da, da, da, betete sie. Jetzt. Jetzt. Jetzt. Sie lehnte sich gegen den Regenschirmbaum, der innerhalb der Einfriedung stand, und der morgendliche Duft der Lilien war so stark, daß ihre Nasenlöcher juckten. Sie blühten, kurz bevor der Regen kam und ihre Stengel zurückbog, ihre fleischigen Blütenblätter abriß und ihre Schönheit zerstörte. Bayeh-Bia fragte sich, warum sie darauf bestanden, alles, was sie besaßen, selbstmörderisch dem Regen darzubieten, indem sie jedes Jahr genau zum falschen Zeitpunkt blühten – wie Frauen, die sich nach Männern sehnten, die sie haßten. Wie lange würde ihre Familie zulassen, daß sie ohne Ehemann war? Selbst wenn die Schiffe der weißen Königin ein Zeichen dafür waren, daß Sengbe-Pieh nicht tot war? Sie würde aufhören, Trauerkleidung zu tragen. Tau hatte ein Mädchen geboren, und Sengbe-Pieh hatte in seiner letzten Nacht in Mendeland ihr zweites Kind gezeugt. Beide Kinder warteten darauf, daß er zurückkehrte und ihnen einen Namen gab. In fast jedem Dorf war Krieg ausgebrochen. Männer verschwanden. Frauen verschwanden. Ganze Dörfer flüchteten in das hohe

Gras der Savanne. Sengbe-Pieh war seit einem Jahr und sechs Monden fort. Es würde noch zwei weitere Jahre dauern, bis ihr Onkel auf einer neuen Ehe bestand. Im ersten Licht des Tages ging sie ins Haus ihrer Schwiegermutter und kniete wortlos nieder, und wortlos begannen alle Frauen, sich mit den tausend Flechten zu beschäftigen, deren Lösen und erneutes Knüpfen Bayeh-Bias Warten markierte.

Korrespondenz betreffend die Zerstörung der Sklavenbaracken am Gallinas

Gouverneur Doherty (Kopie)
an Lord John Russell,
7. Dezember 1840

Angesichts der Tatsache, daß die am Flusse Gallinas ansässigen weißen Sklavenhändler verhindert haben, daß den Booten von Ihrer Majestät Schiffen die allgemeinen Rechte der Menschlichkeit erwiesen wurden, als sie sich in Not befanden und in König Siaccas Gewässern Zuflucht suchten; in Verletzung seiner Würde und seiner Rechte, womit sie ihn in Konflikt mit der Königin von England brachten, und außerdem angesichts der Tatsache, daß diese Weißen einen Jungen aus Sierra Leone zum Sklaven machten, der am 19. dieses Monats von Commander Denman entdeckt und befreit wurde.

Erstens. König Siacca verpflichtet sich, die diesen weißen Männern gehörenden Baracken unverzüglich zu zerstören.

Zweitens. König Siacca verpflichtet sich, Commander Denman alle Sklaven zu übergeben, die sich in den Baracken der weißen Sklavenhändler befanden und in den Busch gebracht wurden, als er in den Fluß eindrang.

Drittens. König Siacca verpflichtet sich, diese weißen Männer bei der nächsten Gelegenheit, nicht später als vier Monate nach diesem Datum, aus seinem Land auszuweisen.

Viertens. König Siacca leistet das feierliche Versprechen, nicht zuzulassen, daß sich in Zukunft je wieder ein weißer Mann zum Zwecke des Sklavenhandels in seinem Land ansiedelt.
Fünftens. Commander Denman verspricht im Namen Ihrer Britannischen Majestät, niemals den legitimen Handel auf dem Fluße Gallinas zu stören; vielmehr werden Ihrer Majestät Schiffe den Untertanen von König Siacca jede Unterstützung gewähren und jede Gelegenheit ergreifen, seinen Handel zu fördern.
Sechstens. Der Gouverneur von Sierra Leone wird seinen Einfluß nutzen, um die Bewohner von Sierra Leone zur Eröffnung des Handels mit dem Land König Siaccas zu bewegen.
Siebentes. Kein Weißer aus Sierra Leone darf sich ohne ausdrückliche Erlaubnis und Zustimmung von König Siacca in dessen Land ansiedeln.
Achtens. König Siacca wird aufgefordert, alle Beschwerden, die er hiernach möglicherweise gegen die Schiffe Ihrer Majestät vorzubringen hat, unverzüglich nach Sierra Leone zu übermitteln; eine gründliche Untersuchung und, wenn dazu Anlaß besteht, eine Wiedergutmachung werden von Commander Denman in Vertretung Ihrer Britannischen Majestät feierlich versprochen.
Gegeben zu Dumbocorro am Flusse Gallinas, am 21. November 1840.

(gezeichnet)	PRINZ MANNA	sein x Zeichen
	LUSINI ROGERS	dito
	JOHN SELEPHA ROGERS	sein x Zeichen
(gezeichnet)	JOSEPH DENMAN Commander und ranghöchster Offizier der Station Sierra Leone.	

Hiermit erklärt Commander Denman auf Ersuchen des Prinzen Manna und der Häuptlinge, daß er anfangs verlangt hat, daß die Handelswaren der weißen Sklavenhändler zusammen mit ihren Anlagen vernichtet werden sollten; König Siacca jedoch habe erklärt, diese Personen hätten gegen seine Gesetze verstoßen, und infolgedessen stünden diese Waren ihm zu. Commander Denman hat in diesem Punkt nachgegeben und zugestimmt, daß König Siacca besagte Waren in Besitz nimmt, unter der Bedingung, daß sie unverzüglich aus den Lagerhäusern entfernt und nach Ghindemar oder an einen anderen, weit von der Küste abliegenden Ort gebracht werden.

(gezeichnet) JOSEPH DENMAN
Commander und ranghöchster Offizier.

Abgeschickt am 25. um 8 Uhr morgens.
AN KÖNIG LAMINA Dumbocorro, 25. November 1840
Ich verlange abermals die in Ihrem Besitz befindlichen Sklaven, die mir auszuliefern Prinz Manna und die Häuptlinge sich verpflichtet haben.
Prinz Manna wird Ihnen diesen Brief überbringen, und wenn Sie diese Sklaven nicht unverzüglich ausliefern, werde ich Ihre Stadt niederbrennen.
(gezeichnet) JOSEPH DENMAN
Commander und ranghöchster Offizier der Schiffe Ihrer Britannischen Majestät vor der Mündung des Gallinas.

Der Ehrenwerte Joseph Denman Esquire, Kapitän der *Wonderer,* stand auf dem Vorderdeck seiner Kriegsbrigg und richtete sein Teleskop auf die brennende Küste, wo Flammen die ohnehin schon heiße Luft in einen Wirbel aus

Zyklonen vewandelt hatten, der den weißen Strand von den Bananeninseln bis nach Lomboko entlangfegte und dicke, schwarze Rauchwolken wie verschüttete Tusche in die ehemals blaue Himmelslandschaft emporsteigen ließ. Sein Megaphon hing an einem Lederriemen über seiner goldbetreßten Schulter, aber er hatte keine Verwendung mehr dafür. Die Operation war vorüber. Don Pedros Sklavenbaracken existierten nicht mehr – zumindest fürs erste. Der hochgewachsene, zähe, fanatische englische Edelmann, von Härten und Entbehrungen gestählt, mit einer eisernen Konstitution gesegnet und mit einem unlöschbaren Durst nach Rache an Sklavenhändlern verflucht, wendete der brennenden Küste den Rücken zu, winkte seinen Zweiten Offizier heran und befahl, zwei Extrarationen Rum an die Mannschaft auszugeben.

»Ich glaube«, sagte er, »wir können einen Toast auf Ihre Majestät ausbringen. Wir haben Grund zum Feiern.«

Die Verträge gegen die Sklaverei, die Denman mit dem König von Gallinas abgeschlossen hatte, hatten bewirkt, daß er jetzt an der Guineaküste der am meisten gefürchtete Mann war. Begleitet von der Brigg *Rolls* und dem Schoner *Saracea,* hatte Denman die gesamte Küste so blockiert, daß Pedro Blanco und das Haus Martinez es nicht riskieren konnten, auch nur einen Sklaven aus Lomboko herauszubringen. In Unkenntnis von Denmans neuer Blockadetaktik hatte Havanna auch weiterhin Schiffe mit Tauschwaren für Sklaven geschickt. Die Lager hatten sich immer mehr gefüllt, und die Sklaven waren zu Hunderten in den Baracken gestorben, da keines der neuen von Denman blockierten Schiffe es gewagt hatte, sie an Bord zu nehmen. Zu den Leiden der Gefangenen in den Baracken hatte der Kapitän lediglich bemerkt: »Besser, sie sterben hier in ihrem eigenen Land im Krieg als wie Tiere während der Middle Passage.«

Tag für Tag kreuzte die *Wonderer* vor dem Ästuar, bis Denman schließlich, den Vertrag mit dem König von Gallinas in

Händen, die Küste verließ und in die Buchten und Nebenflüsse und auf die Inseln vordrang, die nominell portugiesisches Territorium waren, Brandraketen abfeuerte, die Sklavenbaracken in Flammen aufgehen ließ und auf einen Schlag achthunderteinundvierzig Sklaven befreite.

Zwölftes Kapitel

Joseph Cinque

April 1841, die 795. Sonne

Unser Krieg mit Amerika war zu Ende.
Wir waren frei. Frei abzureisen. Frei zu verhungern. Frei zu verrotten.
Ich weiß nicht, wer wann auf die Idee kam, uns auszustellen. Sie lassen uns in öffentlichen Versammlungen Bibelverse aufsagen, lassen die Kinder rechnen und buchstabieren, lassen Erinnere, Wasserfall, Zwilling, Große Sonne und Kleine Sonne Spirituals singen. Unser Gefängnis sind jetzt die Straßen von New Haven. Wieder kamen Leute, um uns in Augenschein zu nehmen. Pendleton begann wieder Eintrittsgeld zu kassieren. Angetan mit dem Gewand eines Geistlichen, die Bibel unter dem Arm, war ich der berühmte Joseph Cinque, Selbstbefreier und Mörder. Reicht die Bettelschale herum – wieviel war die *Amistad* wert gewesen, und wie teuer war ein neues Schiff?

Ich hörte, wie sie diskutierten.
»Van Burens Befehl, Cinque der spanischen Regierung auszuliefern, sollte auf seinen Grabstein eingemeißelt werden und mit seiner Willkür verrotten«, sagte jemand zu Arthur Tappan.
»Wir können die Regierung natürlich wegen widerrechtlicher, ungerechtfertigter und beschämender Gefangensetzung verklagen, aber ich bezweifle, ob wir das vor einem Gericht beweisen können.«
»Und Anklage gegen Ruiz und Montez zu erheben, die

beide nach Kuba zurückgekehrt sind, hat ebensowenig Sinn.«

»Was also soll jetzt, wo sie frei sind, aus ihnen werden?«

»Sie müssen nach Afrika zurückkehren, bevor sie der Gesellschaft zur Last fallen«, sagte der Anwalt Baldwin zu Joshua Leavitt.

»Aber sollen sie die Kosten dafür tragen?«

»Natürlich nicht. Recht und Ehre verlangen, daß die Regierung der Vereinigten Staaten dafür aufkommt.«

»In Mendeland«, sagte ich, »wird für alle Schäden Ersatz geleistet.« Sie sahen mich an, als hätte ich erklärt, Gott wäre schwarz.

»Der Oberste Gerichtshof der Vereinigten Staaten«, setzte Covey hinzu, »hat sie für *frei* erklärt. Aber die Behörden dieses Landes haben sich ihrer Personen und ihres Besitzes bemächtigt, haben sie achtzehn Monate gefangengehalten und haben ihnen ihr Schiff weggenommen, ohne das sie nicht heimreisen können. Und nun überlassen sie sie ihrem Schicksal in einem fremden Land, in dem sie ohne die Hilfe anderer nicht leben können und aus dem sie nur dann in ihre Heimat zurückkehren können, wenn die gleichen mildtätigen Hände sie dabei unterstützen.«

Mildtätigkeit, dachte ich. Erst waren wir Sklaven gewesen, jetzt waren wir Bettler, ein Häufchen von Obdachlosen mit ausgestreckten Bettelschalen.

»Vermutlich könnten sie sich jetzt, wo sie frei sind, auch hier ihren Lebensunterhalt durch Arbeit verdienen, aber ihr Wunsch, in ihre Heimat zurückzukehren, ist verständlich und gerechtfertigt.«

»Ich glaube, eine Eingabe an den neuen Präsidenten mit der Darlegung der Tatsachen und der Bitte, ein Schiff der Marine der Vereinigten Staaten damit zu beauftragen, daß es sie nach Sierra Leone befördert oder an irgendeinen anderen Ort an der afrikanischen Küste, von dem aus sie ihre Heimat sicher erreichen können, wäre angebracht.«

»Auf jeden Fall wäre das eine angemessene Buße für den Mißbrauch, der im Falle der *Grumpus* mit unserer Marine getrieben wurde.«

Als der Marshal erschien, um Antonio zu holen, war er verschwunden. Er hatte sich im Keller der Braithwaites versteckt, bis Covey mit dem verhängnisvollen Urteilsspruch zurückkehrte. Alle Bitterkeit, die wir Antonio gegenüber empfunden haben mochten, wurde von diesem Urteil aufgehoben. In seiner Wut drohte der Marshal, uns alle miteinander wegen Behinderung der Justiz wieder zu verhaften und dazu die Tappans, Baldwin und Dr. Gibbs. Seine Ohnmacht brachte uns alle zum Lachen. Denn Antonio war bereits in Kanada, auf und davon . . .

Wir waren alle dabeigewesen: Vivian, Covey, alle Braithwaite-Söhne und ihre Eltern, als die Sonne über Antonio Ferrers neuem Leben als flüchtiger Sklave unterging.

»Vergiß, daß du jemals Sklave warst, dann wirst du nie wieder einer werden«, sagte ich. »Schau jedem Menschen in die Augen und fordere ihn heraus. Wenn du als Freier gelten willst, mußt du wie ein Freier denken und handeln. Kein weißer Mann hat irgendeinen Anspruch auf deine Person, deine Arbeit, deine Zuneigung, sofern er ihn nicht damit begründen kann, daß er dich anstellte, dich verteidigte oder dich liebte. Ich behaupte nicht, daß dies unmöglich ist. Denn wo wärst du ohne die Männer, die dich gerettet haben? Aber glaube nicht, daß du diese Schuld ewig mit dir herumschleppen mußt. Es ist nur eine Abschlagszahlung auf das, was vergangene und künftige Generationen dir schulden. Glaube an nichts als an das Recht auf Achtung, die du dir von jedem Mann, ob schwarz oder weiß, wirst verdienen müssen. Denk immer daran, daß die Sklaverei ein für allemal beendet ist. Sie hat dir nichts eingetragen als Verachtung.«

Auf seinem Gesicht lagen Angst, Erschöpfung und Bitterkeit, als wir ihn im Schutz der Nacht auf das Schiff brachten. Bald würde noch Verlassenheit hinzukommen.

»Du wirst nicht allein sein«, rief ich in der Hoffnung, ihn zu trösten.

»Du kennst nicht die Tausende, die diesen Weg in Sicherheit und Freiheit vor dir beschritten haben«, sagte Braithwaite. »Leb wohl, Antonio.«

»Anuli-Sinamato«, sagte ich, und meine Stimme trug weit. Wir standen unter einer weit ausladenden Eiche, deren Wurzeln aus dem Kanal tranken, übergossen von einer Farbe, die so dunkel war wie Blut. Unsere Gestalten zeichneten sich vor den leeren Feldern ab, und wir sahen zu, wie das Plattboot langsam davonglitt, geräuschlos bis auf das Schluchzen und Seufzen Antonios. Schon dieses Geräusch reichte aus, daß die auf den Bäumen sitzenden Amseln aufflogen und Antonio mit dem stummen Bootsführer allein ließen, einem Schwarzen, der ihn zur nächsten Station befördern würde. Ein Reiter kam vorbei, hielt aber nicht an und grüßte auch nicht. Ich hatte das Gefühl, ihn zu kennen, getraute mich aber nicht, mich umzudrehen und ihm nachzuschauen. Antonio wirkte so klein und mitleiderregend, wie er da in seinem Kahn stand, daß ich dem Impuls widerstehen mußte, in den Kanal zu springen und ihn zurückzuholen. Die Stille war geschwängert von Glück und Zukunft und gleichzeitig isoliert durch unversöhnliche Resignation. Wir waren immun gegenüber dem Unvorhergesehenen, dem Gewohnten und dem Unerwarteten. Es konnte nichts mehr passieren, das so schlimm war, daß es mich überraschte. Das, was mir das Leben bereits angetan hatte, hatte mich auf das Schlimmste vorbereitet. Wir mußten in unser früheres Leben zurückkehren, aber Antonio wurde neu geboren.

Auch Covey war neu geboren. Er und Vivian würden noch vor Ende des Jahres heiraten. Von einem Gefühl ergriffen, in dem sich Eifersucht und ein melancholisches Verlangen nach Liebe mischten, hörte ich zu, wie er von seinem Triumph erzählte.

»Die Sonne war fast untergegangen und leuchtete so rot wie der Samt des Kästchens mit dem aufgeprägten Namen von Charles Tiffany, dem berühmten Juwelier am Broadway in New York. Fitzgerald bestand darauf, daß ich Vivians Ring dort kaufte. Als ich mit Dr. Gibbs, in Mende zählend, den Braodway entlangwanderte, hätte ich mir nicht träumen lassen, daß ich auf dieser Straße einmal wiedergeboren werden würde.«

Covey lachte. Das Timbre seiner Stimme hatte sich verändert; sie klang jünger und fast schrill vor Glück. »Er paßte, wie für sie gemacht«, fuhr er fort, »und als ich ihre Hand ins Licht der Abendsonne hob, fing der Rubin es ein. Es war der glücklichste Moment meines Lebens. Irgendwie war es, als wäre mein Sieg das beste an dem Sieg, den du errungen hast.«

Ein paar Minuten lang schwiegen wir beide. Ich musterte Covey mit scharfsichtiger Beklemmung und sagte nichts, um ihn in diesem seltsamen Augenblick nicht durch ein falsches Wort zu verletzen.

»Warte«, sagte ich schließlich, »bis sie dir einen Sohn geschenkt hat . . .«

Covey sah mich an, als wäre eine derartige Möglichkeit zu wundervoll, als daß man darüber sprechen konnte. »Ich war kaum imstande, den Augenblick zu genießen. Ich wanderte im Zimmer hin und her, als befände ich mich auf dem Deck der *Buzzard*. Jetzt könnte ich dich davontragen, sagte ich zu ihr. Ich könnte dich auf die Arme nehmen und laufen, ohne ein einziges Mal zu stolpern.« Er schüttelte lachend den Kopf. »Meine Stimme kam mir so fremd vor, daß ich glaubte, jemand anders sprechen zu hören, und ich war den Tränen so nahe, daß Vivian von Mitleid ergriffen wurde und sagte: Komm mit, Kaweli. Wir müssen Salzluft atmen. Wir müssen uns bewegen, die Sterne sehen. Und dann lächelte sie, und es war ein grandioses, strahlendes, triumphierendes Lächeln. Ich legte ihr den Mantel um die Schultern und führte sie aus dem Schutz ihres Vaterhauses heraus. Ich bin viermal sechstausend Meilen gesegelt, sagte ich, und hätte nie geglaubt, daß ich dich finden würde. Ich bin nur das, wozu du mich machst, und nur dadurch lebe ich. Einen liebevolleren, treueren und hingebenderen Ehemann wirst du niemals finden. Du bist mein einziges Zuhause. Du bist mein einziger sicherer Hafen.

Ich schloß sie in die Arme, wie ich es seit langem ersehnt hatte, und all diese schlaflosen Nächte hinter verschlossener Tür, all dieses hoffnungslose Verlangen brachen aus mir heraus wie Höllenfeuer. Ich küßte sie; und sie, so zerbrechlich, so zurückhaltend, so rein, ertrug meine Heftigkeit wie eine junge Weide, die sich biegt, um von einem sommerlichen Gewittersturm nicht gebrochen zu werden. Sie war begierig und hilflos zugleich. Sie war wundervoll«, sagte Covey. »Und ich war verloren. Sind alle Frauen so?« fragte er dann.

»Manchmal«, erwiderte ich. »Wenn sie wissen, daß sie von ganzem Herzen geliebt werden.« Aber irgendwo tief in mir flackerte Schmerz auf wie ferner Donner.

»Ich habe sie gefragt, ob sie Angst hätte, und sie sagte nein. Nichts wird geschehen, sagte ich, das verspreche ich dir, bis wir Mann und Frau sind. Ich weiß, erwiderte sie. O Gott, es ist so ungeheuer schwer, sich an Leid, Elend und Verbrechen zu erinnern, wenn man die Geliebte seines Herzens in den Armen hält.«

»Ist Vergessen ein Verbrechen?« fragte ich. »Jedermann muß vergessen. Dürfen wir nicht glücklich sein, mein Zwillingsbruder?«

Covey lachte. »Ist dies das berühmte Glück, von dem ich so viel gehört habe? Und warum tut es dann so weh?«

»Ein Mann, der einen solchen Moment erlebt, ist glücklich«,

sagte ich. »Er ist bereit, für ihn zu träumen, zu kämpfen, sein Leben hinzugeben. Für die Liebe zu sterben ist gar nicht so schlimm. Es tut weniger weh, als für sie zu leben.«
»Wenn du uns nur hättest sehen können«, lachte Covey. »Ich wünschte mir beinahe, du wärest bei uns gewesen.«
Jetzt war ich es, der lachte. »Das glaubst du doch selbst nicht.«
»Wärest du eine Kornweihe oder eine Möwe gewesen, dann wärest du über uns hinweggeflogen und hättest uns auf dieser Klippe ineinander verschlungen gesehen wie Tang, ein Mädchen in einem dunkelgrünen Mantel, dessen Haar im Wind wehte und dessen weiße Unterröcke flatterten, in den Armen eines Liebhabers, der vor Glück zitterte – einem Glück, das ich mir nie hatte vorstellen können. Nie hatte ich je den Mut oder das Recht gehabt, mir ein solches Glück auszumalen.«

Eines Tages hörte ich, wie Professor Gibbs zu einem seiner Studenten sagte:
»Wie alle sündigen Menschen bedürfen auch die Afrikaner des Glaubens. Aber sie hatten nie einen Sokrates, der sie Weisheit lehrte, und auch keinen Pythagoras, der ihnen beibrachte, daß Wahrheit eine Tugend ist. Deshalb ist es für die christlichen Missionare so schwierig, sie mit dem wunderbaren Phänomen der Existenz Gottes vertraut zu machen. Sie zu belehren ist im Grunde ein völlig neuartiges Experiment. Dieser Unsinn, Hannibal und Cyprian und Augustinus wären schwarz gewesen, hätte schon vor langer Zeit aus den Köpfen der Menschen verschwinden müssen. Diese angeblich schwarzen Männer waren weiß! Der höchste Rang, den ein Afrikaner bis zur Gründung von Liberia je erreicht hat, war der eines Königs von Dahomey. Kein Philosoph unter ihnen hat sich mit den Mysterien der Natur beschäftigt, kein Dichter hat den Himmel oder die Erde oder das Leben der Menschen besungen, kein Staatsmann hat

irgend etwas unternommen, um die Gesetze menschlichen Zusammenlebens zu erhellen oder zu verändern. In der Tat – wenn alles, was Neger im Verlauf sämtlicher Generationen je getan haben, für immer aus dem Gedächtnis getilgt würde, dann würde die Welt keine große Wahrheit verlieren, keine nennenswerte Kunst, keine exemplarische Lebensform. Die Masse all dessen, was Afrika ausmacht, läßt keinerlei Erinnerungen zu – es sei denn auf die lange Liste von Verbrechen, die die Schwarzen begangen haben und die sie bereuen müssen, um gerettet werden zu können!«

Ich haßte diese Missionare, die von einem ganzen Kontinent voll schwarzer Afrikaner träumten, alle ordentlich in Neuengland-Kattun gekleidet, alle mit einer Bibel in der Hand, alle mit christlichen Namen wie denen, die man den Gefangenen von der *Amistad* gegeben hatte.

Möge Gewo uns vor ihnen schützen, dachte ich.

Nur Vivian schien unsere Verzweiflung darüber zu spüren, daß man uns zwar freigelassen hatte, aber nur, um uns als Kuriositäten oder Halbmenschen von der Mildtätigkeit unserer missionierenden Leibwächter leben zu lassen.

Obwohl wir von vielen wohlhabenden Weißen umgeben waren, bot uns keiner die einfachste Lösung unseres Problems an: Geld zur Bezahlung unserer Heimreise. Jeder hatte dafür einen Grund. Für Sedgwick war es Sache des Präsidenten und der Vereinigten Staaten, für die Reisekosten aufzukommen, und er wollte nicht an ihrer Stelle zahlen. Für Baldwin war die Absicht, uns heimzuschicken, eine Gesetzwidrigkeit, eine erzwungene Deportation, bei der es nur darum ging, eine Peinlichkeit außer Landes zu schaffen. Der eine Tappan war beleidigt, weil wir nicht in diesem von der Vorsehung gesegneten Land bleiben und die Freuden der Zivilisation in der Rettung unserer Seelen genießen wollten. Der andere Tappan war der Ansicht, daß wir noch bleiben mußten, bis wir jenen Gipfel christlicher

Erfahrung erreicht hätten, der jeden Rückfall ins Heidentum ausschloß. Dr. Gibbs war nur bereit, für die Lehrer zu zahlen, die uns begleiten sollten. Amos Townsand hielt uns für dumm, undankbar und faul; für ihn war es eine Sache des Prinzips, daß wir blieben, bis wir uns unsere Heimreise verdient hätten – das war der gleiche Mann, der bereit gewesen war, gegen die Gesetze seines eigenen Landes zu verstoßen und uns auf die Bahamas zu bringen. Dr. Madden war der Ansicht, die Briten müßten uns heimbringen, und bat seine Regierung um ein Schiff. Die Briten versprachen eines, aber es ließ auf sich warten. Der neue Präsident John Tyler lehnte jede Verantwortung für uns ab und dachte nicht daran, ein Schiff der Marine zur Verfügung zu stellen. Daniel Webster, seinem Außenminister, machte es Spaß, die Spanier zu ärgern, aber nicht genug, um uns die *Amistad* zurückzugeben. Daß schwarze und weiße Christen, schwarze und weiße Reiche gemeinsam handelten, war unmöglich. Sie lebten in zwei getrennten Welten.

Es gab lange und hitzige Diskussionen über die bevorstehende Tour. Vivian nannte sie einen Zirkus, einen Zoo, eine Schande für die Regierung der Vereinigten Staaten; aber wir hatten keine andere Wahl. Mildtätigkeit. Nathaniel Jocelyn stiftete das Porträt, das er von mir gemalt hatte; es sollte für Geld ausgestellt werden, aber das wurde als Aufreizung Schwarzer zur Revolte verboten. Plötzlich hatte sich die Welt verändert. Aus Helden waren wir zu Almosenempfängern geworden, aus Opfern zu lästigen Ausländern und Bittstellern. Jetzt blieb uns nichts anderes mehr übrig, als uns unseren Weg nach Hause zu erkämpfen. Eines Tages kam Vivian dazu, wie die Männer ein Lied sangen.

»Cinque«, sagte Vivian, »was singen sie da? So etwas habe ich noch nie gehört.«

»Es ist ein Kriegsgesang der Poro, aber es ist fast – ja, fast ein Liebeslied. Eine Klage. Es ist die Geschichte eines Kriegers, der weit von zu Hause fort ist und sich nach seiner

Liebsten sehnt. Sie heißt Gepard; durch Zauber kommt sie zu ihm, in der Gestalt ihres Namens, um von den feindlichen Wachen nicht entdeckt zu werden. Aber der Krieger, besessen vom Gedanken an die bevorstehende Schlacht, erkennt sie nicht und tötet sie, weil er sie für das hält, was sie zu sein scheint. Zu spät erkennt er, was er getan hat. Die Moral des Liedes ist, daß man niemals Liebe mit Haß verwechseln soll, einen Freund mit einem Feind, einen Fremden mit einem Gegner, eine menschliche Seele mit einem Tier . . .«

»Aber warum klingt ein so trauriges Lied so glücklich?« fragte Vivian.

»Die Mende haben so eine Art, Trauriges glücklich klingen zu lassen.«

Schlange entledigte sich der Hose des weißen Mannes und des Hemdes des weißen Mannes und stand in der Morgendämmerung nackt am Ufer des Kanals bei Farmington. Wenn meine Stimme zu ihm gedrungen wäre, wie sooft, wenn wir an der gleichen Stelle gebadet hatten, dann hätte sie gesagt: »Laß sehen, wer von uns am längsten unter Wasser bleiben kann!« Aber Schlange kannte die Launenhaftigkeit dieses Gewässers. Er tauchte und kam keuchend und um sich schlagend wieder hoch. Er schwamm an der Oberfläche langsam nach Osten, auf die Sonne zu, auf Mendeland zu, mit unverdrossenen, immer länger werdenden Stößen in der Dunkelheit. Von Zeit zu Zeit tauchte er ins Mark des Wassers, bis er nicht mehr das Bedürfnis empfand, wieder an die Oberfläche zu kommen und Luft zu holen. Hatte er nicht neunundfünfzig Sonnen ohne Luft überlebt? Hatte er nicht Dutzende von Männern gesehen, die, zu zweit aneinandergekettet, über Bord gesprungen waren?

Eines Tages war Schlange mit seiner Mütze in der Hand zu mir gekommen und hatte gesagt: »Wenn die Amerikaner mir so viel Gold geben, daß diese Mütze voll wird, wenn sie mir Häuser, Land und Frauen dafür geben, daß ich in diesem Land bleibe, dann sage ich nein! Wäre das die Art meines Vaters? Ich will mit einem Vater, einer Mutter, einem Bruder, einer Schwester leben.« Er trug seine Verzweiflung in sich, als hätte er Lehm gegessen. Und er war überzeugt, daß es einen starken Zauber gab, der uns für immer an dieses Land fesselte. Unsere Körper waren gerettet worden, aber nicht unser Geist. Und es war unser Geist, es waren die Erinnerungen unserer Seelen, all die Orakel, die er für uns gehütet hatte, die ihn in die Überzeugung hineinquälten, daß wir alle verloren waren. Im Grunde seines Herzens fragte sich Schlange, ob er die weißen Männer wegen ihrer Unwissenheit nicht sogar ein wenig beneidete. Er wußte, daß es eine abgemessene Spanne gab zwischen dem Zeitpunkt, zu dem ein Mensch aus dem Schoß seiner Mutter hervorkam, und dem Zeitpunkt, zu dem er die Welt verließ, um sich zu seinen Vorfahren zu gesellen. Er wußte, daß das Leben vom Tode vorherbestimmt war. Aber die Weißen glaubten das nicht. Sie unterteilten die Zeit auf Erden in Zahlen – nicht in Monde oder Regenzeiten oder Jahreszeiten, sondern in Sekunden, Minuten, Stunden, die sie mit ihren Instrumenten als Wahrheit und Tatsache festhielten. Aber sie glaubten nicht einmal das. Sie fürchteten den Tod, wie Schlange noch nie einen Menschen den Tod hatte fürchten sehen. Sie rannten vor ihm davon, sie kämpften gegen ihn an, aber vor allem anderen glaubten sie nicht an ihn.

Schlange und seine Frau waren zusammen gefangengenommen worden. Sie waren in zwei verschiedenen Zügen angekettet, die nebeneinander hermarschierten. Ein Wächter fragte, ob einer der Männer eine der Frauen kannte. Und Schlange rief: »Ich, denn eine von ihnen ist meine Frau!« Er glaubte, weil sie ihn gefangen hatten, würde sie freigelassen werden. Der Spanier nahm seiner Frau die Ketten ab, und

sie lief zu ihm und kniete vor ihm nieder. Als Schlange sich heruntergebeugte, um sie zu küssen, fuhr der Gewehrkolben des Spaniers nieder und schlug ihr den Schädel ein. Sie war schon tot, als sie nach vorn stürzte, mit vor Überraschung weit aufgerissenen Augen und offenem Mund, weil sie etwas sagen wollte, als Schlange sich über sie beugte.
Und wieder schlug flüssige Dunkelheit über Schlange zusammen. Seine Glieder verkrampften sich, sein Herz schmerzte und wollte den Dienst versagen, aber er gab nicht auf. Schlaf kam und ging, das Wasser zerrte an seiner Brust und seinen Armen. Sein Herz hämmerte Alarm, aber er hörte nicht auf sein Herz, er hörte nur auf die Stimme, die sagte: »Komm heim. Komm heim, Schlange. Warum wartest du darauf, daß man dich nach Hause bringt, wenn die Heimkehr so einfach ist?« Da Schlange nichts zu erwarten hatte von der Gnade Gottes oder der Gnade dieser weißen Herren, hatte nur er die Macht, sich unserer Fügsamkeit zu entziehen.
Schlange trieb auf dem Rücken und blickte in den geröteten Himmel empor; dann ließ er sich langsam, gelassen und glücklich, unter dem Beifall seiner Vorfahren und der morgendlichen Insekten, sinken. Die ganze Schwärze, die sein Erbteil war und in die er zurückgekehrt war, umarmte ihn. Der Himmel verschwand. Er war blind. Er war eins geworden mit seiner Farbe. Er hatte zu guter Letzt das Fest der Heimkehr gefeiert.

Wir legten Schlange mit den Füßen nach Westen ins Grab, damit die Stürme, die westwärts wehten, seine Seele in seine Heimat zurücktragen konnten. Ich stand am Fuße seines Grabes auf dem Friedhof von Farmington und betete zu Schlanges Geist, flehte ihn an, ihm bei der Rückkehr zu helfen. Das Grab war ein Loch in der Erde mit einem Stein darüber. Er hätte es vorgezogen, in fließendem Wasser begraben zu werden.

Schlanges eigentliche Reise übers Meer fand vier Tage später statt, als wir an sein Grab zurückkehrten, um ihm das Geleit ins Land der Toten zu geben. Wir brachten ihm Wegzehrung für die Reise. Wir hatten Huhn und Reis zubereitet und stellten es auf das Grab. Wir saßen um den Stein und die frisch aufgeschüttete Erde herum und aßen. Das Essen würde für Schlanges letzte Reise zu seinen Vorfahren reichen. Wasserfall hatte uns daran erinnert, daß Schlange das *teindianali,* den Eintritt ins Totenreich, ohne seine Wegzehrung nicht vollenden konnte, daß er zurückkehren und uns erscheinen würde. Und so saßen wir alle da und wünschten Schlange gute Heimkehr, und kein Weißer war zwischen den Steinen der Dorfbewohner zu sehen.
Den Grund für Schlanges Geste brauchte ich meinen Männern nicht zu erklären. Sie hatten ihn alle verstanden. Der Sanfteste und Weiseste von uns hatte ein Testament hinterlassen, das wir alle begriffen: daß wir keinen weiteren Winter in diesem Land verbringen sollten.

Einmal hatte Covey mir die wahre Geschichte von einem Schiff mit einhundertzweiundsechzig Sklaven erzählt, die bei der Reise über das Meer einer nach dem anderen erblindet waren. Dann waren auch die dreißig weißen Männer auf dem Schiff blind geworden, bis niemand mehr da war, der sehen konnte, außer einem weißen Matrosen, der neunundsiebzig Sonnen lang das Schiff steuerte, so gut er konnte. Und als er mit seinen Sklaven und den Matrosen Land erreichte, wurde er gleichfalls blind. Der Name dieses Schiffes war *Rodeur.* Für mich würde es immer *Amistad* heißen.

Seltsamerweise war es Vivian, die bitterlich weinte. Der Tod von Schlange hatte sie am schwersten getroffen. Sie hatte ihn immer besonders gern gemocht, aber ich hatte den Eindruck, als stecke etwas in ihrem Kummer, das allzu heftig, allzu untröstlich war, fast so, als hätten sie und

Schlange eine Vision unseres Schicksals gehabt, die uns verborgen blieb. Vielleicht war es nur Sorge um Covey oder Zweifel an seiner Zukunft in der Neuen Welt, aber sie verlegte den Tag ihrer Hochzeit von Weihnachten auf den ersten August, den Tag der Sklavenbefreiung auf den Antillen, damit wir alle daran teilnehmen und trotzdem vor dem ersten Schnee wieder daheim in Mendeland sein konnten.
Lewis Tappan hatte ein Schiff gefunden, das uns heimbringen würde. Es trug den Namen *Gentleman*.

Wir traten vor einer Gruppe von Damen auf, die uns sechsundsechzig Hemden, dreiunddreißig Plastrons und sechsundsechzig Kragen geschenkt hatten. Ein Schneider hatte für achtundfünfzig Dollar dreiunddreißig Hosen und Röcke für uns angefertigt. So ausgestattet, schickten wir die zehn klügsten Schüler, unsere besten Christen, auf eine neue Vortragsreise. Jetzt brauchten wir nicht nur Geld für unsere Heimfahrt, sondern auch für eine Mission in Mendeland.
In jeder Stadt und in jedem Dorf war das Programm das gleiche. Wir nannten unsere Auftritte nicht Vorstellungen, weil Dr. Gibbs fand, das Wort klänge irgendwie demütigend und erinnerte zu sehr an Zirkus und zuwenig an Gebet. So bezeichneten wir sie als »Versammlungen«. Drei der besten Vorleser rezitierten eine Passage aus dem Neuen Testament. Dann erzählte Knochen oder Großer Mann auf englisch die Geschichte von der Reise auf der *Amistad*. Anschließend wurden zwei oder drei Mende-Lieder gesungen, gefolgt von Hymnen, die das Publikum mitsang. Dann wurde ich vorgestellt und hielt eine Ansprache in Mende. Seit der Verhandlung in Hartford wußte ich, welch magische Wirkung ich damit erzielen konnte, und ich schlug ein Publikum nach dem anderen mit meinem geheimnisvollen Epos in Bann.
Ich redete, als könnte ich schon durch bloße Wiederholung alle Zuhörer unsere Sprache lehren. Ich bediente mich jedes

Tricks, den unsere Redner beherrschten, von den langen Pausen bis zu den endlosen, in donnernden Kadenzen vorgetragenen Rezitationen, in denen unsere Geschichte von einem Historiker zum nächsten überliefert wird. Leute aus dem Publikum sprangen auf und ergriffen meine Hand. Frauen weinten. Ich staunte über die Zwiespältigkeit des menschlichen Herzens. Die gleiche Person, die mir die Hand schüttelte, würde mir ein Glas Wasser oder einen Sitz neben sich in ihrer eigenen Kirche verweigern. Ich lernte die Grenzen der Mildtätigkeit und des guten Gewissens der Neuengländer kennen. Aus Großem Mann war Lewis geworden, aus Knochen George, aus Wasserfall Henry. Ich war zu Joseph geworden. Wie lange würde ich mich noch an meinen eigenen Namen erinnern?

Drei Monate vergingen. Neue Anzeigen wurden gedruckt, und wieder gingen wir auf Reisen. Diesmal wählte ich die Männer nach ihren Stimmen aus. Wir waren sechzehn, und die erste Versammlung fand in der Farbigenkirche des Reverend Beman statt. Als sie vorüber war, erklärte ein schwarzer Mechaniker, daß er uns mit Frau und Kind begleiten würde. Charles Finch Lowell, ein Weißer, und John Levi, ein Schwarzer, wollten gleichfalls mit uns nach Afrika segeln. Wir begannen, nicht nur Geld zu sammeln, sondern auch Menschen. Wir wurden zu wahren Evangelisten. Die Dollars vermehrten sich.

Tag um Tag reisten wir von einem Ort zum anderen, von Vortrag zu Vortrag, von Versammlung zu Versammlung. Schwarze Schlange und Knochen lasen und buchstabierten. Die anderen sangen, ich hielt meine Rede. Aus meiner Stimme klangen eine neue Traurigkeit und eine neue Eindringlichkeit. Wir mußten nach Hause. Schlange hatte uns dazu aufgefordert. Gelegentlich streckte ich die Arme aus und machte ihr Zeichen für das Kreuz und unser Zeichen für die Masten unserer Schiffe. Dann erfaßte eine regelrechte Ekstase die Menschen, sie stampften und sangen und riefen Amen. Vor allem die Frauen. Wenn ich das Gefühl hatte, die Gewalt über mein Publikum zu verlieren, brauchte ich nur diese Geste zu machen, um sie zurückzugewinnen. Wenn ich redete, stellte ich mir in jedem emporgewandten Gesicht das meines Onkels vor, der meinen Auftritt kritisierte, wütend über meine Unfähigkeit und Dummheit. Und so sprach ich zu meiner eigenen Sippe. Und jedesmal verstanden mich die Amerikaner, obwohl ich in einer fremden Sprache redete.

Wir reisten nachts, um gefährliche Konfrontationen zu vermeiden, und schliefen zumeist in den frühen Morgenstunden in irgendeiner Scheune, denn oft wurden wir in Gasthäusern oder Pensionen nicht eingelassen, und es war auch keine schwarze Familie da, die uns beherbergen konnte. Manchmal wurde nicht zugelassen, daß wir als Schwarze und Weiße zusammenkamen. Dann aßen wir, wenn es keine farbige Familie gab, im Stall, während die Professoren in den Häusern von Abolitionisten speisten. Nur gelegentlich, wenn die Umstände (Tappan sagte immer »Gott«) es erzwangen, aßen wir zusammen.

In Lowell, Massachusetts, waren wir endlich soweit, daß wir damit rechneten, die Summe von dreitausend Dollar, die wir brauchten, zu überschreiten. Die Kirche, St. Paul's, war mit mehr als hundertfünfzig Personen bis zum Bersten gefüllt; ebenso viele drängten sich draußen vor dem Gebäude. Ein wahres Heerlager.

Allmählich brauchte ich Covey nicht mehr als Dolmetscher von Worten, aber nach wie vor als Dolmetscher von Ideen. Nach wie vor spielte er die Rolle unserer Augen, Stimmen, Ohren und Gedanken und begleitete uns, obwohl er sich danach sehnte, in New Haven und bei Vivian zu sein. »Nicht«, erklärte er immer wieder, »bevor ihr an Bord der *Gentleman* seid! Das ist das einzige, was für Vivian und mich von Belang ist. Es ist unser Abschiedsgeschenk.«

Covey hatte beschlossen, mit seiner neuen Familie in Amerika zu bleiben. Das war ein vernünftiger Entschluß, denn es war zu gefährlich, Vivians Leben in unserem wilden, von Kriegen zerrissenen Land aufs Spiel zu setzen. Er machte Pläne für seine Kinder. Nachts sprachen wir von unseren Familien.

Die letzte Versammlung fand in der größten Kirche Bostons, der Marlboro Chapel, am letzten Sonntag im Juli statt, eine Woche vor dem Befreiungstag und Coveys Hochzeit. Ich hielt den besten Vortrag meines Lebens. Wir erhielten die dickste Börse. In dieser Nacht machten wir uns auf die Rückreise nach Norden.

Dreizehntes Kapitel

Die Wege Gottes

Vivian folgte Schlange so schnell und so plötzlich ins Grab, daß das Grausamste daran vielleicht war, daß es Covey, der nur Grausamkeit erlebt hatte, nur Grausamkeit gekannt hatte, sich nur an Grausamkeit erinnerte, eigentlich nicht hätte überraschen dürfen, daß die Gesetze der Natur keinerlei Rücksicht nahmen auf menschlichen Schmerz und menschliches Geschick; es überraschte ihn dennoch, und die Missionare, die so ernsthaft und inbrünstig lehrten, daß die Wege Gottes unerforschlich sind, hatten jetzt Vivians Tod, um das zu beweisen.

Vierzehntes Kapitel

Joseph Cinque

August 1841, die 848. Sonne

Man hatte nichts unversucht gelassen, um sie vor dem heftigen Schüttelfrost zu bewahren, den Rückenschmerzen, den Beulen unter der Haut, dem mörderischen, vom schwarzen Erbrechen gefolgten Fieber und dem plötzlichen Abfallen der Temperatur, das nicht weniger kraß war als sein vorheriges Ansteigen. Durch die offene Tür sah ich die weißen Laken, die über der Badewanne hingen, wo ihre Mutter Vivian immer wieder in kaltes Wasser eingetaucht hatte, um das Fieber herunterzubringen.

Vivian starb am gelben Fieber. Covey war verwaist, abermals verwaist und zum dritten Mal verwaist. Wieder war seine Familie nur die der Sklaverei.

Vivians Mutter streckte den Arm aus, um Coveys Hand von der Hand Vivians zu lösen, aber er reagierte so heftig, daß sie sich in ihren eigenen Schmerz zurückzog und ihn allein ließ – ihn für einige weitere, kurze Sekunden dem Glauben an die Liebe überließ, die er so lange gehegt hatte und zu der er voller Hoffnung auf ein Wiedersehen nach New Haven zurückgeeilt war. Wir wären fast zu spät gekommen. Als Vivians Mutter ging, nahm sie das schwache Leuchten der Walratlampe mit, aber das machte nichts. Covey sah Vivian auch im Dunkeln ganz deutlich. Er nahm sie in die Arme, und ihre Körper waren wie einer, der seine so tot wie der ihre. Er warf sich über sie, wie um sie noch im Tode zu schützen; seine Linke hielt nach wie vor Vivians Hand, die Rechte umkrampfte ihr Haar.

Als ihre Hand abkühlte, kehrte auf unerklärliche Weise der Gestank der Sklavenschiffe zurück.
Die weißen Spitzenvorhänge mit ihrem zarten Muster aus Kreisen und Blüten waren gerafft. Die mit weißen Laken verhängten Möbel glichen einer fremdartig neuen Landschaft. Die Patchworkdecke, die auf das leuchtende Muster des Teppichs heruntergeglitten war, die Blumensträuße, die dastanden wie Wächter über Vivians Qualen, verhöhnten ihren leblosen Körper. Je dunkler es wurde, desto deutlicher zeichneten sich vor Coveys Augen jede Naht von Vivians Nachthemd ab, jede Strähne ihres schwarzen Haars, jedes Härchen ihrer Brauen und Wimpern, die Schatten zwischen den geschlossenen Augen und dem Nasenrücken, zwischen Nasenlöchern und eingesunkenen Wangen, das Leuchten kleiner Zähne zwischen leicht geöffneten Lippen, der dunkelblaue Umriß dieses wundervollen Mundes. Covey beugte sich herab, um das Grübchen an der linken Seite ihres Mundes und seinen Zwilling zu küssen, die sanfte Kontur ihres Kinns. Er zählte die Schönheitsringe an ihrem Hals und öffnete das V ihres Hemdes. Er betastete den Rubinring an der Hand, die er hielt, ohne dabei die andere aus ihrem Haar zu lösen, das ausgebreitet wie eine Karte von Buchten und Inseln auf dem weißen Kissen lag. Von jenseits der Tür drang ein Lichtstrahl ins Zimmer, gedämpfte Geräusche und Schluchzen, aber Covey blieb einen Tag und eine Nacht reglos sitzen.
Schließlich sah ich Mutter Braithwaite und hörte das Schnippen einer Schere, als sie die Strähnen von Vivians Haar abschnitt, die er umkrampft hatte. Dann führte sie ihn hinweg; ihr Haar hing noch immer aus seiner Faust.

Ich war überzeugt, daß Vivians Tod der Preis war, den Gott für die Freiheit der Männer von der *Amistad* gefordert hatte. »Es ist meine Schuld«, sagte ich. »Gewo hat sich mit Vivian seinen Lohn geholt.« Der Gedanke stieß Kriegsstraße ab.

»Gewo ist ein gerechter Gott«, sagte er. »Das würde er niemals tun.«
Kriegsstraße und ich standen abseits von den Amerikanern und den Afrikanern auf der kleinen Anhöhe hinter der weißen, bretterverschalten Kirche. Das Maul des offenen Grabes zerriß das samtige Grün des Rasens auf dem Friedhof ihres Großvaters. Die Sommersonne brannte heiß, und die Frauen schützten sich vor ihr mit Schirmen, während die Männer breite Strohhüte trugen, die sie nur zum Beten abnahmen. Das Schwarz der Kleider und der Gesichter unter den schwarzen Schirmen gab der Gemeinde den Anschein eines Schwarms gefleckter Vögel, die sich zwischen den bescheidenen Kreuzen niedergelassen hatten, um hinterher in den wolkenlosen Himmel aufzusteigen. Ich blieb barhäuptig, ließ es zu, daß sich die Sonne in meinen Skalp einbrannte und für ein paar kurze Sekunden den unauflöslichen Schmerz wegsengte, während vor meinen Augen alles verschwamm, als würde ich blind. Die Menge erschien, verschwand, flimmerte in der Hitze, nicht anders als die große Eiche und die Birken und Kastanien, gefältelt und schattenwerfend wie große, grüne, über mir aufgespannte Segel. Ich ging näher heran, als eine Hymne auf die andere folgte, so machtvoll, daß die Frauen aufstöhnten und einander weinend in die Arme fielen.
Jenseits des offenen Grabes beschwor das Gesicht von Vivians Schwester Honor ein flüchtiges Bild von ihr herauf. Neben ihr, ihre Hand haltend, stand Henry Braithwaite, der in sich zusammengeschrumpft zu sein schien, die Augen so leer wie ein Blatt Papier. Increase Braithwaite stand in ihrer eigenen Einsamkeit da, und ich sah, wie sie den Blick über die Gesichter ihrer sämtlichen Söhne wandern ließ, als wären auch sie von Unheil bedroht. Jeremiah. Cotton. Joseph. Jefferson. Jacob. Jasper.
In diesem Augenblick begann eine Stimme zu sprechen, die, wie ich später erfuhr, berühmt war für ihre Gebete.

Die klangvollen Stimmen der trauernden Amerikaner hoben sich in Kadenzen, die bis in die Tiefen unserer Seele vordrangen, so daß wir auf Mende mit den traditionellen Totenklagen einfielen. Wie ein langsam fließender Bach vermischten sich die Mendeworte mit den Stimmen, in denen noch Klänge ihrer ursprünglichen Heimat mitschwangen – der Guineaküste.

»Es gibt Minen, in denen nach Silber gegraben wird«, sangen die Amerikaner, »und Orte, an denen Männer Gold waschen; wo Eisen aus der Erde gewonnen und Kupfer aus Erz geschmolzen wird; das Ende der Ader liegt im Dunkeln und wird verfolgt bis an seine äußerste Grenze. Fremde graben die Stollen; sie arbeiten sich vor, weit fort von den Menschen, und werden vergessen. Aber wo ist Weisheit zu finden? Wo liegt die Quelle des Verstehens? Kein Mensch kennt den Weg dorthin; im Land der Lebenden ist sie unauffindbar. Die Tiefen des Meeres sagen: ›Bei uns ist sie nicht.‹ Und die Flüsse sagen: ›Bei uns ist sie nicht.‹ Mit rotem Gold kann man sie nicht kaufen, ihr Preis kann nicht in Silber aufgewogen werden; sie kann nicht gegen Gold von Ophir auf die Waagschale gelegt werden, kein Geschöpf auf Erden kann sie sehen, und sie bleibt verborgen den Vögeln in der Luft. Untergang und Tod sagen: ›Wir kennen sie nur vom Hörensagen.‹ Aber Gott kennt den Weg dorthin, er allein weiß um diese Quelle, denn er kann bis ans Ende der Erde sehen, und er überblickt alles unter dem Himmel. Schon als er ein Gegengewicht zum Wind schuf und dem Wasser seine Proportionen zumaß, als er Grenzen festsetzte für den Regen und einen Pfad für das Gewitter, da sah er die Weisheit und erfaßte sie, er durchdachte sie und ergründete ihre Tiefen. Und er sprach zum Menschen: Die Furcht des Herrn ist Weisheit, und die Abwendung vom Bösen ist Verstehen.«

Oga-wa-wa, oh, großer Gott
bi-a-bi-yan ding-go, du bist gut

bi-a-bi ha-ni gbe le ba-te-ni:
Du, der du alles geschehen läßt ...

Der Mann, der mich das wahre Ausmaß und die Gestalt der Welt gelehrt hat, der mir die Sterne zeigte und den Weg nach Hause, ist so plötzlich verschwunden, wie er gekommen ist. Er klagte, er wäre verhext worden, seit Vivians Tod würde er den Gestank der Sklavenschiffe nicht mehr los, und der Zauber, der ihn bannte, zwänge ihn zur ewigen Wanderschaft auf den Meeren an Bord der *Buzzard*.
Wir wissen beide, daß wir uns nie wiedersehen werden. Daß die mysteriöse Flut unserer Geschichte uns voneinander fortschwemmen wird, genauso, wie sie uns zueinander geschwemmt hat. Wir verbringen Tage, Stunden, Wochen damit, uns zu unterhalten; wir wissen beide, daß alles, was jetzt ungesagt bleibt, für immer ungesagt bleiben wird. Aber es fällt zwei Männern schwer, Liebe in Worte zu fassen, und so werden Vivian und unser Schmerz zu Mittlern. Wie ein Amulett begleitet sie uns überallhin, solange Covey auf ein Schiff nach Westindien wartet. Sie folgt uns zum Strand und zu den Klippen, ißt mit uns, badet mit uns und blickt mit uns nach Osten, in Richtung Heimat. Erinnerungen an das Leben vor unserer Begegnung zwingen uns zu neuen Offenbarungen. Zum erstenmal spreche ich von Bayeh-Bia. Covey trägt den Ring, den er Vivian gab, einwärts gedreht an seiner eigenen Hand. Den eigenen Zwillingsbruder gefunden zu haben, das kann man nicht als belanglos abtun, zumal, wenn man ihn am anderen Ende der Welt gefunden hat. Immer wieder überrascht uns die Liebe, und wie es die Art von Männern ist, verbergen wir sie, bis sie sich nicht länger verbergen läßt. Coveys Schönheit ist verschwunden. Er hat das Gebaren eines alten Mannes. Seine stumpfen Augen blicken aus einem Gesicht, in dem nie wieder Friede sein wird. Selbst ich frage mich, ob ich je wieder imstande sein werde, einen Stab aufzupflan-

zen, ohne einen Schrei des Protestes und der Verzweiflung, denn Gerechtigkeit muß von den vergänglichen Ideen und eitlen Wünschen aller Menschen unabhängig sein. Aber genau so, wie zuviel Geschichte korrumpiert, ist es schließlich gerade unsere Intimität, die uns auseinanderzwingt. Manchmal berühre ich Covey, als wollte ich ihn zurückhalten, und er reagiert heftig und wütend auf diese Geste der Zuneigung. In der Nacht vor seiner Abreise zeichnen wir den Weg nach Hause auf. Konunqui, Ndeloi und Sokolequli werden ihn weisen.

In Covey hat sich der Schmerz über Vivians Tod langsam angestaut, bis er alle Dämme brach, die er gegen unerträgliche Verzweiflung errichtet hatte. War er es gewesen, der Blut in das glückliche, sichere Leben der Braithwaites gebracht hatte? War sein gefahrvolles Leben ihr zum Verhängnis geworden? Niemand konnte ihn mit seinem Schmerz versöhnen. Nicht einmal ich. Ich erinnerte mich an die Trauer des Königs Kosokilisia um seine Königin Miji. Er hatte seinem Königreich entsagt, seine anderen Frauen und seine Kinder verlassen und sieben Jahre damit verbracht, den Dschungel zu durchstreifen, nackt, nur mit einem Speer bewaffnet, bis er eines Tages seinem eigenen Schmerz in Gestalt eines Leoparden begegnete, ihn tötete und in sein Königreich zurückkehrte, angetan mit seinem Fell, das er bis zum Tage seines Todes trug.

Wie von einem magischen Ritual besessen, besuchten wir einen Ort nach dem anderen, reisten bei Tage, sprachen jeden Abend, niemals sicher, ob wir einen Platz zum Schlafen finden würden in den Dörfern und Städten, die in einer Flut von Sälen, Kirchen, Scheunen, Hotels aufeinanderfolgten – Northampton, Springfield, Lowell, Philadelphia –, bis sie alle zu einem einzigen Bild verschwammen, einem Meer aus emporgewandten Gesichtern, feindselig, freundlich,

neugierig, bestürzt, gierig, gleichgültig, schuldbewußt, empört, fasziniert, herablassend, begeistert, gefährlich.
Auch ich war zu einem gefährlichen Mann geworden. Ich war das Symbol der Auflehnung und der latenten Gewalttätigkeit, das die Sklavenhalter nicht dulden wollten: ich hatte mich selbst befreit. Ich war ein erstaunliches Phänomen, der Schwarze, der die Gerichte Amerikas herausgefordert hatte und dessen natürliche wie juristische Rechte vom höchsten Gericht des Landes anerkannt worden waren. Ich war ein Held. Ich war ein Revolutionär. Ich war eine ganze Rasse verschleppter Menschen, der Spiegel von Tausenden von Seelen. Es war, als hätte jemand eine Speerspitze im Flug mit den bloßen Händen aufgefangen. Ich stand auf der Kanzel oder auf der Bühne, vor einem Publikum nach dem anderen, und mir war, als wäre mein Körper von einer Million Peitschenhieben getroffen worden.

November 1841, die 931. Sonne

In der Broadway Tabernacle Church in New York City traten wir zum letzten Mal auf. Die *Gentleman*, segelklar und mit allen nötigen Vorräten an Bord, wartete im Hafen. Ein weiterer Winter war angebrochen, aber wir würden nicht auf ihn warten. Die Kirche, die mehr als zweitausend Menschen Platz bot, war bis auf den letzten Platz gefüllt. Der Eintrittspreis war hoch, fünfzig Cents. Für diesen Anlaß bedienten wir uns unserer christlichen Namen, ein Tribut an das Evangelium. Ich war immer Joseph Cinque gewesen, aber aus Erinnere wurde nun Alexander Posey, aus Großem Mann Lewis Johnson, aus Knochen George Lewis, aus Zweitgeborenem Henry Cowles. Auf diese Weise getauft und wie Geistliche schwarz gekleidet, stifteten wir John Quincy Adams in seiner Abwesenheit eine ihm gewidmete Bibel. Er war so gänzlich und so plötzlich wieder aus unserem Leben verschwunden, wie er erschienen war, aber er hatte Covey eine Botschaft zukommen lassen.

»Als ich von Vivians Tod erfuhr, konnte ich nur denken:
Kalt, mein Mädchen?
Wie deine Keuschheit!
O du verfluchter Sklave! Peitscht mich, ihr Teufel,
Weg von dem Anblick dieser Himmelsschönheit!
Stürmt mich in Wirbeln! Röstet mich in Schwefel,
Wascht mich in tiefen Schlünden flüss'ger Glut!
O Desdemona, Desdemona, tot?
Tot? O! O! O!«

Die Lichter im Saal erloschen. Die Bühne war von drei Reihen flackernder Öllampen erleuchtet, deren Schein uns alle in ein dunstiges goldenes Licht tauchte. Im Hintergrund der Tabernacle Church ertönte zugleich mit der ersten Hymne ein phantastisches Instrument, das aus hohlen Metallröhren und Zylindern bestand und sich anhörte wie eine menschliche Stimme. Die von den dichtgedrängten Leibern ausstrahlende Wärme stieg empor und mischte sich mit den Klängen der Musik unter der weißgoldenen Decke. Dann war die Zeit gekommen, daß ich meine Ansprache hielt, nicht als Joseph Cinque, sondern als Sprecher, der sein *nge gbembi* verteidigt.

»Und vom Gallinas sind wir gekommen. Aus dem Schoß der Welt sind wir gekommen. Alle Lust am Feiern und an der Liebe ist vergessen. Aller Groll in Krieg und Fehde ist vergessen. Alle Freude über Geburt und Beschneidung ist vergessen. Wir kamen, Leiber, das Gegenteil aller Farbe, Leiber, die einzige Ware, die sich selbst trägt. Eine Dampfsäule, die sich in einem himmlischen Stammestanz emporwirbelt, die schneller wird, rollt und sich ausbreitet wie eine gewaltige Windhose, die sich zum weißen Feuerball der Neuen Welt verdichtet und in der Zeit des Altair den Kosmos zerreißt. Wir sind vom Gallinas gekommen. Stöhnend über Savannen und die Pyramiden von Vi, eine Landschaft aus Bergen und Sand und Lagunen, aus Basalt und Obsidian, Biotit und Barium, Felsen und Bergwerksschächten, verkohltem Lehm und Schwefel. Wir kamen in den Untergrund, zwischen Geistern und Goldschlacke. Wir kamen in die Hölle der Weißen Geister, in die verdunkelte Sonne, die Verneinung der Zeit. Unsere Frauen: ein Volk von Gespenstern, ausgebrochen aus bankrotten und verderbten Harems. Mende und Lokko, Temne, Limba, Susu und Sherbro, Yalunke, Bullom, Krim. Hüfttief durch die Flüsse watend: Niger und Nil, Gallinas, Gambia und Senegal. In großen Karawanen sind wir gekommen, eine betäubte Kette aus Kaurimuscheln, die sich wie ein Tausendfüßler voranbewegte: ein Tausend, ein Tausend Tausend, ein Tausend Tausend Tausend, die sich über die Ödnis schleppten und im Herzen den Tod trugen. Wie Belladonnalilien von unseren Wurzeln abgerissen, kamen wir mit einem wilden, lautlos wirbelnden Aufschrei; über uns flatterte die Flagge der Sklaverei, löschte Hoffnung und Erinnerung aus. Von Haien beleckte Skelette wiesen auf Gräber, die hinter uns zurückblieben. Finger umkrallten eine erkaltete Sonne, Mord zog voran. Zieh, Mord, zieh! Geheiligte Geier reißen Fleisch von Knochen, während unser Geschlecht stumm und entsetzt auf seinen polierten Schenkeln hockt, schweigend und ohnmächtig, während wir uns unter einem Panzer aus glitzerndem Schweiß durch versteinerte Mangrovenwälder mühten, die Münder mit Kieseln vollgestopft, die unseren Aufschrei erstickten. Blutige Lippen, bei jedem Schritt gepeinigt von Wolken von Heuschrecken, die unser Fleisch geißelten wie Blutegel beim Liebesakt. Unsere in Eisen gelegten Hälse beugten sich, schwankten unter Bosheit, mit Eiter geöltes Metall scheuerte schweigend: die singende Mutter, ihr ferner Gesang, gedämpft vom trockenen Staub unter unseren Füßen, der rutschte und aufstob, leicht wie Holzkohle, tief wie die Schöpfung. Zieh, Mord, zieh! Waisen schwankten wie Affen, die sich an die Brüste der Ammen klammern, weil die eigene Nachgeburt ihre

Mütter erwürgte. Benommene Horden von Jungfrauen trampelten auf dem heißen Strand zum Rasseln der Kalebassen, scha, scha, scha, sie glaubten, dies wäre alles, was man von ihnen wollte, scha, scha, scha. Fassungslose Mori-Männer und Humui, geschlagen und mit Fetischen beladen, taumelten blindlings voran, einer treulos an den anderen gekettet. Leere Münder schmähten und flehten vergeblich. Wo ist Gewo? Unsere Arche, auf schlüpfrigen Schultern getragen. Sand peitscht ebenholzschwarze Brüste. Rosiges Licht überzieht die Gottheit in der hereinbrechenden Dämmerung, Gewo ist fort, nie mehr wird der Stamm sich niederwerfen vor Ngafogoli, Yavei, Jobai, Dagbadaii. Nie mehr wird das Volk den glühenden Samen der Zauberer schlucken; sie haben zugelassen, daß Rasse und Götter in diesem Elend versunken sind. Die vielfarbigen Pulver der Riten haben sich mit etwas vermischt, das bar jeder Farbe ist. Felsbrocken aus Kummer versperren uns den Weg wie die Palmen den Weg der Leviten, und das Gewicht all dessen drückt uns nieder ... Im gleißenden Licht des Gallinas prallt ein gemeinsamer Aufschrei gegen die bleierne See, er läßt das Gewirr der Flüsse erzittern. Die durch unser Erdbeben ausgelösten Erschütterungen wandern zurück nach Mendeland, und in diesem letzten Augenblick, in dem das Meer und die Sklaverei hinter uns liegen, löst sich die Rasse, in sich leuchtend und strahlend, auf, und unser aller Leben wird eins. In geheiligtem Schwarz.«

»Hooyo«, rief ich. Es war der Kriegsruf der Poro, der bedeutete: »Laßt ihn kommen, den Feind; wir sind bereit, mit ihm zu kämpfen.« Aber das Publikum dachte, ich hätte Halleluja! gerufen, und reagierte entsprechend. Die ganze Kirche erhob sich wie ein Mann, applaudierte und jubelte, stampfte und weinte. Ein großes Halleluja, das alle Wunder der Befreiung preist. Und warum nicht, dachte ich? Was hieß schließlich *Hooyo,* wenn nicht Halleluja?

Aber ich höre nur Vivians dunkle, jubilierende Stimme.
»Cinque«, spricht sie zu mir, und ihre Augen sind nüchtern und funkeln, ihre unvergleichliche Stimme ist ernst und liebreizend, »für die, die du zurückläßt, gibt es keine Heimkehr. Unser Weg ist nur die halbe Reise. Wir sind die Waisen, die darauf warten, anerkannt zu werden. Aber du, du bist wahrhaftig frei, denn du bist nicht nur auf der Straße der Sklaverei gegangen, du gehst auch zurück. Vergiß das nie! Du hast bewiesen, daß eine Reise in beiden Richtungen möglich ist, während sechs Millionen von uns nur die halbe Wegstrecke zurückgelegt haben: die Gefangenen Amerikas. Die Tausende und Abertausende, die nur in einer Richtung gereist sind, warten nach wie vor auf die Rückkehr. Oh, nicht nach Afrika, sondern *zu sich selbst*. Und dann sind da die, die niemals angekommen sind, deren Reise auf dem Grunde des Atlantik endete. Stell dir ein gemeinsames Grab vor für elf Millionen Menschen, eine Straße von der Guineaküste bis hier, gepflastert mit schillernden Skeletten – die Überbleibsel so vieler Sippen, der größten Menschenverschleppung der Geschichte.
In deinem Fall zumindest ist die Sache der Schwarzen glücklich ausgegangen. Wir haben Gerechtigkeit gefunden, weiße Gerechtigkeit, entstellte Gerechtigkeit, die letzten Endes einen Kompromiß schloß, aber wir haben sie gefunden. Die Stimmlosen und die Machtlosen haben sie gefunden. Aber wir müssen verstehen, daß die Reichen, die Mächtigen, die Hochgeborenen sie gleichfalls gefunden haben. Denn diejenigen, die Sklaven halten, haben nicht begriffen, daß die Entdeckung der Freiheit das ureigenste Wesen unseres Geschickes in diesem Land ist – die eigentliche Natur der Sklaverei selbst.
Und wenn die Neger in diesem Land den Weißen gehören, dann gehören die Weißen auch den Negern. Wir leben unter ihnen und mischen uns unter sie, ernähren uns aus den gleichen Lagerhäusern, bearbeiten das gleiche Land, woh-

nen auf den gleichen Anwesen, bevölkern die gleichen Gebiete, bilden Teile der gleichen Familie, eine Rasse, die zwar anders ist, aber vereint. Wir sind in Wahrheit nicht mehr die Ihren, als sie in Wahrheit die Unseren sind.«

Vivians Stimme steigt und fällt in Wimpeln aus silbrigem Klang mitten im hohen Gras auf dem Anwesen der Braithwaites. Ihre Augen, ihr ganzer Körper fordern, daß ich verstehe. Ihre weiten Röcke umschwingen sie, ihr Blau und Weiß blitzt auf zwischen Grün und Gold. Sie hält ihren breitkrempigen Hut in einer Hand, und seine Bänder flattern in der Brise. Die Sonne trifft auf die lange Flechte ihres Haars, das in violettem Schatten funkelt. Ihr Gesicht prägt sich in meine unwürdige Seele ein wie ein Schwerthieb. Und die tapfere Unverdrossenheit ihrer Worte erfüllt mich mit verwirrter Zärtlichkeit. Vieles von dem, was sie sagt, ist mir unverständlich. Ich sehne mich nach Covey, aber ich bin froh, daß wir allein sind.

Plötzlich ist ihr Gesicht dem meinen ganz nahe; ihr Duft vermischt sich mit dem der Erntezeit. Ein glücklicher Ausgang, denke ich. Ja, denke ich, an diesem Tag konnte man vielleicht von einem glücklichen Ausgang sprechen.

»Oh, Joseph Cinque, vergiß uns nicht, die Waisen der Reise in nur einer Richtung. Vergiß uns nicht.«

Ihr Name drängte sich mir auf die Lippen, als wäre sie wirklich da, während ich begann, die Wahrheit, die Logik in dem, was sie gesagt hatte, zu erkennen. Wir, die Gefangenen, die Aufrührer, die Mörder, die Piraten, waren gesegnet. Denn nur diejenigen, die die Sklaverei in irgendeiner Form überlebt haben, können ermessen, was es bedeutet, frei zu sein.

November 1841, die 940. Sonne

Wir verließen den Hafen von New York. An Bord befanden sich dreiundvierzig Passagiere und die Besatzung. Wir ließen Freunde und Haß am Ufer zurück.

Der Kapitän setzte so viele Segel, wie die *Gentleman* tragen konnte. Bayeh-Bia war für mich jetzt wirklicher als die graue Wintersee, auf der wir segelten. Ihr Gesicht erschien neben dem von Vivian, und in dem Maße, in dem sich der Abstand zwischen Amerika und der *Gentleman* vergrößert, verdrängte ihr Gesicht das von Vivian. Bayeh-Bia war schließlich lebendig, das Fleisch der Welt, das ich erobert hatte, meine Frau. Ich genoß ihre Rundungen, ihren Duft, ihre Farbe, ihren süßen Atem, den schwachen Hauch, der vom Saum ihres Lappa ausging, als sie dicht neben mir vorüberging, das Gefühl ihres zarten Halses zwischen meinen Händen, ihr Lachen, die Art, wie sie ihren Kopf hielt, die anders war als die, wenn sie lachte oder andere zugegen waren, die langen Augen, ein dunkles Labyrinth und dennoch so freimütig, daß ich ihnen nicht zu widerstehen vermochte, daß ich ihnen weniger bieten konnte als die Wahrheit. Ich stellte sie mir zusammen mit Gewo vor, der auf stämmigen, kurzen Beinchen voranstapft, frisch und glatt, ganz polierte Schwärze, die noch unsicheren Arme ausgestreckt nach der Welt, der Welt, von der ich jetzt so viel mehr weiß. Ich würde ihm die ganze Geschichte erzählen, beschloß ich, genauso, wie sie sich zugetragen hatte; ich würde nichts auslassen, selbst wenn ich alles noch einmal durchleben mußte. Bayeh-Bia würde ich das Schlimmste verschweigen. Sie sollte glauben, daß wir in den Krieg gezogen und heil und ganz nach Haus zurückgekehrt waren, mit unseren Toten und unseren Narben, aber mit unversehrten Seelen.

Fünfzehntes Kapitel

Joseph Cinque

Januar 1842, die 1001. Sonne

Die weiße Küste, die ich noch nie von der See her gesehen hatte, ragte jetzt vor mir auf. Es war mein Schicksal gewesen, abreisen zu müssen und heimzukehren, zu sterben und wiedergeboren zu werden, mich aufgelehnt zu haben und jetzt das Fest der Rückkehr zu feiern. Drei Reisen, drei Schiffe und die drei Gerichtsverhandlungen, denen ich mich hatte unterwerfen müssen, hatten sich zusammengeschlossen zur Trinität der Rettung. Ich lachte, als mich die Gischt des Meeres bespritzte. Ich würde Bayeh-Bia und Gewo von Menschen erzählen, die eine neue Welt geschaffen hatten, die nur durch uns existierte. Auf der *Gentleman* war es sehr still. Jeder war in seine eigenen Träume versunken oder erwachte vielleicht gerade aus ihnen. Ich beugte mich über die Reling, erwartungsvoll, suchte den Horizont nach dem Gallinas ab. Ich dachte in Mende, und diese Sprache war es, die meine Lippen sprachen.

Als wir angelegt hatten, war es unmöglich, die Männer unter Kontrolle zu halten. Sie küßen die Erde, sie rissen sich die Kleider vom Leibe, sie jubelten, sie tanzen nackt herum; und alle, von einer Handvoll abgesehen, machten sich auf den Weg nach Hause. Die Zusammenarbeit mit den Missionaren wurde auf später verschoben.

Ich eilte im Kriegstrab durch das Land, das mir ständig vertrauter wurde, zwang meinen Körper, sich nicht zu verausgaben, lief durch die Savanne und ließ mich von Zeit zu Zeit fallen, um ein paar Stunden zu schlafen. Vergessene Gerüche, Formen, Landschaften, Beleuchtungen hatte ich so oft in meiner Erinnerung neu erfunden, daß sie zu Erinnerungen an Erinnerungen geworden waren. Ich lief, aber ich lief durch eine Geschichte, die ich mir Tausende von Malen selbst erzählt hatte. Nach so langer Zeit war mir, als wäre ich gewachsen, alles sah kleiner, staubiger, schwächer, weniger grandios aus, als ich es mir in Gedanken vorgestellt hatte.

Vor der zwölften Sonne schlief ich in der Nähe des Dorfes, damit ich nicht erschöpft dort ankam. Mein Herz jubilierte, als ich mich ihm näherte. Hier, dachte ich, war Glück; weshalb hatte ich es schon vorher erwartet? Vor mir erhob sich die Einfriedung des Anwesens.

Mbake sah mich zuerst, er arbeitete außerhalb der Einfriedung, auf seinem Reisfeld. Er erhob sich, einen Schößling in der Hand, denn es war Pflanzzeit, und ich war glücklich, gleich wieder an die Arbeit gehen zu können. Er kam auf mich zu, mit ausgestreckten Armen, von seinem Lappa umflattert.

»Ich bin es, Mbake. Sengbe-Pieh. Was tut ein alter Mann wie du auf den Feldern?«

Mbakes Augen wurden zu weißen Kugeln. Anfangs bestürzten mich die Tränen eines erwachsenen Mannes nicht, und ich wiederholte meinen Namen, als wäre es eine Frage, obwohl es keine sein sollte, und dann sprach ich den Namen meiner Frau.

»Bayeh-Bia?«

»Auf der Kriegsstraße gefangengenommen.«

»Madawea?«

»Auf der Kriegsstraße gefangengenommen.«

»Gewo?«

»Auf der Kriegsstraße gefangengenommen.«

»Onkel?«

»Auf der Kriegsstraße gefangengenommen.«
»Vater?«
»Auf der Kriegsstraße gefangengenommen. Alle miteinander – auch deine Mutter. Alle, alle, alle«, schluchzte Mbake und deutete auf das leere Anwesen. Er packte seinen glattrasierten Kopf, riß ihn auf seinem dünnen Hals von einer Seite zur andern, als könnte er sich auf diese Weise köpfen. Aber ich konnte ihn nur wortlos anstarren. In den drei Jahren, die ich fortgewesen war, war meine ganze Familie gefangengenommen und in die Sklaverei verkauft worden.
Ich wendete mich ab und machte mich auf den Weg von dem entvölkerten Dorf zum Meer. Ich ging ganz langsam, denn ich war blind. Ich ging sehr entschlossen, weil ich dorthin zurückwandern mußte, wo ich hergekommen war. Unmittelbar außerhalb der Wälle des Dorfes blieb ich wie angewurzelt stehen. Vielleicht war ich gestolpert, vielleicht roch ich auch das Kommen des Harmattan. Wenn dieser Wind weht, ist die Erde heiß, aber der Körper ist kalt, und die Trockenheit der Luft läßt den Schweiß eines Mannes zu Rauhreif verdunsten. Er ist eine grauenhafte Plage, dieser Wind, der die Seele aufreizt und die Glieder schlaff werden läßt, der einem Mann die Hoden nach innen wendet und seine Haut mit Lehm überzieht. Die Lippen reißen auf und schmerzen, ebenso die Augen, die sich anfühlen, als wäre feiner Sand in sie eingedrungen, so daß es eine Qual ist, sie offenzuhalten. Also schloß ich die meinen und hörte den Harmattan, der in Mendeland zweihundert Jahre lang geweht hatte, und dies war das zweihundertstemal.
Ich reckte die Arme empor, um genügend Atem zu haben für einen Schrei, der nicht von dieser Welt war, einen fürchterlichen Fluch, der zurückhallte über den Ozean, den ich gerade erst überquert hatte.

Nachwort

Die Theologen vom Yale College, die die Gefangenen von der *Amistad* nach Sierra Leone zurückbegleiteten, gründeten dort 1846 die Mission von Komende, die noch heute in der Nähe von Freetown existiert.

Schwarze Schlange, die zu Sarah Kinson wurde, kehrte zurück, war viele Jahre lang die Leiterin der Mission und die erste Kuratorin des Archivs der American Missionary Association, das alles bewahrt, was mit der Odyssee der *Amistad* zusammenhängt.

Im Januar 1842, zur gleichen Zeit, als Joseph Cinque und seine Männer von Bord der *Gentleman* gingen, wurde in Washington D. C. der Antrag eingebracht, John Quincy Adams das Mißtrauen auszusprechen und ihn aus dem Kongreß auszuschließen. Er stand allein. Nur Joshua Leavitt und Theodore Weld, der Mann von Angelina Grimke, bildeten ein Zwei-Mann-Komitee, das für ihn eintrat. Adams reagierte auf diesen Antrag, indem er sich erhob und sechs Tage lang ein Plädoyer zu seiner eigenen Verteidigung hielt; danach teilte er dem Hause mit, er brauche weitere sechs Tage, um alle Argumente zu seiner Verteidigung vortragen zu können. Dann erbot er sich, auf seinen Platz zurückzukehren, falls jemand beantragte, daß der Mißtrauensantrag zurückgezogen und nie wieder vorgebracht würde. In seiner Verzweiflung verabschiedete das Haus diesen Beschluß mit 106 zu 93 Stimmen. John Quincy Adams hatte gesiegt. Noch am gleichen Tag brachte er 200 neue Petitionen ein, die eine nach der anderen aufgrund des Knebelgesetzes zurückgewiesen wurden. Sechs Jahre später starb John Quincy Adams an seinem Pult im Kongreß, während er wieder einmal eine Petition einbrachte.

Acht Jahre, nachdem die *Gentleman* in der Bucht von Sierra Leone vor Anker gegangen war, kehrte James Covey, von einer mysteriösen und offenkundig unheilbaren Krankheit befallen und überzeugt, behext zu sein, von seinem Schiff in die Amistad-Mission zurück, wo er, gerade dreiunddreißig Jahre alt, starb und begraben wurde.

Joseph Cinque blieb am Leben und erreichte ein hohes Alter. Er überlebte den Amerikanischen Bürgerkrieg um vierzehn Jahre. Nachdem er auf der Suche nach seiner Familie einunddreißig Jahre lang verschwunden gewesen war, tauchte er 1873 in der Mission in Freetown auf, starb und wurde dort neben James Covey begraben. Aber das ist eine andere Geschichte.

Im Jahr, in dem sich die Rebellion von Joseph Cinque zum 150. Male jährt.

BCR

Maryse Condé

Sturminsel

Roman

Emily Brontës "Sturmhöhe" ist einer der größten Romane der Weltliteratur. Maryse Condé hat den Stoff nun als Hommage an die Brontë in die Karibik übertragen. Die verbotene Liebe zwischen dem schwarzen Waisen Razyé und der schönen Cathy steht im Mittelpunkt dieser neuen opulenten Familiensaga von Maryse Condé, mit der sie uns nach Guadeloupe und Kuba gegen Ende des 19. Jahrhunderts entführt. Als Cathy einen anderen heiratet, nimmt Razyé schreckliche Rache an der Gesellschaft...

416 Seiten, gebunden